GIROL SPANISH BOOKS
P.O. Box 5473 LCD Merivale
Ottawa, ON, Canada K2C 3M1
T/F (613) 233-9044 www.girol.com

Los revolucionarios lo intentan de nuevo

GIROL SPANISH BOOKS
P.O. Box 5473 LCD Merivale
Ottawa, ON, Canada K2C 3M1
T/F (613) 233-9044 www.girol.com

Los revolucionarios lo intentan de nuevo

MAURO JAVIER CÁRDENAS

Traducción de
Miguel Antonio Chávez

LITERATURA RANDOM HOUSE

Papel certificado por el Forest Stewardship Council®

Título original: *The Revolutionaries Try Again*
Primera edición: marzo de 2018

Printed in Spain – Impreso en España

ISBN: 978-84-397-3374-4
Depósito legal: B-333-2018

Compuesto en La Nueva Edimac, S.A.
Impreso en Cayfosa (Barcelona)

RH 3 3 7 4 4

Penguin
Random House
Grupo Editorial

ÍNDICE

CUARTA PARTE. FACUNDO DICE ADIÓS

Para mi mamá,
por esos años en nuestra lengua.

PRIMERA PARTE

ANTONIO Y LEOPOLDO

I LEOPOLDO LLAMA A ANTONIO

Dicen que al teléfono le cayó un rayo en Domingo de Ramos, don Leopoldo. Al único teléfono del Calderón que no se tragaba las monedas. Al menos no todas. Que la gente comenzó a peregrinar hacia el teléfono para llamar a sus ausentes. Que el único testigo del supuesto milagro rayofónico, ese que es guardián del parque Calderón – ¿conoce usted ese parque? El que está por la gasolinera esa que pillaron echándole agua al diésel y arrojando Pennzoil quemado al estero Salado, imagínese, como si el Salado necesitara más mugre, un poco más y lo hediondo no nos dejará respirar, por suerte usted no vive cerca del Salado como yo, por suerte León está a cargo y enviará a su gente para que lo restrieguen pronto. Por eso voté por su jefe, don Leopoldo, usted sabe que siempre he votado por León. Así que el guardián ese oyó truenos y vio rayos y se espeluznó. Peor aún porque andaba repleto de licor Patito, don Leopoldo. Parece que ya tenía fama de pluto y cantautor. En el Guasmo le dicen Julito por Jaramillo. Dicen que en el Calderón le daba serenatas a su segunda esposa y que aún lleva en hombros su guitarra para cantarles a las empleadas domésticas que se pasean por el parque los domingos. Cuando tú / te hayas ido / me envolverán / ¿se acuerda de ese pasillo de Julio Jaramillo?

Una respuesta solo alentará a que Pascacio siga pero ninguna no lo desanimará. No es que a Leopoldo le moleste escucharlo. O que Pascacio no sepa que a Leopoldo no le molesta escucharlo.

Quién no, Pascacio.

Mi abuelo Lucho la cantaba con voz de dos Panchos mientras freía sus famosos yapingachos. Dios lo tenga en su gloria. Él nunca olvidará lo que usted hizo por él. Entonces mientras llovía a cántaros nuestro Julito se puso a correr para buscar refugio con la guitarra metida en su camisa, pero claro que el manubrio de la guitarra todavía le sobresalía de la camisa y le raspaba la barbilla con las clavijas. Aunque la vecina de mi hermana dice que él corría porque vio sombras raras que lo perseguían, sombras que querían darle su merecido por mujeriego, aunque mi hermana dice que la vecina es una vieja santurrona que a lo mejor se inventó esa parte, en lo demás todos concuerdan. Esa es la vecina de la que le he estado hablando, don Leopoldo. La que piensa que sus frascos tienen espíritus distintos a los de sus latas. Dicen que por las noches practica la ouija con cucharas. Que sus alacenas son como marimbas de ultratumba. Con o sin sombras, nuestro Julito estaba corriendo para buscar refugio cuando oyó el estruendo más fuerte de su vida. Debajo del ceibo cerca del teléfono público se escondió y esperó a que los rayos no lo tronaran. Si usted le pregunta sobre eso, hasta es capaz de mostrarle las manchas de lodo de sus pantalones. Incluso lo llevaría hasta ese ceibo reseco y haría que usted se acuclille. Desde aquí mismito vi un relámpago como con ramas, diría nuestro Julito con esa voz masca chicle tururú con la que habla esa gente, don Leopoldo, usted sabe lo vulgar que es esa gente. Era como una mano caída del cielo para chorearse el techo de la cabina, ñaño. Y así todo chamuscado, el teléfono todavía funciona. Lo sé porque después de la tormenta lo primero que hice fue llamar a Conchita para contarle cómo el rayo le cayó al teléfono pero no a mí. Yo le repetía los timbres y Conchita seguía ruca, y cuando al final la man contesta me doy cuenta que el teléfono está funcionando sin monedas y le digo Conchita, te estoy llamando gratis, por fin nos sacamos la gorda. Y antes de que me hiciera relajo por haberla despertado, le colgué y marqué a mi hermano en El Paso. La llamada de larga distancia entró y yo empecé a gritar Jorgito, ñaño, ni te imaginas lo que acaba de suceder.

¿El teléfono aún anda dañado?

No lo va a reportar, don Leopoldo, ¿verdad?

Claro que no, Pascacio. No.

Ahí sigue. Mañana regreso a llamar a mi prima Jacinta en Jacksonville, y mi hermana, ¿usted conoce a mi hermana menor? Ella va a llamar a nuestra tía Rosalía en Jersey. Las dos tuvieron que irse después del último paquetazo. Oiga, si usted necesita hacer unas llamaditas, me avisa nomás, ¿eh?

Leopoldo sí necesita hacerlas. Pero admitirlo revelaría que su familia también es vulnerable a las recesiones y esas medidas de shock que todos conocen como Los Paquetazos. Gracias por la información, le dice Leopoldo, terminando su conversación mientras llegan hasta la oficina de León con el escritorio de guayacán que han estado empujando a lo largo del pasillo. El único escritorio que queda en el tercer piso. O en cualquiera de los cinco pisos. Un recordatorio de los tiempos cuando El Loco y sus secuaces vaciaron el municipio de todo menos los picaportes, el papel tapiz, el escritorio de guayacán porque era demasiado pesado.

Después de que Pascacio recoge su cubeta y su trapeador, después de que se despide de Leopoldo, después de que el sonido oscilante de su cubeta metálica se pierde por las escaleras, Leopoldo examina su reloj por si tiene algún rayón, aunque en la oscuridad no se puede examinar nada, así que debería acercarse al poste de luz, al final del pasillo, hacia donde el que era economista y ahora es secretaria camina furtivamente con el pecho inflado, burlándose de la postura servil que siempre adopta cuando aparece León, oyendo el enjambre de luciérnagas y polillas, esos parásitos de luz, desintegrándose contra la incandescencia. Pascacio lo ayuda a empujar el escritorio para cobrarle favores después. Don Leopoldo, a mi hermana le están pidiendo una coima que no puede pagar. Don Leopoldo, no le quieren pagar la jubilación a mi abuelo en el Seguro. Con una llamada Leopoldo puede solucionarlo todo. Él es el secretario personal de León Martín Cordero. Él tiene ese tipo de palancas. Pero pese a ellas aún tiene ese reloj digital que viene usando desde la secundaria, un regalo de cuando su padrino le consiguió a su padre un cargo menor en la prefectura, un reloj con botoncitos blip que parecen de juguete pero que eran lo máximo en su época, antes de que su padre huyera en medio de un escándalo de malversación de fondos. El reloj sigue intacto. Bien.

Aunque Leopoldo está cansado no esperará la buseta en el paradero cercano, aunque a esa hora Pascacio sea el único compañero de trabajo que quizás alcance a verlo ahí, en lugar de eso recorrerá Pedro Carbo, Chimborazo, Boyacá, y en la intersección de Sucre y Rumichaca cogerá otra buseta que irá largo por Víctor Manuel Rendón, Junín, Urdaneta, por la gasolinera que botaba el Pennzoil quemado al Salado, por la Atarazana y la Garzota, subiendo la cuesta de la Alcívar, donde al chofer se le trabará la palanca de cambios y la buseta traqueteará como una lata atada a otras latas arrastradas sobre el asfalto de esta ciudad atrasada por

(Leopoldo cenará frejoles en lata esta noche)

y a lo largo de la Alcívar la gente atestada dentro del bus tendrá que aguantar la presencia de más albañiles, empleadas domésticas, vendedores de fruta, siga que al fondo hay puesto, y al menos uno de ellos fingirá un ataque de pánico para que le den asiento, y se armará el relajo porque los que no se comen el cuento del ataque empujarán a los que están tratando de darle paso a la viejita que sí está sufriendo un ataque de pánico, y el sudor de esta gente no goteará en el piso pero será absorbido por miles de poros que terminarán expulsando los olores de sus jornadas laborales, y nada de esto lo repugnará a Leopoldo porque los erradicará a todos de su mente, lo cual no lo abatirá en ese momento sino después, cuando le tocará acordarse de nuevo de lo poco caritativo que siempre ha sido con los menos afortunados que él.

Para evitar su transcurso en bus Leopoldo se queda al pie de Tupa & Mera. En el escaparate unas flechas plateadas apuntan hacia televisores. En uno de ellos, un granjero maneja su tractor con un control remoto. En otro, el presidente interino, un protegido de León, elogia el reciente golpe de Estado y anuncia un nuevo paquetazo. En otro, la llegada de un helicóptero promete otro retorno triunfal de El Loco, que ya se ha lanzado dos veces para presidente. En otro, un grupo de aniñados está farreando de nuevo en sus discotecas privadas, esta vez en Salinas (¿ese no era Torbay, su compañero del San Javier?). El guardia de Tupa & Mera aborda a Leopoldo con una mirada hostil.

Buenas noches.

El guardia no contesta el saludo de Leopoldo. ¿Será que está tan oscuro que no alcanza a ver sus pantalones de terno a la medida, su corbata de seda bordada y sus mancuernas de oro con el logo del San Javier?

¿Salvador está de servicio hoy?

El guardia niega con la cabeza.

Dígale que Leopoldo le manda saludos. Por cierto, trabajo en la oficina del alcalde. Tupa Mera es muy amigo mío. No sé si lo conozca. Él es el dueño de este y otros cinco almacenes de electrodomésticos en todo Guayaquil.

Leopoldo le da su tarjeta. El guardia la coge con ambas manos, tratando de leerla con el brillo de los televisores. ¿Y ahora?

Discúlpeme, economista Hurtado. Soy nuevo aquí, yo no sabía que…

¿Usted es de la gente de El Loco?

Para nada, economista Hurtado. Siempre con León yo no…

A bordo del bus Leopoldo aún no piensa en llamar a su abuela desde el teléfono averiado del parque Calderón. Ni siquiera piensa en ella, ni sabe cómo está, tres semanas después de haber volado hasta Pensacola a causa del último paquetazo, pero ella sigue en su memoria, en su granja en los cerros de Manabí, cuando él aún tenía diez años y ella estaba enseñándole a manejar su tractor John Deere, sentándolo en su regazo y haciéndole agarrar el enorme volante mientras sus botas de caucho apretaban los pedales y ella le decía ese es mi Leo, pásales nomás por encima a esos jesuitas si te hacen problemas en el San Javier, ¿me oíste?, pásales por encima a los pendejos de tus compañeros si te odian por ser más inteligente que ellos, y al final así fue, siete años después él estaba ante el podio del coliseo dando su discurso de graduación en el San Javier, aquel que ensayó tantas veces en la sala de Antonio, su pana del colegio, somos el futuro del Ecuador, revisando con Antonio las pausas meditativas, las arengas, las advertencias que aprendieron de los sermones del padre Villalba, cómo vamos a ser cristianos en un mundo de miseria e injusticia, aunque al padre Villalba poco le importó si aprendieron o no ya que los despreció y los maldijo hasta el final de su vida porque él sabía, y se los dijo, que iban a sembrar miseria como sus padres habían sembrado miseria, y mientras Leopoldo continúa con su discurso divisa a su abuela entre la multitud de senadores y diplomáticos y por supuesto a León Martín Cordero, expresidente del Ecuador y actual alcalde de Guayaquil y el más grande oligarca de todos, carajo, y Leopoldo sabe que su abuela les habrá dicho a ellos o les dirá ese es mi Leo, él llegará lejos, les mentirá, él llegará lejos.

Leopoldo le pide al conductor del bus que pare. Se quiere bajar. El tipo no lo oye así que todos en la buseta le gritan se baja uno, chófer, atrase el bólido, chófer, abra el tesésamo, chófer, y cuando por fin llega a la salida se baja al vuelo para no caerse de cara y aterriza entre el Salado y el Calderón.

Hay una cola larga junto al teléfono averiado, treinta personas por lo menos, Leopoldo debió haberlo previsto antes de ir al parque, quién sabe cuánto tiempo antes de que pase el último bus. Leopoldo avanza hacia el inicio de la cola, sin oír a la gente que dice no he hablado con mi padre en más de dos semanas, no he hablado con mi hermana en cuatro, desconocidos que comparten entre sí las historias familiares de aquellos que tuvieron que partir luego del más reciente paquetazo porque el precio del gas se disparó, el precio de la mantequilla, el precio del arroz, ladrones de mierda, porque por el bien de la economía el presidente interino triplicó el pasaje del transporte urbano, porque el Banco del Progreso cerró sus puertas luego de que sus dueños huyeran con nuestros ahorros y nosotros sin tener palancas en el gobierno que hubieran podido avisarnos antes, qué hijueputas, afuera del Banco del Progreso mi prima Marta y cientos más gritaron a los guardias, colgándose de las rejas metálicas de la entrada del banco, sin saber que el banco estaba vacío, sin saber que el banco ya había sido saqueado, y mientras Leopoldo avanza hacia el inicio de la fila, lo suficientemente rápido para no escuchar lo que ya sabe que están diciendo, alguien dice adónde crees que vas, para adónde compañero, oye.

Leopoldo Arístides Hurtado, levantando su billetera como una placa de policía, se dirige a la multitud. Mi nombre es Leopoldo Arístides Hurtado y trabajo en el despacho de León Martín Cordero. Este teléfono está violando el código 4738 del reglamento de telefonía establecido por el concejo cantonal en 1979. Por lo tanto, este teléfono no se utilizará hasta que se cumpla la normativa. Aquellos que sigan usándolo serán multados.

¿Qué es que dijo?

Que no podemos usar el teléfono.

¿Es en serio?

Alguien se acerca a Leopoldo y examina su billetera.

No es broma.

Pues ese adefesio no parece del despacho de León.

Una chica de la fila decide intervenir. Se arregla el dobladillo de su vestido de lunares, se limpia el lodo de sus zapatos de caucho, y se dirige hacia el enviado de León, cuyo nombre reconoce porque su hermano Pascacio lo ha mencionado antes, de todos modos no quiere implicar a su hermano, así que en lugar de mencionarlo le sonríe a Leopoldo, una sonrisa que su hermano asegura es tan reconfortante como los yapingachos del abuelo Lucho, una sonrisa que hace que los peloteros del barrio le silben Malenita, corazón, adónde vas con esa sonrisota. Malena le pasa a Leopoldo los números garabateados en su cuaderno. Estamos llamando a nuestras familias.

Usted sabe que es imposible para nosotros pagar estas llamadas. ¿No podría esperar solo un poquito nomás?

Leopoldo no se deja sorprender. Se guarda la billetera. No.

No es broma, anuncia Malena a la gente de la fila, hablando en voz alta a propósito para que Leopoldo pueda oírla decir que su hermano Pascacio trabaja hasta bien tarde en el municipio y que por algún motivo ha hablado maravillas de ese lastre.

Aflójale unos veinte, dice alguien. Un hombre se quita la gorra y se la pasa a su hijo, que comienza a hacer la colecta con la gente de la cola. Leopoldo no se esperaba esto. Pensó que este capricho suyo terminaría con la gente yéndose rápidamente del Calderón. El niño le ofrece a Leopoldo la gorra llena de monedas.

No, por favor. No.

El muchacho regresa corriendo donde su padre después de dejar la gorra a los pies de Leopoldo. Él podría hacer una concesión. Muy bien, podría decir, solo esta vez, continúen y llamen a sus familias. Después Leopoldo se convencerá a sí mismo de que su decisión se debió a un cálculo y no a un impulso, porque la hermana de Pascacio está aquí, pensará Leopoldo, y a Pascacio le encanta el chisme, y los chismes pueden correr por todo el municipio y León, que no tolera la corrupción de sus empleados, podría oír sobre esto, lo cual es poco probable pero tal vez no tan improbable, de todos modos el país está demasiado inestable como para permitirse incluso la más mínima posibilidad de que esto llegara a oídos de León y por eso para cubrirse las espaldas es mejor reportar el teléfono averiado mañana por la mañana.

No acepto coimas. Por favor desalojen las instalaciones.

Una anciana va hacia el frente de la fila y, después de asegurarse de que haya una cantidad suficiente de testigos de que ella estaba al frente de la fila, se inclina ante él y deja una piña al lado de la gorra con monedas, y después de mostrarle que en su bolsa de comestibles no lleva más que una lechuga y una fundita de arroz, regresa a su lugar.

Todos comienzan a ver de qué podrían desprenderse. ¿Debería ir de nuevo el niño? No. ¿Quién debería ir primero para provocar mayor impacto? ¿Quién cuidará su lugar en la fila? Malena arranca una página de su cuaderno, apunta números y los reparte a todos los de la fila. El niño reclama que él y su padre deberían recibir un número mejor porque la idea de pasar la gorra fue de ellos. Sí, pero no resultó, dice alguien. Uno por uno van poniendo sus pertenencias delante de Leopoldo. Mangos verdes, guineos maduros, fotografías de sus seres queridos, rosarios de plástico, una funda de lentejas.

Si Leopoldo fuera Antonio lloraría de vergüenza y les lanzaría sus pertenencias y los dejaría para que sigan con sus llamadas ridículas. ¿Por qué no lo agreden? Así al menos lo librarían de decidir.

No acepto coimas. Por favor desalojen las instalaciones o si no llamo a la policía.

Nadie se mueve. Alguien manda a callar a alguien hasta que todos se callan. La multitud parece esperar que algo suceda. Que alguien aparezca para remediar esto.

Vámonos, dice Malena. Ya encontraremos otra forma de llamar a nuestras familias.

Desgraciado, dicen unos mientras recogen sus pertenencias, descarado, dicen otros, malparidos como él son los que tienen hundido a este país, rata de pueblo, moreno de verga, espera nomás que El Loco regrese.

Nadie más que Leopoldo ha quedado en el Calderón. Trata de sacar el listado telefónico de su billetera, ahí están el número de su abuela, el de Antonio, el del departamento de economía de la Universidad de Indiana, donde según sus contactos habría becas para los ecuatorianos a través del Ministerio de Finanzas. Tiene la lista tan metida en un bolsillo que apenas la logra sacar pero se le escapa de las manos. Si le preguntas al respecto no te mostrará su listado telefónico embarrado de lodo. O no te dirá que él estaba vigilando los ceibos marchitos del Calderón para chequear si Julito estaba escondido detrás de ellos, también chequeando la posibilidad de rayos en el cielo, aunque este teléfono no parecía haber sido afectado por un rayo. Claro que él no sabría cómo mismo es eso.

Leopoldo llama a su abuela.

No estoy, deje un mensaje, y si no hablan español me importa un pito, por su culpa mismo estoy aquí así que no voy a aprender su inglish del carajo.

Leopoldo se siente aliviado de escuchar el contestador. Le hubiera dado vergüenza hablar con ella. Cuelga sin dejar mensaje. Toda esa gente ha sido expulsada en vano. ¿El lodo debajo de él huele a vinagre, azufre u orina? ¿Este lodo absorbía la orina de Julito? ¿La habrá ablandado para que los niños pudieran hacer bolas de lodo y muñecos de nieve con nariz de zanahoria? El siguiente número en su lista es el de Antonio, conocido en el San Javier como Gárgamel, Baba, Diente de Sable, Llorón. Leopoldo no ha hablado con él desde que se fue a estudiar al extranjero, un mes después de su graduación, hace casi diez años. En Stanford, se suponía que Antonio debía estudiar una doble carrera en política pública y economía y luego regresar. En la Universidad Católica, se suponía que Leopoldo reclutaría a los más brillantes de su generación y luego se lanzaría a una candidatura con Antonio. Se suponía que juntos iban a hacer – ¿a hacer qué?, ¿qué se suponía que iban a hacer? – mucho.

Leopoldo llama a Antonio. A través de la línea decrépita Leopoldo oye el primer timbre, el cuarto, pero algo que suena como un disturbio sideral interrumpe el sexto: puños contra un piano, cuerdas frenéticas, bulla de onda corta.

¿Aló qué tal?

¿Así les contestas a los gringos? ¿Con voz de anunciadora de tele?

¿Quién es? Casi no oigo.

¿Por qué no apagas tu aspiradora? Desconéctala, si esa es la opción menos extenuante.

Es el Cuarteto Para El Fin de Los Tiempos de Messiaen. El cual estás interrumpiendo.

Para eso estamos.

¿Quién carajos es? ¿Aló?

Este, don Gárgamel, es tu padre.

¿Micrófono?

¿Baba?

¡Micrófono!

¡Baba!

¿Así que una aspiradora es tu mejor metáfora para describir la música avant garde? Capaz que todavía los nonretrogradable rhythms no han llegado a tu aldea. Rara vez se ha usado el término todavía tan dudosamente.

Discúlpame no tener suficiente tiempo para atender a tu sabiduría. Leopoldo oye la risa desde el otro lado. Antonio se acuerda de esa frase. Claro que la recuerda.

La Baba siempre haciéndole de menos a su pueblo. ¿Abriste la ventana?

¿Que si abrió la ventana? Ajá, cierto. Es una pregunta de Leopoldo para amagar. La típica pregunta capciosa que era una táctica común de ¿Quién es más pedante?, el juego de ambos en el San Javier. Durante el recreo en la cafetería de don Albán se refutaban mutuamente sobre todo, burlándose del lenguaje pomposo de los demagogos, los sacerdotes, de ellos mismos, digresando con frases recurrentes como compatriotas, aplaudamos la propuesta de León de privatizar nuestros retretes, compañeros, consideremos que si El Loco gana, la perol de Facundo le cortará el mataperol mientras duerme, aunque las reglas eran las reglas, las digresiones te hacían ganar un máximo de puntos pero al final tenían que regresar a la premisa original, y a la audiencia se le permitía rechiflar para que les clarifiquen el vocabulario: ¿algarabía, que es? ¿Abriste la ventana? Antonio elige no bloquearle la pregunta con otra pregunta. Quiere oírle las ocurrencias.

Abrí la ventana, sí, ¿por?

Verás, pana, creo que no lo sabes pero no te preocupes que te voy a inculcar, tu aspiradora no solo absorbe los ácaros de tu alfombra sino también las partículas que flotan a través de tu ventana, partículas que también están dentro de las alarmas de las ambulancias, del claqueteo de las latas, todos los objetos troglodegradables que están dentro de tus aparatos de…

¿Troglo qué?

Degradables.

Chanfle. ¿Y tú tienes tu propia aspiradora?

Sí, ¿por?

¿Y le cambias a menudo el filtro?

Cada dos meses.

Verás, Micrófono, bueno, tú en verdad no puedes ver porque eres más ciego que un micrófono, yo no he cambiado el filtro de mi Red Devil en años. Por lo tanto ya no aspira nada. Ni ácaros, ni partículas, ni tus alarmas en lata. El Micrófono: siempre confundiendo entre lo general y lo específico. ¿Te sabes la de Glenn Gould y la aspiradora? Por supuesto que nones.

Del lado del parque Calderón que está junto al Estero Salado aparece una empleada doméstica caminando por la calle Bolívar, la cual está muy lejos como para saber si fue una de las que desalojó Leopoldo cuando clausuró el teléfono. Pese a ello es posible que más gente llegue pronto. El juego de ¿Quién es más pedante? les había servido muy bien en el San Javier. En el programa académico intercolegial Quien Sabe Sabe que pasaban por el Canal Diez habían sobresalido en la categoría de debate. Y en la de preguntas y respuestas. Habían arrasado en las rondas locales, interprovinciales, nacionales y en la final contra el Espíritu Santo. En el colegio todos los reconocían. Durante el recreo la fama de ¿Quién es más pedante? ascendió. Por qué soy mejor candidato presidencial que tú se volvió la premisa favorita.

¿Sigues devaluando la moneda en el Banco Central, Micrófono?

¿Has seguido las noticias?

¿Sobre el ocaso de los IPO?

Sobre el reciente golpe de Estado.

¿Otro?

Dicen que el presidente interino va a cambiar las reglas de las elecciones para que El Loco pueda lanzarse otra vez.

¿El Loco vuelve de nuevo?

Y los candidatos más fuertes no se quieren…

¿Los más fuertes? O sea los más pipones.

… los candidatos con más opciones no quieren lanzarse. Para qué si la situación es irremediable. Igual los echarían.

¿Has considerado regresar?

Nunca. Estoy ocupado ahogándome en stock options. Money? Paper, yes.

Hay protestas en todo el país.

¿De nuevo?

La indignación de la gente ya llegó al tope.

Eso sí que no había pasado antes. Ya volverá El Loco para arreglar todo de un solo toque.

Leopoldo no responde. Antonio interpreta correctamente el silencio de Leopoldo. Leopoldo ya no bromea. Antonio baja el volumen de El Abismo de los Pájaros de Messiaen.

Aun así con una buena estrategia alguien podría…

—Juana, se acabaron los huevos.

Creo que las líneas se cruzaron, Leo. Típico de nuestro país de…

… alguien nuevo podría barrer en las elecciones y cambiar las cosas en serio.

—Juana, te di suficiente cambio para los huevos.

Te grita porque te quiere, Juana.

… por fin nuestro chance para…

—Juana, carajo, deja de entrometerte con los políticos y tráeme los huevos.

¿Aló?

Casi no te oigo.

—Dejen de joder y cuelguen. ¿Juana?

Vota por nosotros, esposo de Juana.

Siempre queríamos público y mira tú.

—¿Qué me dan por mi voto?

¿Leche gratuita?

¿Pan, techo y empleo?

—Voy a votar por El Loco nomás.

El Loco no regresará, licenciado.

—Eso fue lo que dijeron la última vez.

¿Cómo así no escuchamos ni pío de Juana?

El esposo de Juana y su mujer imaginaria, Juana, van a votar por el…

—Los voy a localizar, conchadesumadres, y…

¿Cuelgue y llame de vuelta?

Creo que tenemos chance, Antonio.

—¡Ya lárguense de mi llamada!

¿Aló?

II ANTONIO EN SAN FRANCISCO

Todos se creen elegidos, escribió Masha en el manuscrito de Antonio. Ver A Propósito de Schmidt con Jack Nicholson. Luego citó Contra Toda Esperanza de Nadiezhda Mandelstam, porque estaba segura de que Antonio no la había leído aún: ¿Puede un hombre ser realmente responsable de sus propias acciones? Su comportamiento, incluso su carácter, está siempre sujeto al control despiadado de la época, la cual exprime el bien o el mal que necesita de él. En San Francisco, además de acumular riqueza, ¿qué es lo que la época le exige a tu supuesto protagonista? Con razón nunca regresa al Ecuador.

¿Por qué sus comentarios en los márgenes del manuscrito de Antonio habían sido tan viles? Había estado metiendo en cajas todo el contenido de su clóset para mudarse a su nuevo departamento en Nueva York cuando halló el manuscrito de Antonio en una sombrerera, además de una recopilación de música clásica que él le había grabado y que ahora escuchaba mientras volvía a leer el manuscrito. No había visto a Antonio o pensado en él por lo menos en un año, desde su fiesta de despedida, y como no recuerda haber rayado el manuscrito de Antonio con tanta saña, leerlo ahora era como descubrir que mientras estaba dormida o ausente alguien que resultó ser ella había desfigurado con bolígrafo rojo una habitación que le había sido confiada. ¿Habrá asumido de algún modo la idea de que uno no podría entrar así nomás al mundo del arte, como Antonio había estado intentando desesperadamente, sin antes contar con algún linaje familiar que justificara su supuesta inclinación artística? El padre de ella era físico matemático y su madre había sido violinista y, a diferencia de Antonio, Masha sí creció con el canon occidental, pero aun así no logró ser una gran pintora.

–

El Étude en Re Sostenido Menor, n.° 12, Opus 8 de Alexander Scriabin: Horowitz tocó notas falsas en el Étude en Re Sostenido en Moscú, dijo Antonio a Masha, escucha, en la parte final, Vladimir debió de haber estado nervioso, o abrumado, o tratando al mismo tiempo de tocar y verse tocar el piano porque ya tiene ochenta y tres años y no ha estado en Rusia desde hace sesenta y uno, y sin embargo lo que es sorprendente, o tal vez no es tan sorprendente, sé que te quejarás si no piensas que debería ser por lo menos un poco sorprendente que, si te pones los audífonos y captas cada segundo de la grabación de Horowitz en Moscú, tienes que llegar a la conclusión que no está llorando, a menos que lo haya estado haciendo en silencio, ahora escucha esta pieza de Valentin Silvestrov llamada Postludium, dijo Antonio – completamente de acuerdo contigo, Masha, el concepto de Silvestrov del posludio, de una nostalgia hacia la tonalidad expresada como una disipación de la tonalidad, suena más interesante que su música – ahora escucha esta pieza de Arvo Pärt llamada Tabula Rasa, dijo Antonio, hablando con tanto entusiasmo sobre esta música que apenas podía creer que sabía tanto sobre un repertorio que hace unos años le era ajeno por completo. En ese entonces a ella podría haberle llamado la atención ese entusiasmo de él, o quizás no, pero como había sido nueva en San Francisco y aún no había conocido a nadie se había permitido a sí misma pensar que ese entusiasmo le resultaba atractivo (su entusiasmo y su excesivo afán por investigar la música, como si para compensar las deficiencias de su formación musical estaba tratando de convertirse en un bibliotecario de sonidos – ¿sabías que Messiaen compuso su Cuarteto Para El Fin de Los Tiempos en un campo de concentración? – que me importa, Antonio, aun así no me gusta esta música de pajarracos monoteístas –), pero ahora ella prefiere hacer caso omiso a su entusiasmo y a sus conocimientos librescos que no eran más que un intento nocivo e infantil por parte de él para diferenciarse de los demás, lo mismo que si un dentista luciera una camiseta de heavy metal con monstros que podrían extirpar de la tierra a las aves de Messiaen, aunque la necesidad de ser distintos era lo que precisamente los había acercado a Masha y a Antonio: su desprecio hacia aquellos que empinan sus vidas hacia la bolsa de valores y la plata, por ejemplo, o que creen que lo que realmente importa existe en un San Francisco paralelo lleno de presentaciones, exposiciones de pintura y lecturas de poesía, aunque a diferencia de Antonio ella odiaba las lecturas de poesía: ¿para qué quitarle fuerza a tu texto silencioso con el ruido innecesario de tu voz? En la despedida de Antonio las voces de las mujeres la habían confundido. ¿No eran ellas las mismas filisteas a las que habían apuntado con eso que les gustaba llamar, en homenaje a Nabokov, sus oprobios con plumas?

Todas las invitadas a la fiesta de despedida de Antonio habían sido mujeres. Una rubia había abierto la puerta de Antonio. Al parecer ya sabía que era necesario halar la puerta con fuerza contra la alfombra, aunque pareció no entender por qué cuando daba el tirón se le derramaba la bebida, y ya fuera porque andaba ebria o porque a Masha no le causó gracia su actuación de linda perplejidad, la chica interrumpió el sketch de bienvenida que se disponía a darle a Masha, y sin embargo, cuando la chica con los jeans ajustados y plataformas rosadas se retiró por el pasillo, sosteniendo su vaso de plástico como si fuera una mascota que se hizo pipí, y mientras el ritmo de la música teleológica que venía de la sala terminaba con una cantada al unísono – ¡we want your soul! – Masha no se quedó con el manuscrito enrollado en sus manos sino que lo escondió entre su copia de Los Problemas del Licántropo en Rusia Central y sus nuevas espátulas para pintar y lo que quedaba de una botella de Pinot, la misma marca de Pinot que

Antonio le había ofrecido la noche en que se conocieron. No debió haber llegado sin avisar. Haberse sentido con derecho porque quería saber si las ficciones que Antonio le había entregado eran reales ahora le parecía ridículo. Más ridículo aún si se había convencido a sí misma de que aquella era la verdadera razón por la que vino. Sabía entonces, como sabe ahora, mientras escucha el Étude en Re Sostenido Menor de Scriabin de la recopilación de Antonio, que sus cinco o seis meses con él no le daban derecho a nada. También sabía, porque él se lo había dicho, que no solo todas sus amistades en San Francisco eran mujeres sino también que todas sus relaciones con ellas duraron menos de seis meses. ¿Para qué volver entonces a esos momentos de su fiesta de despedida? Lo que tiene que hacer es deshacerse de su manuscrito y de su recopilación musical tediosa. ¿Le consuela recordar que ese momento ya pasó y que se ha convertido en la única espectadora de ese momento vergonzoso en el que, parada frente a la puerta de Antonio, vestida de turtleneck negro, debe decidir si largarse de la fiesta o si entrar y confrontarlo con nada en lo absoluto? Al otro lado de su sala Antonio bailaba de la forma exótica que probablemente pensaba que las estadounidenses esperaban de él, un latinoamericano en San Francisco, aunque su ropa era tan extravagante que parecía más bien una parodia de lo que Antonio pensaba que las estadounidenses esperaban de él, o quizás su forma de vestir era un desaire intencional hacia ellas por esperar que se vistiera así, o quizás el pantalón blanco acampanado con flores rojas y su camisa blanca de lino ajustada eran simplemente un truco para hacerles creer a las estadounidenses que no era vanidoso; que favorecía lo absurdo y no lo vanaglorioso; que él no planeó que su ropa resultara ser ajustada y costosa y que, a diferencia de la mayoría de los inmigrantes rusos con los que ella no se relacionaba, él no estaba luciendo esa ropa para que crean que era europeo. Por otro lado la posibilidad más obvia: Antonio se estaba divirtiendo. ¿No querrías que Antonio te hubiera llevado por lo menos a una de esas fiestas, Masha? Sí. Quizás habría soportado los ritmos trocaicos idiotas de la música electrónica solo para ver girar sus ajustados pantalones floreados en alguna bodega del South of Market, no, no lo hubiera aguantado. Habría ordenado que hasta ahí nomás con los excesos de la noche, y creo que por eso mismo no me invitó. O habría bebido demasiado como para impedir que me vaya de largo con mis broncas sobre sus disfraces absurdos y sobre esa generación de jóvenes atolondrados por tanto, oh, ya basta, Mashinka. Basta.

—

Quería hacerme cura jesuita, Antonio escribió, esperando que su impulso de hacerse cura jesuita cuando tenía quince o dieciséis años y aún vivía en Guayaquil pudiera sostener una novella o al menos una ficción breve sobre la juventud y dios etcétera, el tipo de ficción que rapsodiaría sobre el voluntariado que hizo con Leopoldo en el asilo Luis Plaza Dañín y exaltaría el catequismo que le hicieron a los pobres de Mapasingue, y sin embargo, una o dos semanas después de anotar esa primera frase sobre querer hacerse cura jesuita, una semana como cualquier otra semana para él en San Francisco (happy hour en 111 Minna los miércoles, una fiesta de lanzamiento para un startup tecnológico los jueves, baile en un warehouse toda la noche los viernes, y porque vivía justo detrás del Davies Symphony Hall y el War Memorial Opera House, y porque quería verlo y oírlo todo – para convertirse en un experto en el inconsciente uno necesita saberlo todo, dijo Carl Jung, y a Antonio le gustaba creer que para convertirse en escritor había que hacer lo mismo – una sinfonía o una ópera los sábados), Antonio comprendió que aunque quería escribir sobre su impulso de convertirse en cura jesuita cuando tenía quince o dieciséis años, no estaba interesado en dramatizar su impulso de convertirse en cura jesuita a través de escenas o esquemas narrativos de la época de Aristóteles, sí, mejor no sigamos al piadoso niño ecuatoriano que después de una serie de intensas experiencias religiosas, incluida la aparición de la Virgen del Cajas, sobre las cuales Antonio no iba a escribir para nadie de los Estados Unidos (Leopoldo había estado ahí también), pierde su fe como lo hace finalmente todo el mundo, no, dramatizar su impulso de convertirse en cura jesuita con escenas y reconocimientos y cambios de fortuna le parecía a él todo lo contrario a lo que él apreciaba en la ficción (su primer encuentro con la ficción como adulto había sido con Borges, y fue solo después de que se inscribió en una clase introductoria de ficción en el Berkeley Extension que pudo conocer el mundo plano del realismo estadounidense – descubrí a Borges gracias a Michaela de Suecia, a Antonio le hubiera gustado contarle por teléfono a Leopoldo, una compañera sueca que permitió que me quedara con ella durante las vacaciones de invierno de mi último año en Stanford porque yo no tenía plata para tomar un vuelo a ningún lugar que se pareciera a casa – pilas con esto, Leopoldo, un mexicano de posgrado que también se había enamorado de Michaela le había escrito una dedicatoria en el Ficciones de Borges que decía Querida Michaela, después de leer este libro, finalmente me comprenderás – ¿cómo alguien puede comprender a alguien a través de Borges, Leo? – la ficción que se desarrolla únicamente en el cerebro de Judas era la forma en que a Antonio le gustaba pensar en las ficciones de Borges), por eso Antonio descartó aquella primera oración acerca de querer convertirse en cura jesuita cuando tenía quince o dieciséis del mismo modo en que había descartado su primera oración sobre querer convertirse en presidente del Ecuador o al menos en ministro de Finanzas y venir a los Estados Unidos para prepararse, regresar y candidatearse con Leopoldo porque lo que había llegado a comprender era que no sabía escribir el tipo de ficción que quería escribir, no creía tener otra opción que seguir trabajando como analista informático durante el día y leer lo más que pudiera durante la noche hasta que en algún momento de su vida llegara a saber cómo escribir el tipo de ficción que quería escribir (para crear un sentido de anticipación diaria durante su semana laboral en el startup tecnológico de cobro de cheques donde operaba las bases de datos él mandaba a pedir novelas sin códigos de rastreo desde distintos sitios en la internet y esperaba a que le llegaran antes de la hora del almuerzo para poder leerlos durante sus almuerzos de dos horas afuera del South Park Café), y luego un día lo llamó Leopoldo y le dijo regresa al Ecuador, Baba, y a pesar de las abundantes explicaciones que Antonio se daba a sí mismo sobre el porqué ya no le interesaba regresar al Ecuador para lanzarse de candidato (si el objetivo de postularse como candidato era simplemente para aumentar los ingresos de la gente – gente que ni siquiera conocemos, Micrófono – entonces no le importaba porque tocar el piano o escribir ficción le resultaba más desafiante y más gratificante en lo personal – pospón la cosa todo lo que tú quieras, Leopoldo le habría replicado, diviértete, aquí te esperamos –), no le especificó a Leopoldo que ya no le interesaba volver al Ecuador, no le explicó nada a Leopoldo más allá de un déjame pensarlo – ¿qué es exactamente lo que tienes que pensar?, le habría refutado Leopoldo si las líneas telefónicas hubieran estado menos cruzadas – y la semana o semanas después de que Leopoldo lo llamara Antonio se sorprendió y no se sorprendió de que hubiera estado esperando la llamada de Leopoldo aunque no había hablado con él en años (incluso en su lecho de muerte aún estaría esperando la llamada de Leopoldo – sal de la cama, viejo de verga, el momento para sublevarse ha llegado – bueno ahora que soy un viejo decrépito hasta me dan descuentos en las aerolíneas, Micrófono –), incluso en su lecho de muerte se acordaría de que cuando tenía quince o dieciséis años quería hacerse cura jesuita porque la lógica de su impulso para convertirse en cura jesuita había sido irrefutable: si dios era el pináculo de la vida, uno debería dedicar su vida a dios, pero esa no había sido la última vez que él estaba completamente seguro de qué hacer con su vida: el impulso de venir a los Estados Unidos y estudiar en una universidad como Stanford para prepararse y regresar al Ecuador y lanzar se de candidato había sido un plan tan irrefutable como aquel de convertirse en cura jesuita, y lo que se dijo a sí mismo para explicar el porqué se hizo humo su impulso de regresar al Ecuador para lanzarse a candidato incluía el descubrimiento de Borges y Scriabin, Merce Cunningham y Virginia Woolf (a Antonio le gustaba decirles a sus conocidos estadounidenses que si él no hubiera venido a los Estados Unidos nunca habría descubierto a Pina Bausch y a Stanley Elkin, por ejemplo – ya córtala con tu Elkin y tu Pina Bausch, Baba, lo que realmente cambió tus planes de vida fue que sacaste mala nota en la clase de macroeconomía en Stanford y que descubriste a las mujeres, o más bien descubriste que, a diferencia de en Guayaquil, en la Yoni las mujeres te paran bola por ser un ecuatoriano exótico –), Cortázar y António Lobo Antunes, Claude Simon y Leonid Tsypkin, descubriendo la posibilidad de una vida alternativa en la que no tenía que someterse a mitos vergonzosos sobre sí mismo – todos se creen elegidos, Baba – aunque se había acercado a la ficción y al piano de la misma manera, pensando en ellos no simplemente como actividades para pasar el tiempo antes de morir, sino como llamados trascendentales, lo cual es una manera agotadora de vivir: pero lo que en verdad quería contarte es que me encantaba Annie, Leopoldo, me encantaba manejar hasta los Berkeley Hills para tomar clases de piano con esa ancianita severa y francesa llamada Annie, me encantaban sus dos magníficos pianos Steinway y su librero alto con estantes como las ranuras de correo únicamente para las partituras musicales, sus tacones altos que golpeaban en las tablas del suelo entre su piano y su puerta delantera, me encantaba cómo yo intentaba complacerla cada semana encendiendo su metrónomo y demostrándole lo rápido que se movían mis dedos y al mismo tiempo causándole disgusto escogiendo piezas que no estaba preparado para tocar, me encantaba su esposo, Bruce, un compositor que elogiaba mi imprecisa aunque según él tempestuosa interpretación del Étude en Re Sostenido Menor de Scriabin y que me permitía practicar en su tienda de pianos a la salida de la autopista en Gilman Street, me encantaba oír hablar de los juegos nocturnos de Annie y Bruce en los que ella ponía diferentes grabaciones de la misma pieza, la Balada n.º 1 de Chopin, por ejemplo, y luego su marido tenía que adivinar quién era el pianista, y una noche, en el recital anual de Halloween que ella organizaba para sus estudiantes, me presenté sin camisa, luciendo unas mallas rojas y brillantes y una boa de plumas alrededor de mi cuello, listo para interpretar la Balada n.º 1 de Brahms, y después una de sus estudiantes, una psicoterapeuta austriaca que solo tocaba a Ravel, me dijo no pude concentrarme en tu Brahms porque no paraba de imaginarte en mi cama, Antonio, a lo cual ni su esposo ni yo teníamos nada ingenioso que añadir, y tal como Antonio había mezclado dos de las ficciones de Borges para pensar en la ficción de Borges como ficción que se desarrolla solo en la cabeza de Judas, también había mezclado a Annie con su impulso de regresar al Ecuador, Annie fruncida como siempre después de que él intentaba interpretar el Étude en Re Sostenido Menor de Scriabin y lo reprendía diciendo qué tontito que eres, Antonio José, ¿qué te hizo creer que ibas a poder quedarte en San Francisco y no volver al Ecuador?

—

Después de veintiún años de ausencia mi padre volvió a la iglesia. El muchacho devoto que yo era entonces lo había convencido de asistir a la misa de Nochebuena, y, según mi abuela, su regreso esa noche fue lo que llevó a que el niño dios llorara. La mayoría de mi familia enseguida aceptó la versión de mi abuela, como también yo lo haría en los años venideros, compartiéndola con mis supuestos amigos estadounidenses como otro ejemplo de las pintorescas supersticiones de mi país tercermundista, lo cual los llevaría a menudo a compararla con noticias de apariciones de la Virgen María en troncos de árboles o en sánduches de mortadela. Por supuesto que sospechaba que la versión de mi abuela era demasiado simple, pero nada me había obligado nunca a elaborarla implicando a otros o incluyendo acontecimientos que empezaron mucho antes de aquella noche o aquella década.

Masha se había olvidado de preguntarle sobre el niño jesús de su abuela, tal como se había olvidado de entregarle su manuscrito en su fiesta de despedida a pesar de todo el tiempo que pasó marcándolo con referencias a lecturas recomendadas, alusiones, signos de interrogación, imaginando un trasnoche en casa de Antonio en la que alocucionaría, a través de cuestionamientos socráticos, como Ajmátova debió de haber hecho con Osip — Ajmátova nunca le apiló injurias así a Osip, Masha — sobre los defectos de su trabajo. ¿De verdad Antonio fue testigo de algún llanto del niño jesús? ¿Sus compañeros de Stanford realmente lo confundieron con el hijo del dictador de Ecuador? ¿Cómo podía esperar alguien que fuera ella quien lo convenciera de quedarse si él ni siquiera le contaba nada sobre su vida en Ecuador?

—

Tomé lecciones de piano después de graduarme de Stanford y de aceptar un trabajo insípido en una firma de consultoría económica sin ninguna relación con el desarrollo latinoamericano, Antonio escribió, con la esperanza de que al escribir sobre la vida que había elegido en San Francisco pudiera contradecir su impulso de regresar al Ecuador, un impulso que él sabía que no era prudente perseguir fuera de su imaginación y que ha sido ampliamente registrado en la historia de la literatura como una idea terrible — solo porque nací en un país de pobres no significa que estoy obligado a regresar, ¿verdad? Puedo convertirme en otra cosa: ¿por qué no un pianista? — por eso Antonio trató de escribir sobre su intento de convertirse en pianista luego de graduarse de Stanford, comenzando con su primera lección de piano, por ejemplo, Annie guiando su dedo índice hacia el Do en la mitad del piano, Annie golpeándole los nudillos con un lápiz #2, él tocando con cierta torpeza las piezas infantiles que le asignaba Annie para el deleite de los estudiantes japoneses que estudiaban en el área común donde había encontrado un piano y que le interrumpían sus clunkers con sus variaciones del snark estadounidense, lo cual lo motivó a practicar más y con más volumen, y después trató de escribir de cómo luego de practicar tres horas al día durante un año fue capaz de tocar piezas imposibles como el Étude en Re Sostenido Menor de Scriabin, y después trató de escribir sobre lo emocionante que había sido descubrir a Olivier Messiaen, que solía viajar por los altiplanos y bosques del mundo para transcribir el canto de los pájaros, algunos de los cuales pueden incluso imitar los sonidos de la ciudad que los rodea, un compositor francés llamado Olivier Messiaen, que meticulosamente transcribió a todos sus pájaros, a los cuales llamó, sin ironía, pequeños sirvientes de la alegría inmaterial, en una ópera sobre san Francisco de Asís: en el estreno norteamericano de San Francisco de Asís, desde el balcón del War Memorial Opera House, vi a san Francisco orando por lo que él llamaba el júbilo perfecto, Leopoldo, es decir la aceptación del sufrimiento, lo cual la orquesta, las ondas de Martenot y los xilófonos se lo concedieron con una interpretación insistente y enervante y cada uno de los cantares de pájaros que Messiaen transcribió – ¿puedes imaginarte lo que habría dicho el padre Villalba si le contábamos que ese estruendo se llamaba el Sermón a los Pájaros? – al unísono todos los instrumentos imitando un canto de ave distinto, instrumentos con nombres tan emocionantes como los nombres de los métodos de composición de Messiaen: ritmos no retrogradables, modos limitados de transposición – ¿por qué no podría yo escribir ficción o música o lo que sea con nombres así, Leopoldo? – y entonces una pintora rusa llamada Masha dijo no soporto más este ruido, Antonio, y Antonio le dijo al diablo con estos pajarracos, salgamos de aquí, levantándose y animándose ante la reprobación del público que lo rodeaba, riendo y escenificando una torpe pantomima de salida mientras se retiraba pisando adrede la hilera de zapatos de la fila, y luego de regreso a su apartamento, envalentonado por el champán que había pedido para ellos en Absinthe, Masha lo sorprendió quedándose únicamente en ropa interior, acercándose a él con los brazos cruzados para cubrir su pecho, exagerando a propósito para ocultar su timidez, ambos acostados en su sofá, con las luces apagadas en su apartamento pero con luz entrando por las ventanas, oyendo a los tenores borrachos que caminaban dando tumbos de vuelta a sus autos porque la noche había estado calurosa y tenían abiertas las ventanas de la sala, o quizás, en retrospectiva, él lo atribuyó en ese momento a los tenores borrachos porque el parqueo de la San Francisco Opera estaba justo al frente de su edificio en Fulton Street y a altas horas de la noche podía oír a los borrachos caminar dando tumbos de vuelta a sus autos, llorando sus arias de la forma más burlona, y cuando Antonio trató de escribir sobre su intento de convertirse en pianista se dio cuenta de que al igual que solía verse a sí mismo como el niño que enseñaba catecismo a los pobres y prometía regresar a rescatarlos (todavía se ve a sí mismo como el chico que enseña catecismo a los pobres y promete regresar para rescatarlos), ahora también se ve a sí mismo como el ecuatoriano que escucha música clásica extravagante, ¿y no es maravillosamente liberador que nadie aquí espere que un ecuatoriano sepa de los posludios de Silvestrov o los cantos de las aves de Messiaen?

—

Bebo para poder conversar con la gente, escribió Antonio. Reconozco mi alcoholismo conversacional. Mientras más personas conversan conmigo, más alcohol me echo encima. A mi hígado, el más bello de mis órganos, lo escucharon chismorreando con mis otros órganos sobre lo absurdo de mi neurosis social. Gracias a dios mis riñones se pusieron de mi parte y gritaron ya cállate, hígado, estás ebrio de nuevo. ¿Así que tu narrador bebe en las fiestas?, escribió Masha en los márgenes, ¿y luego qué? ¿Otra historia sobre la agonía de las fiestas en los Estados Unidos? ¿Por qué mejor no incluyes algo sobre tus aprietos reales?

Una mañana ella había criticado unos pantalones de cuero rojo costosos tirados en la habitación y él le había susurrado, como si los pantalones les pudieran oír, se colaron anoche, Mashinka. ¿Puedes creer que dejé que se llevaran mi Acura Integra barato no solo porque ya no lo necesitaba sino también porque en realidad quería usar el pago mensual para comprar más ropa? ¿Puedes creer que me despidieron de mi primer trabajo en una firma de consultoría económica por falsificar recibos de comidas que comí y no comí? Antonio se comportaba como si viniera de una familia adinerada, pero esa mañana le dijo que su único ingreso era su salario de analista de base de datos. También le dijo que después de que a todas las startups en el South of Market se les acabó el financiamiento y se vieran obligadas a cerrar, incluyendo la empresa donde cobraba su cheque, la única compañía que contrataba en San Francisco había sido Bank of America. Me entrevisté la semana pasada en ese banco para otro puesto de analista, Masha. Un marine retirado que ahora se encarga de administrar doce millones de cuentas corrientes me preguntó sobre los desafíos que he enfrentado. ¿Cuáles son tus debilidades? ¿Dónde te ves en cinco años? Pues mire, mi capitán, para decirle la verdad, este trabajo es temporal para mí: voy a convertirme en el libertador de las Américas, así que solo puedo quedarme veinte o cuarenta años máximo.

Meses más tarde, en su fiesta de despedida, ella lo apartó de las otras mujeres para decirle que había leído con detalle su manuscrito, evitando al principio cualquier referencia a los problemas reales que él le había contado. ¿Qué piensas entonces, Mashinka? ¿Tengo esperanza como escritor? Espera, peguémonos otra ronda. Antonio terminó bebiéndose la suya y la de ella. Masha había olvidado que, aunque no le entregó el manuscrito con sus comentarios, sí que le dijo lo que opinaba, parafraseando casi todas las partes tachadas con rojo que había estado releyendo mientras escuchaba Tabula Rasa. Dices despreciar la ficción convencional, le dijo, te burlas de mí por escuchar a Bach y no a John Cage, y luego escribes esta ficción extremadamente convencional sobre un niño jesús milagroso que llora por la corrupción del padre del narrador. Ella miró hacia otro lado mientras decía esto, aunque sabe que esta atenuando su antagonismo para poder sentirse mejor consigo misma. Sabía que Antonio llevaba escribiendo menos de dos años. ¿Antonio se habría quedado en San Francisco si ella hubiera mentido y le hubiera dicho que sus ficciones eran muy prometedoras? ¿Que si veo insinuaciones de brillantez? No dejas claro por qué nos lanzas todas estas palabras, parece que lo haces a propósito, dijo Masha. ¿Cómo podemos distinguir lo importante y lo serio de lo irrelevante? Ni la atmósfera festiva ni los tragos pudieron restar el impacto de sus duras palabras. ¿Creía que Antonio bromearía sobre sus críticas? ¿Que las refutaría con humor? No lo hizo. Parecía avergonzado de haberla decepcionado. Lo siento, Antonio. Ojalá te hubiera dicho en su momento que esperaras, que sigas mejorando, nadie puede escribir ficciones decentes en menos de dos años. El otro día en las pantallas de mi gimnasio mostraban un especial sobre los astronautas, dijo Antonio. ¿Sabías que mi gimnasio de neón es mi único vínculo con la cultura pop americana? Yo estaba en el Treadmaster viendo todas esas teles, y pese a estar en mute pude darme cuenta fácilmente de lo que trataban los programas y los comerciales que estaban ante mí. He aquí el momento de la verdad. He aquí el momento de cereal. Además algunas pantallas tenían subtítulos. ¿Qué significa eso, Masha? ¿Cuándo todas las narrativas han sido esclarecidas para nosotros? He aquí otra verdad: había un viejo sacerdote izquierdista en mi colegio jesuita y todos le temíamos y durante años pensé que había sido mi mentor pero solo hablé con él una vez, quizás dos. Cuando llegué al San Javier él ya había renunciado como consejero espiritual porque pensaba que mis compañeros y yo éramos el problema. No fui la excepción, pero durante años me imaginé que había sido mi sensei espiritual, mi maestro Yoda, mi Señor Miyagi. Pero eso ya no importa ahora, ¿no? Nuestras falsas narrativas igual nos afectan. He aquí otra narrativa para ti: una vez me quedé en la Treadmaster por más de dos horas porque el canal de la música estaba mostrando un documental sobre un exmiembro de Menudo, un boy band latinoamericano que estuvo de moda cuando iba a la escuela. Esto representa al menos cien palabras que no esperaba. Vamos, dijo Antonio, llevándola de la mano hacia su habitación, quiero que conozcas a Alvin Lucier.

—

Aún sin dormirse en el sofá de su sala, mientras escucha Tabula Rasa entre cajas que le quedan por embalar y enviar hacia su nueva vida en el programa de cine de NYU, cajas en las que quizáss tire o no el manuscrito con tachones rojos de Antonio, ella se pregunta si dentro de algunos años solo recordará a Antonio por Tabula Rasa, la única pieza fuera de todas las contemporáneas que había incluido en la recopilación que terminó convirtiéndose en su favorita (en pocos días se irá de San Francisco como todos los demás, dejando atrás a amigos que fueron más bien conocidos que se juntaron con ella para no pasar la noche solos y que no la recordarán del mismo modo en que Antonio no los recordará y Masha no se acordará de él — cada momento es un final, dijo Arvo Pärt, cada cinco minutos hay un final, ¿entiendes? — no —), y quizás todo lo que se llevará de San Francisco será Tabula Rasa y algunos momentos difusos de la despedida de Antonio (¿por qué no había interrumpido sus divagaciones borrachas con preguntas directas o apartes o gritándole por qué te vas? — ¿no querías demostrarle que te importaba? — sí quería y a la vez no quería, ¿me entiendes? — por un lado todo pasará y por el otro nada pasará, y echaré de menos ese ahínco estúpido que tenía Antonio hacia todos los temas del mundo —), y acaso también recordará aquella primera noche con Antonio en el Bistro Stelline, y luego cómo se sorprendió ante lo mucho que había revelado sobre sí mismo y lo rápido que ella había aceptado ir a su apartamento, aunque él no se lo expresó como una invitación sino que simplemente puso la mano sobre la de ella y dijo ven, Masha, no, Antonio, ella no lo dijo, te acabo de conocer, no, Masha piensa mientras escucha Tabula Rasa, lanzará la ficción de pacotilla de Antonio a su papelera de reciclaje junto con los lienzos que no utilizó y dará por concluida y olvidada su vida en San Francisco una vez que se establezca en Nueva York.

—

Nunca antes había escuchado música clásica, escribió Antonio, en su casa de Guayaquil nadie le sacó el plástico a la colección de casetes de música clásica compilada por la Enciclopedia Salvat porque por un lado mi madre prefería el melodrama de José José, no el melodrama, no, llamémosle mejor tragedia fatídica de trago, mientras que yo prefería el nihilismo de Guns N' Roses: para mí la música sinfónica tan elemental como la Pathétique de Chaikovski sonaba como la música de fondo de películas sentimentales, así que para entrenar mi oído empecé a escuchar piezas fáciles de Satie para piano, luego me pasé a las sonatas de Mozart, un movimiento cada vez, que Annie se alegraba de proveerme, compartiendo sus grabaciones de las sonatas completas de Beethoven de Richard Goode, de los Études Symphoniques de Schumann de Alfred Brendel, todo de Sviatoslav Richter y nada de Glenn Gould, y después de haber agotado la reserva musical de Annie me aventuré por mi cuenta, manejando hasta las tiendas de outlets en Sonoma o Saint Helena y escuchando las sonatas de Scriabin y los concertos de piano de Prokófiev o lo que fuera que hubiera comprado al azar en la sección de música clásica de Tower Records esa misma tarde, no, no al azar, esas sesiones musicales en carro eran para mí proyectos de vida, así que las grabaciones tenían que ser de (a) piezas de piano más largas y de (b) compositores que aún desconocía, y quizás porque no conocía hasta ese momento una gran cantidad de piezas clásicas además de las que Annie me estaba enseñando a través de grabaciones analógicas de Sviatoslav Richter y cintas de master classes a las que había asistido en

Berkeley y que yo le estaba pidiendo prestado porque no quería tocar las pequeñas piezas de Bach que me había asignado del Cuaderno para Anna Magdalena Bach y por tanto necesitaba saber qué había más allá de eso, comprar una grabación antes de salir hacia Sonoma o Saint Helena aún se sentía como una actividad azarosa, y aunque Annie me había advertido que no escuchara música de piano mientras manejaba porque el ruido de la carretera ocultaba los matices que debería estar captando, sobre todo cuando las frases musicales exigían pianissimo, lo hice de todos modos, comprando los conciertos para piano de Prokófiev porque Annie se fruncía cuando le hablaba de Prokófiev – si hubieras vivido conmigo en San Francisco te habría contado inmediatamente que como joven estudiante en el Conservatorio de San Petersburgo Prokófiev se metía a escondidas en el salón de conciertos antes de una actuación para escribir las notas falsas en las partituras, Leopoldo – y luego una noche en casa de Annie, tras ver la portada de mi carpeta de partituras que decía La Carrera de Piano de Antonio, y después de que se riera como uno se ríe de las ocurrencias tontas de los niños, me estacioné afuera de Gordo's Taquería en Solano Street y me encerré en mi auto, obligándome a escuchar el primer movimiento de la Pathétique de Chaikovski hasta que tuviera sentido para mí, lo cual debió de tomar mucho tiempo porque la gente de la taquería ya empezaba a verme con sospecha: para cuando ya había entrenado mi oído, tuve que aceptar que era demasiado tarde; que para interpretar la música en el piano había que hacer mucho más que tocar las notas correctas; que nunca lograría un nivel competitivo y que nunca llegaría a ser pianista: y bueno, ¿por qué no escritor?

—

I Am Sitting in a Room de Alvin Lucier: estoy sentado en una habitación, dijo Alvin Lucier, diferente de la que ustedes están ahora. Estoy grabando el sonido de mi voz, y voy a reproducirla en la habitación, una y otra vez, hasta que las frecuencias resonantes de la sala se refuercen. ¿Esta era la idea que Antonio tenía de hacerle una broma? ¿O su insistencia para que ella escuchara esta pieza era solo un pretexto para llevarla cerca de su cama? Antonio no se reía, y la puerta de su habitación no estaba cerrada, pero ella tampoco tenía las pruebas suficientes para refutar sus hipótesis. De modo que cualquier indicio de mi hablar, dijo Lucier, con la posible excepción del ritmo, será destruido. Lo que escucharán, entonces, si ignoran la reverberación y los sonidos espaciales de la música electrónica que viene de la sala de Antonio, donde su fiesta de despedida todavía no ha terminado − ¿puedes creerlo? ¡Antonio va a hacer los Peace Corps en su propio país! − son las frecuencias resonantes naturales de la sala, articuladas por el habla. Lo que no oirán es a Antonio retransmitiendo su expectativa tácita: concéntrate, Masha, la música no es solo contrapunto y variaciones. Pero considero esta actividad, dijo Lucier, no tanto como la demostración de un hecho físico, sino más bien como una manera de afinar cualquier irregularidad que pueda tener mi discurso. Estoy sentado en una habitación, diferente de la que ustedes están ahora. Después de la séptima u octava repetición ella dejó de escuchar en busca de sorpresas. La voz de Lucier simplemente se estaba trasquilando y lo que quedaba de ella era un ruido metálico. Los dedos de Antonio la sorprendieron rozando sus labios. Ella no sonrió, así que lo hizo de nuevo, esta vez actuando como si estuviera limpiando migas de pan, retrocediendo, ebrio como los demás − todos mis amigos aquí son amigos de fiesta, Mashinka − convirtiendo su mano izquierda en un pájaro, sus dedos como cuernos, como lo había hecho la noche en que salieron abruptamente del estreno de San Francisco de Asís de Messiaen. Lo que vio en su rostro lo entristeció, pero él fue rápido, alzando el índice en señal de burla, como si acabara de recordar algo importante: ajá, sí, tenía que detener su casetera y golpear ligeramente la otra reproductora portátil para comprobar que todavía funcionaba. ¿Estás grabando esto, Antonio? Él asintió con la cabeza, haciendo un gesto con la mano para que ella le recitara algo. Claro, ¿por qué no? Podía recitar algo que no era probable que él conociera: aquí está mi regalo, recitaría, no rosas en tu tumba, ni palillos de incienso: en tu soledad dejaste entrar al desconocido terrible, recitaría, y te quedaste solo con ella: únicamente mi voz, como una flauta, recitaría, se lamentará en su muda fiesta fúnebre: pero ella no tenía ganas de darle esa satisfacción. Más tarde esa noche, en su apartamento, ella iba a recitarse en voz alta esas líneas para sí misma. Están abriendo un nuevo lugar de crepes en Gough, dijo. Siento no haberte llamado por la fiesta, Masha. Pensé que la odiarías de todos modos. O que esperarías encontrar pintores como tú, pianistas y poetas, un salón tipo Proust. Todo al último minuto de todos modos. Ya me voy. Te iba a llamar para contarte. ¿Al Ecuador? ¿Adónde más, Masha? ¿Berlín, Barcelona, Nueva York? Guayaquil tiene un centro de artes escénicas que lleva el nombre de uno de nuestros presidentes que fue elogiado por Reagan debido a su mano dura. ¿Los shows que presentan son sobre todo comedias? Antonio se rio. Luego se sentó en el banco junto a la cama y lloró. ¿Era esa otra táctica suya para avergonzarla? ¿Para exponer su insensibilidad? ¿Para repugnarla con su lástima hacia sí mismo? No. Probablemente habría llorado aunque ella no estuviera allí. O no habría llorado si ella estuviera allí pero no hubiera reprochado su manuscrito. O si le hubiera pedido que le contara más sobre Alvin Lucier. Qué fácil es desalentar a los aspirantes a escritores cuando son jóvenes. Debido a sus pantalones floreados y a su camisa rizada todavía esperaba que convirtiera su llanto en una broma. No lo hizo. No sabía entonces que iba a ser la última vez que lo vería. Que sus últimos gestos hacia él no serían verbales: no sentarse junto a él en su banco, no poner los brazos alrededor de sus hombros, tratando de convencerlo de quedarse. Imagina una vida diferente en Berlín o Nueva York, donde podrías salirte de óperas como las de Messiaen cada semana. Adiós, Antonio.

III LEOPOLDO Y LOS OLIGARCAS

Por el pasillo vacío de la municipalidad León Martín Cordero arranca hacia una rueda de prensa que no tendrá sillas, no tendrá lámparas, no tendrá esos manojos de micrófonos como los que le encantaban a El Loco, no tendrá un podio sino en su lugar un escritorio de guayacán desde donde escenificará la idea de Leopoldo de convocar a los dos mil cuatrocientos noventa pipones que El Loco agregó indiscriminadamente al rol de pagos. Prostitutas y drogadictos que solo se aparecían para cobrar sueldo y que él borró de los registros en su primer día como alcalde de Guayaquil, carajo, convocándolos ahora con el pretexto de que los reintegrará, por favor traigan su notificación oficial, sin que supieran que también había convocado a la prensa para que las cámaras recordaran a la nación lo repulsivo que es esa lacra de El Loco, y aun así, mientras Leopoldo espera a que León Martín Cordero termine su rápido proceder por el pasillo, Leopoldo está seguro de que León no está pensando en la idea de Leopoldo ni en la demanda contra él por presuntas violaciones de los derechos humanos durante su mandato como presidente, no, no está pensando en que ahora tienen el descaro de quejarse, tracalada de ingratos, porque se creen que ahora estoy debilitado por una cirugía menor en el ojo (su ojo derecho fue reemplazado por uno de vidrio) o por un bypass coronario de rutina (su tercero en diez años) o debido a los rumores de que tengo cáncer de pulmón e incluso

(el doctor Arosemena aún no puede confirmarle a Leopoldo si León tiene Alzheimer) todo eso lo he sobrevivido al igual que en mi juventud sobreviví indemne a tres balazos, carajo, ahora tienen el descaro de quejarse en lugar de darme las gracias por librar a este país de terroristas como Alfaro Vive Carajo, ahora les gusta fingir que no tenían pánico sobre lo que podría haberles pasado a sus maridos, ay mi Luchito, ay mi Alvarito, todos los que corrían el riesgo de ser secuestrados como Nahim Isaías había sido secuestrado por esa banda de delincuentes que se llamaban a sí mismos guerrilleros, ay señor Presidente, ay Leoncito, haga lo que sea necesario para eliminarlos, ahora les gusta joder sobre las supuestas comisiones de la verdad en lugar de darme las gracias como Reagan me agradeció obsequiándome una calibre 38 automática en miniatura que aún llevo debajo de mi

(an articulate champion of free enterprise)

y aun así, mientras Leopoldo espera a que León Martín Cordero termine su rápido proceder por el pasillo, Leopoldo está seguro de que León no está pensando en el plan de Leopoldo ni en las raterías de El Loco ni en la demanda contra León por presuntas violaciones de los derechos humanos sino en Jacinto Manuel Cazares, quien una hora antes había solicitado permiso para escribir la biografía de León, llegando justo en el instante en que Leopoldo abría la puerta del despacho de León, como si Cazares, un antiguo compañero de clase de Leopoldo que sin embargo parecía el hijo de un cuidador de caballos criado por licenciados, se hubiera sincronizado con León, cortesía de algún funcionario municipal que le había transmitido la información del reloj de pulsera de León, de algún sapo que estrechó la mano de León y consiguió extraer los datos de León al milisegundo, de algún lameculos o alguien haciéndose pasar por lameculos como el curuchupa ese de Cazares, quien se apareció con un ejemplar del volumen 3 de Pensamiento y Obra de León, que había sido publicado por la Secretaría Nacional de Información Pública cuando León era presidente y que León probablemente pasó por alto como un obvio objeto para congraciarse con él porque ese volumen imposible de hallar describe la construcción del sistema vial más ambicioso que el país había visto hasta entonces, además de que estaba marcado con tantas notas adhesivas que parecía un sánduche aplastado o un

(la hija de León, Mariuxi, solía coleccionar ciempiés)

mira, hijo, tres editoriales extranjeras y una cadena de televisión internacional me han ofrecido bastante dinero para permitirles escribir sobre mí y siempre me he negado porque a estas alturas de mi vida no voy a tener la vanidad de que alguien escriba mi biografía cuando el único mérito del que presumo es haber cumplido con mi deber y por encima de cualquier otra consideración haberlo hecho en estricto apego a la ley.

Señor Presidente, los periodistas están aquí.

Pero usted es el único líder de esta nación que podría servir de ejemplo para nuestra juventud.

¿Señor Presidente?

Desde lejos el que León se apoye sobre el hombro de Leopoldo probablemente parezca un gesto de camaradería, aunque por supuesto a Leopoldo no le importa si eso es lo que parece, ni tampoco le importa que desafortunadamente no hay nadie cerca para presenciar qué es lo que parece, he aquí la mano derecha de León, señores, Leopoldo Arístides Hurtado, ni tampoco importa si le importa porque todos en el municipio ya saben que él es la mano derecha de León. Lo que a Leopoldo sí le importa es la tos tuberculosa de León. Tampoco es que sepa cómo suena la tos de un tuberculoso. Aunque sí ha oído algo parecido antes. En el asilo Luis Plaza Dañín que Leopoldo y Antonio solían visitar cuando eran estudiantes de segundo año en el San Javier la tos de los ancianos y los enfermos sonaba tuberculosa. También como un llamado: háblame, visítame, y al mismo tiempo como una impugnación: ¡aún seguimos aquí! Aunque hoy la tos de León es en parte culpa de Leopoldo. Leopoldo sabía que si no interceptaba a León camino a la sala de prensa, si no lo desaceleraba mostrándole listas de quehaceres administrativos, lo más probable era que arrancara por el pasillo a una velocidad excesiva para él. La misma velocidad arrecha que ha exhibido desde que era prefecto. La misma petulancia de alguien que podía darse el lujo de renunciar a su cargo como jefe de la Molinera Nacional para convertirse en senador del Guayas, presidente del Ecuador, alcalde de Guayaquil, de alguien que una vez hizo campaña a caballo, que una vez ordenó rodear con tanques a un congreso que no firmaba sus decretos, que una vez recorrió el país en caravanas que cuadruplicaban su tamaño de Machala a Naranjal, de Babahoyo a Jipijapa, que hacia el final de su campaña presidencial logró repletar un estadio de carteles, banderas y cánticos de pan, techo y empleo, con León si se puede, un estadio donde juró, frente a dios y la patria, que nunca los traicionaría. Leopoldo creció con esas palabras. Ese estadio. León rodeado de una procesión de niños. Sudando como inspirado por su gente o por un dolor que debe vencer para jurar, no, en ese estadio la voz de León se quiebra, como permitiendo que el eco de su voz llegue hasta Esmeraldas y Calceta, Macas y Junín. Juro, ante dios y ante la patria, pero la voz de León se quiebra otra vez, como acogiendo la gravedad de su promesa. Juro, ante dios y ante la patria, que jamás os traicionaré. En el terreno de fútbol y en las gradas la multitud estalla. Algunos corean León / León / León. Otros saltan al unísono y agitan sus banderas. Sobre los hombros de su padre, Leopoldo también agita su bandera. Es amarilla como las otras y diminuta como sus manos. Sin embargo su padre no está moviendo su cartel. Lo había estado agitando desde que se subieron a una camioneta en La Atarazana pero ahora no se mueve. Debido a la conmoción que los rodea Leopoldo no logra comprender por qué su padre tiembla como si tuviera frío. No hace frío. Hace calor y está húmedo y las luminarias exacerban el calor y todos están empapados y gritando junto con o pese a los parlantes que se descargan de canciones. El cartel de su padre está clavado en el césped y sus manos descansan sobre el cartel como si fuera un poste de carretera que se ha aparecido solo para él. Su padre está a punto de descansar la frente sobre sus manos, olvidándose que su hijo está encima de sus hombros, el cual instintivamente se tira hacia atrás mientras su padre se tira hacia delante, pero entonces su padre se endereza como si lo hubieran pinchado y grita. Anda que te parió un burro. Mi espalda. Pan, techo y empleo. Con León sí se puede. La euforia del estadio se acaba. León gana. Su padre huye tras un escándalo de malversación de fondos. Una noche Leopoldo se encuentra, aturdido y con frío, en la sala oscura de la vieja casa del barrio Centenario. Su madre se ha ido y la empleada calva está viendo trogloditas en una pantalla que parpadea como linterna en barco. Se aporrean unos a otros y olfatean la corteza de unas palmeras gigantes. La sala huele a hígado quemado. Luego un tsunami se eleva como una mano que también es araña y se lo traga todo. The end. Duérmete, Negrito. Le preocupa la tos tuberculosa de León. Y aun así hoy Leopoldo no logró interceptar a León apresurándose por el pasillo. Tenía mucho que coordinar antes de la rueda de prensa sobre los pipones de El Loco. Además, León estaba ocupado dándole audiencia a Jacinto Cazares (conocido en el San Javier como Funky Town, Excremento, piedras al Lambón).

León trata de contener la tos con el puño, lo cual carece de sentido, aunque ese pensamiento de Leopoldo también carece de sentido, porque ¿qué más puede hacer uno? Qué poco generoso de su parte. Y qué ridículo hacer una vez más otro voto de generosidad hacia sus semejantes. Como para reprochárselo, la tos de León cesa. Este hace una mueca, irritado por tener a Leopoldo como testigo de su tosedera, o tratando de discernir por qué este moreno de verga está parado tan cerca suyo. León estrecha la mano de Leopoldo con ambas manos como si estuviera haciendo campaña en un jardín de infantes, pero antes de que Leopoldo tenga tiempo de considerar la absurdidad del gesto León empieza a toser de nuevo. Al final del pasillo dos reporteros los están observando. Leopoldo cubre a León de los periodistas cambiando de lado, colocando una mano en el hombro de León y la otra en su espalda, dándole tres palmaditas, tranquilizándolo, antes de que Leopoldo se dé cuenta de lo que está haciendo. A León no le importa o no se ha percatado, pero Leopoldo retrocede de todas formas. Los reporteros siguen necesitando un gesto que puedan interpretar. Leopoldo se inclina hacia la oreja de León, tapándose la boca con la mano como para impedirles ver de qué está conferenciando con él, y si Leopoldo pudiera también se impediría ver a León de esta forma, ya que hasta el espectador más generoso coincidiría en que León parece un Papá Noel destartalado, o un tuerto aturdido, o un Lear agobiado muy distinto al Rey Lear que la abuela de Leopoldo, en su granja en los cerros de Manabí, interpretaba para él después de prepararle sus panes de azúcar favoritos, atándose una bolsa de plástico transparente en la cabeza como si fuera una peluca y luego cojeando mientras proclamaba, en un inglés incomprensible, blo win, crack you cheek, rage!, blo!, su voz imbuida de la misma emoción a la que recurriría años después cuando Leopoldo estaba a punto de pronunciar su discurso de graduación, compartiendo con los distinguidos padres de familia entre el público cómo de niño, sin apenas poder alcanzar la baranda de su balcón, Leo podía estarse horas dando discursos a los camiones que pasaban y a veces hasta algún vendedor ambulante se detenía, lo aplaudía y trataba de venderle unos chanchitos rosa de cerámica – los chanchitos / la alcancíaaa – y mientras Leopoldo pronuncia su discurso su abuela escucha que León le dice a su esposa carajo, ese moreno suena igual que yo.

La gente de El Loco está llegando tal como lo he planeado. Tengo todo bajo control.

¿Tú? ¿ Tú tienes todo bajo…?

León lo esquiva de modo que Leopoldo tiene que apresurarse detrás de él como un sirviente que ya debería saber lo que no se le debe decir al patrón, un sirviente que le lleva su maletín, el cual contiene los habanos Cohiba que Fidel aún le envía a León, una carta de recomendación para que Alvarito Rosales pueda ser admitido en el Babson College, un látigo traído del rancho de León que planea empuñar contra la gente de El Loco, un betún color café para sus botas de vaquero, migajas de galletas de chocolate La Universal, llamadas Tango por ninguna buena razón.

¿Cómo están los caballos, señor Presidente? ¿Marcial todavía anda con la racha ganadora? ¿Cómo están los dóberman? ¿Los bonsáis crecen bien? ¿Va a practicar tiro al blanco este fin de semana?

Nunca es fácil saber cuándo León está de humor para hablar con la prensa. Definitivamente hoy no. Los periodistas y el equipo de grabación se sitúan en el piso, alrededor del escritorio de guayacán.

León se anticipa a las preguntas acerca de la demanda sobre derechos humanos que pesa contra él dándoles un sermón sobre prácticas antiterroristas en el exterior.

Leopoldo, siguiendo la rueda de prensa desde un costado, junto a la pared con el papel tapiz mordisqueado, se sabe de memoria la letra de este sermón. A estas alturas quién no. Durante su presidencia León había contratado en secreto a un experto antiterrorista israelí y juntos eliminaron a tanta gente que, a diferencia de Colombia y Perú, ya no tenemos más de esos terroristas aquí, ya no hay más de esos antisociales cuyo descontento era irrelevante porque para eso instauramos una democracia aquí, carajo, si querían un cambio debieron haberse presentado a las elecciones, se necesitaba una mano dura y eso fue todo, pero si Leopoldo no vuelve a escuchar una sola palabra más acerca de déspotas manos duras como León (no, León no está mirando en su dirección), si no vuelve a leer una sola palabra más acerca de esos autócratas o caudillos o patriarcas o como quieran llamarlos, él estaría mucho, bah, no sabe si estaría mucho mejor. Simplemente no quiere escuchar más sobre ellos.

El show de Haga la Mano Dura con León, interrumpido por su tos, continúa. Leopoldo trata de no pensar en que la gente de El Loco está esperando afuera. ¿Qué le importa la gente de

El Loco al fin y al cabo? Con su pañuelo se limpia lentamente la cara, cuidando de no parecer desesperado, pero tampoco tan lentamente como para dar la impresión de que se está aplicando polvo facial. ¿Debería pedir que le borden sus iniciales en el pañuelo? El gris claro sería el mejor color. Porque el gris claro va con todo. Él mismo podría bordarlas. A diferencia de Antonio, cuya escritura era tan desigual como sus arrebatos, que iban desde llorar en la cancha de fútbol luego de perder un partido hasta estrellar su calculadora contra la pared del fondo del aula después de supuestamente cagar las respuestas de un examen de física – aguas, llegó el Llorón, cuiden sus calculadoras – Leopoldo se destacó en caligrafía. Aún tiene algunos de aquellos cuadernos de líneas con hojas traslúcidas. Aunque por supuesto la excelencia en caligrafía no garantiza la excelencia en el bordaje. Así como la excelencia en historia no garantiza necesariamente ser escogido para escribir la biografía de León. Así como una extrema inteligencia no garantiza necesariamente una nominación de León para las próximas elecciones, o para cualquier elección, ni siquiera la de un cabildo chiquito, nunca. Incluso hay un rumor de que Cristian Cordero, también conocido como el Cerdo Albino, aquel patucho creído, uno de los estudiantes más vagos del San Javier que solo se presentaba a la puerta de Leopoldo para pedirle las respuestas de la tarea de cálculo, y que de paso resulta ser el nieto de León – no pienses en la vez que le lamboniaste al Cerdo Albino para que te palanquee un puesto como secretaria de León, Micrófono – podría estar lanzándose a presidente. En el San Javier, Antonio perdió dos de sus tres veces peleas con el Cerdo Albino. ¿Se acordará Antonio de esas peleas en el parque de Miraflores? ¿De cuando daba catequesis con Leopoldo en Mapasingue? ¿Se acordará del voluntariado que ambos hicieron en el asilo Luis Plaza Dañín? Llevaban los panes en canastas de mimbre y se los entregaban a los que estaban postrados en cama en aquellas habitaciones del tamaño de hangares. Los ancianos los esperaban a lo largo del pasillo, una lo esperaba a Antonio al fondo. ¿Rosita Delgado? En una ocasión, antes de que Antonio llegara al asilo, Rosita sacó una foto que le había regalado Antonio y se la mostró a Leopoldo: Antonio de niño, disfrazado como un pingüino de cartón. Años más tarde aquel chiquillo del disfraz se convirtió en un economista de Stanford que ha regresado para acordar con Leopoldo sobre su participación en las próximas elecciones presidenciales. Leopoldo consulta su reloj. Se reunirá con Antonio en treinta y dos minutos. Solo se reunirán para conversar, nada definitivo aún, el país esta demasiado inestable como para que León se entere, tampoco es que vaya a permitir que León se entere, de que está conspirando con Antonio para lanzarse en las próximas elecciones presidenciales. Lo más probable es que Antonio espere que le presente un plan ambicioso. De hecho Leopoldo si lo tiene. Bueno. Más o menos. Se guarda su pañuelo en el bolsillo. Probablemente la caligrafía y el bordaje no guarden ninguna relación en lo absoluto.

Señor Presidente, ¿está reconsiderando la posición de su partido de no presentar candidato para las próximas elecciones? Señor Presidente, ¿alguna vez se volverá a lanzar a la presidencia? Señor Presidente, ¿alguna vez va a comprar muebles para este edificio?

No compraré nada para este edificio, escucha Leopoldo que dice León, indignado como siempre, cerrando los ojos, o al menos uno de ellos, y como un sacerdote denunciando el hedor del pecado señala las esquinas vacías del salón, como si las esquinas tuvieran algo que ver con esto, como si hace mucho tiempo León hubiese reprobado geometría del mismo modo en que su nieto reprobó todo menos clases de flauta, aunque por supuesto Leopoldo sabe que León nunca reprobó nada y que esa manera de señalar es solo su forma teatral de enumerar la ausencia de impresoras, lavadoras, secadoras, fotocopiadoras, asesoras, archiveros y repisas, butacas de roble y de cobre, todo lo que se llevaron los primos y panas de El Loco. Menos el escritorio de guayacán. Ese pesaba demasiado para cargárselo. Todo el mundo había visto por la tele el palacio saqueado. Y sin embargo para la gran mayoría las imágenes del saqueo no habían resultado surrealistas ni indignantes ni desalentadoras, sino más bien chistosas. Dicen que lo único que encontraron fue a una chancha comiéndose el papel tapiz, don Leopoldo. Que sus diminutas orejas hacían que su boca pareciera grandota. Y encima de eso que olía a basura. Oh, pero a la chancha Elsa no le importó. Masticó el papel tapiz de la pared municipal y nada le importó. Así fue como se le ocurrió a Leopoldo la idea de convocar a los pipones de El Loco. La gente no estaba indignada, le había dicho a León. A todos les hace gracia. Extra, niño Leo, léalo aquí primero: El mano derecha de León se embolsa las pensiones de los jubilados y celebra en Miami. Chequéalo, Micrófono, El fraude obliga a Francisco Swett a tomar un jet a Florida. Extra, don Leopoldo, Joffre el Hutt evade orden de prisión y huye a Miami. Joffre Torbay se parecía a Jabba el Hutt, lo cual hizo que su desfalco durante la presidencia de León resultara aún más siniestro. Todos dicen que Joffre el Hutt abrió un nightclub en Miami Beach, don Leopoldo. Que se llama Ecuador Bar & Beer. Aunque era más probable que se llamara El Palacio o La Catedral o La Mansión y que sus puertas estuvieran flanqueadas por guardias tucos que no dejaban entrar a los indios y a los cholos. La otra cuestión que Leopoldo no le contó a León es que todos aún recuerdan a El Loco látigo en mano asomado a la ventana del palacio municipal durante su época de intendente de policía, prometiendo azotar a los oligarcas como León.

No compraré nada para este edificio hasta que la gente se dé cuenta de la magnitud de la corrupción de ese individuo, escucha Leopoldo que dice León. A ese estafador no se le debe permitir regresar. Lo que nuestro país necesita son profesionales cumplidos y honestos.

¿Está León presentando a Leopoldo como un ejemplo de profesional cumplido y honesto? Parece que los periodistas están preguntándose lo mismo porque empiezan a girarse hacia Leopoldo. ¿Será que recuerdan lo que Leopoldo ha logrado para la ciudad? ¿Será que recuerdan que El Loco y sus secuaces también habían vaciado las arcas de la ciudad y que esa es la otra razón por la que León no puede comprar nada para este edificio? ¿O que León había cerrado el palacio vacío e iniciado una campaña de recaudación de impuestos para reponer las arcas pero lo que recogió lo tuvo que gastar inmediatamente para evitar una epidemia porque el sistema de alcantarillado se había atascado en alguna parte y las aguas negras estaban inundando las calles y la estación lluviosa ni siquiera se había iniciado y la gente que iba camino a sus trabajos veía ratas chapoteando por su vida? Leopoldo se acerca a la ventana del otro lado del salón para chequear a la gente de El Loco. Para que todo fuera más manejable Leopoldo había convocado solo a doscientos de los dos mil cuatrocientos noventa pipones, y aun así allá fuera se agolpaban ya más de doscientos en el patio, esparciéndose por calles y plazas, debería haber previsto que se presentarían más de doscientos, aunque quizás la aritmética le falle un poco. Un centenar por el puesto de ostras, otro por la carretilla del vendedor de jugos (oye, ¿ese de ahí es Facundo Cedeño?), otros cien por el, estate tranquilo, Leo, no te preocupes demasiado, tampoco nadie se va a dar cuenta. Leopoldo le da la señal a León desde el otro lado del salón. Se armó.

—

Facundo Cedeño, embutido en sus pantalones de poliéster crema y su camiseta SPAM que apenas cubre su patrimonio abdominal, o, como sus compañeros del San Javier le decían, su protuberancia panzaechófer, ¡acá les voy a dar la protuberancia!, les respondía, adoptando una postura de líder del gallinero, un falsetto de avestruz en celo, un pavoneo priápico acompañado de agarrones del mataperol que tenía debajo de sus jeans, los mismos jeans poto de algodón que en toda la secundaria fueron una fuente inagotable de algarabía, esta última palabra, por cierto, era el tipo de palabra que Facundo solía rechiflar para que se la clarifiquen durante ¿Quién es más pedante?: álgara la araña marchita, bía el doble pía de las pollitas dicen pía / pía: álgara, bíííía, deformando las recónditas palabras de Antonio y Leopoldo para cobrárselas por burlarse de sus jeans flojos, tal como sus pantalones de poliéster crema, dos tallas demasiado grandes, también le quedan flojos y se le están cayendo mientras espera su cheque pipón en las escaleras del palacio municipal.

En medio de este calor sudoríparo sahariano se le ocurre – que ocurrido que eres, Mataperol – que la flojera la podría resolver comprando cinturón. Sahariano pero no arenizado, estimado público. Tampoco hay antifaces árabes fantasmales. Un granizado ahorita le vendría positivo. Mientras divisa a un vendedor de jugo al otro lado del patio se le ocurre – y vuelve el ocurrido arrepentido – una estrofa sobre camellos y parasoles. Un vasito de jugo de papaya le caería estupendo. Bueno, no tan estupendo como esta panza, ¿eh? ¿Eh? Ja, ja. Esta panza que tu ves aquí, que parece tan galante, solía decir su abuelo mientras acariciaba su vientre de ballena, vale millones. Todo el mundo se reía siempre de esa broma. Sin embargo cuando Facundo la probó con su público en La Ratonera no le hizo gracia a nadie. Haz como si fueras un viejo muerto de hambre que todavía vive en una choza y retumbarán los jajás, Facundito, le había explicado el abuelo Paul. Facundo pone su mano en su frente como una visera, oteando el patio como vigía avistando las Américas. Mientras localiza un puesto de ceviches de ostra, un triciclo con caja, que también promete aliviar el calor, se le ocurre una estrofa de que a Cortez le gotea. Un tipo cara de bagre acerca la oreja a las ostras antes de chuparlas, como si estuviera escuchando las últimas palabras de las ostras. ¡No me comas, bagre! ¡Bésame, bagre! Mrkrñau. Hay demasiada gente amontonada en el patio. Demasiada gente aposentada en las escaleras. Algunos se quejan de la larga espera, otros del aumento en el precio de las lentejas, otros sobre los gorgojos en el arroz importado de Tailandia por un ministro que huyó el día antes de que se le dictara orden de prisión, otros sobre la probabilística de que

El Loco vuelva para acabar con esos oligarcas corruptos con-chadesumadres en las próximas elecciones presidenciales. Cá-llate, Fabio, que si León te oye te saca un ojo. ¿Crees que los gorgojos son crujientes, compadre? Atravesar el patio atesta-do para conseguir un jugo de dudoso sabor, por no hablar de su dudosa temperatura, ya que aunque el vendedor tuvie-ra la fuerza para cargar con los baldes llenos de jugo más los bloques de hielo, es probable que metiera los hielos temprano en la mañana así que ahora ya deben de estar derretidos, gua-cala, bueno, aguanta, Macundo, ¿para qué cruzar el gentío? Oye juguero. Psst. Vengase pa acá. A una velocidad milagrosa el juguero esquelético llega hasta él.

¿A cuánto tu veneno?

Veinticinco, patroncito.

¿Que me quieres ver las huevas?

Quince y fresquecito, patroncito.

¿A ver repíteme?

Diez y hasta el desborde, patroncito.

Facundo saca la fotocopia de una carta de aspecto oficial con el sello municipal, agitándola como si fuera una notifica-ción de desahucio en frente del juguero, cuyo cuerpo tostado huele a camarón, y cuyos brazos venosos están sobrextendidos por el peso de los baldes.

Trabajo en la municipalidad. De ley que este jugo es un peligro para la salud. Déjame ver tu permiso.

La expresión derrotada del juguero parece una exagera-ción obvia, ¿no? ¿Como si no estuviera acostumbrado a esto? Hazte nomás. Qué viva el actor. El juguero se acuclilla para bajar los baldes, pero justo antes de que toquen el cemento cambia de opinión y los deja caer. Aterrizan en seco sobre el escalón. Los frascos de vidrio tintinean unos contra otros. Salpicaduras de jugo rojo caen sobre sus sandalias de goma. Sumerge su mano en el balde de agua, el que usa para enjua-gar los frascos, saca uno, y luego lo mete dentro del otro bal-de, el que tiene el jugo enhielado.

Gratis para usted, patrón.

Ah. Así sí.

Mientras se toma el jugo se le ocurre una estrofa sobre guatas y gula. El juguero está mirando las nubes de humo cercanas. ¿Esperando qué? ¿El esmog de la retribución? ¿El rayo vengativo? Facundo trata de apaciguar al juguero, sacando los dientes como conejo y limpiando diligentemente sus babas en el borde del frasco. Nada. No le hizo ni pía de gracia. Facundo se lo devuelve limpio y vacío. A una velocidad milagrosa el hombre de los jugos se desaparece en medio de la muchedumbre.

Llega más gente y siguen de largo hacia el frente, por las escaleras, básicamente porque no hay una fila pero eventualmente habrá fila y entonces serán los primeros, sin saber que probablemente haya una larga espera por delante, sin importarles estar agolpándolo todo, oye, no empujen, ya párenle. Un globo verde se le escapa a alguien pero no se eleva. Facundo le da un golpe al globo suelto, el cual intenta flotar, como un ojo por encima de ellos, en dirección a un mago que vende lotería y muñecos de peluche. El mago suelta el globo como si fuera una paloma mensajera, encuentra la ramita, palomita, no te hace falta equipaje, vuela. El globo da tumbos, pasa por los pies del mago y aterriza junto a tres enternados con pinta de empresarios. Uno de ellos levanta el globo del suelo, cuidándose de no ensuciar sus mancuernas, agarrándolo por el nudo y frotándolo contra su puño. Los otros dos están comparando su carta municipal con la de ellos. Los enternados miran a su alrededor, confirmando sus sospechas de que aquí todos, menos los vendedores ambulantes, esos tránfugos y batracios, también llevan una carta municipal, algunos portando la original, otros probablemente llevando una falsificación del documento original, el cual dispone que todos los empleados municipales contratados por El Loco serán reintegrados al rol de pagos, por favor presentarse al palacio municipal. Aquí algo huele a ñoña, dice uno de los enternados. No creo que El Loco haya metido a toda esta lacra en la nómina. Hoy tampoco me pude comunicar con El Loco. Los otros enternados están de acuerdo. Algo aquí sí que huele a la ñaña de Maraco. Ya Ortega no te metas con la ñaña del atrasa pueblo que después no comparte el Chivas. Protejan sus billeteras, caballeros, y larguémonos de aquí. El mago le dice a alguien que le dice a alguien que le dice a alguien lo que escuchó que dijeron los empresarios, y mientras el rumor de que algo huele a ñoña se extiende algunos están diciendo no me importa si El Loco es loco o sapo, al menos él se preocupó por girarnos un cheque, el cual necesito desesperadamente para comprar los útiles escolares, para comprar la leche en polvo, alguien más dice, para pagar el agua del tanquero, alguien más dice, para alquilar la lavadora, y he venido de lejos, alguien más dice, he viajado de muy lejos. Nadie huye. Todos permanecen en su lugar. El hombre de las ostras gira el dial de su radio portátil, saltando de un trozo de canción a la estática a les comunicamos que el presidente interino acaba de anunciar un nuevo paquetazo, y de ahí a Wilfrido Vargas y su papi no seas así / no te pongas guapo / ese baile les gusta a todos los muchachos. El globo regresa hasta Facundo. En esta ocasión lo recoge. Mientras se acerca al puesto de ostras, clava sus uñas en el globo y…

Una explosión. ¿Un tiroteo? ¿Un disparo? Nadie se ha echado al piso. Todos buscan el origen de la explosión. ¿Adónde? ¿Por dónde?

Su atención por favor, dice Facundo, mostrándole a la gente los restos de globo como si él fuera azafata. Solo es un globo que se reventó. Eso es todo, amigos. No hay nada de que preocuparse. Nadie se ríe. Deben de estar exhaustos de esperar, piensa Facundo. Bueno. Encontrará una manera de hacerles reír. Se limpia las manos en su camiseta, como para purgarse de su racha de chistes agrios, y luego le dice al hombre de las ostras oiga, pana, súbale el volumen. El hombre de las ostras se encoge de hombros y lo sube. Wilfrido Vargas está cantando El Baile del Perrito. Todos se saben este merengue. Damitas y, bueno ya, también caballeros, mi imitación de nuestro actual alcalde, nuestro león y gran patriarca, el inigualable León, Martín, Corrrrrrdero. Las puertas del palacio municipal siguen aún cerradas y por eso la muchedumbre tiene chance de agruparse alrededor del gordinflón, quien se está poniendo en cuatro y esta imitando los ladridos rápidos del merengue, sacudiendo el trasero como si fuera el alcalde agitándole su cola a El Loco, que de un solo toque le tiene que haber ordenado a León que reintegre a todos en la nómina, y aunque a León nunca se lo ha conocido por seguir las órdenes de nadie, especialmente las de El Loco, la muchedumbre aplaude y canta si algo te debo / con esto te pago / si algo te debo / con esto te pago. Oye, botija, dice alguien, ¿tú crees que El Loco le ordenó a León que nos hicieran una fiesta? Oye, bielero, dice otro, ¿crees que contrató a Los Iracundos para que nos canten? ¿Crees que El Loco ordenó a ese oligarca que nos aumente el sueldo? ¿Tú crees?

Las puertas del palacio municipal por fin se abren. Ya era hora, dice alguien. León, seguido por un equipo de filmación, sale apresurado. Las cámaras de televisión están apuntando hacia el patio, escaneando de un lado para otro como cámaras de seguridad. Los reporteros están hablándole a sus micrófonos como si estuviesen narrando una inundación o una rifa. Alguien al pie de las escaleras agita los brazos para que lo vean las cámaras. Una mujer cerca del puesto de ostras agita su carta. Otros junto a ella también lo hacen. Cientos agitan sus cartas como pañuelos despidiendo a un barco. Pero ¿qué le pasa a León? Está ahí parado nomás. ¿Cubriéndose la boca con el puño como si fuera a inflarse a sí mismo? ¿Para noquear a alguien? Se lo ve bastante cabreado. Oye, Porky, dice alguien, ¿por qué no vas a hablar con León y miras qué está pasando? Simón gordis, dice alguien, anda. ¿Quién? ¿Yo? Ja, ja. Pero al parecer no están bromeando. La multitud se va apartando de él, formando un pasillo por el patio y las escaleras hasta donde León Martín Cordero. Una anciana que se aprieta un trapo contra la nariz le recuerda a Facundo el olor de los neumáticos quemados. Alguien lo empuja. Oigan ya, qué tanto apuro, ya voy. Facundo intenta restar importancia a su encargo haciendo de la mano a la multitud. No todo el mundo le sigue la corriente. Los que lo hacen le sonríen con demasiada efusividad, como padres felicitando a su hijo por llegar en onceavo lugar. En las escaleras la fiesta se acabó. Detrás de él la multitud calla. Facundo le extiende la mano a León pero León se la rechaza. ¡Oye, pero si ahí está Leopoldo! Leopoldo se le acerca pero mueve discretamente la cabeza como diciéndole a Facundo no, Facundo, aquí no me conoces.

¿Cuántos son?

Uh, ¿no los suficientes?

En el patio todo el mundo ve a León gesticulando y gritando, pero ¿qué está diciendo León?, se pregunta alguien, ¿por qué está tan enfadado?, se pregunta alguien más, y luego ven a León apartando bruscamente al gordo de modo que el gordo se tambalea de lado y hacia atrás, cayendo escaleras abajo hacia donde algunos ya intentan abrirse paso para marcharse, pero no pueden hacerlo porque la mayoría de la gente en las escaleras se ha quedado ahí parada, preguntándose si tal vez el gordo ofendió de algún modo a León, si tal vez el gordo está ebrio, si tal vez el maletín entreabierto que el ayudante de León le presenta a este contiene sus cheques, pero lo que León saca del maletín no es un fajo de cheques ni un pergamino con un discurso de bienvenida sino un látigo que desenrolla mientras los apunta con el dedo como si fueran la escoria de la tierra, azotando el aire mientras carga escaleras abajo, donde la mayoría retrocede pero no se mueve, como si aún no pudieran creer que los latigazos e insultos son en realidad para ellos, pero entonces el látigo los alcanza y huyen en desbandada, empujándose unos a otros mientras León los llama sanguijuelas, cucarachas, chupasangres. En el extremo más alejado del patio la muchedumbre parece haberse enterado de lo que está pasando porque ahora corren en todas direcciones, y como los que están atorados en medio del patio no pueden correr se empujan unos a otros más todavía. Más tarde verán su estampida en la televisión y escucharán que además de intentar estafar a la ciudad la chusma de El Loco pisoteó a siete mujeres y tres hombres frente al palacio municipal.

El patio ha sido despejado.

El triciclo volcado, el jugo derramado, los frascos rotos, las ostras desperdigadas, los billetes de lotería manchados deben de parecerle desafortunados a León. Malos presagios. Sin embargo, no es la hora para andarse con supersticiones. Probablemente no está claro para el senador de Guayaquil, para el gobernador del Guayas, mientras intenta respirar, qué es la hora de que, o si él

—

Leopoldo debería haber agarrado con mayor firmeza el maletín de León. Después de que León cargara escaleras abajo y empujara a Leopoldo sin darse cuenta, el maletín cayo boca abajo, lejos de Leopoldo, como resentido porque lo ha dejado caer. La tarea de recoger su contenido, de agacharse en medio de una conmoción que prefiere no ver, de acuclillarse y forcejear intentando recoger una carta de recomendación para que Alvarito Rosales pueda ser admitido en el Babson College, de modo que Alvarito pueda fingir que estudia administración de empresas en una institución que no le reprobará, de modo que Alvarito pueda regresar para dirigir las camaroneras de su padre o postularse a la presidencia con promesas de pan, techo y empleo – Alvarito Rosales, el candidato de los pobres – tiene que ser realizada. Pero ¿cuándo termina esto? El padre de Leopoldo como el padre de Antonio como el padre de Stephan como el padre de Nelson como el padre de Carlos como el padre de Eduardo habían malversado fondos y huido del país porque sabían que era su única oportunidad para salir adelante. Leopoldo y Antonio se habían negado a aceptarlo. Y entonces un día el recién nombrado ministro de Finanzas despidió a Leopoldo del cargo que tanto le había costado conseguir como economista principal del Banco Central para que el ministro pudiera colocar al sobrino de su esposa. Y durante meses Leopoldo no pudo conseguir otro empleo. The end. Duérmete, Negrito. Leopoldo convierte la carta de Alvarito en bola y la tira pero luego la recoge porque ¿y si alguien la encuentra y se lo cuentan a León? León ha vaciado el patio. Sus manos están temblando. La espalda sudada de su guayabera tiene incomprensibles rayas de hollín. Leopoldo no puede ver la cara ausente de León pero puede imaginarla fácilmente. Se apresura escaleras abajo para alejar a León de las cámaras antes de que se vuelva hacia ellas. Al bajar Leopoldo se resbala con un espejo de maquillajes compacto pero está bien, sí, no se ha caído. Uno de los camarógrafos, que ya ha hablado con Leopoldo para pedirle un favor, no está grabando a León. Parece estar dándole a Leopoldo la oportunidad de llevarse a León de allí. ¿Ese camarógrafo pendejo cree que Leopoldo no ve las otras cámaras? Algunos de los periodistas, como si supieran que Leopoldo está a punto de obstruirles la visión, están urgiendo a sus camarógrafos para que bajen las escaleras. Al pasar junto a un tacho de basura Leopoldo se toma su tiempo para tirar la carta de Alvarito. Ándate a la verga, viejo hijueputa. Que la gente de El Loco vea que León no está en condiciones de impedir el retorno de El Loco. León se vuelve y mira a las cámaras sin mirar las cámaras, como si estuviera perdido en la cocina de alguien. Leopoldo consulta su reloj. Antonio está esperando. Se armó.

IV ANTONIO CORRIGE SUS RECUERDOS SOBRE EL NIÑO DIOS

> En primer lugar, no se puede encontrar en toda la historia ningún milagro atestiguado por un número suficiente de hombres de tan incuestionable buen sentido, educación y conocimientos como para salvarnos de cualquier equivocación a su respecto.
>
> DAVID HUME, Investigación sobre el conocimiento humano, sección X

Después de veintiún años de ausencia mi padre volvió a la iglesia. El muchacho devoto que yo era entonces lo había convencido de asistir a la misa de Nochebuena, y, según mi abuela, su regreso esa noche fue lo que llevó a que el niño dios llorara. La mayoría de mi familia enseguida aceptó la versión de mi abuela, como también yo lo haría en los años venideros, compartiéndola con mis supuestos amigos estadounidenses como otro ejemplo de las pintorescas supersticiones de mi país tercermundista, lo cual los llevaría a menudo a compararla con noticias de apariciones de la Virgen María en troncos de árboles o en sánduches de mortadela. Por supuesto que sospechaba que la versión de mi abuela era demasiado simple, pero nada me había obligado nunca a elaborarla implicando a otros o incluyendo acontecimientos que empezaron mucho antes de aquella noche o aquella década.

—

Todos estaban implicados, escribe Antonio en el margen de sus recuerdos sobre el niño dios, refiriéndose a todos en Guayaquil (el abuelo de Cristian Cordero, el padre de Espinel, la madre de Julio Esteros, su propio padre) y al resto del mundo (y aquí Antonio desearía no estar dentro de un avión para poder buscar online un ensayo de Leszek Kołakowski, un filósofo por el que Antonio se había sentido atraído porque era de Polonia como Juan Pablo II, el primer papa que visitó el Ecuador − no podemos olvidar jamás la existencia del mal y la miseria de la condición humana, escribió Kołakowski −), de modo que escribir sobre implicar a otros antes de aquella Nochebuena y aquella década le resulta redundante ya que era implícito que todo el mundo estaba implicado, aunque él podía argumentar contra sí mismo y declarar que la mayoría de nosotros necesitamos que nos recuerden que estamos implicados en la existencia del mal y la miseria de la condición humana, bueno, digamos entonces que te encuentras con estos recordatorios en el apacible mundo de la autobiografía o la ficción: ¿los ignorarías, Antonio, o una vez más te verías arrebatado por otro profundo deseo de querer cambiar al Ecuador, el cual sería capaz de nublarte la razón y llevarte a tomar un avión de regreso a Guayaquil sin plan o dinero?

—

Antes de que mi padre aceptara ir a la misa de Nochebuena estábamos en la casa de mi abuela. Mi padre había anunciado que yo ya tenía edad suficiente para sentarme con los adultos, y como la mesa de comedor de mi abuela solo tenía sitio para ocho, y como ninguna de mis tías ni mi abuelo querían amargarse la Navidad iniciando otra batalla pírrica, los diez que éramos nos esforzamos por pasarnos las papas y cortar el chancho sin golpearnos los codos. Y lo hicimos en silencio.

Mi padre estaba de un humor terrible, y sabíamos que quienquiera que hablara durante la cena se arriesgaba a ser abatido por su sarcasmo.

—

Pero quizás ha estado equiparando a Leszek Kołakowski con el padre Villalba, piensa Antonio, quizás se ha sentido atraído hacia ciertos novelistas y filósofos no porque sean de Polonia como Juan Pablo II sino porque sus obras le recuerdan a los sermones del padre Villalba, aunque él ya no se acuerde de los sermones del padre Villalba (en una ocasión Antonio buscó online los textos de Clodovis Boff y sin saberlo más tarde se los atribuyó al padre Villalba – nunca compres una pintura de tu paisaje favorito porque esa pintura terminará reemplazando a tu paisaje favorito, dice uno de los narradores de W.G. Sebald, pero ¿qué otra opción tenía Antonio si sus paisajes favoritos, en gran parte, han desaparecido? – bendígame, padre, dice Clodovis Boff, padre, nos estamos muriendo –), o quizás no se ha sentido atraído hacia ciertos novelistas y filósofos a causa del padre Villalba sino a causa de intrincados mecanismos de asociación que subyacen su mente como en las novelas de W.G. Sebald, atraído hacia el padre Villalba como Jacques Austerlitz es atraído hacia fortalezas que contienen las semillas de su propia destrucción, por ejemplo, y si en aquella noche de Navidad en la casa de su abuela todos se atragantaron con puerco y papas tampoco lo recuerda ya, así que debería borrar los detalles de puerco y papas o admitir que ya no se acuerda de ellos.

—

Mi padre había asumido que su cargo en la administración de León Martín Cordero le había dado derecho a ser atorrante, y quizás por sus aires de infalibilidad no nos planteamos que algo pudiera estar preocupándolo.

—

Él también había asumido que el cargo de su padre en la administración de León Martín Cordero le había dado derecho a la atorrancia en el San Javier, piensa Antonio, pero ¿quién podría culpar a un adolescente raquítico con acné en el rostro por asumir solo un poquito de aires de infalibilidad? (Y aquí Antonio recuerda algunos apuntes que había escrito sobre Tu Rostro Mañana, de Javier Marías – nunca hay repugnancia enteramente sincera hacia uno mismo, escribió Javier Marías, y eso es lo que nos permite hacer todo – o, en el caso de Antonio, no hacer nada – estoy en un avión de regreso, ¿no es suficiente? – no.)

–

Mi abuela, inquieta en medio de nuestro silencio, parecía estar contando los granos de arroz con su tenedor, aunque lo más probable era que estuviera deliberando si debía hablar. Le encantaba tener un público alrededor de la mesa, y la Navidad era la época del año en que todos estábamos más receptivos a sus historias. Debió de recordarse a sí misma que ella era, después de todo, la más habituada a los reproches de mi padre, porque empezó a contarnos los orígenes de su mesa de comedor. La historia no era nueva (ninguna de ellas lo era) pero nos sentíamos aliviados de que alguien que no fuéramos nosotros estuviera hablando. Luego de que su padre vendiera una pequeña fracción de sus plantaciones, dijo mi abuela, le dio el capricho de deshacerse de todos sus muebles y comenzar de nuevo, contratando a todos los carpinteros disponibles en Portoviejo en aquel entonces. Durante una semana, en el patio empedrado, el sonido de los martillos y las sierras se mezcló con el de las familias pobres cargando los muebles viejos que su padre regalaba. La mesa de comedor que mi abuela había heredado de aquellos días tenía flores entrelazadas talladas en todo su grosor, las cuales hacían juego con los cuatro gabinetes de guayacán adyacentes, inmensos gabinetes repletos de más platos y azucareros y tazas de los que cualquiera podría usar en una vida, todos pulidos al menos una vez al mes, la mayoría con paisajes pintados a mano que nadie quería ver.

—

Antes de que la abuela de Antonio despilfarrara lo que quedaba de las plantaciones de su padre en Portoviejo, Antonio solía quedarse con ella durante el verano, y lo que recuerda de esos veranos en Portoviejo son los murciélagos que se aparecían afuera de las inmensas ventanas de su cuarto como espectros de Monstruo Cinema, aquel programa semanal de terror que no le dejaban ver en la tele, los murciélagos que sabe que no se ha inventado en retrospectiva porque les había preguntado a los trabajadores de la plantación de su abuela y le habían confirmado que sí, niño Antonio, a los vampiros les encantan nuestros guineos, y nubes enteras de ellos se agitan sobre nosotros por las noches, y aunque los murciélagos lo habían aterrorizado no lo habían traumatizado de forma irreversible, o por lo menos sus pesadillas con murciélagos atravesando esas inmensas ventanas se fueron desvaneciendo con el tiempo, y lo que Antonio también recuerda de esos veranos en Portoviejo es el mono encadenado en el patio de una parrillada a un lado de la carretera, Antonio arrojándole piedras al escuálido mono encadenado a lo que parecía un clavo gigante martillado en el lodo, el mono lanzándose contra él y asfixiándose antes de poder alcanzarlo hasta que una tarde logró agarrarlo del pelo y no lo soltó, salven al niño, por el amor a dios, el mono jalando a Antonio del pelo y Antonio pensando entonces o más tarde que se lo merecía, el mono sin soltar el pelo de Antonio ni siquiera después de que le llovieran escobazos, el mono probablemente pensando aquí nos hundimos juntos, carajo, tú y yo a la tumba.

—

Mi padre no interrumpió la historia de mi abuela. Se quedó en silencio, concentrado en el horizonte desigual dentro de su copa de vino. No podría decir si lo había estado contemplando por mucho tiempo, o si era solo un gesto pasajero de un experto en vinos porque yo estaba demasiado distraído pensando en mi inminente discurso. Después de participar el verano anterior del estilo de vida desenfrenado de mi padre, había decidido que era mi deber convencerlo para que asistiera con nosotros a la misa de Nochebuena, y para esta delicada tarea había preparado un discurso. Había pasado bastante tiempo considerando no las palabras exactas que recitarle sino la reacción de mi padre a ellas, imaginando una conversión repentina como la de Saúl en camino a Damasco, la luz de dios pasando a través de mí para inspirar cada una de mis palabras. En medio de una combinación de rezos del rosario y escritura febril, había terminado mi discurso la noche anterior. Quizás un argumento contundente, quizás una serie inconexa de alusiones a los textos teológicos que estaba estudiando en el colegio, en todo caso, ya había acumulado al menos siete u ocho páginas arrugadas por mis tachones y mi mala letra a la espera de que la luz me brillara. Me dirigiría a mi padre después de la cena.

Mi tía Carmen, la única de nuestra familia paterna lo suficientemente guapa para casarse con un político joven e intrépido, nos contó las noticias del día. El alcalde de nuestra ciudad, o tal vez algún otro funcionario electo que ya no puedo recordar, había desfalcado al municipio y había huido.

Otro corrupto más, murmuró mi padre, consciente de que mi abuela les había instado a todos que votaran por ese corrupto en las elecciones. Esperamos a que mi padre ampliara su comentario. No lo hizo. Eso no quería decir que su humor estuviera mejorando. Por debajo de la mesa pude ver sus manos acariciando sus pantalones de tela gris, como si estuviera reafirmándoles su calidad y sastrería fina, acerca de la cual me habló una vez señalando las rayitas violetas que habían sido tejidas en ellos.

—

Su padre nunca le habló sobre esas rayitas violetas, piensa Antonio, tachando el pasaje sobre las rayitas violetas, pero su padre sí le exigía que fuera con él a las boutiques más caras de Quito para derrochar su salario gubernamental en ternos italianos, no, no se lo exigía, a Antonio le encantaba pasearse por esas boutiques caras donde las voluptuosas vendedoras se dedicaban tanto al padre como al hijo, su padre coqueteando con ellas y las vendedoras diciéndole su hijo está superguapo, don Antonio, va a ser igual de tremendo que usted, una predicción que no se hizo realidad mientras vivió en Guayaquil – escondan a los Pitufos, señores, que aquí viene Gárgamel – pero que se hizo realidad cuando llegó a San Francisco – buena, Menudo Boy – y aunque a Antonio le gusta creer que no ha heredado nada de su padre corrupto, sabe que ha heredado su inclinación por la ropa cara porque a él le encantaba derrochar en ropa aun cuando no tenía plata, o, como decían en el colegio, cuando andaba chiro / chiro / chiro (y es probable que siga derrochando en ropa porque la comprensión de que un comportamiento es heredado no es suficiente para contrarrestar el comportamiento heredado – simplemente podrías dejar de comprar ropa cara, Baba – ¿es más fácil seguir malgastando y echarle la culpa a mi padre corrupto, no? –), y por supuesto que para sus supuestos amigos estadounidenses su inclinación por la ropa cara sirvió como fuente de divertidas anécdotas, cortesía de Antonio el exótico, pero a él su inclinación por la ropa cara lo desalentaba porque si no hubiera derrochado tanto podría haber dejado su empleo como analista de base de datos y regresarse al Ecuador mucho antes, aunque él nunca hubiera regresado al Ecuador sin antes tener una gran cantidad de ropa cara – estás predestinado en cualquier caso, Gárgamel – está bien, no borremos lo de las rayitas violetas ya que mi padre sí compró un terno gris con esas rayitas violetas, escribe Antonio en las notas al margen de sus recuerdos sobre el niño dios, y sí me fijé en las rayitas violetas sin que mi padre me las tuviera que señalar (aunque ¿posiblemente fueran las vendedoras quienes les habían hablado sobre las rayitas violetas?).

—

Alentada por lo que ella confundió como un inusual refreno por parte de mi padre, mi abuela soltó una historia tras otra sobre nuestra gran ascendencia, islas y ranchos y héroes de la Independencia, hasta llegar finalmente a su historia favorita: la de cómo el niño dios se materializó en nuestra familia. En un sueño, dijo mi abuela, una voz había guiado a su abuela. Enterrada en el extremo más alejado de la plantación de su padre, le había dicho la voz, junto al roble más alto con la corteza acuchillada, encontraría una evidencia palpable de la existencia de dios. Su abuela despertó, empapada en sudor pese a la fuerza del ventilador de techo. Ella no era una crédula, no señor, dijo mi abuela, pero cuando dios llama, nuestra estirpe responde. Su abuela saltó de la cama, y con el mosquitero aún enredado alrededor de sus rodillas corrió por el campo de su padre, uno de los más extensos de Manabí, por cierto, y a pesar de los murciélagos y el viento de la costa del Pacífico, cayó de rodillas y con sus manos hurgó en la tierra hasta que lo encontró: nuestro niño dios. Estaba intacto, tendido en una canasta de mimbre como en la que debía de haber estado Moisés cuando fue hallado por la princesa egipcia. Estaba envuelto en un chal de color púrpura y dorado, sus amplios ojos de arcilla contemplando los cielos.

—

No existió aquel roble alto con la corteza acuchillada, escribe Antonio en las notas al margen de sus recuerdos sobre el niño dios, ni el mosquitero, ni los murciélagos (o mejor dicho, los murciélagos sí, pero no en la historia de su abuela sobre el niño dios), ni el viento de la costa del Pacífico, ni el ventilador de techo (en su antiguo dormitorio en Guayaquil había un ventilador de techo mal instalado que giraba como una turbina moribunda sobre su cama): el sueño que guiaba a su abuela hacia el niño dios, por otra parte, había sido contado las suficientes veces por su abuela como para que él siguiera recordando que la función del sueño había sido guiar a la abuela de su abuela hasta donde estaba enterrado el niño dios, y sí, entendía el propósito narrativo de incluir detalles que sobresalten, y también entendía la necesidad de añadir detalles concretos en aras de la verosimilitud, pero tiene que haber otra manera de escribir sobre su pasado sin fingir que se acuerda de todo.

—

Había escuchado a mi abuela contar en numerosas ocasiones la historia del niño dios. A veces su abuela cavaba la tierra con una pala, a veces salía corriendo al mediodía, en cualquier caso, esta vez no estaba juzgando sus inconsistencias porque yo sabía que se sentía menospreciada por el resto de nosotros. Después de la misa de Nochebuena, desde que yo podía recordar, siempre habíamos manejado de regreso a su casa para nuestro intercambio de regalos. Este año, sin embargo, íbamos a volver a la recién construida casa de mi tío Fernando y mi tía Carmen. Junto con mi tía Carmen, yo había apoyado abiertamente este cambio de ubicación, así que por solidaridad y por culpable terminé escuchando con atención la historia de mi abuela, como cautivado por las alternativas (el señor no nos escogía, el niño dios no estaba allí).

—

Para mí no podría haber existido ninguna alternativa cautivadora porque creíamos estar predestinados como familia a recibir al niño dios, piensa Antonio, y aunque le gusta pensar que ya no cree en el destino, lo más probable es que esté para siempre atado a los vestigios de esas creencias de su infancia, las cuales no deberían importarle tanto salvo por el hecho de que cómo podría hacer algo con su vida si siempre está esperando recibir instrucciones proféticas sobre qué hacer con su vida, cómo podría hacerse menos vulnerable a interpretar tanto su vida a través de señales proféticas tal como había hecho cuando Leopoldo lo llamó y le dijo ya vuelve, Baba, porque aunque esté regresando al Ecuador como le pidió, si no consiguen hacer nada y él se vuelve a San Francisco y luego diez o quince años después Leopoldo lo vuelve a llamar, es probable que Antonio siga siendo vulnerable a interpretar la llamada de Leopoldo como una señal del destino – esta vez sí que es el momento apropiado, Baba – pero ¿cuáles son las alternativas?: ¿los ateos examinan racionalmente cada punto de inflexión potencial en sus vidas? ¿Los agnósticos emplean modelos estadísticos para predecir si una llamada telefónica o un correo electrónico o un artículo del diario pueden suponer un cambio crucial en sus vidas? ¿Cómo se puede esperar de él que escrute lo que podría constituir un símbolo o una señal luego de haber visto el sol moverse en El Cajas? ¿Después de ver llorar al niño dios de su familia?

—

Como si buscase una mejor posición para emitir sus insultos, mi padre se enderezó en su silla. Tal vez cansado de imitarse a sí mismo, se dejó caer y colgó los antebrazos en los apoyabrazos. Aun así le dijo a mi abuela qué pena que esa voz no les aconsejara a usted y a su padre sobre cómo conservar toda esa tierra. Era verdad. Lo habían malgastado todo. La mitad de la casa de mi abuela ahora estaba en alquiler. La otra mitad estaba abarrotada de armarios hechos a mano.

Mi padre se bebió su vaso de Concha y Toro, el vino favorito de mi abuela. Él sabía lo que acababa de hacer. Siempre lo sabía. Y sin embargo su expresión facial (sus beligerantes ojos marrones en discordancia con su mirada gacha, aunque puede que con el tiempo yo haya superpuesto esos gestos a un rostro que ya no recuerdo) nos informó de que para él el saberlo ya era castigo suficiente.

Mi tío Fernando, quien pese a ser joven y patucho siempre lucía a gusto entre nuestros dignatarios, dijo déjate de jugar a ser el Anticristo. Ya aligérala, Antonio. Estás asustando a los niños. Mi tío Fernando era el único de nuestra familia capaz de reprochar a mi padre. Tras una serie de negocios fracasados de mi padre, mi tío le había conseguido un cargo como jefe de una dependencia gubernamental menor encargada de enviar suministros de oficina a la mayoría de las instituciones gubernamentales en todo el Ecuador, y por supuesto mi padre no le podía gritar ni insultar como lo hacía con el resto de nosotros. Mi tío Fernando me caía bien. Le enviaba buenos regalos a mi madre aun después de que se divorciara de mi padre, lucía ternos italianos a la medida, manejaba autos deportivos a pesar de la prohibición de importarlos. También trabajó como asesor personal del ministro de Finanzas, a quien conocía desde su época en el Colegio San Javier.

—

Pasó tantas horas de sus veranos con su padre en Quito debajo de largos y vacíos escritorios dentro de aquella agencia gubernamental menor, piensa Antonio, jugando con una calculadora que debía de tener juegos porque probablemente se pasó las ocho horas de oficina debajo de aquellos largos y vacíos escritorios a lo largo de pasillos vacíos en vez de estar dando vueltas solo por la ciudad, en vez de estar escribiendo cartas de amor a la vecina sueca que vivía en el edificio de departamentos donde vivía su padre, que este le presentaría y con la que saldría el verano siguiente, cuando ya era demasiado alto para esconderse debajo de aquellos largos y vacíos escritorios (y lo que más recuerda sobre aquella vecina sueca es lo orgulloso que se sintió al negarse a acostarse con ella porque él tenía quince años y el sexo antes del matrimonio era pecado mortal — ¿alguien quiere adivinar lo que Baba ha estado haciendo con la suequita rica? — no tenía corazón para infligirle esa clase de dolor a nuestra Madre Dolorosa — con la misma mano con que te haces la paja le clavas un puñal al corazón de nuestra Madre Dolorosa —), y a veces las secretarias que probablemente eran amantes de su padre pasaban por su guarida bajo aquellos largos y vacíos escritorios para preguntarle si quería o necesitaba algo, con la esperanza de congraciarse con Antonio como si él tuviera algún tipo de poder dentro de aquella agencia gubernamental menor que dirigía su padre, bah, al contrario: si pudiera retroceder en el tiempo las habría denunciado – ¿o habrías intentado acostarte con ellas? – pues probablemente sí.

—

La sonrisa de mi padre trataba de disimular cualquier signo de preocupación. Se hizo eco del tono jovial de mi tío y preguntó ¿no que ya mismo hay misa? Van a llegar tarde, cristianitos.

Mi padre encendió un cigarro, y mi abuela, con sincrónica urgencia, como si el chasquido del mechero plateado de mi padre fuera su señal, tocó su campanita de porcelana, que para mí sonaba como la que le colocan en el cuello a los poodles. En los restaurantes hacía sonar su campanita si no era atendida de inmediato. En casa formaba parte de sus comidas diarias. María, caramba, presta atención, dijo mi abuela. Un cenicero para don Antonio.

Como mi abuela estaba sentada a la cabecera de la mesa de espaldas a la cocina, no podía ver a María, su empleada más reciente, intentando reprimir su hastío. En un país donde más del sesenta por ciento de la población vive en la pobreza, cualquier familia con un ingreso decente puede permitirse vivir con empleada. Y mi abuela iba disponiendo de una tras otra como si fueran una raza de seres humanos desechables. Al principio llegaban de la manera segura, recomendadas por sus compañeras obstetras, pero después de que las recomendaciones se agotaran mi abuela tuvo que poner un letrero afuera de su puerta de Se Necesita Empleada, que por supuesto atrajo a desconocidas que al final acababan desapareciendo con sus cubiertos. Sin embargo, a mis tres tías les gustaba María, y cuando se acercó a la mesa las miradas de mis tías le suplicaron: paciencia con la anciana, por favor, paciencia. Nunca antes había visto este tipo de súplicas de parte de mis tías.

—

Y qué importa si nunca antes había visto este tipo de súplicas de parte de mis tías, escribe Antonio en las notas al margen de sus recuerdos sobre el niño dios, tachando la oración sobre que nunca antes había visto este tipo de súplicas, no recuerda que haberlas visto suplicar con sus miradas por primera vez tuviera algún significado especial para él, así que tal vez de forma inconsciente esté siguiendo la convención narrativa de esas historias de iniciación a la adultez en las cuales el niño ve por primera vez algo fuera de lo común en el mundo de los adultos y padece una revelación o shock metamórfico, la palabra metamórfico, por cierto, que suena demasiado a amórfico, solo debería utilizarse para mofarse del amor más allá de lo amórfico, escribe Antonio, la palabra mofarse, que suena demasiado a mofeta, también.

—

Sin levantar la mirada María colocó el cenicero junto a mi padre, cuyos ojos le morbosearon la silueta curvilínea bajo su uniforme blanco. Su uniforme de una pieza le quedaba bastante ajustado (podíamos ver sus hombros y muslos color café, aunque nosotros no estábamos fijándonos en su cuerpo), no por coquetería sino porque era el mismo uniforme que las otras empleadas habían tenido que usar y lavar a mano cada dos días. María regresó apresuradamente a la cocina, dejando tras de sí su olor a talco y sudor. En ese momento no lo sabíamos, pero esa noche iba a ser la última de María en casa de mi abuela.

Mi abuela se rio y aplaudió por algo que mi abuelo había dicho. Me sentí agradecido por la posibilidad de regocijo, esperando que esto pudiera tranquilizar a mi padre antes de que llegara el momento de mi discurso. No podría decir qué fue lo que levantó de repente los ánimos de mi abuela. Su humor variaba tanto como el de mi padre, así que podría no haber sido nada en especial, o el diminuto sonido de su campanita de porcelana, o la manera en que sus luces de Navidad se reflejaban en nuestras caras para hacernos parecer más felices, o que mi abuelo le tomara la mano, o demasiado Concha y Toro.

Hay miembros de la familia cuyo papel en los recuerdos de uno se vuelve tan intrascendente, sin ser tampoco culpa de ellos, que al final uno es libre de recordarlos de la forma en que uno prefiera. Así es como elijo recordar a mi abuela: bailando una cumbia en su silla durante nuestras cenas familiares, levantando su copa de vino y cantando tómate una copa / una copa de vino / ya me la tomé / ya se la tomó / ahora le toca al vecino. Al final de la canción, mi abuela se volvía hacia mi abuelo y le llamaba mi perrito, y mi abuelo le seguía el juego ladrando o sacándola a bailar. Más tarde, luego de los cócteles y el baile, se echaban en el sofá como amantes exhaustos, mi abuela acurrucada a lado de mi abuelo, quien momentos antes se había quedado dormido sin demasiada fanfarria. Mi abuelo era el único de la familia que le rezaba regularmente al niño dios. Para ello había construido un altar de madera y, como estaba instalado justo a la entrada de su dormitorio, siempre debíamos tener cuidado de no abrir de golpe la puerta para no chocar con aquel desgastado reclinatorio ni perturbar el orden en su altar. Cada espacio en su altar estaba lleno de rosarios, escapularios, crucifijos, imágenes en miniatura de santas demasiado delicadas para ser sacadas de sus fundas de plástico, tantas que a veces nos preguntábamos si mi abuelo compraba una nueva cada semana, y si lo hacía en honor al niño dios o para sentirse acompañado en esas largas horas de ayuno y oración. La mayor parte del tiempo no teníamos que preocuparnos por golpear con la puerta a mi abuelo porque, cuando estaba ante su altar, mi abuela siempre salía de puntillas de su cuarto y, como un guardia que cree que su tarea es tan importante como aquello que custodia, nos reprendía y nos pedía que no hiciéramos bulla. Silencio. El abuelo Antonio está rezando.

Mi padre no tocó su flan de coco. Después de que María retirara el esqueleto del cerdo, siguió masticando el cuero, desgarrando con tanta fuerza que podía ver sus dientes gruñentos como los de un perro.

Persignándonos al apuro nos levantamos y nos alistamos para salir. Mi padre, echado en el sofá más próximo a la salida, nos examinó con diversión fingida, como preparándose para botarnos de casa de la abuela con muecas.

Ya era hora de ir a la misa de Nochebuena, y yo, sin tiempo que perder, tenía que empezar a convencer a mi padre para que viniera con nosotros. Esa era mi única oportunidad hasta la siguiente Navidad. Mi padre se había mudado a Quito debido a su puesto en el gobierno, y aunque yo iba a visitarlo durante el verano, su estilo de vida en la capital no me permitía hablar demasiado con él de asuntos religiosos. Sé que no me habría atrevido a pronunciar mi discurso delante de mi familia (mi abuela me habría pedido que no lo jodiera a mi padre), y sé que tampoco me hubieran dejado quedarme atrás. En ese breve espacio entre la casa y el garaje, debí de decirles que había olvidado mi rosario o mi biblia. Mi abuela debió de darme las llaves de la casa porque mi padre no abrió la puerta. Se había trasladado al sofá más alejado de la entrada. Había cruzado las piernas como un profesor a punto de impartirse una conferencia a sí mismo, pero había hundido el resto de su cuerpo en el sofá. Sostenía su cigarro al revés, con el extremo encendido hacia él, y lo miraba como si inspeccionara una serpiente viva o un despertador que debería haber sonado.

Advirtió mi presencia y me dijo ¿qué, flaco, no vas a misa?

Lo preguntó sin ánimo de ridiculizarme. Lo preguntó con preocupación sincera. Yo tenía entonces dieciséis años y estaba enamorado de nuestra Madre Dolorosa. Ese año había conseguido evitar todos los pensamientos impuros que pudieran haber agraviado mi amor por María. No sé por qué yo era así. En el San Javier, yo solía anunciar el servicio diario del rosario que mi amigo Leopoldo y yo habíamos establecido y nuestros compañeros de clase se burlaban de nosotros porque pensaban que éramos unos lambones. Pero mi padre no se burlaba de mí. No sé cómo se enteró de mi fervor religioso (no le conté a nadie sobre mis rezos del rosario ni sobre mi voluntariado porque seguía el precepto de no dejar que una mano supiera lo que hacía la otra), pero cuando yo andaba cerca trataba de guardarse su desdén hacia la religión para sí mismo. No sé si ya lo sabía por entonces, o si lo supe más tarde, o si lo había sabido todo el tiempo con esa intuición que vincula a un hijo con las frustraciones de su padre, pero durante su último año en el San Javier mi padre había decidido dejarlo todo y convertirse en sacerdote jesuita.

No le di a mi padre ningún discurso inspirado. Más bien tartamudeé y le pedí que por favor viniera con nosotros. Sin mascullar un ya entonces o un muy bien mi padre se puso de pie. Asintió con aire ausente, caminando hacia mí y luego a mi lado como un fugitivo al que le llegó la hora. En el asiento delantero de su carro mi abuela, que llevaba al niño dios en su regazo, silenció los villancicos apagando con cuidado la radio, contuvo sus lágrimas y no dijo ni pío, como si temiera que mi padre pudiera cambiar de opinión.

No pasó nada fuera de lo común durante la misa. Como siempre, fuimos a la iglesia La Redonda, el templo con cuatro entradas distribuidas equidistantemente alrededor de su perímetro circular, y entre esas entradas, filas y filas de bancos arqueados mirando en dirección al altar elevado sobre el epicentro del edificio. Siguiendo la tradición, mi abuela colocó al niño dios de nuestra familia en los escalones del altar, al lado de las otras efigies familiares, pero no sin pasarse algún tiempo buscando el mejor sitio y vigilándolo hasta que todos hubieran tomado asiento. Como no llegamos lo suficientemente temprano, nos acomodamos como mejor pudimos. Lejos del resto de la familia, en paralelo al frente del altar, junto al confesionario, mi padre y yo nos sentamos juntos. Debía de sentirme triunfante. O tal vez agradecido con la Virgen María por haber respondido a mis plegarias. Seguramente me sentí obligado a concentrarme en el sermón navideño, ignorando la elegancia discreta de los fieles y los aromas perfumados de las ecuatorianas que pretendían hacerse pasar por aristócratas europeas. El cura dio sus últimas bendiciones.

La multitud que minutos antes había estado en silencio se volvió festiva, amigos y familiares buscándose unos a otros en círculos y riendo con ganas por haberse encontrado. Mi padre permaneció en su asiento. Yo tampoco me puse de pie. En la primera fila, cerca de nosotros, hombres con ternos distinguidos abordaban a mi tío Fernando. Sonreían con aire estúpido y le estrechaban la mano con el mismo brío con que charlaban con él, probablemente enviando sus mejores saludos al ministro y bromeando que tenían algunos favores que les gustaría discutir más tarde. Mi padre trató de evitarlos. Se levantó, cubriéndose el rostro mientras fingía que se secaba el sudor de la frente, pero al alejarse alguien que estaba junto a mi tío Fernando gritó su nombre. Mi padre se detuvo, vaciló, pero luego se dio vuelta y saludó al hombre soltando una broma desde el otro lado del pasillo. Mi padre era un bromista. Aparte de a nuestra familia, parecía que a todos les encantaba verlo por la calle o en los restaurantes. Hacía sentirse a gusto a la gente simplemente cambiándoles el nombre de Roberto a Roberticux o de Ernesto a Ernestinsky. Se lo había visto hacer muchas veces, especialmente cuando iba a visitarlo. Al principio yo tomaba el autobús que iba por la cordillera hasta Quito, pero a partir del segundo verano mi padre me compraba pasajes de avión así como ropa importada y zapatos de caucho caros de los que me gustaba alardear en el colegio. Un domingo por la tarde, en mi último verano allí, mi padre dijo que quería mostrarme dónde trabajaba mi tío Fernando. Dijo esto con orgullo evidente, así que en lugar de hacerle acuerdo que las noches del domingo eran nuestras noches de ajedrez, lo acompañé. Una enorme losa de cemento, oscurecida por el moho en casi todos los bordes de las ventanas, algo que volvería a ver muchos años después en los edificios soviéticos de Varsovia: eso era el Ministerio de Finanzas. Mi padre y yo entramos en el despacho del ministro sin llamar a la puerta. Nunca había visto tanta madera laqueada ni tantas alfombras de pieles dentro de una oficina. Mi padre puso seguro a la puerta. A medida que avanzábamos, envalentonados porque mi padre sabía que éramos invitados especiales, pude ver nuestro reflejo en los gruesos bordes de las vitrinas llenas de decretos y reglamentos. En el otro extremo de la sala, junto a las ventanas con vistas a nuestra capital, el ministro, mi tío Fernando y algunos otros ya estaban reunidos en torno a una mesa ovalada. El ministro saludó a mi padre con un aplauso animado, luego se puso de pie y pronunció un discurso burlón: Estamos reunidos hoy aquí. El ministro puso un maletín de cuero negro sobre la mesa. Entornó los ojos y se concentró en alinear las tres hileras del código como si tratara de abrir una caja fuerte, y después de que los seguros de oro se abrieran y el ministro se arreglara el nudo de su corbata plateada, empezó a pasarnos fajos de billetes como si estuviera regalando efectivo para un juego de dados. Algunos de los hombres acompañaban sus ovaciones jugueteando con las bandas elásticas que sujetaban sus fajos. Aún recuerdo el sonido de las bandas elásticas chocando con los billetes. Todos deberíamos dar las gracias a nuestro jefe de suministros de oficina, dijo el ministro, aunque por supuesto es él quien debería dárnoslas a nosotros. Alguien sirvió champán como si el champán fuera para ser derramado, y más tarde esa noche, en La Cueva, un restaurante tradicional español ubicado debajo de un nuevo rascacielos del centro, todos bebieron champán y vino y whisky a grandes tragos. Durante la cena mi padre se puso de pie. Allí, con la cabeza casi tocando el techo de ladrillo, se quitó la chaqueta gris con las rayitas violetas, se la colocó sobre los hombros como una capa, y mientras hacía el brindis ya con voz de ebrio su corbata colgaba como un reptil y su camisa de vestir blanca absorbía el licor que desbordaba de su copa. Levantó su fajo de billetes y dijo caballeros, esta noche las putas corren por mi cuenta. Todos en nuestra mesa prendieron sus cigarros. Aplaudieron. El personal de servicio no tenía más remedio que celebrarnos. Mi padre me dio unas palmaditas en la espalda y, como no sonreí de inmediato, me dio otra palmada con más fuerza. Después de beberse medio vaso de Chivas, lo empujó hacia mí. Este es el tipo de vida que lleva mi padre, pensé mientras olfateaba la bebida. Pero no le pregunté sobre el tipo de negociado que estaba celebrando. Sabía que la respuesta sería desagradable. También sabía que cualquier pregunta podría alterar el humor de mi padre y arruinar mis posibilidades de que me comprara más zapatos de caucho caros. Así que comí y reí y probé lo que bebían, y al final de la noche yo también debo de haber quedado borracho.

En la iglesia La Redonda, mientras mi padre cruzaba el pasillo para reunirse con los otros, reconocí al hombre que había gritado el nombre de mi padre: también había estado en el despacho del ministro. Era el padre de Maraco Espinel, uno de mis compañeros de clase en el San Javier.

No esperé a que mi padre me llamara desde el otro lado del pasillo y me presentara a sus amigos. Me fui por el otro lado y busqué al resto de mi familia. Al final nos encontramos todos afuera. Cuando nos disponíamos a irnos, mi abuela se dio cuenta de que mi padre y mi tío Fernando faltaban. A pesar de mis protestas, mi abuela me ordenó que fuera a buscarlos. Todavía estaba visiblemente emocionada por el hecho de que mi padre hubiera vuelto a la iglesia, agarrando la canasta del niño dios con una mano y abanicándose con la otra, y pude ver que había llorado y que seguiría llorando cada vez que recordara esta Navidad. Cuando mi abuela descubrió que lo de convertirse en sacerdote jesuita iba en serio para mi padre, muchos años antes de que yo naciera, lo castigó encerrándolo. Cuando vio que no cedía y que la desafiaba rezando en voz alta en su habitación, lo llevó de viaje a París, Milán y otras ciudades europeas, donde lo colmó con las costumbres del lujo. En el vestíbulo del hotel Saint Jacques conoció a una chica de Noruega. Mi abuela le sugirió que prosiguiera el viaje con la chica por uno o dos meses más. Aceptó el dinero de mi abuela y así lo hizo. Debía de tener diecisiete años.

Entré de nuevo en la iglesia, que ahora estaba vacía, y caminé alrededor asomándome a cada salida, y cuando llegué a la tercera puerta los encontré. Ahora estaban solos. Mi padre, con los brazos cruzados, miraba fijamente al piso mientras escuchaba las instrucciones de mi tío. Mi tío sonreía, despreocupado, como si estuviera contando una historia en un cóctel donde todos lo conocían. Estaba diciendo no pierdas el tiempo, Antonio. Renuncia el lunes por la mañana y no te preocupes por nada. Tómate unas vacaciones largas, en Miami, por ejemplo, y antes de que esos desgraciados puedan emitir una orden de prisión lo habremos resuelto todo.

El primero en verme fue mi padre. Intentó discernir si había oído lo que mi tío acababa de decir. Debió de concluir que así era, porque cerró los ojos y cruzó aún más los brazos, como si intentara despertarse apretándose el pecho. Sus movimientos no duraron mucho. Abrió los ojos y dijo las que serían sus últimas palabras del resto de la noche: ¿Qué diablos quieres? ¿Qué pasa, Antonio José?

Te están esperando.

Vamos, dijo mi tío en tono conciliador. Volvamos. Seguiremos hablando después del intercambio de regalos.

V ANTONIO EN GUAYAQUIL

Dormir, piensa Antonio, tan cansado por el largo vuelo desde San Francisco hasta Guayaquil que no baja el vidrio de su Taxi Amigo para comprobar qué ha cambiado en su miserable ciudad natal en los últimos doce años (además no quiere que ese horrendo aire húmedo de afuera se filtre en el aire acondicionado de adentro), no se pregunta demasiado por qué Leopoldo no se apareció para darle la bienvenida en el aeropuerto (o mejor dicho por qué esperaba que Leopoldo se apareciera para darle la bienvenida en el aeropuerto), no piensa en las dos ancianas de Ambato que se abrazaron y lloraron cuando el avión aterrizó, no lo desalientan las mismas imágenes de siempre de El Loco en cada poste de teléfono y cada valla publicitaria a lo largo de como sea que se llame ahora esta calle del aeropuerto, al contrario, le da vergüenza sentirse reasegurado de que mientras él ha estado lejos su país se ha mantenido tan atrasado como siempre, El Loco para Presidente haciéndose menos omnipresente a medida que su Taxi Amigo se acerca a su antiguo barrio, donde nunca nadie ha votado por El Loco, y si le pidieran que pronostique si alguien aquí va a votar por El Loco en esta ocasión, si es que El Loco consigue retornar de su exilio en Panamá, a Antonio no le sería difícil hacerlo, aunque como es la primera vez en doce años que Antonio regresa a Guayaquil no sabe aún si los vecinos que antes se le cargaban a El Loco por pillo y cholo todavía viven en el barrio donde se crio, o si aún se alarmarían al ver una caravana de El Loco como la que habían visto pasar por la calle Bálsamos la primera vez que El Loco se lanzó a la presidencia, o quizás fue la segunda ocasión en que El Loco se lanzó a la presidencia cuando la caravana de este autoproclamado líder de los pobres alarmó a los vecinos y a su madre pero no a él, aunque por supuesto es probable que en retrospectiva le esté restando importancia a cualquier aspecto amenazante de aquella caravana desafortunada, y mientras descarga el equipaje de su Taxi Amigo, un servicio de carro privado que su madre sugirió por razones de seguridad, se le ocurre que sin los desposeídos de su país, sin el sesenta por ciento de los ecuatorianos que viven en perpetua pobreza (¿por qué siempre suena como un demagogo cuando invoca a los pobres?), habría tenido que inventar un nuevo motivo para creerse distinto de los lamparosos de Saks Fifth Avenue en San Francisco, ah no, a diferencia de ustedes, gringos materialistas, yo voy a regresar al Ecuador para ayudar a los desamparados de mi — bella tu bufanda, Baba — y sin embargo el haber regresado a Guayaquil lo ha arruinado todo: podría haberse quedado el resto de su vida en San Francisco creyéndose el mocoso ese que una vez catequizó a los pobres, o como el baboso ese que más de una vez juró regresar para salvar a los pobres, y habría estado bien, sí, desde la sede corporativa del Banco de América durante la semana, o desde un cómodo café de ciudadela durante el fin de semana, su profusa vida interior lo habría protegido de su profusa inacción, y tal vez aún esté a tiempo para volar de regreso a San Francisco y hacer como que su retorno a Guayaquil nunca ocurrió, y al entrar al departamento de la calle Bálsamos donde vivió con su madre hasta que se largó para los Estados Unidos, siente alivio de que nada ha cambiado desde que se fue, aunque ha pasado tanto tiempo que quizás no sea posible afirmar que nada ha cambiado, o quizás quiere creer que nada ha cambiado para evitar los alborotos de la nostalgia que imagina que la mayoría de los emigrantes sienten al regresar a su ciudad natal luego de una larga ausencia, o quizás quiere evitar pensar en todos esos años en los que su madre tuvo que vivir sola en este departamento después de que él se largara a los Estados Unidos – la luz se fue de la casa cuando te fuiste, Antonio – o quizás está demasiado cansado para alborotos nostálgicos o para ponerse a pensar en esa Navidad en que su madre lo visitó en San Francisco y compartió con él lo que le había pasado en Guayaquil, perturbando así el conveniente vacío de todos esos años en que su madre vivió sola hablándole de la primera vez que me robaron al frente de nuestro departamento de Bálsamos, Antonio José, relatándole el robo con una voz impregnada de una paz que resultaba extraña para él y que lo sorprendió aún más que los detalles mismos del robo (durante su visita a San Francisco su madre también le reveló que no solo se había involucrado con el yoga transpersonal y las meditaciones católicas del padre Dávila sino también con el reiki y el rebirthing y las flores de Bach – yo sabía que se trataba de eso que llaman un secuestro exprés, dijo su madre, cuando te llevan con ellos hasta que terminan de asaltar a otros porque por lo general esos Land Rover grandotes tienen dispositivo de rastreo –), y quizás la elegante cabina con aire acondicionado del Land Rover había hecho creer a la amiga de su madre que era seguro pasearse en su lujoso auto por las miserables calles de Guayaquil, o quizás él está entreteniendo estos pensamientos tan resentidos para evitar plantearse que probablemente en esa misma elegante cabina su madre estaba aterrorizada, y entonces el ladrón que estaba del lado de su madre presionó el botón de desbloqueo para que el otro ladrón pudiera abrir la puerta del lado del chofer, y Monsi se puso histérica, otra vez no, Monsi decía, otra vez no, gritándoles hijueputas, malparidos, déjennos en paz, empujando al ladrón que la agarraba por el pelo y la golpeaba con la culata de la pistola para que dejara de gritar (no, piensa Antonio, para él esa caravana del autoproclamado líder de los pobres no había parecido una amenaza sino un estallido de celebración, como si temprano ese mismo día El Loco hubiera anunciado que si llegaba a presidente no solo iba a dar trabajo a la gente, como había prometido en su campaña, sino también jama y caleta gratuita para que mi pueblo ya no sufra, y en su euforia ante esta increíble noticia ellos habían congregado a sus vecinos, habían motorizado sus pertenencias, habían salido por toda la ciudad a agitar sus carteles y a gritar sus cánticos y a saltar en el balde de sus camionetas, perdiéndose finalmente hasta terminar en la calle Bálsamos, a una escasa cuadra de la casa de León Martín Cordero, carajo, el expresidente al que su madre aún apoya incondicionalmente, el que había sido exaltado por Reagan por ser arrecho contra los terroristas y arrimado del free market y el que no habría tenido ningún reparo en darle a su nieto una pistola de balines para que ahuyente de su calle a la gentuza de El Loco), y mientras Antonio deja su equipaje en la sala del departamento de la calle Bálsamos donde vivió con su madre hasta que se largó a los Estados Unidos recuerda a su madre asomándose a su balcón y encontrándose con la caravana de El Loco de cuyo megáfono atado con sogas al techo de una Datsun reventaba a todo volumen sus canciones de fe y esperanza – la fuerza de los pobres / Abdalá / el grito de mi gente / Abdalá – y en su balcón aquel día como en aquellos años antes de que se metiera en el yoga transpersonal y los ejercicios de meditación del padre Dávila, su madre parecía lista para ordenarles a todos que ya se callaran de una puta vez, que era exactamente lo que Antonio se negaba a hacer en aquellos días, aunque a veces después de discutir con ella él se negara a hablarle durante tres, seis, siete días seguidos, o hasta que ella amenazara con enviarlo a la escuela militar, y en aquellos días escuchaba a menudo a su madre quejarse de que hasta la gente con un mínimo de educación sabía que El Loco era un fraude, y si Manuel, nuestro empleado doméstico, creía o no que El Loco era un fraude le preocupaba tanto a mi madre que desde su balcón estaba chequeando si Manuel parecía emocionado por el paso de la caravana de El Loco, pero no, Manuel no lo estaba, aunque más adelante mi madre lo supuso, Manuel estaba limpiando el parqueo frente a nuestro condominio como si nada, y sí, El Loco era un chiste y un fraude, pero las alternativas eran peor, porque nuestros cultos ministros y prefectos y alcaldes e incluso mi propio padre habían estado demasiado ocupados defraudando a nuestro gobierno como para preocuparse por los pobres, y lo que no era un chiste eran las condiciones precarias en las que vivía tanta gente en el Ecuador, así que alcé la mano y el pulgar como diciéndoles que viva El Loco, chucha, un gesto que los confundió porque parecía que estaban tratando de determinar si me estaba burlando de ellos, aunque es posible que simplemente me estuvieran observando porque estaba ahí sentado, un adolescente flaco con su uniforme de fútbol del Emelec, sin embargo Antonio no se estaba burlando de ellos, estaba sonriendo y aplaudiendo e ignorando a su madre que le gritaba desde el balcón entra a la casa ahoritita mismo, Antonio José, y al abrir la refrigeradora vacía con los bordes herrumbrosos del apartamento de la calle Bálsamos donde vivía con su madre hasta que se largó a los Estados Unidos, se pone a pensar en lo fuerte que tuvo que haberle gritado su madre para que la gente de la caravana la oyera, dudando de si burlarse de ella o no porque por un lado percibían en esa voz una autoridad que reconocían, y por el otro lado se trataba de una mujer, en todo caso Manuel distrajo su atención saludándolos con la mano, el agua salpicándole los pies y sus jeans color piedra, los cuales se los había recogido hasta las rodillas como si estuviera a punto de atrapar peces en un río revuelto, limpiándose la mano en su camiseta y saludándolos otra vez, algo que me pareció bastante inofensivo, como si Manuel estuviera saludando el paso de un circo itinerante, un circo cuyos miembros lo sorprendieron devolviéndole el saludo, algunos alzando los puños como prometiendo luchar por él, otros estirando los brazos para estrecharle las manos, y cuando pasó la última camioneta no dio los tres o cinco pasos necesarios para estrechar sus manos, lo cual debería haber contado en su favor pero no fue así porque esa misma noche la madre de Antonio dijo quiero que lo vigiles, o quizás dijo échale un ojo, o quizás no dijo nada y en retrospectiva esas palabras han surgido como una manifestación de lo que él no sabía entonces que estaba intuyendo sobre los miedos de su madre respecto a El Loco, debemos tener cuidado, dijo su madre, tenemos que tener todas las entradas bien cerradas, y al contemplar las paredes vacías del departamento piensa en todas las puñetizas que su madre había tenido que ir a justificar al San Javier cuando el padre Ignacio la llamaba para informarle que su hijo había sido expulsado o puesto bajo observación otra vez (y en una ocasión, durante las semifinales, Antonio le arrancó la tarjeta amarilla al árbitro y se la lanzó a la cara – ¡tarjeta roja!, ¡te fuiste! – peleando por la pelota con codos y rodillas y pegando el pique por el costado de la cancha, el arquero gritando párenlo a ese fifiriche, y Antonio gritando ábranse hijueputas, chuteando al mínimo cuando el balón estaba inflado al máximo lo cual hacia que de lejos sus piques parecieras una payasada – pata floja –), y lo que Antonio le dijo a su madre después de que ella le dijera que le echara un ojo a Manuel fue no sé a qué te refieres, o déjame en paz, o lo que sea que él le decía cuando no la estaba ignorando, no te hagas el mamerto, dijo su madre, porque por supuesto sabía que Antonio sabía que a ella le preocupaba la candidatura de El Loco, el autoproclamado líder de los pobres que fomentaba con sus discursos la guerra entre ricos y pobres, satanizando a toda esa gente con plata, a esos oligarcas que les roban al pueblo, a esos aniñados que nos hacen de menos, y lo que le preocupaba a mi madre y sus clientas del salón de uñas acrílicas no era que El Loco tuviera fama de excederse de los limites sensatos de malversación de fondos sino que nuestras empleadas domésticas pudieran dejarse llevar por la retórica de El Loco y sublevarse contra nosotros, rumores circulando entre sus clientas de sirvientas acechando dentro de nuestras casas para cortarnos la garganta, y lo que Antonio le dijo esa noche a su madre fue ustedes, todos ustedes, están exagerando, alzando la voz y diciendo algo de que nuestro país necesita un levantamiento, sí, pero para deshacernos de nuestros cultos embaucadores, intuyendo o creyendo intuir que su madre quería asentir en señal de aprobación porque lo que decía era una indirecta contra su padre, quien había huido del país por defraudar al gobierno durante la administración de León Martín Cordero, pero en vez de eso su madre lo regañó por alzarle la voz, un regaño que se interrumpió por una llamada telefónica, o quizás la llamada vino después, y mientras Antonio se dirige hacia su antiguo cuarto se pregunta qué hubieran podido decirse el uno al otro durante ese intervalo entre regaño y llamada – la luz se fue de la casa cuando te fuiste, Antonio – y a Antonio se le ocurre que nunca había notado lo vacías que estaban las paredes del departamento donde creció con su madre, lo vacío que se siente uno luego de un largo viaje en avión, lo fácil que es asumir que nunca ha notado algo antes en vez de considerar que lo que se ha convertido en una ausencia en su pasado bien podría incluir una noche en la que él si notó las paredes vacías del departamento cuando tenía siete o quince o doce años (cuando Antonio tenía doce años hizo un voto de silencio para enmendar todo aquello que los jesuitas habían prescrito como pecado), lo tranquilizador que resulta encontrar el viejo teléfono de disco camino a su habitación, sin sonar ahora como había sonado aquella noche en que su madre lo regañó por alzarle la voz, el teléfono sonando y recordándole a su madre que estaba demasiado agotada para apabullarlo por alevoso, el teléfono sonando y anunciando que una de sus clientas (Marta de Rosales o Verónica de Arosemena o una de las esposas de nuestros dignatarios cuya proximidad nos permitía a mi madre y a mí fingir que éramos esa gente con plata contra la que El Loco arremetía y no la clase de gente que habría tenido que mudarse a un barrio de lo último si mi abuelo no nos hubiera permitido quedarnos en el edificio de departamentos que había construido antes de que nuestro barrio se convirtiera en uno de los buenos) quizás estaba llamando para pedir una cita de última hora para que le cambiaran una uña postiza rota antes de asistir a un evento social al que no habíamos sido invitados, y aun después de todos estos años en los que Antonio ha acumulado lo que considera una cantidad excesiva de recuerdos que se han interpuesto entre aquel tiempo y este tiempo, está casi seguro de que su madre no terminó su intercambio de aquella noche diciendo se supone que eres el hombre de la casa, Antonio José, empieza a actuar como tal, no, está casi seguro de que ella simplemente contestó el teléfono y le hizo señas para que se fuera, y mientras Antonio se dirige a su viejo dormitorio se pregunta si aún siguen allí sus escapularios, su póster de Nuestra Madre Dolorosa, sus folletos manuscritos con la interpretación de los Misterios Gozosos del Rosario, que incluían la presentación de Jesús en el templo, la anunciación del ángel Gabriel a María (durante el verano en que tenía dieciséis años no incurrió en un solo pensamiento impuro que pudiera contrariar su amor por la Virgen María), sus cómics sobre san Juan Bosco, sus historietas del Chapulín Colorado, cuyo programa en la tele estaba repleto de frases que todos en el San Javier repetían − ando recontrachiro − ¿recontra qué? − chiro − chanfle − su edición de bolsillo de La Imitación de Cristo, su rosario tallado a mano, todo lo cual fue guardado en una larga fila de armarios que habían sido construidos por un carpintero que se parecía a Cantinflas, un Cantinflas de sesenta y cinco años quemado por el sol que llegaba borracho al departamento los sábados por la mañana, tocaba el timbre, y saludaba amablemente a mi madre y le preguntaba si no habría algún trabajito para mí esta semana, doña Ceci, lo que haya, ¿cómo está el niño Antonio, sigue creciendo como un árbol?, y le sorprende a Antonio recordar a su madre dirigiéndose sin desdén al carpintero, maestro, lo regañaba en son de broma, ha estado bebiendo de nuevo, un poquitín nomás, doña Ceci, respondía, y mientras Antonio aún vivía en Guayaquil el carpintero instaló las verjas metálicas en las puertas de vidrio del balcón de su madre, construyó los armarios macizos del dormitorio de Antonio, su cama y la cama deslizable debajo de su cama para cuando Leopoldo se quedaba a dormir, y quizás aún sigue allí junto a su vieja cama el inmenso póster de The Cure que antes asustaba a su madre y que no asusta a nadie ahora (aunque tal vez su madre a veces piensa en ese póster negro con ojos fosforescentes y recuerda esas mañanas de sábado cuando abría la puerta del cuarto de Antonio y se quejaba del olor a whisky, o esas mañanas de sábado en que ella fingía que estaba y no estaba dolida por su culpa, como si él la hubiera ofendido de alguna manera, y yo le suplicaba en la cocina y le preguntaba qué pasó, mamá, y al final ella le decía que cuando abrió la puerta de su cuarto esa mañana él la había insultado, maldecido, pero él no se acordaba, mamá, él había estado dormido, o quizás ella aún piensa en esos sábados por la mañana durante los últimos meses antes de que él se largara a los Estados Unidos en los que algo cambió entre ellos y convivieron en paz), el inmenso póster de The Cure de su habitación que había comprado en Gainesville, Florida, donde pasó todo el verano antes de su último año en el San Javier fregando platos en un restaurante cerca de la casa de sus abuelos maternos para poder permitirse traer una maleta llena de zapatos deportivos y jeans de marca, fregando los pisos del restaurante que le pertenecía a un dizque galán que olfateaba la cubeta de Antonio para asegurarse de que sí había puesto el desinfectante con aroma a pino (Antonio no conseguía sacarse la grasa de las manos después de lavar los platos), vacacionando con sus abuelos maternos en Florida fue lo que les dijo a sus compañeros que había estado haciendo durante el verano de modo que el primer día en el colegio no se sorprendieron al verlo con sus zapatos aerodinámicos y camisetas de Iron Maiden con monstruos hirsutos que luego fueron prohibidos por el padre Ignacio, y cuando Antonio entra en su antigua habitación se da cuenta de que la han vaciado, que han extendido alfombras de yoga en el piso, que no hay nada en las paredes más que una foto de Paramahansa Yogananda, que por otro lado al menos el ventilador de techo aún sigue ahí (durante la temporada lluviosa los mosquitos le zumbaban en los oídos a pesar de ese ventilador mal instalado que giraba como una turbina a punto de desprenderse), y mientras Antonio considera prender el ventilador, o abrir las cortinas, o acercarse a la fotografía de Paramahansa Yogananda para quizás dibujarle un bigote, o acostarse donde antes estaba su cama para escuchar a alguien practicando escalas musicales, aunque eso es absurdo porque nunca nadie ha practicado escalas en el edificio de su abuelo, o tal vez no es tan absurdo porque está seguro de que puede acostarse donde antes estaba su cama e imaginarse a alguien practicando escalas y para él eso sería igual de verdadero, bueno, no importa, su largo vuelo desde San Francisco a Guayaquil lo ha cansado y lo que ahora necesita es una cama y una habitación con aire acondicionado así que apaga la luz del dormitorio caluroso y vacío que solía ser su cuarto y cierra la puerta con cuidado, como si tratara de no despertarse a sí mismo, y luego sube las escaleras de madera hacia el cuarto de su madre (cuando era pequeño, las escaleras no tenían pasamanos ni balaustrada, por ello su madre se preocupaba de que se cayera al piso junto al garaje que durante la temporada lluviosa se inundaba hasta la altura de la cintura como un estanque, y cuando tenía siete u ocho o doce años dormía en el cuarto de invitados al lado de la habitación de su madre y por la noche oía que las ratas raspaban la puerta como si hurgaran tratando de entrar, y en la oscuridad las ahuyentaba con un aplauso y las ratas se escabullían abajo por las escaleras tan a menudo que incluso ahora puede recordar el sonido de sus uñas repiqueteando por los peldaños de madera), y a la semana o semanas después de que la caravana de El Loco se apareciera por la calle Bálsamos las ratas regresaron, aunque mi madre supuso que era otra cosa, estábamos cenando o a punto de cenar, y antes o después de que ella descongelara una funda de lentejas, nos sobresaltaron unos ruidos que venían del patio que sonaban como si alguien estuviera buscando algo entre nuestras plantas, pero ese alguien no podría haber sido Manuel porque el domingo era su día libre, y claro que me pude percatar de que mi madre estaba pensando que Manuel había regresado para robarnos, o que había traído a gente con él para poder robarnos, o que le había dicho a los malandrines de su barrio que pese a las cerraduras y los cerrojos y las barras de hierro en cada una de las ventanas podían entrar a robarnos saltando la puerta de servicio que daba a la calle Bálsamos (su madre había querido pedirle al carpintero que instalara púas metálicas más largas encima de esa puerta porque conducía a un pasillo que a su vez conducía al patio que llevaba al comedor, por donde su madre se fue corriendo hacia la puerta principal para llamar al tío Jacinto, quien vivía en el departamento de arriba − tu tío Jacinto nos rescató de tu padre, Antonio José −), y cuando su madre lo visitó en San Francisco le contó que cuando aún vivían con su padre en el barrio Centenario tu tío Jacinto se apareció una noche en su jeep con sus colegas bomberos porque tu padre había montado una barricada por toda la casa para evitar que lo dejáramos − tu tío golpeó la puerta y tu padre nos gritó y cuando todo había terminado te encontré temblando debajo de tu camita, Antonio José − y lo que le sorprendió a Antonio aquella noche en San Francisco cuando su madre parecía decidida a confesarlo todo no fue que él no recordara nada de aquello sino que su madre se lo estuviera contando como parte de un proyecto transpersonal que parecía haber estado planeando durante años, porque después de someterse a una terapia conocida como respiración holotrópica, y después de someterse a la terapia Gestalt y de rebirthing y de las constelaciones de Hellinger en el Centro Pachamama en Chile, se había liberado de aquello por lo que ambos tuvieron que pasar y ahora era el momento de que él también se liberara, y aunque él no recuerda por lo que tuvo que pasar cuando vivió con su padre, él sí que recuerda por lo que tuvo que pasar cuando vivió con su madre (Antonio no va a ponerse a pensar en eso ahora (una mañana durante el recreo cuando tiene siete o seis u ocho años y todavía está en la Escuela Jefferson va corriendo por un parque parecido a una isla llena de arbustos verdes que parecían gnomos y descubre un trozo de plástico como algo arrancado del borde de una refrigeradora, un largo trozo de plástico que se ha endurecido y doblado como un arco, con el que corta el aire como un bumerán cuando lo empuña, y corre de vuelta a su aula y lo esconde dentro de su pupitre, y corre de vuelta hacia su madre después de la escuela y se lo presenta como un regalo y le dice mira qué cosa tan graciosa, mami, perfecto para que me pegues con él)), y aunque no se acuerda de que su tío Jacinto llegó para rescatarlos en su jeep, sí recuerda en otra ocasión haber estado en ese jeep con su tío Jacinto una mañana en que se quedaron atascados por el tráfico del centro, y su tío golpeando el volante y diciendo al diablo con esto, prendiendo la sirena del jeep para que pudieran abrirse paso, llegando al departamento inmediatamente después de que mi madre lo llamara en la noche en que oímos ruidos afuera, y mi tío entró con una linterna y su rifle, y mi madre agarrándose de su brazo le decía ahí, ñaño, ahí, mi tío apartándola con el codo y diciéndole no seas histérica, Cecilia, mi tío moviendo el riel de la cerca corrediza y abriendo la puerta del patio, su linterna apenas mostrando un destello de las culpables en fuga, ratas, las cuales se escabullían y mira ahí, en la pared, una rata estaba trepando por la cañería así que mi tío apuntó con su rifle y disparó, advirtiéndonos, mientras cogía a la rata muerta por el rabo, de que aparecerían más de ellas, como de hecho ocurrió, colándose en nuestra cocina y escondiéndose detrás de nuestra estufa, donde podíamos oírlas forcejeando contra los cables y el calor del horno y donde, días después, la pestilencia de su descomposición llevaba a mi madre a ordenarle a Manuel que las sacara, golpeando en un costado de la estufa para chequear si aún se movía alguna, y después de que mi tío Jacinto agarrara su rifle y se fuera, mi madre se quedó quieta junto a la mesa del comedor, o quizás se quedó quieta junto a la estufa, o quizás no se quedó quieta para nada sino que dio vueltas por toda la sala, preguntándose si sería prudente terminar de comer nuestra cena y arriesgarnos a oír ruidos otra vez, diciendo finalmente vamos a ver televisión, Antonio José, a lo que tal vez le respondí algo así como no hay nada que ver, mamá, nada de nada, y mientras

Antonio entra al dormitorio de su madre en el departamento de la calle Bálsamos no recuerda si aquella noche su madre corrió hacia el cuarto para prender la tele, o si lo esperó para que la acompañara, sea como sea recuerda que la siguió y la encontró chequeando las cerraduras en el balcón, corriendo las cortinas ya corridas y sujetándolas con un alfiler, sentándose en su cama sin quitarse sus sandalias egipcias, con la espalda recta contra la cabecera mientras yo jalaba un banquillo junto a su cama, cuidando de no golpear su cómoda ni de derribar su colección de perfumes, que ya no están más ahí, en algunos de ellos solo quedaba un aliento de claveles y orquídeas (una noche en que ella no pudo encontrar el trozo de plástico que le había regalado sacó la varilla de la cortina del cuarto de huéspedes y la usó para pegarle), y mientras su madre pasaba de un canal a otro se reprendía a sí misma por no haber previsto que a pocas semanas de las elecciones los comerciales políticos habían usurpado la mayoría de la programación nocturna, algunos mostrando a El Loco prometiendo luchar contra la oligarquía y devolverles a los pobres la patria, otros mostrando al candidato de León prometiendo políticas macroeconómicas sólidas, otros mostrando a El Loco retornando en un helicóptero para salvar a su pueblo, otros advirtiendo a los televidentes sobre El Loco mostrando imágenes de El Loco echándose un vaso de cerveza sobre la cabeza, otros mostrando a El Loco dirigiéndose a miles de seguidores con sus trapeadores y escobas y letreros en alto y ¿hay algún padre de familia entre la multitud?, pregunta El Loco, por favor levante la mano, vamos a ver, usted, caballero, aquí con su hijo, hablemos la plena, sin cuentos, le voy a demostrar que para León usted no es igual a él, caballero, con el debido respeto, si su hijo de dieciocho años se enamora de la hija de León, ¿lo dejarían entrar en su casa?, no, no, no, pero si el nieto de León dejara preñada a su hija, oh, ja, ja, es que nuestro Cristian es un pícaro, ¿no es cierto?, sí, sí, sí, o a ella la encarcelarían y la abandonarían con un hijo bastardo así como han abandonado y encarcelado a mi amada patria, y mientras

Antonio trata de descansar en la cama de su madre no logra acordarse de cuál fue el comercial que finalmente hizo que su madre lanzara el control remoto por la habitación y que las pilas se estrellaran contra el mueble del televisor y rodaran por el piso, y aunque sabía que otros se habrían alarmado ante esa muestra de violencia él se puso de pie como si nada hubiera pasado, apagando el televisor, recogiendo el control remoto, sin hallar las pilas por ningún lado, buscándolas debajo de la cama, metiendo todo su cuerpo allí abajo, removiendo telarañas y arrastrándose con los codos hasta encontrarlas junto a un montón de libros sobre psicología transpersonal, yoga, meditación, descubriendo por primera vez que ella tenía ese tipo de libros, los que habría de leer en secreto en sus últimos meses antes de largarse a los Estados Unidos (la Autobiografía de un Yogui de Paramahansa Yogananda, por ejemplo, que contiene notas al pie de página de tipo científico que insisten en la legitimidad de la levitación y de las migraciones extracorporales), y cuando reapareció con las pilas en la mano su madre le sonrió, una sonrisa dulce que parecía que estaba ensayando y que no quería perturbar limpiándose el sudor de las pestañas o apartándose los mechones pelirrojos que tenía sobre las mejillas, posando las yemas cálidas de sus dedos en la muñeca de él y sonriéndole y diciéndole gracias, Antonio José, la próxima vez tendré que quitarle antes las pilas al control remoto, y mientras Antonio se acuesta en la cama de su madre y cierra los ojos, incapaz de recordar la calidez del cuerpo de su madre cuando se acurrucaba a su lado en la cama pero sí capaz de imaginar su calidez poniéndose las manos sobre el pecho, sintiendo al fin lo realmente cansado que está por su largo viaje, espera irracionalmente algo distinto de sí mismo, como si quizás esta vez pudiera llegar a ser él quien la consuele, no, él le retira el brazo con brusquedad, arrojando las pilas en el lado vacío de su cama y diciendo, antes de irse dando un portazo, te dije que no había nada en la televisión, Cecilia, sí, está realmente muy cansado, debería intentar dormir (y los sábados por la tarde durante su último año juntos ella no encendía la televisión sino que se acostaba en silencio sobre su cama, enferma por el ácido metacrílico que usaba para pegar las uñas postizas, aunque él por entonces no sabía o fingía no saber que estaba enferma), y aquellos sábados por la tarde Antonio solía despedirse de su madre con un breve chao mamá, me voy a jugar fútbol al colegio, lo cual no era cierto, todos los sábados por la tarde Antonio se subía en un bus hasta el San Javier, donde abordaba el bus de don Albán hasta Mapasingue, donde enseñaba catecismo a los pobres junto con los otros miembros del grupo apostólico (no dejes que tu mano izquierda sepa lo que hace tu mano derecha, le habían enseñado los jesuitas, y aun después de todos estos años en los que le gusta creer que ha renegado de cualquier cosa que sonara a precepto, aún no puede compartir con los demás nada remotamente bueno sobre sí mismo: nadie en Stanford sabía que enseñó catecismo en Mapasingue durante cuatro años, nadie en San Francisco sabía que, pese a desdeñar sus recuerdos de Mapasingue con preguntas como ¿de verdad crees que tu insignificante entrega a los pobres te ha marcado o solo te ha servido como excusa para sentirte un elegido?, él aún se piensa a sí mismo como aquel niño piadoso en el cerro de Mapasingue en lo alto de las escalinatas que llevan a Guayaquil), y se le ocurre, mientras intenta dormir, no, cómo va a dormir sin sacarse antes la ropa y prender el aire acondicionado, que zumba al máximo y ahoga el ruido de los camiones que pasan veloces por la calle Bálsamos y de la gente que está viendo televisión en el piso de arriba, aquel vejestorio de aire acondicionado que solía consumir tanta luz que su madre no lo prendía a menos que el calor fuera tan insoportable como lo es ahora, y mientras se acuesta de nuevo y trata de dormir se pregunta si quizás la razón por la que pensaba que su madre había reaccionado exageradamente sobre que El Loco convirtiera a Manuel en una amenaza para ellos en la casa era porque él rara vez interactuaba con Manuel, rara vez veía a Manuel, casi no recuerda nada de Manuel excepto a veces, durante la cena, el sonido de su plato vibrando sobre la secadora cuando estaba encendida, o la voz dócil de Manuel diciendo sí, doña Ceci, enseguida, doña Ceci (un día en que su madre no estaba Antonio le encargó a Manuel que fuera a alquilar unos videos porno de Ginger Lynn), o quizás pensó que ella reaccionaba exageradamente porque a él le convenía comportarse como si nada alarmante estuviera pasando en Guayaquil ya que de todos modos estaba por dejar este sitio miserable, o quizás pensó que ella reaccionaba exageradamente porque Manuel, que debía de tener catorce o trece años y era incluso más flaco de lo que Antonio era por aquel entonces, parecía inofensivo, o quizás pensó que ella reaccionaba exageradamente porque todos en el colegio decían que El Loco era un tarupido patán que no podía ni espantar a las moscas, un tarupido patán con la voz carrasposa de un chófer de buseta que hacia alarde de sus pelos en el pecho y decía cosas absurdas como eso de que León o Borja tiene la esperma aguada, y un día durante el recreo lo que el Cerdo Albino dijo sobre el tarupido patán fue si esa cochinada gana lo echaremos a patadas en menos de una semana, y todos festejaron y aplaudieron porque el Cerdo Albino era nieto de León Martín Cordero, carajo, el expresidente al que mi madre aún apoyaba incondicionalmente, aquel que vimos esa semana o la semana anterior o el año anterior diciendo en la tele que solo los drogadictos y las prostitutas votaban por El Loco, y sin embargo mientras todos festejaban y aplaudían el Cerdo Albino se viró hacia Antonio y dijo no sé por qué la Baba se está riendo si acá estamos hablando de botar a su papá, a lo que todos festejaron y rieron, disfrutando el chance de joder a Antonio con El Loco del mismo modo en que algunos ya lo habían intentado, comparando las erupciones en la cara de Antonio con la cara de bache de El Loco, llamándolo La Baba Loca o La Baba Bucaram para ver si alguno de esos apodos se le pegarían, y aun así Antonio pensó que había logrado acabar con esos apodos amenazando a sus compañeros con irse de puñete con ellos, pero no, aquel día durante el recreo todos esperaron a ver si Antonio amenazaba al Cerdo Albino o si dejaba que se burlara de él y por supuesto Antonio le dijo cállate, Pan de Yuca, o quizás le dijo cállate, cerdo vago de mierda, a lo que el Cerdo Albino respondió algo así como cuidadito con lo que dices, hijueputa, que era lo que todos esperaban que dijera el Cerdo Albino porque era el típico compañero al que le encantaba joder pero no que lo jodieran, el mismo tipo de compañero que también era Antonio, de modo que empezaron los empujones que por lo general se daban los de primer año solo para amagar pero que nunca terminaban en pelea, niñitos cobardes, y aunque ni Antonio ni el Cerdo Albino querían quedar como cobardes ya los curas los tenían condicionados a ambos, como fuera, condicionados o no, mientras los demás los rodeaban y les gritaban agarra a ese caraeverga por la nuca, Pan de Yuca, patéalo al gordo en las bolas, don Buca, ellos ya no podían seguir amagando como los de primer año, no les quedaba otra que pelear, y no es que no se odiaran desde antes, en segundo año habían formado parte del equipo de fútbol y como ambos vivían cerca, y como la madre de Antonio no tenía carro y la práctica empezaba a las seis de la mañana, su entrenador había sugerido que el Cerdo Albino lo lleve a Antonio, a lo que el Cerdo Albino había aceptado haciendo el show de estar supercontento de ayudar al equipo, entrenador, llevando a regañadientes a Antonio tres veces por semana hasta la mañana en que el Cerdo Albino le pidió a su chofer que entrara a la carrera por la calle Bálsamos para recoger a Antonio pero de retro (¿por qué Antonio había interpretado esa manejada en reversa como un menosprecio?), y cuando todos se agolparon alrededor de ellos Antonio arremetió contra el Cerdo Albino y el Cerdo Albino le dio un puñetazo y Antonio se tambaleó y el padre Ignacio paró la pelea, y aunque ambos estaban condicionados solamente la madre de Antonio recibió la llamada del padre Ignacio informándole que debía hablar con ella en persona porque esta vez sí que lo iba a expulsar a Antonio, y esa noche su madre le dijo ya no puedo más contigo, Antonio José, no voy a buscarte otro colegio, después de todos los sacrificios que he hecho para mantenerte ahí, ahora acabarás graduándote en algún antro en el Guasmo, pareciendo derrotada por lo que ella misma se escuchaba decir porque sabía que Antonio amaba a su colegio, sabía que cuando les habían tramitado sus green cards durante su segundo año de colegio ella le había preguntado si prefería quedarse y esperar hasta graduarse con sus amigos antes de mudarse a los Estados Unidos y él dijo sí, mamá, porfa, mamá, y lo que le dijo a ella aquella noche luego de que el padre Ignacio la llamara fue creo que esta vez el padre Ignacio habla en serio sobre expulsarme, mamá, ayúdeme por favor, dígale que tenía que ver con mi padre, dígale que mi padre regresó y que tuvimos un altercado, lo que sea, por favor, dígale lo que sea, mamá, y al día siguiente en el despacho del padre Ignacio su madre mintió para que Antonio pudiera quedarse en el colegio y graduarse con honores pero sin medallas y luego dejarla, y cuando su madre lo visitó en San Francisco le contó que luego de que él se fue Manuel empezó a llevarle sopa, que Manuel aprendió a cocinar para que ella tuviera más tiempo para descansar, que Manuel se había ofrecido de voluntario cada vez que ella necesitaba alguien con quien practicar las terapias de estados no ordinarios de conciencia que ella estaba aprendiendo, y lo que Antonio no le dijo entonces o luego es que un domingo en las semanas o meses posteriores a que la caravana de El Loco pasara por la calle Bálsamos se había dado una vuelta por el patio de afuera para chequear a Manuel, sabiendo que los domingos todos los empleados domésticos del barrio tenían el día libre, entrando a escondidas dentro de la caseta de cemento que había sido construida en el patio para que ahí vivieran los empleados domésticos y que parecía haber sido olvidada hace mucho porque la parte inferior de la puerta, agujereada por el moho o la lluvia o las polillas o los ratones, ya no llegaba al piso, porque la puerta tenía un agujero en lugar de un mango, porque adentro alguien había almacenado una torre de baldosas y latas atragantadas de manchas, porque el colchón sobre el escuálido lecho era tan grueso como una alfombra de paja, porque los aplastados de mosquitos adornaban las paredes, porque el lugar entero no era más grande que un cobertizo de herramientas, y mientras Antonio intenta dormir y liberarse de la cafeína que ingirió en el avión de San Francisco a Guayaquil no logra recordar si las condiciones miserables en que vivía Manuel lo conmovieron, no, no lo conmovieron, estaba demasiado concentrado en su búsqueda lasciva, aunque incluso si no hubiera estado tan concentrado buscando revistas porno seguramente habría encontrado una manera de pasar por alto las implicaciones de la pocilga donde tenía que vivir Manuel, rebuscando entre las cosas de Manuel sin desordenarlas, como demostrándole a quien pudiera estar observándolo que tenía buenos modales, y lo que no le asombra a Antonio es lo fácil que fue para él hacerse creer que realmente estaba buscando carteles o pancartas o cualquier otra evidencia de que Manuel era un subversivo de Bucaram, rebuscando y hallando una foto en blanco y negro de una anciana que podría haber sido la abuela de Manuel o su madre o una tía, rebuscando y hallando un fajo de cartas escritas con la misma caligrafía meticulosa y el mismo lenguaje florido que no desmerecían los anhelos de sus contenidos, todas enviadas desde Calceta, un pequeño pueblo de Manabí, rebuscando y hallando debajo del colchón una página que había sido arrancada del Diario Extra, un periódico sensacionalista de pueblo, y sí, había una foto de El Loco de un lado de la página, pero el tipo de foto que había esperado encontrar estaba del otro lado (una mujer voluptuosa con un bikini verde arrimando su frente a una palmera, sosteniéndola con ambas manos como si fuera un espacio reservado para su futuro amante, tú, invitándote a admirar el bronceado de sus muslos y la caída de sus cabellos, lo cual Antonio hizo en ese momento y más tarde en su habitación), devolviendo la página arrancada del Diario Extra antes de que Manuel regresara esa noche porque a Antonio le gustaba considerarse el tipo de persona que no habría utilizado ese recorte fotográfico sin devolverlo o sin rezar el rosario justo después de haber terminado, y aunque Antonio no recuerda si rezó el rosario aquella tarde de domingo, o aquella noche de domingo una semana o dos más tarde cuando se suponía que Manuel tenía que volver pero no lo hizo, Antonio sí recuerda que mientras que a él le preocupaba que Manuel pudiera haber descubierto a través de la misteriosa mano de dios que había estado hurgando entre sus cosas y que por eso había decidido no regresar más, a su madre le preocupaba que a apenas una o dos semanas para las elecciones Manuel hubiera desertado para unirse a un grupo de subversivos de Bucaram, aunque el lunes o el martes después de que Manuel no volviera ella trató de bromear diciendo que Manuel quizás estaba inflando globos para las caravanas de El Loco en Esmeraldas, pero ya el miércoles o jueves la broma dejó de hacerle gracia porque alguien le contó que otros dos o tres empleados de la cuadra tampoco habían regresado, y luego en la mañana del sábado Antonio oyó que timbraban, que abrían la puerta, que su madre decía dónde diablos te habías metido, Manuel, más como una acusación que como una pregunta, como si haber estado en cualquier otro lugar menos aquí fuera un desafuero, la voz de su madre tan áspera como siempre, cuidando de no revelar que pudiera estar asustada, agarrando el pomo de la puerta por si tenía que cerrar de un portazo, aunque la cadena de la puerta aún estaba echada, mi abuelita, decía Manuel, no podía levantarse de la cama, decía Manuel, no podía comer, no podía dejar de llorar, doña Cecilia, la empleada de doña Elena había estado esperándole en la parada de bus de la calle Sexta para decirle que su abuela estaba enferma, que su abuela estaba preguntando por él, y solo cuando ya estaba en el bus para Calceta se dio cuenta de que no se sabía nuestro teléfono, no lo había memorizado, y mientras Manuel hablaba Antonio se acercó a su madre pero ella no le hizo caso, estás mintiendo, le dijo su madre a Manuel, aliviada por la rotundidad de su veredicto, ¿no te enseñaron en la escuela a no mentir?, nunca dijiste nada sobre una abuela en Calceta, lo cual era cierto, por supuesto, salvo por el hecho de que Manuel nunca nos había dicho nada porque nunca le habíamos preguntado nada, y Manuel siguió repitiendo su historia pero ahora en fragmentos, quizás esperando que así su triste viaje pudiera ser más creíble para ella, sintiendo que mi madre ya no le escuchaba porque su voz comenzó a perder convicción, no puedes entrar, le dijo ella, ya no trabajas aquí, y mientras yo estaba allí junto a mi madre, expresando mi solidaridad con su decisión, Manuel dijo hable con la señorita, niño Antonio, dígale que no estoy mintiendo, y sí, yo había hojeado lo suficiente entre sus cartas como para por lo menos confirmar que tenía una abuela desahuciada en Calceta, y sí, Manuel parecía como si en algún instante en su trayecto de regreso hubiera rehusado a existir y lo que quedaba de él estuviera allí ante nosotros, un niño raquítico de catorce o trece años claramente en luto, y aunque es más fácil para Antonio imaginarse empujando a Manuel y cerrándole la puerta en la cara y diciéndole no vuelvas más, ¿oíste?, lo cual le permitiría distanciarse del acto patético que hizo al deplorar el acto violento que nunca hizo, lo que en verdad pasó fue que Antonio dijo sí tiene una abuela en Calceta, mamá, es cierto, lo cual hizo que su madre pusiera cara de no interrumpas una escena a la que no perteneces, metiche, y tal vez anticipando la reacción de ella él había dicho lo que dijo sin mucha convicción, no tanto como un hecho sino como una posibilidad distante, de modo que Antonio no insistió y se fue, y entonces su madre cerró la puerta y eso fue todo para Manuel, y unas semanas después El Loco perdió las elecciones por un estrecho margen de votos, y unos meses después Antonio se graduó del San Javier y se largó de este lugar miserable, y en los siguientes doce años muchos más de nuestros cultos ministros y prefectos malversaron los fondos públicos de nuestro país y huyeron, y más gente se vio forzada a vivir en las condiciones más precarias, y más hijos de la autoproclamada élite ecuatoriana que apenas lograron graduarse de universidades estadounidenses de tercera categoría obsequiaron al país aquella sabiduría inútil de que a los pobres no debemos darles el pescado sino en-

señarles a pescar, y doce años después de salir de este miserable lugar Antonio decidió regresar porque Leopoldo lo llamó
y le dijo vuelve y lancémonos para la presidencia, Baba, y
unos años antes de que decidiera regresar su madre le contó
de la noche en que dos hombres armados la asaltaron afuera de su departamento en la calle Bálsamos, Antonio José, el
ladrón en el lado del chófer estaba jalándole el pelo a Monsi
y golpeándola con la culata de la pistola para que dejara de
gritar, y lo siguiente que recuerdo es el carro sacándonos
como un bólido de la ciudad, y el muchacho sentado junto a
mí en el asiento trasero apuntándome con su pistola, y Monsi insultándolos y yo tratando de calmarla, ella no quería ceder
así que estaba atrapada entre los dos asientos delanteros, yo
trataba de calmarla y uno de ellos me gritó ya cállate, estoy
tratando de calmarla porque quiero evitar una tragedia, le dije,
yo estaba muy tranquila, siguiendo el consejo del padre Dávila de que en momentos de necesidad uno debe invocar a
sus ancestros y serenarse a uno mismo inhalando, exhalando,
en esos días yo meditaba al menos tres horas diarias, Antonio
José, y le dije a Monsi ven aquí, mi querida Monsi, jalándola
hacia el asiento trasero porque el hombre de adelante la estaba golpeando, no dejes que te golpee, mi Monsita, ven aquí,
abrazándola para que se calmara, pero ella seguía gritando
otra vez no, ya estoy harta de esto, y entonces el ladrón que
estaba a mi lado me dijo que le diera mi bolso y yo le dije
mira, este bolso, es viejo, si quieres llevártelo, llévatelo, pero
no te voy a dar mis documentos porque son difíciles de sacar,
dame tu billetera, dijo, no, le dije, te daré mi dinero, tengo
dinero que saqué esta mañana del banco y que te va a servir,
porque sé que lo que ustedes quieren es el carro pero también
dinero y los otros que te trajeron no van a saber que te lleva-
rás este efectivo, pero déjanos algo de dinero para el taxi de
regreso porque si no, ¿cómo nos regresamos?, y por favor no
nos dejen en un sitio peligroso, somos dos mujeres solas, así
que le di mi dinero y me dejó lo necesario para poder regre-
sarnos, creo que él tenía más miedo que yo, los dos no pasa-

ban de los dieciséis, diecisiete años, al parecer contratan a estos chicos de las calles para que cometan estos robos por un poco de dinero, los periódicos recomiendan no discutir con ellos ya que si se ponen nerviosos se les puede escapar un tiro, además hemos oído que a menudo les dan drogas para armarlos de valor, y lo siguiente que recuerdo es el carro saliendo de la ciudad como un bólido mientras le cogía la mano a Monsi y le decía todo saldrá bien Monsi, no nos harán daño, ¿verdad?, tranquila, ellos solo quieren el carro, Monsi, no tienen por qué apuntarnos con esa pistola, y luego, como si estuvieran hartos de escucharme, el ladrón que conducía paró el carro y dijo sáquense los zapatos y lárguense, viejas del carajo, y vaya si lo hicimos, saliendo lo más rápido que pudimos y encontrándonos en un campo baldío donde alguien debió de haber detonado algo porque estaba cubierto de trozos de vidrio y piedras partidas, caminando por lo menos una hora antes de toparnos con una casucha donde un anciano que vivía de recolectar chatarra se ofreció a llevarnos de vuelta a la ciudad, los pies de Monsi quedaron estropeados, Antonio José, ya duérmete, Antonio, duérmete que mañana te verás con Leopoldo por primera vez en doce años, y después de llegar a casa el recuerdo del asalto se asentó en mí y ya no pude dormir más en mi habitación, dijo su madre, me tuve que cambiar al cuarto de huéspedes donde me sentía más protegida pese a que los ataques de pánico no disminuyeron, y en San Francisco su madre le contó que un año después de que El Loco perdiera las elecciones Manuel volvió a aparecerse en su departamento de la calle Bálsamos, pidiendo una segunda oportunidad, esta vez no me voy a desaparecer, doña Cecilia, le prometo que no me voy a desaparecer, y poco después de que aceptara darle una segunda oportunidad Manuel empezó a llevarle sopa, aprendió a cocinar para que ella tuviera más tiempo para descansar, se ofreció de voluntario cuando necesitaba alguien con quien practicar las terapias de estados no ordinarios de conciencia que estaba aprendiendo en el Centro Pachamama, y lo que emergió durante esas terapias me asombró, Antonio José, cuando nació Manuel su madre lo abandonó a un lado de la carretera porque su padre había jurado ahogarlo, no sé, Antonio José, quizás ese hombre pensó que el hijo no era suyo, afortunadamente un alma generosa lo recogió y trató de criarlo, mi abuelita Ángela, la llamaba Manuel, pobre chico, sus problemas no terminaron ahí, de alguna manera su padre dio con ellos y quemó la casa de la abuelita Ángela, poco a poco Manuel empezaba a liberarse de su pasado, Antonio José, Manuel y la abuelita Ángela tuvieron que escapar y refugiarse en otra provincia, poco a poco empecé a apoyarlo, él tenía diecisiete años y aún no había terminado ni siquiera la primaria, Antonio José, y entonces le ofrecí clases de meditación y flores de Bach, y un día Manuel se matriculó en la escuela nocturna y se compró un par de pantalones de vestir y me dijo siempre he querido usar pantalones como estos, doña Cecilia, y antes de irme él ya casi había terminado la escuela mercantil, Antonio José, antes de irme de Guayaquil para siempre él estaba con lágrimas en los ojos y dijo qué voy a hacer sin usted, doña Cecilia, ahora qué voy a hacer sin usted.

VI LA ABUELA DE ANTONIO DA CONSEJOS

Tu tío Manolo rentaba sus caricaturas, dijo la abuela de Antonio. Ataba una piola en las barras de hierro de las ventanas de afuera y ahí rentaba sus, ¿ah? ¿Qué pasa ahora, Enrique? ¿Qué? En la mesa de noche, Enrique, ¿adónde más? Siempre tu abuelo lanzando gritos que adónde están mis remedios y ahí mismo siempre están. Tu tío Manolo solía arrastrar las sillas del comedor hacia la entrada de la casa y ahí rentaba sus caricaturas a los niños del barrio. No quería que yo supiera pero claro que sabía. Yo lo oía forcejeando con las sillas del comedor, esas sillas que en ese entonces eran el doble de su porte, a mí nunca me gustaron esas sillas, Antonio José, cuando tu abuelo y yo nos casamos tuvimos un peleón sobre qué juego de comedor comprar y no llegábamos a un acuerdo hasta que un día Enrique se apareció en la casa campante con camión y cargadores y dice aquí están tus cachivaches, Primavera. Manolo solía arrastrar esas sillas por el pasillo oscuro donde tu tío Edgar una vez le disparó una flecha a tu mamá y casi le zumbó el ojo, ese fue el final de Indios & Vaqueros para los chicos, Antonio José, tus tíos siempre la andaban cazando a tu madre con arcos y flechas pero ella era la preferida de tu abuelo, la única niña entre seis varones, y esa noche Enrique se dio cuenta que el ojo de tu madre estaba hinchado entonces dice ¿qué es que está pasando aquí? Tu madre no quería decir. Tus tíos tampoco. Tu tío César nos delató haciendo barullo de indio bajo la mesa. Enrique les quebró las flechas y les dobló los arcos y les dio correazos a todos y dice se quedan sin merienda estos mamíferos. Para mí que tu abuelo exageraba. Porque el ojo de tu madre no estaba tan hinchado. Un día encuentro de cabeza una de las sillas del comedor en el pasillo, en ese pasillo que nunca recibía luz, por eso es que nunca instalé cuadros en las paredes de ese pasillo, Antonio José, Enrique me jorobaba y decía por qué tan vacío el pasillo, Primavera, por lo menos pon fotos de los chicos. Pero ¿para qué, Enrique? La silla estaba tirada boca abajo ahí y yo voy diciendo Manolo, César, Edgar, las sillas en esta casa no son para estar bobeando, quién arrastró esta silla, salgan en este instante. Nada y nadie. Encuentro a tus tíos en mi dormitorio, encerrados en el clóset. ¿Qué están haciendo ahí? Somos cavernícolas. Manolo arrastraba las sillas por el pasillo y luego por el patio ese grande que teníamos repleto de animales. ¿Qué? Deja de gritar, Enrique, le estoy contando a Antonio sobre el negocio de caricaturas de Manolo. No te oigo, ¿Enrique? ¿El control remoto? En el primer cajón de la cocina. ¿Cuál era el nombre de nuestra chancha, Enrique? ¿Enrique? ¡Enrique! Sí. Cuando vivíamos por La Universal. Rosa. Eso mismo. La Chancha Rosa. Míralo al abuelo. En su vida veía telenovelas cuando vivíamos en el Ecuador y ahora el doctor Rodríguez no para de ver estas telenovelas gringas. ¿Sabes por qué estas telenovelas gringas nunca se acaban? Eso mismo. Teníamos un venado, César, perdón, Edgar, digo, Antonio, Antonio José, teníamos un venado, Antonio José, pollos, tortugas, perros callejeros que Enrique traía sin consultarme, tucanes, el venado al que los chicos llamaban Bambi, el cual se nos murió por un descuido de dejar una ensalada con demasiada mayonesa afuera, y la Chancha Rosa, claro. No sé por qué teníamos tantos animales. A los chicos les gustaba tenerlos. Tu madre quería a la Chancha Rosa y así mismo la Rosa lo adoraba a tu abuelo. Cuando tu abuelo llegaba del hospital Rosa era un bólido a darle la bienvenida. Rosa era enorme, una de esas chanchas que engrandecen a diario, parecía rinoceronta. Y un día la asé. Llegó el día en que la asé, sí. ¿Qué? Ay ya cállate, Enrique. Sigue viendo tus telenovelas tepidas. Tu abuelo todavía cree que la horneé a Rosa porque yo estaba celosa de tu madre. Vaya a creer. Tu abuelo ni pasaba en la casa. Rosa era otro juguete para los chicos pero también era una cerda. Una chancha, Enrique. Tu madre no se enteró que la habíamos asado hasta que la cocinera la sirvió en bandeja para la cena de graduación de César. Teníamos visitas y me dicen bien gustoso el puerco, Primavera, pero ¿por qué los chicos no prueban bocado? ¿Nos quieres envenenar? Rosa se embestía contra tus tíos cuando los veía persiguiéndola a tu madre. Hubieras escuchado los chillidos que le salían a Rosa cuando los perseguía. Como ¿qué tipo de cantante? Ah, no. Yo no sabría. Tu abuelo nunca me llevó a la ópera. Tampoco hay óperas aquí en Gainesville. Por eso mismo me hice miembra del grupo de iglesia hispano. Muy buenas gentes. Con excepción de los cubanos, claro, esos nacieron bulliciosos. Tu tío Manolo ataba una piola en las barras de hierro de las ventanas de afuera y ahí colgaba sus caricaturas para rentarlas. Lo que ganaba lo ahorraba para comprar caramelos de La Universal, la fábrica de caramelos por donde vivíamos. Compraba unas cestas en miniatura y las llenaba de caramelos y chocolates para después regalárselas a los niños pobres de nuestra calle en Navidad. ¿Qué? Cómo vas a saber tú que era negociado lo de Manolo si ni pasabas en la casa, Enrique. Tu abuelo cree que Manolo se guardaba la plata. Eso no fue así. Los niños limpiabotas y los que vendían chucherías en el mercado se aparecían en nuestra puerta en Navidad y tu tío Manolo les entregaba sus cestas con chocolates. De mis siete hijos Manolo fue el único que hacía esto. Yo no era religiosa, Antonio José, tu abuelo tampoco, ninguno de nosotros lo era. Tampoco le dijimos que lo hiciera. Él lo hacía solito nomás. Todos los años lo hacía solito.

VII ANTONIO Y LEOPOLDO DONDE DON ALBÁN

Si Leopoldo fuera mujer yo sabría qué esperar de nuestro primer encuentro en doce años, piensa Antonio, cómo vestirme, qué omitir acerca de mi vida en los Estados Unidos, porque si Leopoldo fuera una mujer atractiva, por ejemplo, Antonio sabría que su objetivo sería impresionarla con una actitud ligera y despreocupada por lo que en su primer encuentro elegiría un atuendo informal y monólogos asociativos sobre cualquier cosa excepto por supuesto la muerte y la desolación y el padre Villalba diciendo cómo hemos de ser cristianos en medio de un mundo de miseria e injusticia, y si Leopoldo fuera una exnovia Antonio sabría que su objetivo sería fingir que no la había echado de menos y que la vida sí había continuado sin ella de modo que en su primer encuentro luego de años o meses de no verse el uno al otro él llevaría ropa nueva que ella no hubiera visto antes y la escucharía atentamente pero evitaría hacer ninguna referencia al tiempo que estuvieron juntos, y si Leopoldo fuera su madre no sabría su objetivo pero al menos sí sabría adoptar un confuso desapego hacia ella, sin embargo en toda su vida en los Estados Unidos nunca tuvo que prepararse para una reunión con nadie como Leopoldo, es decir nadie con quien discutir sobre el futuro del Ecuador, nadie con quien recordar el tiempo que pasaron juntos repartiendo leche caliente y pan de dulce a los ancianos del asilo Luis Plaza Dañín, o el tiempo que pasaron juntos catequizando a los niños pobres de Mapasingue – tú y yo en las escalinatas del cerro de Mapasingue, ¿te acuerdas? – de su tiempo en el San Javier jugando ¿Quién es más pedante? en la cafetería de don Albán, y mientras Antonio se apresura por la calle Rumichaca para reunirse con Leopoldo por primera vez en doce años, se pregunta si el tipo de bromeo que ambos preferían, ese al que recurrieron cuando Leopoldo lo llamó y le dijo ya regresa al Guayas, Baba, sea quizás la única opción permitida a los hombres para mostrarse afecto entre sí, como imitando a los compinches de la tele (Starsky y Hutch o Los Dukes de Hazzard, por ejemplo – yo te cubro la espalda, pana – no me toques, mariposón –), solo que él y Leopoldo no han sido compinches en casi doce años, y se le ocurre a Antonio que quizás su juego de ¿Quién es más pedante? había sido una ritualización del tipo de bromeo que preferían, y aunque Antonio no recuerda el contenido exacto de sus intercambios de ¿Quién es más pedante? en la cafetería de don Albán, sí se acuerda que su juego consistía en refutarse entre si, parodiando el lenguaje pomposo de los demagogos, los curas, el de ellos mismos, digresando delirantemente sobre las reformas que instaurarían para transformar al Ecuador – deuda externa, ¿qué es? – Leopoldo estrechando la mano de Antonio cada vez que ganaba y proclamando en inglés always above you, my friend, y si Leopoldo fuera mujer Leopoldo se habría sentido cómodo con la vida de Antonio en San Francisco ya que todas sus amistades en San Francisco habían sido mujeres, a diferencia de su antigua vida en el San Javier, donde todas sus amistades habían sido varones adolescentes que expresaban su afecto burlándose entre ellos con insultos homofóbicos o interpretaciones misóginas del lenguaje marital – ¿dónde está tu marido, Baba? – el Micrófono está ocupada en casa planchándome los calcetines, ¿dónde más va a estar? – y si Leopoldo fuera mujer Antonio sería capaz de decirle te he echado de menos, Leopoldo, aunque no he pensado en ti desde que empecé a forjarme una nueva vida en San Francisco, sí te he echado menos, y lo que le preocupa a Antonio más que si los planes de Leopoldo para lanzarse a la presidencia son o no realistas es si será capaz de encontrarse con su querido amigo Leopoldo sin menospreciar-

lo de algún modo – ya regrese del Primer Mundo, chuchume-
co – aunque quizás sea demasiado tarde: Antonio ya lleva puesto su terno negro más caro.

—

¡Don Albán!

¡Muchachón!

Leopoldo no me dijo que nos íbamos a reunir en su restaurante. Ni siquiera sabía que tenía restaurante. Qué gran
sorpresa, don Albán. Se ve increíble.

De a poco empezamos la franquicia.

Ahora que ya sé dónde queda vendré todos los días.

Mi restaurante es su restaurante, niño Antonio. Leopoldo
almuerza aquí todos los días. Le encanta mi bollo de pescado.
Una vez cuando estaba aquí con sus compañeros del colegio
se puso de pie y, ya sabes la labia que se maneja, recitó su Oda
al Bollo de Pescado de Don Albán. El bollo aquí es poderoso,
niño Antonio. Yo le pregunto, economista Hurtado, ¿dónde
está su pana? Ah, don Albán, me dice, todavía empiernándo-
se con las gringas. A su otro amigo lo veo todavía los sábados.

¿Mazinger?

Rafael, sí. Ese mismo.

Ya no va a Mapasingue, ¿no?

A Mapasingue y al botadero de basura también. Nunca
dejó el grupo apostólico. Todos los sábados antes de que ano-
chezca él y el padre Cortez se van al botadero de la ciudad para
llevar antibióticos y pan. Ese muchacho sí que era un bólido.

Tenía esa velocidad robótica.

A veces lo veo en la cancha los domingos. Sus compañeros
todavía juegan pelota juntos.

¿Aún manda la pelota al espacio exterior? Baja Monos le
decíamos, ¿se acuerda?

Ya nos quedamos sin monos, muchachón. ¿Cómo le va a
usted, niño Antonio? ¿Ya les mostró a los gringos cómo se
juega?

Dejé de jugar fútbol cuando llegué allá y…

Me acuerdo de su finta rápida. Agarraba el balón y se iba de largo. Era imparable. ¿Ya se queda?

Un tiempecito. Quizás un poco más.

Déjeme prepararle una mesa. Siéntese, niño Antonio, siéntese.

Lo llamé a Rafael algunas veces pero no me ha…

Recuerdo cuando yo los llevaba a Leopoldo y a Rafael y a usted hasta Mapasingue todos los sábados, ¿se acuerda?

El bus del grupo apostólico. ¿Cómo me voy a olvidar?

—

BABA: Primero les subimos los salarios.

MICRÓFONO: Acto inflacionario. No sea reaccionario.

BABA: Aumentamos el sueldo básico.

MICRÓFONO: Los costos suben, no podemos competir, cierran las fábricas y las vuelven a abrir en Colombia.

BABA: Hacemos pacto con los colombianos.

MICRÓFONO: Las cierran y las vuelven a abrir en Perú.

BABA: Pactamos con los peruanos.

MICRÓFONO: ¿Ya no te acuerdas de Paquisha?

MATAPEROL: Paquisha / es historia / sagrada.

BABA: Al carajo las fronteras y los mapas.

MICRÓFONO: El impacto de la cartografía en la tradición onanística. Dejadnos elucidar la…

MATAPEROL: ¿Ona qué?

MICRÓFONO: Nística.

CORO: Chanfle.

BABA: Incentivos fiscales. Para que las fábricas se queden.

MICRÓFONO: Excelente.

MATAPEROL: Ya te ganó, Micrófono.

MICRÓFONO: ¿Qué hora es?

MATAPEROL: Casi las dos.

MICRÓFONO: Llegaremos tarde a la clase de Berta.

MATAPEROL: Bobeeeeerta.

MICRÓFONO: ¿Baba quiere seguir con su programa de leche para el pueblo?

BABA: Esa pregunta es bovina.

MATAPEROL: ¡Bovina! ¿Qué es?

CORO: Tu vieja.

MICRÓFONO: Tu incentivo fiscal nos dejó un hueco presupuestario. Tendremos que cortar tu programa de leche gratuita.

BABA: No serías capaz.

MATAPEROL: He visto al Micrófono pecar peor, Baba.

MICRÓFONO: Leche para los niños o empleos para los padres. Tú decides.

MATAPEROL: ¿Con León si puede?

BABA: No tengo que decidir. Ambos.

MICRÓFONO: No hay problema. Cubre el hueco y listo.

MATAPEROL: Viva la santa / que por el hueco le encanta.

MICRÓFONO: Privatizamos la telefonía.

BABA: Leche gratuita por un año. ¿Y luego qué?

MATAPEROL: Piensa en los niños.

BABA: Privatizamos la electricidad.

MATAPEROL: El Foco Ladrón, iluminado por Torbay.

MICRÓFONO: ¿Y luego qué?

BABA: Privatizamos el agua.

MICRÓFONO: ¿Y luego qué?

—

Según Rafael el Mazinger, el padre Villalba fundó el grupo apostólico, un grupo de voluntariado que visita a los ancianos en el asilo Luis Plaza Dañín y catequiza en Mapasingue, poco después de su nombramiento en el San Javier, un nombramiento que el padre Villalba detesta y que, según Facundo el Mataperol, le fue impuesto por el Vaticano luego de que lo sacaron de su parroquia en Ambato, donde había estado levantando a los obreros de flores en contra de los latifundistas justo cuando se producía el boom del mercado internacional de flores, típico de este país atrasado, esos indígenas deberían estar agradecidos en vez de estar mordiendo la mano que les da de comer, aunque, según Bastidas el Chinchulín, al padre Villalba lo removieron debido a sus diatribas en contra de Juan Pablo II en una conferencia de obispos en Puebla, diatribas que probablemente se parecen a los sermones que Antonio escuchaba del padre Villalba durante la misa dominical para exalumnos a la que solía asistir con su abuelo años antes de que fuera admitido en el San Javier, airados sermones dominicales que arremetían contra los exalumnos del colegio, como si los exalumnos tuvieran la culpa de que lo hubieran desterrado a un colegio jesuita donde por décadas los mismos latifundistas contra los que he estado combatiendo han estudiado teología, donde los hijos de esos mismos latifundistas contra los que he estado combatiendo han estudiado y seguirán estudiando teología, aunque, según Esteban el Pipí, el padre Villalba ha frenado la entrada de estos oligarcas ejerciendo con éxito presión para que recortaran el costo de la matrícula del colegio y aumentaran la dificultad del examen de ingreso, y mientras Antonio se acerca a la oficina del padre Villalba para pedir que le permita unirse al grupo apostólico está pensando en esos sermones del padre Villalba en los que pregunta cómo vamos a ser cristianos en un mundo de miseria e injusticia, cómo es posible por un solo instante olvidar estas situaciones de dramática pobreza, cuanto hicisteis contra los más necesitados, cuanto explotasteis o ignorasteis o maltratasteis a estos mis hermanos más necesitados, a mí me lo hicisteis, y mientras Antonio espera a Leopoldo en el restaurante de don Albán recuerda al padre Villalba diciendo que en el momento supremo de la historia, cuando se decidirá nuestra salvación o condenación, lo que contará, lo único que contará, es si aceptamos o rechazamos a los más necesitados. Antonio toca la puerta.

¿Sí? ¿Quién es?

Buenas, padre Villalba yo…

Estás interrumpiendo la música, Olmedo. Siéntate y cierra el pico.

En el escritorio del padre Villalba una casetera portátil está reproduciendo una música que no sigue un patrón distinguible, se enturbia, parece progresar en una dirección escabrosa, trepando a un altiplano para tocar una campana, y luego la música del padre Villalba se acaba y alguien en la grabación tose, alguien arrastra una silla y todos aplauden.

¿Qué quieres?

Quiero unirme al grupo apostólico.

Es para estudiantes de segundo año.

Quiero unirme este año.

El próximo año. Eres demasiado joven. El próximo año.

¿Qué tiene que ver la edad con ayudar a…?

No obtendrás ningún beneficio si te unes, Olmedo. Dejemos esto claro. Ni de mí ni de ninguno de los otros curas. O al menos no de mí. Ahora vete.

Del bolsillo de su camisa Antonio saca una página que ha arrancado de uno de sus cuadernos de aritmética, los restos del borde blanco de la página arrancada salpicándole el regazo, una señal de algún tipo, pensó probablemente Antonio entonces, del mismo modo que su abstrusa caligrafía, de la que sus compañeros se burlarían en el pizarrón por los siguientes seis años, era también una especie de señal, que le dio valor para leer en voz alta lo que había escrito en esa página la noche anterior.

Todos los esfuerzos del pensamiento humano no valen lo que un solo acto de caridad.

¿Quién dijo eso?

Usted.

Es de Pascal. De mi sermón de Navidad del año pasado. ¿Tu padre es exalumno de esta venerable institución?

Sin esperar una respuesta el padre Villalba revisa las estanterías detrás de su escritorio, tres estanterías que si se giraran de lado no cabrían en la angosta anchura de la oficina del padre Villalba, que antes era, según Facundo el Mataperol, una bodega para guardar colchonetas, caballetes, talco, y aun así la oficina del padre Villalba no huele a cuero húmedo ni a pies apestosos sino a hierba mojada, probablemente germinando del mate que el padre Villalba está sorbiendo mientras saca lo que parece un volumen de una enciclopedia, del tipo exhaustivo, quizás del siglo dieciocho, algo sacado de Tlön, Uqbar, Orbis Tertius, que Antonio leerá nueve años después durante sus últimas vacaciones de invierno en Stanford, y el padre Villalba hojea su enciclopedia como si sus páginas contuvieran un conocimiento desechable, aunque a veces el padre Villalba no hojea la enciclopedia sino que la abre exactamente por la página que está buscando, deslizándola sobre el escritorio para mostrarle a Antonio la cita completa de Pascal.

¿A qué se dedica tu padre?

El padre Villalba parece lamentar la pregunta tanto como Antonio. ¿Sabe el padre Villalba que el padre de Antonio tuvo que huir del país por cargos de malversación de fondos?

¿Qué más has estado transcribiendo, Olmedo?

Suministros de oficina. Mi padre ahora está… lejos.

El padre Villalba rebobina o adelanta su casete, y debido a que el casete es viejo y a Antonio le gusta recordar la sala y el colegio en completo silencio, el casete produce bastante conmoción, lo cual para Antonio no era y no es aún señal de ningún tipo, y sin embargo después de que el casete se termina de rebobinar o adelantar — no debes escuchar un casete mientras estás rebobinando otro casete, Antonio José — el padre Villalba no presiona el play.

El padre Ignacio ya sabe quién eres. Ándate con cuidado.

Obregón trató de quitarnos la cancha.

¿Y?

Nosotros llegamos primero. Usted habría hecho lo mismo. Solo porque Obregón sea de sexto no significa que…

Al padre Ignacio le importa un carajo lo que yo hubiera hecho. No te metas en más peleas. Te van a expulsar.

Me vale.

Me imagino. ¿Al menos ganaste?

Nos quedamos con la cancha. Y Obregón perdió pelo.

El padre Villalba se inclina sobre el cristal de su escritorio, examinando a Antonio, que está sentado muy erguido en el sillón hundido, ese chiquillo flacucho cuya nariz ha sido rota por un alumno tres veces más grande que él, frunciéndose sin ninguna compunción cristiana.

El padre Ignacio cree que Mapasingue es demasiado peligroso para los de primer año como tú. Y ninguno de tus compañeros está pidiendo a gritos ir a enseñar allá los sábados. Tú y Leopoldo Hurtado son los únicos de primer año que han venido a verme. ¿Ya conociste a Leopoldo Hurtado?

—

MICRÓFONO: Luego hacemos el trickle down.

BABA: Y mientras la gente espera tu trickle, más de ellos morirán de hambre.

MATAPEROL: ¿Trickle es pepinillo en francés?

MICRÓFONO: Reservamos fondos para una red de programas sociales.

MATAPEROL: Mosquito / chicken / gallina / red.

MICRÓFONO: Leche gratuita.

BABA: Pan gratuito.

MATAPEROL: ¿Techo y empleo?

CORO: Cállate, panza de chófer.

MICRÓFONO: Subsidiamos el gas natural.

MATAPEROL: Hace rato cortaste ese subsidio.

MICRÓFONO: Ese fue el del transporte público, lerdo.

BABA: Presta atención, chambero.

MATAPEROL: A ver explíquenme ¿cómo voy al colegio con el pasaje tan caro?

BABA: ¿Para qué vienes al colegio? Igual te vas a quedar de año.

MICRÓFONO: Atrasapueblo.

BABA: Mosquito pipón.

MATAPEROL: Voy a votar por Cazares.

CORO: Cállate, Mataperol.

MICRÓFONO: ¿Y qué hay de la deuda externa?

MATAPEROL: Hoy no fío / mañana sí.

BABA: Para después.

MICRÓFONO: ¿Pagarla después?

BABA: Déjala para después.

MICRÓFONO: Solo le hago la bondad de recordarle.

MATAPEROL: ¡Deuda externa! ¿Qué es?

MICRÓFONO: Sesenta por ciento.

CORO: Chanfle.

—

Los sábados el bus de don Albán transporta al grupo apostólico hacia Mapasingue a una velocidad lentísima, no porque don Albán, quien en el San Javier además administra la revista deportiva y la cafetería y las olimpiadas del colegio que van desde el ajedrez al minifútbol y a quien los alumnos han apodado Motorcito por la rapidez de sus cortas piernas, sea un mal conductor, sino porque el destartalado bus de don Albán, que don Albán le pide prestado a su vecino los sábados de una a seis, es un veterano que ha aguantado una gran cantidad de baches y multitudes que han hundido su chasis, súbanse, muchachones, que atrás hay puesto, aunque don Albán justifica su lentísima velocidad diciéndoles tengo que cuidarlos, muchachones, tengo que estar atento a esas camionetas imprudentes que ahora andan por todos lados por la huelga nacional de transportistas, pero no se preocupen, dice don Albán mientras esquiva las llantas quemadas, los manifestantes, las camionetas repletas de gente, conmigo al volante no pasa nada, y lo que le sorprende a Antonio en su primer viaje a Mapasingue es que incluso a la lentísima velocidad de don Albán alcanzan rápidamente la entrada de los cerros de Mapasingue, una entrada que no está tan lejos de donde vive Antonio, al otro lado de las Lomas de Urdesa, a tres escasas cuadras de la casa de León Martín Cordero, carajo, y mientras el bus de don Albán cruza la entrada de Mapasingue un vendedor ambulante sube de un salto y canta Chiclets, aquí las ciruelas y los Chiclets, el camino volviéndose más empinado y el bus de don Albán volviéndose más lento, échele ganas, don Albán, pújele, don Albán, y lo que le sorprende a Antonio es cuánto les toma subir por esa cuesta en espiral y cuánto tiempo pasará antes de que puedan ver la ciudad por debajo de estos cientos de casitas en forma de caja que parecen abandonadas y como de juguete en su simplicidad de ángulos rectos, equiláteros y ortogonales y

(la tarea de geometría de Antonio es para el lunes)

tan irreales como le parecieron a él cuando fue al cementerio con su abuelo y allá a lo lejos vio miles de puntos, aquellas casas diminutas, aferrándose a los cerros que rodean la ciudad, y mientras Antonio espera a Leopoldo en el restaurante de don Albán piensa que si alguien le dijera que su vida en los Estados Unidos no había existido, que aún estaba camino a Mapasingue para catequizar a los pobres y que era desde allá arriba en Mapasingue donde había estado imaginando su vida en los Estados Unidos (Antonio llega a Stanford, aprende qué hacer para cambiar al Ecuador, regresa a este mismo punto en la cima de Mapasingue donde, movido por las perpetuas inequidades a su alrededor, decide comprometerse para salvar a su gente (Antonio llega a Harvard, aprende qué hacer para cambiar al Ecuador, se une al Fondo Monetario Internacional, y pontifica sobre lo que hay que hacer para cambiar al Ecuador (Antonio llega a Yale, conoce a una bella estudiante de literatura que adora a Rimbaud, decide que tiene la fuerza de carácter para prescindir de su ropa costosa, aplica a un programa de posgrado de literatura experimental))), a él no le costaría creer que ha estado imaginándose su vida en los Estados Unidos, aunque por supuesto le costaría creer que ha estado imaginándose su vida en los Estados Unidos. El bus de don Albán llega a la escuela primaria de Mapasingue, donde el grupo apostólico enseña catecismo y donde desafortunadamente una tubería, le informa el coordinador de la escuela a don Albán, se ha roto, inundando las aulas e infestando el patio de mosquitos, lo cual Antonio no puede ver desde el interior del bus de don Albán, aunque más tarde se imaginará nubes de mosquitos zumbando el patio inundado, nubes oscuras y agitadas de mosquitos que le recordarán a las abejas asesinas que todos decían que estaban en camino a Guayaquil desde África o Brasil, y mientras Antonio espera a Leopoldo en el restaurante de don Albán se maravilla de cómo la más remota asociación de ideas como ese rumor en el colegio sobre las abejas asesinas, en el que no había pensado en años, puede, sin restarle en lo absoluto la solemnidad que ha atribuido a los años en que impartió catequesis en Mapasingue, coexistir con su época en Mapasingue, reapareciendo cada ciertos años para recordarle que aún está ahí, orbitando a su alrededor mientras don Albán le cuenta al coordinador de la escuela que el grupo apostólico no tiene permiso para enseñar afuera de la escuela, órdenes estrictas del padre Ignacio, dice don Albán, no hay permiso, y por supuesto el coordinador de la escuela no pregunta por qué porque puede suponer muy bien por qué a estos aniñados no se les permite permanecer afuera de la escuela, y por supuesto don Albán sabe que el coordinador de la escuela sabe por qué de modo que asienten con la cabeza y fingen estar de acuerdo pero qué desperdicio, dice don Albán, qué pena, dice el coordinador de la escuela. Alguien está golpeando las puertas metálicas, las anchas y negras puertas de entrada a la escuela primaria, aunque Antonio ya no está seguro de si alguien había golpeado esas puertas metálicas o si la recurrencia del recuerdo de esas puertas metálicas negras abriéndose y cerrándose, abriéndose y cerrándose para él en todos aquellos sábados durante todos aquellos años, ha empezado a generar en retrospectiva todas las alternativas posibles relacionados con esas puertas, incluyendo al padre Villalba golpeándolas la tarde de la rotura de la tubería. Aguas, el Gnomo Rabioso está aquí, dice Facundo. No le pongas apodos al padre Villalba, Mataperol. ¿Qué es que pasa aquí?, pregunta el padre Villaba. Don Albán le explica lo que pasa. No digan sandeces, dice el padre Villalba, hay bastante espacio para enseñar en las veredas o en las escaleras. Salgan del bus. Rafael: enseña a tus estudiantes por donde los árboles. Olmedo y Hurtado: lleven a los suyos a las escaleras. Rolando: ven conmigo y sellemos esa maldita tubería. El padre Villalba desaparece dentro de las aulas inundadas. Los estudiantes de Antonio siguen a Antonio afuera pero luego corren y se le adelantan, alineándose como una pared, fingiendo consternación: frunciéndose, pisando fuerte, clavando ramitas como banderas y diciendo usted habla feo, profe, dios no está orgulloso, algunos de ellos inflando sus pechos y aplaudiendo como en un desfile militar, otros haciendo genuflexiones y burlándose con plegarias desesperadas a dios, otros haciendo la señal de la cruz, sus ojos bizcos, tratando de no reír, y aunque Antonio no se acuerda de sus caras ni de sus nombres ni de nada acerca de ellos – ¿cómo puedes atribuirle tanto significado a catequizar a los pobres en Mapasingue cuando ni siquiera puedes acordarte de nada de los niños a quienes enseñaste allí? – no, eso no es cierto, recuerdo que ellos vinieron corriendo hacia mí afuera de la iglesia luego de la ceremonia de su primera comunión y me abrazaron como si fuera san Juan Bosco – solo te acuerdas de ese momento afuera de la iglesia porque alguna vez habías sido devoto de san Juan Bosco y aún te gusta pensar que eres como san Juan Bosco (antes de irse a dormir Antonio solía releer su cómic sobre san Juan Bosco rescatando a los niños callejeros de Turín) – y aunque no recuerda las caras de los niños ni sus nombres, sí recuerda haber esperado que el padre Villalba fuera testigo de lo mucho que les gustaba a los niños, y también recuerda que, pese a su nariz rota, que hasta hoy casi no huele nada, había sido capaz de detectar el aroma a perfume en algunos de los niños, de claveles y rosas tal vez de sus madres, porque él había visto a sus madres peinándolos con peinillas como reglas de bolsillo y cerrándoles los botones más altos de sus camisas como si fueran a un bautismo o una boda. Desde lo alto de las escaleras Antonio ve alejarse al padre Villalba. ¿Es irracional que Antonio todavía espere que el padre Antonio se despida de él? ¿Que se acerque a él antes de irse? ¿Qué le diga el señor te ha elegido? ¿Qué le diga emprende tu camino? ¿Debes prepararte para la gran tarea que te aguarda? ¿Para decir Padre, bendice a tu apóstol? Meses o semanas después el padre Ignacio anuncia que el padre Villalba había tenido problemas de corazón. Un ataque cardiaco, Facundo, sí. No estoy seguro por cuánto tiempo, Rolando. El padre Villalba regresa con un marcapasos. Dos ancianas comienzan a asistir a la misa del padre Villalba los jueves por la tarde, colocando sus grabadoras junto al altar. Oye, ¿esa es tu abuelita, Baba? ¿Esa es Mamá Robot, Mazinger? ¡Cállate, Mataperol! Por órdenes del padre Villalba las grabadoras solo pueden colocarse por la salida lateral. De camino a la salida Facundo golpea la ventanita plástica de las grabadoras. Toc, toc. ¿Quién es? El Gnomo Rabioso es. La fe desafía el progreso histórico de los poderosos. Los sermones del padre Villalba conservan su vigor. Lucio estaba temblando, dice el padre Villalba. Qué ocurre, padre Lucio, dije, tranquilícese, ¿qué ha pasado? Una visión terrible, dijo el padre Lucio. A un lado del camino se había desmayado una mujer, y sus tres pequeños hijos, dijo, pero Lucio no pudo continuar, dice el padre Villalba. Uno de sus hijos se aferraba a las trenzas de la madre en su regazo, dijo, pero sus manos estaban flácidas, padre Villalba, como si las venas en las manos del niño hubieran consumido las transfusiones de la madre y ahora se resignaran a lo que el sol quisiera extraer de ellos. Y los otros dos niños parecían indiferentes ante el dolor de la madre, padre Villalba, pero no eran indiferentes, dijo el padre Lucio. Me arrodillé junto a la madre y vi que los niños se estaban desmayando del hambre tal como la madre se había desmayado del hambre. Padre, suplicó ella, bendígame, padre, suplicó ella. Padre, nos estamos muriendo, dice el padre Villalba, concluyendo para captar la atención del conglomerado de caras adolescentes, este sacerdote bajo y calvo con los zapatos ovalados, tratando de discernir hacia dónde van sus advertencias. Estamos del lado de los pobres solo cuando nosotros. Solo cuando. Nosotros no somos. Nosotros. La noticia de la muerte del padre Villalba no suscita una consternación generalizada. En su funeral, las dos ancianas reaparecen, colocando sus grabadoras encima del ataúd. ¿Cuál cinta debería ir primero? No logran ponerse de acuerdo.

Una de ellas empieza con la suya. La otra continúa, subiendo el volumen de su artefacto. Cómo estamos del lado de / cristianos del / en un mundo de pobreza / junto a. Un viejo y sombrío sacerdote al lado de Antonio se seca los ojos con su pañuelo. No es del San Javier. Tampoco es del Ecuador. Un baúl negro y maltrecho, colmado de etiquetas descoloridas, lo separa de Antonio. Las esquinas levantadas de los stickers de Vallegrande, La Habana, Valdivia, Ambato se han vuelto a pegar con cinta adhesiva sobre el baúl. Guijarros antiguos, partículas de rocas y pelos se adhieren a lo que queda de la pasta adhesiva de la cinta. El cura extranjero observa a Antonio leyendo su equipaje pero la fatiga parece impedirle sonreír a Antonio. Contarle de los stickers, de los lugares en los que ha estado. Ahí va el último de nosotros, dice. El padre Villalba se sube a su camioneta y se aleja. Adiós, padre.

—

Doctor Baba.
Señor Micrófono.
Economista.
Abogado.
¿Estuvo bonito el vuelo?
Sí, ingeniero.
Me alegra, arquitecto.
Dígame licenciado.
Licenciado.
Gracias. Muchas gracias.
Antonio y Leopoldo fingen acercarse modestamente el uno al otro, estrechándose las manos como rotundos funcionarios gubernamentales. Se dan palmaditas en la espalda, como si se sacudieran el polvo, y se abrazan.
¿Me extrañaste?
Con todo mi corazón, etcétera. ¿Cómo está mi pueblo? ¿Prosperado?
Leopoldo retrocede para apreciar el terno negro de Antonio, exagerando una postura de catedrático.

Linda tu camisa, Leo. Yo también prefiero los puños franceses. Aunque el rosado sigue siendo tu mejor color.

Ese terno es dos tallas más apretado de lo adecuado. ¿Qué es nueva moda? Imán para malandrines. Tienes que estar asándote ahí dentro. La última vez que usé terno negro fue en el funeral de Bohórquez.

¿Se murió Bohórquez?

Se fue de putas. Le pegaron un tiro. ¿Nadie te contó?

Nadie me contó. Y tampoco me contaste que nos íbamos a encontrar en el restaurante de don Albán.

¡Sorpresa!

—

En su retiro espiritual en Playas, durante su segundo año en el San Javier, dentro de una estructura de cemento que parecía un internado / casa de playa que había sido abandonado en los setenta, el padre Lucio los reprendió con una frase que, por ser graciosa y cierta y vergonzosa, y porque la capilla estaba oscura y repleta y tuvieron que sentarse muy cerca unos de otros en sillas playeras plegables, ninguno de ellos olvidaría jamás, y lo que el padre Lucio dijo aquella noche fue con la misma mano que sostienen la cruz de cristo se hacen la paja, sí, eso fue exactamente lo que dijo, compañeros, no podríamos haber pedido un mejor lema, con la misma mano que sostienen la cruz de cristo se hacen la paja, y lo que Antonio también recuerda de aquella casa de retiro es la arena dispersándose dentro del patio de cemento, la arena arrastrándose bajo las puertas que daban hacia la playa, como si tratara de escapar de lo que sea que hubiera afuera, que no era más que una playa manchada con algas donde el padre Lucio les había permitido jugar pelota antes de la misa, el viento soplando arena en sus caras, el atardecer sorprendentemente frío y lúgubre, aunque Antonio no se sintió frío ni lúgubre — ya pasa la bola, Pipí — y aparte de la célebre frase del padre Lucio lo que Antonio recordará de ese retiro espiritual es que luego de la misa nocturna, ignorando la advertencia del padre Lucio de que nadie debía salir de sus habitaciones de arriba – quédate a solas con el señor, Baba – Antonio se escapó de su habitación y eludió a los dóberman que los curas habían soltado y se metió en la habitación de Leopoldo, donde discutieron hasta bien entrada la noche sobre lo que dios quería de ellos y tenemos una responsabilidad con él, dice Leopoldo, el señor nos ha elegido, dice Antonio, los dóberman ladrando afuera del cuarto de Leopoldo mientras Leopoldo levanta un vaso hacia la luz y dice debemos ser transparentes como este vaso para que la luz de dios pueda pasar a través de nosotros.

–

¿Todos leyeron la parábola del hijo pródigo? Noooooooooooooo. Síííííííí. ¿Quién la quiere leer en voz alta? Probando, probando, el Micrófono al micrófono. ¿Cómo me llamaste? Leopoldo la leerá para nosotros. Puedo recitarla de memoria a diferencia de la Baba aquí. Uuuuhhhhhh. Quédense queditos, niños. Un día el hijo de un hombre rico exige su herencia. ¿Al igual que Nebot, profe? Se marcha de casa con ella. La despilfarra. Oh, ¿como El Loco en Panamá, profe? Quien interrumpa otra vez al Micrófono tendrá que subir y bajar las escaleras doce veces. Que alguien lo desenchufe, ya nos sabemos esa parábola. Si ya te la sabes, cuéntanosla, Carlitos. Cuéntanos la historia de la escoba y tu mamá, Carlitos. Pues la cuento. Se dice a sí mismo volveré a donde mi padre y le diré padre, he pecado contra ti. Emprende el viaje a casa. Padre, ando recontra chiro. El padre corre hacia él y lo abraza. Traed el mejor vestido, dice el padre. Mi hijo estaba muerto y ahora está vivo. Mi padre habría dicho tal vez estés vivo ahora pero este cinturón va a hacer que estés muerto en menos de lo que toma decir parábola del no te lleves mi plata de nuevo, mijo. Mi padre habría dicho si estabas muerto, y estás vivo otra vez, significa que eres un fantasma, Ramiro, y como la abuelita le tiene miedo a los fantasmas tendrás que dormir afuera. Todos estos años he estado esclavizándome por ti, se queja el hijo mayor a su padre, y no me has dado nada. No pedí nada. Tu hermano estaba muerto y ahora está vivo otra vez, dice su padre. Se extravió y fue encontrado. San se acabó. ¿Así que el menor es el sabido y el mayor es el pendejo, profe? Probando, probando, Caín al micrófono. Basta de bestias. Leopoldo asigna la tarea. Antonio se hace a un costado y contempla las vistas de los cerros de Mapasingue. Muy abajo, en las escaleras que descienden hacia Guayaquil, un hombre está levantando su improbable puesto de frutas; su hija arrastra un saco de paja; y una mujer canosa sube cientos de escaleras, y más allá de ella están los tejados y el bullicio de la ciudad, que parece inmune a las miles de diminutas casas alrededor, casas de un solo cuarto construidas con lo que pudieron encontrar: caña, cartón, capós de camiones, ladrillos resquebrajados, palmas desecadas como las de la pared justo a la derecha de Antonio, que ha sido parcheada con un póster del CFP de los tiempos de Assad Bucaram. Cuando la mujer canosa llega finalmente hasta ellos, se detiene y examina a los niños, como si hubiera subido todo el camino hasta aquí para comprobar si son suyos. Antonio trata de no mirarla pero es su deber, piensa, no pasar por alto nada de esto. La mujer tiene arrugas en la cara como cicatrices de cuchillo. Sus manos resecas están tan hinchadas que parecen bultos. Mientras se abanica los pies chamuscados con su falda púrpura examina severamente a Antonio y a Leopoldo, como exigiendo una explicación de por qué están ahí. ¿Y cuál fue nuestro papel ahí? ¿Decir: bienaventurados los pobres, porque tuyo es el reino de dios? ¿Decir: es más fácil para un camello pasar por el ojo de una aguja que para un rico entrar en el reino de los cielos? ¿Decir: desde aquí proyectaremos las buenas intenciones que nos sostendrán durante años? Circule, madre, dice don Albán, no moleste a los catequistas. ¿Catequistas? Están con los jesuitas, dicen los niños. Ah, dice ella, inclinando la cabeza en dirección a Antonio. Que dios lo guarde, padre. Que dios lo guarde.

El primer curso en el que Antonio se matriculó después de ser transferido a Stanford desde el Santa Fe Community College fue Economía Política de América Latina, un curso en el que las lecturas asignadas excedían el número de libros que había leído en inglés hasta ese momento, un curso en el que un día la renombrada profesora de ciencias políticas preguntó a su aproximadamente centenar de alumnos cuál era la forma más estable de gobierno, y quizás porque Antonio era de Latinoamérica, alzó la mano confiado y no se preguntó por qué nadie más estaba levantando la mano cuando la respuesta era tan obvia, poniéndose de pie en un aula llena de estudiantes estadounidenses caucásicos que algún día intentarían imponer políticas económicas en Latinoamérica y respondiendo las dictaduras, profesora Karl, lo cual al parecer no era la respuesta correcta porque todos se rieron (todos los que conocía en Guayaquil habían estado a favor de las políticas mano dura de León Martín Cordero porque era la única manera de lograr que se hicieran las cosas, así como todos los que conocía habían estado a favor de Pinochet porque miren a Chile ahora, aunque más tarde la profesora Karl mostró a sus estudiantes unas gráficas que demostraban que durante la dictadura de Pinochet la desigualdad social en Chile había aumentado, una gráfica que de hecho compartió con su madre para que dejara de avergonzarlo con esa ridiculez del milagro económico de Pinochet que antaño él repitió como loro en el San Javier – ¿cómo puede mi madre practicar yoga y meditación para mejorarse a sí misma y aun así seguir defendiendo ideas retrógradas sobre ese asesino? – ¿te sorprendería si te digo que el curso de la profesora Karl era el tipo de curso que siempre había imaginado que algún día tomaríamos tú y yo juntos, Leopoldo? – ¿no tenías a nadie con quien pasearte por los pasillos de Stanford para debatir asuntos de gran transcendencia para el futuro de Latinoamérica? – aquellos estudiantes estadounidenses caucásicos habrían llamado a nuestro estilo de debate populismo pomposo, Leo –), y lo que dijo después la profesora Karl para rebatir la respuesta estúpida de Antonio ya no lo recuerda, aunque sí recuerda que más tarde alguien difundió el rumor de que él era el hijo del dictador del Ecuador, el sarcasmo del comentario original desgastándose progresivamente mediante la repetida transmisión de modo que, para cuando llegó a su residencia universitaria, el rumor ya había adquirido el trasfondo de un hecho oculto, y debido a las ropas costosas que le gustaba vestir a Antonio (bajo ningún motivo iba a decirle a nadie en Stanford que recibía beca y ayuda financiera de la universidad y que había comprado toda aquella ropa ostentosa con una tarjeta de crédito que nunca saldó, del mismo modo que bajo ningún motivo le iba a decir a nadie que tal vez la razón por la que no había aplicado a ningún programa de posgrado sobre políticas públicas y no había retornado al Ecuador para lanzarse a la presidencia con Leopoldo después de la universidad era porque no le importaba tener un trabajo aburrido de analista de datos con tal de tener sueldo para comprarse aquella ropa que no podía permitirse cuando creció en Guayaquil), y como nunca desmintió el rumor de ser el hijo del dictador del Ecuador, al contrario, se comportó con la hastiada arrogancia que pensaba que sus compañeros de residencia esperarían del hijo del dictador del Ecuador – no hablemos de mi pasado, caballeros – todos llegaron a creer que Antonio era en verdad el hijo del dictador del Ecuador.

—

Te has puesto tu terno negro más caro en este calor solo para verle la cara de envidia a Leopoldo, piensa Antonio, aunque quizás otra interpretación podría ser que, dado que la noche anterior había rebuscado al apuro entre las opciones de vestimenta que tenía en el clóset, en realidad había escogido su terno negro al azar, aunque sabía que había rebuscado al apuro entre sus opciones no porque le importara lo que iba a ponerse para su primer encuentro con Leopoldo sino porque necesitaba inventar la evidencia de que no había escogido el terno más caro para despertar envidia, o que no había escogido el terno más caro porque sabía que nadie podría encontrar un terno así en el Ecuador, y aun así todo el tiempo había sabido que Leopoldo sabría por qué se había puesto ese terno. No era la primera vez que hacía ostentación de las más mínimas ventajas ante su amigo. Leopoldo estaba tan acostumbrado a ello que había convertido su reacción en un sketch cómico, replicando a los alardes de Antonio con una actuación de padre resignado ante la mezquindad de su hijo descarriado. Que Antonio equiparara resignación con aprobación le permitió, doce años después de no ver a Leopoldo, volver a hacerle esto a su amigo. Podría decirle a Leopoldo que incluso estando enormemente rebajado de precio casi no le alcanzó la plata para comprar el puto terno. Que mes a mes había consumido cada centavo de su sueldo en las tiendas de ropa más exclusivas. Que para poder adquirir los pantalones italianos naranja de nailon había tenido que limitar sus compras de comida a fideos chinos y carne molida. Que debido a sus hábitos de consumo solo le quedaban ahorros para seis meses. Pero ¿cómo decirle esto a Leopoldo sin mostrarse condescendiente con él? Incluso si encontrara una manera de decírselo sabía que era probable que se traicionara con un comentario ostentoso.

—

MICRÓFONO: Doctor Baba.

BABA: Señor Micrófono.

MICRÓFONO: Economista.

BABA: ¿Volvemos a empezar de nuevo?

MICRÓFONO: ¿Representamos el acto baboso de tu concepción?

BABA: Saludémonos de otra manera.

MICRÓFONO: ¿Estás preguntando si podemos ser distintos a lo que somos?

BABA: Yo empezaré. Todos estos años me he imaginado esta reunión contigo y ahora por fin estamos aquí, Leo.

MICRÓFONO: Tú nunca dirías eso. Me darías un puñete en el hombro, fingirías acercarte modestamente a mí, nos estrecharíamos las manos como rotundos funcionarios públicos.

BABA: Ojalá hubiéramos ido juntos a Stanford, Leo.

MICRÓFONO: No he pensado en ti en años.

BABA: Habríamos ampliado nuestro ¿Quién es más pedante? con cursos de fenomenología, econometría, ritmos no retrogradables.

MICRÓFONO: Solo lo que termina continúa, cerdo.

BABA: Habría sido más feliz quedándome contigo en Guayaquil y discutiendo contigo sobre todo.

MICRÓFONO: Otra verdad a medias.

BABA: Lo siento, Leo, yo…

MICRÓFONO: ¿De verdad crees que debes confesarme todo esto?

BABA: Todo es implícito y no implícito.

MICRÓFONO: ¿Te sientes mejor ahora?

BABA: Momentáneamente. No.

MICRÓFONO: ¿Cuántas veces tienes que volver a imaginarte una reunión de corazón hasta que reemplace el recuerdo de nuestra reunión de pacotilla?

—

Cerremos la puerta.

¿No estamos esperando a alguien?

Pueden tocar el timbre.

¿Quiénes?

Julio. Luego vendrán más.

¿Por qué ese lastre forma parte siquiera de esto? Te apuesto un bollo de pescado a que Julio no se aparece. El cabeza de canguil debe de andar cazando hoyos / ya págame la sopa de bollo. ¿Esa puerta puede cerrarse? ¿Te acuerdas del comercial del borracho que trataba de abrir la puerta del carro y decía por qué no abre esta puerta?

Sí cierra y sí me acuerdo.

Leopoldo trata de cerrar la puerta pero el marco es demasiado grande para la puerta y la puerta no tiene manija. Después de mucho trajinar Leopoldo opta por dejarla un poco entreabierta, cambiando de opinión y buscando una cadena y un candado detrás del mostrador. El asunto de cerrar la puerta resulta bastante estrepitoso. Leopoldo no puede encontrar la llave para abrir el candado así que pasa la cadena a través del agujero de la manija y del agujero de la pared y la amarra como un lazo.

¿Esto es una reunión secreta?

Permítame elegirle un asiento, don Buca.

Antonio se sienta y Leopoldo simula buscar en sus bolsillos su proclamación pero por supuesto está bromeando porque obviamente no necesita un pedazo de papel para proclamar nada, aunque sí necesita andar de un lado a otro a lo largo del angosto espacio como si estuviera deliberando sobre asuntos de gran importancia.

¿Todavía devalúas la moneda en el Banco Central, Leo?

Estamos reunidos hoy aquí, empieza Leopoldo, pero por supuesto está bromeando. Nuestro país está en un punto crucial, dice, los anales de la historia, dice, mirando hacia la puerta como si le preocupara que lo descubrieran. El discurso de Leopoldo sigue así por un buen tiempo.

Bravo, Micrófono. Me has convencido de nuevo. Ahora hábleme de nuestro plan.

El plan es que Julio se postule para presidente. Leopoldo y Antonio actuarían como sus asesores invisibles. Di lo que quieras de Julio pero ese man tiene carisma. Les cae bien a todos. Además el precio del atún está al alza. Puede financiar la campaña con el superávit del imperio atunero de su padre.

Que chistoso, Micrófono.

Sin embargo Antonio se da cuenta de que Leopoldo no está bromeando. En el San Javier Leopoldo buscó a menudo maneras de incluir a Julio, el hijo mayor de uno de los hombres más adinerados del Ecuador, durante años amigo íntimo de Antonio, o al menos así lo había creído Antonio. Antonio no está dispuesto a admitir que no le importa que Leopoldo haya incluido a Julio. Así como no está dispuesto a admitir que le alivia que el plan de Leopoldo no sea más audaz.

Inténtalo de nuevo, Micrófono. El país está en un punto cursial...

Alguien sacude la puerta. Hangar te sésamo, grita alguien. Puerta putativa del carajo.

Leopoldo le bloquea a Antonio la vista de la puerta. Tan pronto como la cadena cae Antonio reconoce la voz de pollo busetero.

Me imaginé que estarías gusaneando aquí. Fariseo de mierda.

Leopoldo se hace a un lado para que Facundo pueda ver a Antonio.

¿Por qué tan molesto, Facundito? ¿El Micrófono no compartió su tarea?

¿Baba?

¡Mataperol!

Antonio salta y lo abraza. Facundo parece desconcertado y no responde al abrazo. Incluso con su nariz rota Antonio puede oler sardinas y aceite de motor en él.

¿Qué te trajo de vuelta al pueblo? ¿Extrañabas el olor a basura?

Soy tu basurologista del folclore, sí.

Basuróóólogooo.

Extrañaba el olor de la guayaba, del ceviche de concha, de tu vieja. ¿Cómo así te sangran los codos, Facundito? ¿No estarás repluto tan temprano?

—

Solo si repluto significa ser traicionado por tu pana ese.

Facundo le cuenta indignado a Antonio lo que ha pasado antes en la municipalidad.

Leopoldo escucha la historia de Facundo como si fuera comedia, aunque cada vez que Facundo alza la voz Leopoldo mira incómodamente hacia la puerta.

¿Estás trabajando para León? Creía que eras el economista principal del Banco Central. ¿Por qué no me contaste? ¿Cómo es que nadie me contó?

¿La gringa quería noticieros a diario?

Así mesmo.

¿Por qué está vestido como narco?

¿Para acomplejar a los oriundos?

¿Para recolectar fondos para su fundación?

Contra la babalitis.

La babacefalitis.

La babanorrea.

Facundo y Leopoldo ponen cara de decepcionados. Facundo le da un puñete a Leopoldo en el hombro. Leopoldo finge que le ha hecho daño y luego le da un sopapo a Facundo.

No me vuelvas a traicionar, capullo.

La próxima vez llámame para que te enteres, sorullo.

Probando, probando, el Micrófono al micrófono.

Ya dejen la pendejada.

Igual me tengo que ir.

¿Vas a darle duro a tus revo?

Probando, probando, el Baba al Micrófono Agrio. ¿Micrófono?

¿Sí, tesoro?

¿Nos vemos el domingo?

Sí, corazón.

Tráete al Baba si no se ha convertido ya en blip, blip, soy el robot marciano del meco town.

Facundo patea la cadena del piso como si tratara de anotar un gol y luego da un portazo al salir.

¿Qué hay el domingo?

Leopoldo le cuenta sobre su reunión mensual de fútbol con parrillada en el San Javier.

¿Irá Rafael? Lo he estado llamando pero no…

Tu otro marido lo ha pasado mal durante varios años luego de que Jennifer le terminó, Antonio.

¿Cómo es que terminaste trabajando para León?

Es una larga historia.

Al parecer tenemos tiempo. Porque podría pasar un buen rato antes de que llegue nuestro candidato. ¿Qué haces para León?

Jefe personal de León.

Secretario de mini Reagan. Quién lo habría dicho.

¿Acaso no fue la Baba un acérrimo defensor del mini Reagan? Creo que incluso recibió una recomendación del mini Reagan para Harvard.

Una educación decente me ha convertido en un acérrimo opositor. ¿Qué pasó en el Banco Central, Leo?

Leopoldo recoge la cadena del suelo y se pone de nuevo con el asunto de cerrar la puerta.

¿Quién está de candidato por el partido de León? ¿Tú?

Nadie. Cristian Cordero puede que se lance por su cuenta.

¿El Cerdo Albino?

León no quiere que se lance.

¿León no quiere que su nieto le arruine la franquicia? ¿Y el hijo de El Loco? ¿Jacobito no se lanza? ¿A qué se dedica Facundo?

Leopoldo le cuenta a Antonio que Facundo trabaja como guardia de seguridad y canta canciones corta vena en La Ratonera.

Facundo vino a visitarme un día y me pidió prestado mi diccionario. Para qué, Facundito, le dije. Al parecer cree que su público lo encuentra gracioso cuando usa palabras grandilocuentes.

El legado de ¿Quién es más pedante? continúa. Incluso en aquel entonces le encantaba utilizar mal nuestras palabras recónditas para divertirnos. Por cierto, esta noche hay una fiesta en la casa de Julio.

¿Ah, sí?

Si no se aparece podemos hablar con él allá.

Don Albán regresa con su hijo, Rolando, quien trae lo que parece un equipo de radio obsoleto.

Miren quién está aquí.

Los dos fingen emoción al ver a Rolando.

¡Rolando!

Hace años, loco.

Rolando ha estado ocupado empezando su propia estación radial.

Cheverísimo. ¿Qué tipo de música? ¿Eres un hombre de cumbia?

Me encanta la cumbia. La del Garrote. ¿La conoces?

De Lisandro Meza, ¿no?

No, no, pero Lisandro Meza es bacán.

¿Es el que canta sobre el Anticristo?

Ahora sí les llegó la hora...

... y si tú no estás preparado...

—Cállense.

Rolando, por favor.

—Cállense de una vez, rateros.

Antonio y Leopoldo miran a don Albán buscando ayuda.

—Rateros de verga. Lárguense.

Ven. Vamos a...

—Yo no tengo porque irme, papá. Ellos sí.

Ya, Rolancho. Ven.

Don Albán agarra delicadamente a Rolando del brazo y lo guía hasta la puerta de atrás.

¿Qué le pico al Gremlin?

Ni idea.

SEGUNDA PARTE

ROLANDO Y EVA

VIII ROLANDO Y EVA

Rolando quería volantes rojas – rojas como la sangre – rojas como la hoz con letras rojas y esbozos de venas para promulgar el relanzamiento de Radio Rebelde en los cerros de – No Rolando nadie aquí quiere ni sangre ni venas y a nadie le hace gracia tu hoz atroz – ¿por qué Eva siempre tenía que darle la contraria con rimas bobas? – lo cual lo pensó pero no lo dijo – Además el nombre de tu radio suena a Cuba – ¿cómo entendió Eva su referencia a Cuba? – porque ella había afirmado que no le importaba y por lo tanto nunca había leído nada sobre Castro y Guevara y la matanza inútil que habían ansiado para el continente – ¡solo fue inútil porque fracasaron! – Míranos ahora – Niños con armas – ugh – Niños que acabaron muertos – Y aquellos que no murieron tuvieron niños que tuvieron niños que ahora venden grosellas para sobrevivir ¿es eso vida? – y él podría haber continuado y dicho ¿y lo que le toco pasar a tu mamá? – y Eva probablemente le habría dado un puñete en el hombro – que no habría dolido – bueno quizás un poquito – o le contaría otra vez – no ella no le habría contado otra vez sobre la noche que bailó canciones de ABBA con su madre en su casa de una sola habitación con el piso de polvo que se podía rayar con tenedor – la lluvia retumbando en el techo de hojalata o palmas – la falda de su madre como una cobija – un carrusel – y Eva interrumpiendo su historia sobre ABBA para preguntarle a Rolando si alguna vez le había contado sobre la noche en que su madre la llevó al parque de diversiones en la explanada del Estadio Modelo – sobre aquella noche resplandeciente de luces azul turquesa y carmesí – el Scrambler mamá – los buqués de conejos inflables y jirafas de peluche – el Skydiver – el juego de hacer coincidir las oleadas de sorpresa con la montaña rusa correcta – imaginándose el giro de la máquina de algodón de azúcar incluso desde lejos – ella y su madre agarradas de las manos mientras bailaban – mientras su madre la levantaba y la hacía dar vueltas – los Dumbos Voladores – las Tazas Giratorias mamá – y luego la casetera hizo trabar el casete de su madre pero su madre dijo no importa chiquita canturreamos las canciones nomás – los vapores de algo hirviendo en la cocina – mi chiquitina – ¿caldo de conejo? – el agua de lluvia fluyendo por debajo de la puerta como lava – ¡la plaga! ¡la plaga! – mi chiquitolina – knowing me / knowing you – rápido la sangre de cordero – Sí eso es vida Rolando y nadie quiere enredarse con venas ni mancharse de sangre – y entonces las volantes que Rolando y Eva están repartiendo mientras suben las escalinatas de Mapasingue no son rojo sangre sino verde césped.

Rolando reparte las volantes pero es Eva quien repite los anuncios – Tendremos una hora de recetas de cocina al mediodía doña Flores – ugh – Buenas tardes soy Rosado Sibambe ¿qué tan potente es su emisora? – Aquí Rolando es el experto – Trece kilovatios – ¿Una emisora de las con suerte? – Dos kilómetros y medio de señal – ¿A cuánto el minuto de publicidad? – No es ese tipo de emisora – Recién empezamos la caja de ideas está abierta por cierto soy Eva él es Rolando discúlpelo que anda estreñido ¿qué tiene pensado? – Promocionar mi negocio – que consiste en una cabina telefónica que ha instalado dentro de su sala y que alquila a los del vecindario – Yo misma hice los paneles – pero quiere ampliar su negocio y añadir otra cabina – A cuánto el minuto de publicidad yo misma lo grabo – Doña Rosado creo que su negocio cuenta como un servicio a la comunidad – Llámeme Rosie – Podemos anunciar su negocio gratis Rosie – ¿Por cuánto tiempo? – Mientras usted quiera – ¿Qué tengo que comprar? – Absolutamente nada – Cabinas sin ruido / venga y llame / a su primo huido – Podríamos ayudarla con un jingle más pegadizo sí – Usemos su voz podríamos vender huevos a las gallinas con esa voz – Muchas gracias Rosie – ¿Qué significa eso? – ¿Qué significa qué? – Podríamos vender huevos a las gallinas porque aquí las gallinas no tienen para comprar nada si alguien le quita sus huevos a la gallina ya está no más huevos para esa gallina – Quizás nadie le quitó sus huevos – Eso a lo mejor es solo una gallina de negocios que quiere adquirir más huevos – O quizás sus huevos se sentían muy solos – E incluso si no tuviera plata la gallina de negocios podría recurrir al trueque – ¿Algo así como empolla cuatro y te quedas con dos? – Quizás la gallina quiere adquirir más huevos para sentirse más maternal – O quizás la gallina solo quiere impresionar al líder del gallinero – O quizás la gallina solo quiere comerse los huevos de las otras gallinas – Perdónelo que está – ¡No estoy estreñido! – En cualquier caso Eva tiene usted una voz preciosa – Muchas gracias Rosie – Venga para mostrarles la primera cabina de mi futura cadena – No no tenemos tiempo – Ah ya Rolandis ven solo nos tomará un minuto – y ya está apresurándose con Rosie por un camino polvoriento – maldita sea – entre los cuadrados de cemento que la gente aquí llama hogares – ¿y por qué no deberían llamarlos así? – Hablando de empollamientos esta es la casa de Félix Cervantes desde donde vende sus huevos al por mayor – y a través de la ventana Rolando ve un cuarto lleno de huevos – cientos de ellos – hileras de huevos en bandejas apiladas una encima de otra casi hasta el techo – bandejas verdes y rojas pero en su mayoría grises – y entre los huevos una silla plástica blanca de jardín al lado de un barril sellado con cinta – ¿Cómo hace para mantener los huevos frescos? – pero ni Rosado ni Eva le responden así que se apresura detrás de Eva que parece estar disfrutando de la gira por el barrio – saludando a la gente que está sorbiendo caldo de salchicha – al menos es a eso a lo que huele – las tripas y plátanos que a Rolando le encantan – saludando con la mano a la gente que está de pie bajo un parasol junto a una olla grande de caldo de salchicha – Ese es el puesto de comida de Lucila ya estamos pasen – Oiga Rosie que maravilla sus plantas – brotes de plantas colgando del techo – tantos que verticalmente la sala se ve como cortada en la mitad – el reino de las plantas está sobre nosotros – y hasta las paredes aquí se ven cortadas en la mitad – rojas por encima de la cintura y grises por debajo – grises como los barrotes de la ventana y las manchas de cemento como nubes alrededor de la ventana pero no como el gris de la cabina telefónica tan bien construida con paneles de roble y enmarcada en un metal tan resplandeciente como el de la manija plateada – las palabras Cabina Uno cuidadosamente estampadas en el plexiglás – Y es solo el comienzo mi cadena de cabinas se extenderá por toda la ciudad algún día ya verán – Que lindo su jardín – Vengan les enseño – y a través de la ventana con barrotes Rolando ve afuera un mísero semicírculo de tierra rodeado por una cerca inclinada de malla metálica – y hay una anciana vestida con una sábana blanca que es o bien su pijama o un disfraz de fantasma y luce radiante con su cabello blanco largo y mojado hasta la cintura – y parece estar hablándole a las plantas o acariciándolas como si tratara de consolarlas – Es mi abuela se está disculpando con los tomates y los aguacates porque pronto nos los vamos a comer.

Rolando quería el apocalipsis en su estación – 666 AM – para gritar a través de las ondas radiales ¿hasta cuándo permitiremos que esto continúe? – ¿hasta cuándo permitiremos que se lucren de nuestra pobreza? – descendamos sobre una ciudad que nos encuentra repulsivos – derribemos esas ciudadelas amuralladas que nosotros mismo construimos – que nosotros mismo rodeamos con alambre de púas – ¿y con qué fin? les pregunto – ¿con qué propósito? – para protegerlos de nosotros damas y caballeros – arrastrémoslos a Mapasingue – al Guasmo – a la Perimetral – al Suburbio – donde según León Martín Cordero solo viven los ladrones y los violadores y las prostitutas – sin embargo lamentablemente para Rolando su apocalipsis ecuatoriano no solo le recuerda a los discursos que ha estado ensayando desde el primer año en el San

Javier sino también a El Exorcista – a las Orquídeas – al Fortín – cuando tenía doce años y se escapó al videoclub con su primo Eduardo para alquilar El Exorcista porque el padre de Rolando se lo había prohibido – ¿el diablo aquí? – no señor – al videoclub junto a aquella loma empinada donde él y su primo alguna vez bajaron en patineta como acróbatas – no pares Rolandazo baja con todo – raspándose toda la espalda en el asfalto después de que una roca del tamaño de una ciruela lo catapultara loma abajo – y por la noche antes de irse a dormir se sacaba las carachas de la espalda y no pensaba en nada – definitivamente no en El Exorcista – que le dio tanto miedo a Rolando y a su primo que ni siquiera pudieron terminar de verla – ¿el pecado de verla es pecado suficiente para ser poseído? – oh por favor mamá me quema – Rolando y Eduardo a solas en el cuarto de su tío y aunque las cortinas estaban corridas la habitación estaba bañada en sombras y la cama parecía la cama de Regan – las sábanas como en forma de serpientes mira – ya párala Rolando – me quema – y entonces su primo dobló la colcha y encendió la lámpara del escritorio – que tenía la forma de las barbas de nuestro señor jesucristo – ya párala Rolando – ¿el diablo aquí? – sí señor – durante meses los sueños de Rolando no eran sueños sino reconstrucciones de las profanaciones ensebadas de Regan – la impotencia de los sacerdotes contra satanás – aterroriza a la bestia señor – cristo lo clama – curas inmundos sin fe – dejemos que nuestras voces los aterroricen – dejemos que nuestras voces los ensordezcan – y un domingo por la tarde la hermana de Rolando llegó temprano a casa y se negó a regresar a la residencia de la familia Esteros donde había estado trabajando como empleada doméstica – y cuando su padre le suplicó ella no dijo nada – y cuando su tía Celia le suplicó ella lloró y no dijo nada – y luego de que doña Esteros se apareciera en su casa flanqueada por tres policías que parecían estar protegiendo a doña Esteros de cuanto la rodeaba – y luego de que los tres policías informaran a su padre que había desaparecido un colgante de oro con incrustaciones de diamantes de la casa de doña Esteros – justo al mismo tiempo que su hija desapareció de la residencia de los Esteros ¿no es una coincidencia? – y luego de que los tres policías desbarataron la casa para buscar el colgante de doña Esteros – ¿y tú por qué te fuiste muchachita del carajo? – no lo encontramos esta gentuza ya debe de haberlo vendido – y luego de que doña Esteros sacudiera la cabeza en señal de disgusto y se cubriera la nariz con su pañuelo como si la habitación de ellos apestara a moho o repelente de insectos – un malentendido doña Esteros mi hija jamás robaría nada a nadie – y luego de que su padre rogara a su hermana – por favor Almita – no es por el colgante es una cuestión de principios – los mandamientos de dios – espero que por lo menos vayan a misa – después de todo lo que he hecho por su familia don Albán – y luego de que los policías dijeran tendremos que llevárnosla para interrogarla – su hermana gritó a los policías – a doña Esteros – a su padre – pero no a Rolando porque estaba escondido en su cuarto – ¡no estaba escondido! – sí estaba – dejé esa casa porque el hijo de doña Esteros trató de violarme – ¿qué? – esa chola de verga está mintiendo – por favor doña Esteros – Rolando métete a tu cuarto – doña Esteros presentándose de nuevo en su casa una semana después pero esta vez con el padre Ignacio y doña Esteros dijo que había buscado consejo espiritual con el padre Ignacio y que habían concluido – luego de una noche de vigilia – una noche de oración – que la única explicación para que su hija esté mintiendo así – para que esté blasfemando así – es porque está poseída por el demonio – ¿qué? – Rolando métete a tu cuarto – y entonces el padre Ignacio bendijo un frasco de agua y el padre de Rolando permitió que doña Esteros rociara agua sobre Alma – fuera Mefístolo – un malentendido doña Esteros no volverá a suceder jamás – No Rolando nadie quiere el apocalipsis aquí nadie quiere cataclismos o levantamientos deja a la gente en paz – y entonces la estación en las volantes no dice 666 AM sino 535 AM y la radio de Rolando no se llama Radio Rebelde sino Radio Nuevo Día.

El equipo de radio se ha instalado en la sala de doña Luz – una conocida de la abuela de Eva que ha estado haciendo proselitismo para sus camaradas del Movimiento Popular Democrático desde los tiempos de Assad Bucaram – Probando – Probando – ¿Está prendido? – Bienvenidos a Radio Nuevo Día – La emisora del pueblo – ¿Qué les gustaría escuchar? – ¡Llámenos ahora! – Buenos días en las noticias de hoy el presidente interino – O como sea que lo quieran llamar – ¿Cómo les gustaría llamarlo? – ¡Llámenos ahora! – A quien se le ocurra el mejor apelativo presidencial gana – ¿Apela qué? – Tivo – Chanfle – ¿Y qué ganan? – Otro paquetazo de paquetes económicos – Ja ja ja – No es chiste amigos – De todos modos ¿qué tienen esos paquetes de económico? – Lo único que hacen es disparar nuestros precios para tapar sus embauques – Deberíamos llamar a esos paquetes de emergencia los – ¿Cómo les gustaría llamarlos? – ¡Llámenos ahora! – Oh pero ¿a quién tenemos aquí? – Dos de nuestras vecinas han llegado a la emisora amigos – Radio Nuevo Día / la radio de tu tía – Supongo que doña Luz no está en casa – No está pero yo aquí para servirles – ¿Eres su nieto? – No pero usted está al aire – Siempre estoy al aire – Buena – Ni buena ni mala señor es como es – Hay una canción de Mecano sobre aire / soñé por un momento que era / aire – No creo que aquí Aurora esté diciendo que sueña con aire – Es verdad no sea condescendiente con nosotros joven siempre estamos al aire pero nadie nos escucha – Ah no Auroris no montes melodrama solo porque estás en la radio esto no es La Traición de Lola Montero – No te le cargues a la pobre Lola ya tiene bastante sabiendo que va a traicionar a alguien algún día – ¿Qué te hace pensar que Lola lo sabe? – Lo dice el título mismo de la telenovela bobita – No cambies de tema yo te escucho yo te he estado escuchando desde – ¿Desde cuándo? – Desde antes de que el avión de tu presidente se estrellara en Huayrapungo – Es que era tan joven – Todos siguen diciendo que los gringos lo mandaron a matar por eso de las reformas de los hidrocarburos – También era guapetón – ¿Qué? ¿Con esos lentes inmensos como bolas de cristal? – ¿Recuerdas que el día de las elecciones las filas de votantes de las mujeres eran mucho más largas que las de los hombres? – No tiene nada que ver con que Jaime Roldós Aguilera fuera guapo solo que las mujeres detestaban la dictadura más que los hombres – ¿Te acuerdas de aquella mujer de la fila que nos contó que había cosido un chaleco para su marido igualito a los que llevaba Roldós y que su marido se quejó de que parecía un corsé? – No cambies de tema yo ahí estuve escuchándote después de que tu Pancho se te esfumó – No menciones a ese botarate – Per / dó / na / me / si te hice mal – Disculpas no aceptadas – Siento haberlo sentido pues – Pensé que venías a escucharme porque te sentías sola – ¿Qué? – A veces un influjo me invadía como si fuera una tetera hirviendo y cerraba los ojos y te veía sola en esa casa y yo en mi mente te decía ay Leonorcita si te sientes sola ven y toca a mi puerta – Aurora Castellanos / ¿vidente o loca? – ¿Y doña Leonor tocaba a su puerta? – Sí siempre – ¿Qué más ve cuando cierra los ojos? – Veo un comentarista radial raquítico preguntándome qué más veo – Ay Aurorarora a veces eres una – Sin malas palabras que estamos al aire – ¿Qué? ¿Por qué no? – Pensaba que la Luz de América dijo que esta era nuestra radio – Tú sabes que Luz odia que la llames Luz de América – ¿Nos está censurando en nuestra propia radio? – Aquí no hay ninguna censura en lo absoluto señoras pero puede haber niños escuchando – Ah es cierto a ver ay Aurorarora a veces eres una – ¿Tetera? – Eso – Hiervo todo mal mamacita – Ven aquí viejita – No ven aquí tú – y Aurora y Leonor se abrazan y Rolando le pasa a Aurora el micrófono que ha estado sosteniendo para ellas y Aurora le canta a Leonor la gallina turuleca / está loca de verdad – ¿Te acuerdas de esa canción? – Aurora la turuleca – Ja ja ja – Leonora la desodora – Aurora la encantadora – Señoras este es el pie perfecto para nuestro concurso de ¿cómo llamarías a nuestro presidente interino? – Títere de la oligarquía – Muy bien doña Aurora – Pavorreal pomposo – Nos estamos afilando amigos – Bestia con terno – Van muy bien comadres – Radio

Nuevo Día / la radio al día – A continuación cómo cocinar un seco de chivo sin chivo – Beeh – Hablando de chivos – Dicen que El Loco va a regresar de su exilio en Panamá – ¿Quién va a votar por ese ladrón? – Si tú me dices que votas por ese Loco yo me hago loco – ¿Alguien de ustedes ha visto la mansión de este dizque líder de los pobres? – ¡Llámenos ahora! – Hablando de cabras locas – Aquí hay una versión más amigable para su familia de La Cabra – la cabra / la cabra / la loca de la cabra / la madre que la cuidó – ¿Quieren que presentemos a su cabra en nuestro show? – ¡Llámenos ahora!

Después de finalizar la emisión a medianoche Rolando maneja hasta su casa en lugar de manejar a la casa de Eva porque la noche anterior ella le había dicho que no iría a su casa – es que tengo que hacer unos recados dijo – ¿a medianoche? ¿de verdad? – pero como él quería concentrarse en su primer día al aire – para lo cual había escrito tres segmentos y los había ensayado frente al espejo del baño – probando con personajes distintos – voces distintas – las cuales había ensayado en silencio porque su padre estaba dormido en el otro cuarto – lo cual era raro para Rolando – murmurar la grandilocuencia que quería lograr – y si un público hubiera estado observándolo podría haber dicho que su voz se negaba a participar de la pantomima adoptada por su rostro – ¡llámenos ahora! – no lo haré – murmurando – no me hagan que les haga llamar – murmurando – y como quería concentrarse en su primer día al aire trató de no pensar en cuán sospechoso era que Eva hiciera recados a medianoche – al menos podría haber dado una mejor excusa ¿no? – y Rolando parquea la camioneta de su padre y se sorprende de que todas las luces de la casa estén apagadas – las luces del porche – las lámparas de mesa del comedor – que no es ni bueno ni malo – es como es – y puede imaginarse a su padre adentro dormido en su sillón controlando las luces en su sueño – que es algo absurdo de imaginar – ¿y qué? – su padre apagando las luces para que la oscuridad que lo rodea se filtre en sus sueños y lo consuele allí también – y aunque es tarde Rolando esperaba

– ¿qué? – ¿qué esperabas? – nada – porque mi padre no entiende el propósito de tener radio – porque lo que mi padre probablemente quiere para mí es que me encadene a las mesas de Formica de su restaurante para que él tenga suficiente tiempo para transformar otro antro en un restaurante de almuerzos baratos – bienvenidos al Otro Pocotón de Patacón de Don Albán – y puede imaginarse la franquicia de restaurantes de su padre – miles de locales en el sótano de hoteles de mala muerte – y lo que mi padre probablemente quiere para mí es que coja pico y pala y – ¿qué? – ¿sabes realmente lo que quiere tu padre? – no no lo sé – ¿por qué no le preguntas? – ¿qué quieres de mí padre? – ¿esclavizarme como tú? – ¿perdón no esclavizarme como tú arrastrarme como tú? – ¿eso es lo mejor que te puedes imaginar contra tu padre? – hay más – ¿más qué? – más besos en el culo – ¿así que descartamos besos en la boca? – no jodas – y Rolando parquea la camioneta de su padre y todas las luces están apagadas y Rolando abre la puerta y – ¡Sorpresa! – y las luces se prenden ahora y hay un cartel que dice felicidades – y hay un pastel adornado con velas y galletas en forma de diales de radio – y su padre lo abraza y le dice felicidades Rolandazo – felicidades – y lo que Rolando recordará después es la rigidez con que recibe el abrazo de su padre – la brusquedad con que se libera del abrazo – el absurdo silencio que adopta para reprimir su agradecimiento – y Rolando se verá saliendo de sí mismo y examinando lo que queda de él allí – hijo de puta – pero entonces esa noche empieza otra vez y Rolando parquea la camioneta de su padre y abre la puerta y – sorpresa dice su padre – ¡sorpresa! – y las luces se prenden ahora y hay un cartel que dice felicidades – y hay galletas en forma de diales de radio – y Rolando dice muchísimas gracias papá como si estuviera aceptando una medalla de un obispo o un general – cómo iba a olvidarme Rolandazo – y más tarde Rolando pensará también en su hermana – en lo frío que había sido con ella cuando la despidió en el aeropuerto – no frío – no – ausente – porque la semana antes de que ella volara a Guatemala para emprender el cruce de la frontera hacia los Estados Unidos él había imaginado tantas veces la despedida en el aeropuerto que cuando en efecto llegó el día ya había llorado – ya se había vaciado de su dolor y la había abrazado – mi ñañita – y repetir lo que ya había imaginado le habría hecho sentir como si estuviera actuando así que esa mañana en el aeropuerto le dio una palmadita demasiado fuerte en la espalda y le dijo no te preocupes Alma probablemente cruzar esa frontera no sea tan duro como dicen – lo que resultó no ser cierto – no volvieron a saber de ella en seis meses y cuando al final tuvieron noticias estas fueron terribles – Alma corazón – pero entonces esa mañana en el aeropuerto empieza otra vez y él la abraza y le dice te extrañaré mucho ñañita – por favor cuídate – ¿te acuerdas cuando jugábamos a los topos? – topo / topo / topo – y Rolando parquea la camioneta de su padre y – ¡sorpresa! – y las luces se prenden y hay un cartel que dice felicidades – y hay confeti regado por todo el piso y hay cornetas de juguete en la mesa de la cocina y Rolando abraza a su padre y Rolando le dice no sabe lo mucho que significa esto para mí.

Alguien golpea en la puerta – alguien agita la manija aunque la puerta está abierta y – ¡Sorpresa! – y Eva corre hacia él como si fuera a derribarlo antes de que Rolando pueda decir qué diablos estás haciendo – y ella lanza un buqué de orquídeas que ha traído para él en el sillón de su padre y salta sobre él y como es más alta que él – más grande que él – no no lo es – Rolando se cae para atrás – lo cual no le duele – y sobre el piso el cuerpo de Eva envuelve al suyo y Rolando cierra los ojos y la rodea con sus brazos y oye el plástico traslúcido del ramo crujiendo – el grifo de la cocina corriendo – el florero aterrizando dócilmente sobre la mesa – una silla tratando de no rechinar.

Más tarde esa noche en la casa de Eva – en la cama de Eva – ella dice lo escuché todo – ¿Escuchaste qué? – Tu programa radial tontito – Ah – Esa Leonor y esa Aurora son lo máximo ¿no? – Si tú lo dices – Deberías volver a invitarlas o contratarlas como comentaristas del vecindario – Si tú lo dices – La gente se alocó cuando Leonor y Aurora salieron al aire – ¿Qué gente? – La del puesto de comida de Lucila – O sea tres pelagatos – No Rolancho llevé sillas – ¿Qué? – Diez sillas plegables – ¿Cómo las subiste? – Mira estos brazos y llora machote – Ja ja – Y tu padre me ayudó a cargarlas – ¿En serio? – Las pusimos en círculo y nos sentamos junto al puesto de Lucila y te escuchamos mientras Lucila revolvía su caldo para mostrar su flora y su fauna a la gente que se asomaba a la olla y preguntaba ¿dónde están los bollos Lucila? – y Lucila dijo ¿abracadabra pata de cabra? – Mis bollos están rellenos de tanta carne que no flotan – y cuando Leonor y Aurora salieron al aire ella y su padre se dieron cuenta de que la gente se quedaba por allí más tiempo que antes – Sorbían su caldo lentamente como si solo se les permitiera quedarse si sus platos estuvieran llenos los hubieras visto tratando de reírse sin mostrar los pedazos de comida en la boca sus madres debieron de enseñarles a no hablar con la boca llena y se escuchaba a algunos decir pégale Leonor esa Aurora es una ingrata y la mayoría no quería que la cosa terminara como lo hizo – ¿Y? – Se me ocurrió una idea – ¿Les gustó algo más aparte del Show de Leonor y Aurora? – y lamentablemente la pregunta de Rolando surge demasiado suplicante – que era lo que le había estado preocupando mientras Eva hablaba – pero por suerte Eva no se ha percatado porque sigue entusiasmada con la idea que está a punto de – La participación es clave – Le dije a la gente que llamen ahora – No Rolancho yo me refiero a otra cosa – ¿Llamen después? – No Rolandis – ¿Llamen pasado mañana? – Estaba pensando que podríamos montar una obra de teatro en el parque del barrio y dejar que el público participe – ¿Un canta conmigo? – Escogeremos el reparto y dirigiremos la obra pero dejaremos que sean ellos quienes decidan lo que pasará después y luego lo transmitiremos en vivo en la Radio Nuevo Día – Esta radio no es para telenovelas – Ya lo sé Rolanbobo pero la trama de las obras no tiene que ser sobre la traición de Lola ni sobre Ricardo el

Rico enamorándose de Pepa la Pobre ni sobre el pecho lampiño de Ricky Martin sino sobre nuestro pueblo – Al pueblo le encanta Ricky Martin Eva – Ya lo sé – Ya sé que lo sabes – ¿Te gustó mi voz de comentarista? – Tu voz estuvo perfecta la gente odia los discursos amargos tú en cambio estuviste ligero y medio divertido – ¿Medio? – ¿Llámame ahorita? – Ven tú acá ahorita.

Esa semana anotaron ideas para obras que trataban sobre el desempleo – sobre el subempleo – sobre la privatización – sobre la falta de sustentación – sobre el regreso de El Loco – sobre el abatido perfil de León Martín Cordero – sobre el rumor de que una transnacional estadounidense se estaba asociando con un consorcio local para construir un resort de esquí con nieve artificial en los cerros de Mapasingue – lo que por supuesto significaba derribar lo que actualmente existe allí – y esa fue la trama por la que se decidieron y que empieza con el magnate local asesorando a los gringos para que contraten a elementos de la policía local a fin de evacuar a la gente de Mapasingue que vive allí de forma ilegal – todos ellos unos invasores de tierras señor Kissinger – y como la gente de Mapasingue se resiste el magnate local asesora a los gringos para que contraten escuadrones paramilitares a fin de aplastar a esas cucarachas alevosas – y como la gente de Mapasingue se pone en pie de guerra el magnate local equipa a su gente con garrotes y rifles – y como a los gringos no les gusta oír hablar de garrotes o rifles el magnate local les dice a los gringos no se preocupen – yo me encargaré de esto señor Kissinger – sin contar a los gringos de los paramilitares armados que están acercándose a Mapasingue y están alzando sus rifles y están apuntando a la multitud pero que se quedan congelados así – Sí con sus rifles alzados así – Y ahora el público tiene que decidir lo que sucederá a continuación – y esperemos que el público clame a gritos que los paramilitares bajen sus rifles y cambien de parecer – que uno de los paramilitares grite alto – deténganse – estos son nuestros hermanos y hermanas – no podemos abrir fuego contra nuestros hermanos y hermanas – y después de que Rolando pronuncie un monólogo conmovedor los paramilitares ven la luz y bajan sus armas y se unen a la gente de Mapasingue en su lucha contra el magnate local y los gringos – Damas y caballeros tenemos un show para ustedes este sábado – Vayan al parque Roldós y ayúdennos a decidir qué pasará con Mapasingue – ¿Necesitan ayuda para localizar el parque Roldós? – ¡Llámennos ahora!

En la noche de su primera función Rolando se sorprendió al ver tanto público – algunos sentados en las sillas plegables y algunos de pie detrás de las sillas plegables – y algunos están desenvolviendo las humitas que la Doña Humita les ha vendido de su canasta de mimbre y otros están improvisando un número de circo para un recién nacido con cólicos y otros están discutiendo en son de cháchara sobre algo que Rolando no puede oír – y en el árbol junto al escenario las luces navideñas titilan a un ritmo constante como para asegurarles a todos que la Navidad vendrá como siempre – y el generador eléctrico runrunea y la noche es calurosa y húmeda como cualquier otra noche – Damas y caballeros Los Guapayasos y Radio Nuevo Día presentan Copos de Nieve en Mapasingue – y la multitud aplaude demasiado efusivamente – como si ya fueran fanáticos de los dramaturgos – que en este caso incluyen a Rolando Albán Cienfuegos y Eva Calderón y la gente de Mapasingue – ¿lo cual significa que en parte se están aplaudiendo a sí mismos? – y luego un payaso con terno azul que tiene pintada con espray la palabra Cerdo entra al escenario sosteniendo lo que parecen unos planos – y junto a él hay otro payaso que está vestido con el mismo tipo de terno pero sin las mangas y con los pantalones deshilachados que es obviamente el sirviente del Cerdo porque en su terno tiene escritas con espray las palabras Sirviente del Cerdo – y la multitud abuchea y silba y grita abajo con el Cerdo – ¡Fuera Cerdo Fuera! – ¡Puerco de pacotilla! – ¡Marrano de mierda! – Pero que conste que a mí sí me gustan las chuletas de chancho – ¡Cállate Ramiro! – y el payaso Cerdo se acerca al borde del escenario donde está el público enardecido y el payaso Cerdo vacila como dudando de si debería continuar – mirando de reojo a Rolando que desde un costado del escenario asiente con la cabeza para tranquilizarlo – aunque Rolando no está seguro de si debería continuar sobre todo porque Eva a su lado parece preocupada – y entonces Rolando le hace una seña al payaso Cerdo para que por favor continúe y el payaso Cerdo forma una visera con su mano – Mmm este lugar se ve peligroso – Sin embargo servirá para la nieve artificial – Solo tendremos que hacer desaparecer a esta gente – ¿Les gusta la magia? – A mí sí – Pero dejemos de hablar tanto sobre mí – Sí patroncito es una excelente idea de esa manera ya no tendré que preocuparme de alimentar a mi esposa cerda y a mis hijos cerdos – Puff todos fuera de Mapasingue – ¡Fuera Cerdo Fuera! – ¡Échenlo! – ¡El público ha dicho! – y algunos en el público empiezan a lanzarle las humitas al Cerdo y Doña Humita agarra bien la canasta de mimbre contra su pecho como temiendo que la gente vaya a meter mano en la canasta pero no se va – y Eva se tapa la cara con las manos para no ver pero sí ve – y Rolando se avergüenza de estar mirando fijamente a Eva cuando obviamente ella se encuentra en un estado que no le permite gritarle ya deja de mirarme – y Rolando espera que ella no esté pensando que él está pensando te lo dije Eva – nada cambia sin violencia – y mientras él extiende su mano para agarrar la de Eva ella agita los brazos y grita por dios Rolando haz algo – y como la multitud parece estar a punto de saltar sobre el improvisado escenario el payaso Cerdo sale de escena dejando solo al Sirviente del Cerdo – que no tiene ni idea de qué hacer – y entonces Rolando entra al escenario y dice damas y caballeros esta noche ustedes deciden qué pasa a continuación y han decidido que no quieren al Cerdo – Eso mismo mosco – Pero no podemos seguir la obra sin el Cerdo – Improvísate algo payaso – Y lárgate del escenario – Sí no queremos payasos paramilitares en el escenario – y entonces Rolando sale del escenario y la muchedumbre le dice al Sirviente del Cerdo que se saque el terno – y por suerte el Sirviente del Cerdo lleva calzoncillos sin agujeros aunque su camiseta interior tiene lo que parecen agujeros de polilla – y la muchedumbre no está segura de si reírse o no de sus brazos flacos y de algo que parece una marca de quemadura en su hombro – como si alguien hubiera presionado una plancha sobre su hombro solo por diversión – y alguien en la muchedumbre le lanza una guayabera blanca y le dice póntela y haz como si fueras El Loco – Sí sé El Loco – ¡Loco! ¡Loco! ¡Loco! – y el Sirviente del Cerdo se muestra agradecido por el papel que le han asignado y se convierte en El Loco gritando nunca dejaré que esos oligarcas conchadesumadres se apropien de nuestra tierra – y alguien le pasa un vaso con agua que él se echa sobre la cabeza como para refrescarse igual que El Loco solía hacer en sus mítines – corriéndose la pintura blanca de la cara – y mientras se seca la cara con los dedos la pintura roja de la nariz se extiende por sus mejillas – y mientras agarra una humita del piso como si fuera una trucha viva que va a engullirse la muchedumbre enloquece – ¡Traigan al Cerdo! – Yo no vuelvo ahí – Vas a empeorar las cosas van a venir por ti – que es exactamente lo que la muchedumbre se dispone a hacer así que el Cerdo entra al escenario pero se queda a un lado – y por supuesto El Loco pega la carrera y se lo lleva al centro del escenario para presentarlo a la gente como evidencia de cuán ridículo se ve su oponente – ¡Loco! ¡Loco! ¡Loco! – y el payaso Cerdo ejecuta el rol que le ha sido asignado e intenta congraciarse con la multitud imitando a León Martín Cordero que le grita a El Loco eres un grosero solo las prostitutas y los drogadictos votaron por ti – ¡Loco! Loco! Loco! – Asquerosa bestia inculta – ¡Loco! ¡Loco! ¡Loco!

Esa noche en la casa de Eva – en la cama de Eva – Rolando no sabe si decir eso fue un desastre o eso fue increíble – de cualquier forma ambos tratan de hacer como que no sucedió gran cosa en el parque Roldós – Al menos ahora sabemos lo que quiere la gente – a lo que Rolando no responde diciendo sí Eva la gente quiere acabar ya con las mismas historias de siempre – Sí Eva la gente quiere un cerdo de presidente – Los has malinterpretado – Pues diagrámamelo – No soy tu maestra – ¿Alguna vez te hablé de la Caballero nuestra profesora de gramática en el San Javier? – Híjole historias de niños de colegio qué emoción – Todos querían entrarle a la Caballero porque era el único ser humano parecido a una mujer en cinco kilómetros a la redonda y durante la clase algunos de mis compañeros se ponían los espejitos de sus madres encima de los zapatos y cuando ella pasaba entre las filas de pupitres – Qué asco – Lo que es un asco es ese cerdo ¿qué objetivo tiene nuestra radio si vivimos bajo un sistema que permite que El Loco se lance a la presidencia una y otra vez? – lo que no es una buena pregunta que hacer – ya puede notar la irritación fluyendo por su voz – El objetivo es informarlos – ya está enfadado por lo poco convincente que suena ella cuando dice que el objetivo es mejorar sus vidas – que el objetivo es dejar de preguntar cuál es el objetivo a lo largo de la hipotenusa de nuestras vidas – ¿Hipote qué? – Nusa – Chanfle – Eso – Hipotenusa de nuestras – No Rolando es irritante y todavía tienes tu pintura de payaso en las orejas – Por fin soy blanco – No tiene gracia – ¿Ni un poquito? – Es irritante y agotante – ¿No va en contra de nuestra idea de nosotros mismos el no preguntarnos cuál es el objetivo? – Nada va a cambiar nunca – Ugh – Ambos sabemos que todo esto es inútil deja a la gente en paz Rolando – Yo no hice nada – Nadie quiere aquí el apocalipsis – Yo no dije nada – ¿Crees que no sé lo que has estado haciendo? – Radio Nuevo Día / la radio de tu – ¿Crees que la gente aquí no habla? – No sé de qué estás – Eres un terrorista – Estás exagerando un poquitín – ¿Crees que los actos de vandalismo que estás planeando van a ayudar a alguien aquí? – A nadie Eva – ¿Qué crees que estás consiguiendo? – Nada Eva pero quizás algo más que tus estúpidas obritas de teatro – lo cual lamentablemente sí dice – lamentablemente no diré lo que me dé la gana – y después de que Rolando dice lo que le da la gana Eva trata de empujarlo afuera de la cama – y parece que la resiente el hecho de que Rolando no esté desconcertado a pesar de que casi se cae de la cama y de que Rolando sabe que ella sabe que no hay nada que pueda decirle para refutarlo – estamos concienciando a la gente – no dice ella – estamos orientando el discurso hacia una verdad que aceptarán voluntariamente como justa – no dice ella – solo a través del arte trascenderemos nuestra condición – no dice ella – Fuera – dice ella – Sal de aquí – dice ella – Bueno ya – Fuchi de aquí – y ya se está poniendo las botas y saliendo de la habitación e imaginándose el portazo que dará al salir a la calle y que se marchará y que no volverá a hablarle nunca más y que luego cambiará de opinión al cabo de unos días y la llamará tres o cuatro veces diarias hasta que conteste pero ella no contestará y su frustración de ser incapaz de saber si su ira ha acabado irreversiblemente con su relación probablemente será mayor que su frustración ante la renuncia de ella a aceptar la futilidad de sus obras teatrales de modo que no sale hecho una furia de la casa sino que se queda en la cocina – escuchando que Eva apaga la lámpara de su mesita de noche – aunque él sabe que no podrá dormir – al menos le gusta pensar que no podrá dormir – y después de un rato le gusta pensar que no está dormida – aunque el cuarto sigue a oscuras y no ha escuchado a Eva removerse siquiera una sola vez – y después de un rato el sonido de los camiones que pasan veloces y el de los grillos no le recuerdan nada – y después de un rato piensa en El Loco – en su radio – en la mujer radiante que consolaba a sus plantas – en el silencio que da la impresión de que uno no tiene opiniones – de que uno no quiere nada – en su primer día en la Universidad Estatal – en la vez que despertó la mañana de su graduación del San Javier y descubrió que sus maltrechos zapatos negros habían sido milagrosamente lustrados – y regresa al cuarto de Eva y se sienta silenciosamente en la silla junto a su cama y piensa en la mañana en que encontró un balón de fútbol debajo de su árbol de Navidad cuando tenía cinco años – Cuando tenía cinco años mi padre me regaló un kit médico y yo iba por toda la casa golpeando las paredes de cemento con mi martillito de reflejos – a lo que Eva no responde – y después de un rato piensa en su padre cambiando de opinión sobre abrir la cafetería del colegio el día en que iba a graduarse del San Javier – ya Rolandazo sigue y toma tu asiento en el coliseo estás en la primera fila – Y en ese corto intervalo entre los trabajos diurnos de mi padre en el San Javier administrando la revista del colegio y la cafetería del colegio y sus trabajos nocturnos cargando cajas en el puerto él se quedaba dormido en su sillón inquieto como un guardia que sabía que algo pasaba y que casi siempre era que yo no estaba haciendo la tarea – Y cuando era hora de irse hacía el mismo número cómico en el que también incluía a mi hermana hasta que ella se marchó – Mi pelo esta embrollado sollozaba – Como si el sillón no lo dejara irse hasta que alguien le arreglara el pelo – Y entonces mi hermana se ponía supercontenta y se acercaba presurosa a él – Haciendo como si estuviera cumpliendo alguna labor portentosa – Por cierto a mi hermana y a mí nos encantaba Topo Gigio – Cuando éramos pequeños ella me cantaba para dormirme a / la / camita – ¿Te sabes esa canción? – Según mi padre el primer día de mi hermana en primer grado me planté frente a la ventana de la sala y lloré desconsoladamente cuando se fue – Y como esa semana y la semana siguiente no dejé de llorar mi padre le suplicó al director de la escuela que me dejara entrar también – Y entonces mi hermana peinaba a mi padre – Y luego una noche cuando mi hermana ya no estaba con nosotros mi padre no se despertaba del sofá pese a que yo estaba golpeando mi regla contra la mesa de la cocina – Que era el tipo de conducta por el que mi hermana me habría regañado – Y pude oír a mi padre murmurando palabras al azar – Nikon – Formica – Un solo toque – Mi cabello esta embrollado – Y mientras murmuraba palabras al azar yo busqué la peinilla de mi hermana y la encontré debajo de la almohada de mi padre – Roja con dientes como palillos de dientes – Que había visto que mi hermana trataba de suavizar con la yema de los dedos – Y que ya no olía a su champú de frutilla – En cualquier caso le peiné la cabeza a mi padre mientras estaba durmiendo – Y mientras lo hacía mi padre abrió los ojos y me miró como si pensara lo mismo que yo estaba pensando – Los hombres no hacen esto – Pero mi padre no me echa de su lado – Cierra los ojos y hace como que no me ha visto – Que sigue dormido – Y yo le sigo la corriente – Continúo – Por cierto en aquel entonces mi padre ya estaba calvo – pero Eva no comenta nada sobre lo que él acaba de compartir con ella – Eva no se mueve – y después de un rato la habitación sigue en silencio y él piensa en esa mañana antes de su graduación cuando encontró una camisa blanca nueva en el sillón de su padre – en cómo unos años antes de que fuera estudiante de primer curso del San Javier su padre había incluido fotos suyas en la revista colegial – en cómo durante sus seis improbables años en el San Javier habían aparecido más fotos suyas en la revista que de cualquier otro estudiante – en su padre cambiando de opinión sobre abrir la cafetería el día en que iba a graduarse del San Javier de modo que Rolando no tendría que servir empanadas a sus fatuos compañeros – de modo que Rolando no tendría que servir empanadas de chorizo a aquella mujer del Opus Dei cuyas cirugías plásticas no podían ocultar su desprecio hacia cualquiera que luciera tan aborigen como ella lucía antes y que resultó ser la esposa del magnate atunero – esa era la madre de Julio Esteros – y antes de que su padre vuelva a cambiar de opinión Rolando sale corriendo de la cafetería de su padre y pasa por la cancha de fútbol que nunca verá el césped y qué le importa a él que el césped no crezca en una cancha donde nuevas bandas de conchadesumadres continuarán con sus torpes amagues a diferencia de sus rápidos amagues en la cancha de minibásquet – por la que está pasando ahora y en la que una vez anotó ocho puntos en menos de diez minutos – la cancha de básquet al aire libre junto a los tachos de basura que nunca más tendrá que volver a vaciar – y mientras cruza el bosque de eucaliptos su corbata no se agita de un lado a otro gracias a su nuevo sujetador de corbata – que según su padre perteneció a su abuelo – y aunque su carrera desde la cafetería hasta el coliseo del San Javier no le toma mucho año tras año vuelve a este recuerdo como vuelve a su radio – a la mujer radiante que consolaba a sus plantas – al primer día en que llegó a la Universidad Estatal – donde por la entrada todavía sale humo de una rueda de tractor – donde en la entrada las verjas están cerradas pero lo suficientemente torcidas para poder colarse adentro – donde en las calles parece como si décadas atrás unos camiones hubieran arrojado las pertenencias de un pueblo y nadie se hubiera molestado siquiera en retirar el triciclo retorcido – las latas de espray – el techo de hojalata o de palmas – los vidrios rotos todavía sujetos por etiquetas de ron – las piedras por todas partes – como si alguien hubiera atacado con picahielo la luna y estos fueran los detritos de tan absurdo esfuerzo – el rebelde metafísico declara que está frustrado por la absurdez del universo – los folletos pegados a ladrillos agrietados – y en su más amplio sentido la rebelión va mucho más allá del resentimiento – los botes de gas lacrimógeno vacíos – las piedras por todas partes – Yankees Go Home – el olor a gas lacrimógeno – Mi padre fumigaba los campos de maíz de un hacendado polaco en Portoviejo y a veces el señor Henrik le pedía a mi padre que usara un traje marrón con tanques como en esas películas sobre guerras químicas – Y antes de ir a fumigar las tierras del señor Henrik mi padre siempre repetía la misma frase – Por cierto a mi padre le gustaba cómo sonaban las palabras en boca del señor Henrik – Intenta decir maaaska – Intenta decir tlenooowa – Adiós niños me voy a hacer el monstruo decía – ¿Por qué me cuentas todo esto Rolando? – oh – así que no estabas dormida – no le responde él – ¿qué se supone que tiene que responderle? – estoy compartiendo todos estos tiernos recuerdos contigo para que conozcas – ¿qué? – ¿que no soy lo que soy? – Rolando no dice nada y ella no lo presiona ni se vuelve hacia él – Maaaska – murmura ella – Tlenooowa – y luego se duerme – y luego él trata de dormir en la silla junto a su cama y ya está casi dormido y pasando a la carrera junto a la cancha de básquet del San Javier y junto a la fila de carros de familias que se dirigen al coliseo del San Javier – tan rápido como una gallina en Etiopía – Rolando en este caso es la gallina y el etíope hambriento – ¡buena Facundo! – ni buena ni mala señor – llegando al coliseo donde Facundo Cedeño y el resto de sus compañeros están vagando afuera y se armó ya llegó Satanás – dice Guillermo Maldonado – qué fue empanada – dice Antonio José – habla empanada – dice Leopoldo – anda posi el chorizo – dice Cristian Cordero – empanaaaaaaaaada – dice Facundo Cedeño – diábolo – dice Carlos de Tomaso – gremlin – dice Giovanny Bastidas – le empanada – dice Stefano Brborich – con carne – dice Juan López – y queso – dice Rafael Arosemena – y molto chorizo – dice Jacinto Cazares – ¡cállate Jacinto! – dicen todos – Rolando se apresura al interior del coliseo – el rechinar de las sillas – la multitud rodeando a León Martín Cordero – empanada – gremlin – diábolo – gizmo caca – con carne – y chorizo – oye.

Rolando se marcha antes de que Eva se despierte y no la ve al día siguiente ni al otro ni el día después y el domingo temprano toma el bus al Guasmo y trepa de un salto al balde de una camioneta que forma parte de la caravana que se dirige a darle la bienvenida a El Loco – y a un lado del camino Rolando ve una pequeña multitud rodeando una llanta quemada para celebrar el retorno de El Loco – y en cada esquina los megáfonos emiten las mismas canciones – la fuerza de los pobres / Abdalá / el grito de mi gente / Abdalá – y en el balde donde está de pie todos cantan al son de ese flujo interminable de canciones – y en cada esquina un póster de El Loco decora puertas / ventanas / farolas – como si la gente aquí creyera que pueden invocarlo de vuelta con una sobreabundancia de imágenes – rápido la sangre de cordero – knowing me / knowing you / there is nothing we can – la fuerza de los pobres / Abdalá / el grito de mi gente – y mientras se pone el sol Rolando sigue a una larga fila de gente que está encendiendo antorchas – pero Rolando no les quita sus antorchas ni les grita despierten tarados ¿no ven que El Loco es tan corrupto

como los demás? – y en el parque hay parejas vestidas como
si fueran a una boda y familias vestidas como si fueran a misa
y niñas con velos y lo que parecen vestidos de primera comunión – y al contrario de los rumores que se había permitido
creer la gente no está viniendo por el alcohol gratis porque
no hay alcohol por ninguna parte – aunque por supuesto hay
vendedores ambulantes vendiendo agua y cerveza y hay tantas banderas que Rolando tiene que cambiar de lugar para
poder ver el escenario – se hace más difícil moverse porque
todos quieren estar cerca del escenario – especialmente aquellos con carteles que representan a sus cooperativas o a sus
barriadas – y en el escenario Los Iracundos están cantando las
mismas viejas baladas que a todos les encantan – y la lluvia
caerá / luego vendrá el sereno – la fuerza de los pobres /
Abdalá – y todos cantan y es difícil distinguir en medio de tanto bullicio si eso que se oye detrás de ellos es el sonido de
un helicóptero – ¡lo es! – un helicóptero que está descendiendo rápidamente hacia ellos y algunos niños parecen asustados
de esa máquina con alas sobre ellos pero la mayoría de la gente
está agitando sus pañuelos y carteles a pesar del remolino gris
de tierra que está girando polvo y piedras y que les golpean de
modo que Rolando tiene que taparse la cara – la fuerza de los
pobres / Abdalá – y Abdalá aterriza y les da la bienvenida y les
agradece y canta y dice te amo Ecuador – y Abdalá va de un
lado al otro de la plataforma de madera y está sudando – está
enfadado – su guayabera blanca no puede contener su indignación por lo que las oligarquías les han hecho a los pobres de
mi patria – ¿Hay algún padre de familia entre la multitud? por
favor levante la mano – Vamos a verle caballero aquí con su
hijo hablemos la plena sin cuentos le voy a demostrar que usted no es un igual para León porque ellos tienen otro dios –
El dios del racismo – El dios del monopolio – El dios de la
riqueza – Voy a demostrarle y usted me dirá si miento – Caballero con el debido respeto si su hijo de dieciocho años se
enamora de la hija de León ¿ellos le dejarían entrar en su casa?
– ¡No! ¡No! ¡No! – Lo golpearían y lo echarían a patadas ¿sí

o no? – ¡Sí! ¡Sí! ¡Sí! – así es – ¡Rolando métete a tu cuarto!
– Pero si el nieto de León dejara preñada a su hija ¿qué diría
León? – Oh ja ja es que nuestro chico es un pícaro ¿es verdad
o no es verdad? – ¡Sí! ¡Sí! ¡Sí! – ¿Le darían su apellido a la
criatura? – ¡No! ¡No! ¡No! – La harían abortar o la encarcelarían y la abandonarían con un hijo bastardo así como han
abandonado y encarcelado a mi amada patria.

IX ROLANDO BUSCA A EVA

Aló? – Probando – Probando – ¿Esto está prendido? – ¿Parece que sí? – ¿Y qué? – ¿Hay alguien por ahí? – ¿Les gusta la magia? – Digamos que usted está paseando por un – Dando un paseo junto a un lago donde un niño se está ahogando ¿qué hace? – Ni siquiera me desabrocho el reloj dice – Ni siquiera me saco los mocasines – Me sumerjo de una – Sí muy admirable señor pero ¿por qué se puso mocasines para andar alrededor de un lago? – Y si resulta que usted es el niño del lago ¿quién se sumergirá para salvarlo? – Mi vecino dice usted – Mis primos – El Mono Egas porque le debo una caja de guineos – Pero ¿y si mira a su alrededor y descubre que ellos también están dentro del lago? – ¿Digamos que todos nos estamos ahogando en el lago y gritamos pidiendo auxilio pero nadie viene por nosotros porque dicen que el perímetro del lago es peligroso? – las pirañas mamá – ¿Quién vendría por nosotros si gritáramos para que nos rescaten? – Que silencio que hace aquí esta noche – ¿Nos hemos ido todos? – ¿Aún estamos aquí? – ¿y dónde está Eva esta noche? – piensa Rolando – ¿estará escuchando la emisión desde su iglú? – Y si algún día logramos salir arrastrándonos del lago – Reptando afuera como mitad hombres mitad serpientes – Como mitad mujeres mitad manatíes – ¿Los que no vinieron por nosotros tendrán derecho a quejarse cuando incendiemos sus hogares? – ¿A implorar piedad cuando los alineemos contra una pared y los rociemos con el agua marrón oscura del lago? – ¿Alguien tiene una manguera de jardín que me preste? – ¿De preferencia larguita? – Oh qué tenemos aquí una llamada amigos hola reparación de lagos – No es chiste amigos buenas noches está al aire – Pues siempre estoy al aire pero nadie me escucha ja ja – Ajá un hincha de nuestra emisora ¿tiene una pregunta o quiere dedicarle una canción a su tía? – Una pregunta – Le escuchamos – ¿Tienes padre? – A veces – ¿Y no crees que tu padre se lanzaría al agua por ti? – Él ya está dentro del lago señor – ¿Y si sabe cómo flotar? – Tiene vientre de ballena pero actualmente no funciona como un dispositivo flotante – ¿Y si supiera de antemano sobre el lago y tuviera flotadores atados alrededor de la cintura? – Los flotadores se desinflan señor – Digamos que estás en el lago y acabas de descubrir que vas a tener un hijo – Yo no voy a traer hijos a este lago señor – ¿No crees que prepararías flotadores en forma de jirafa para tu hijo? – No voy a traer hijos al – No subestimes a los padres Rolando – ¿Papá? – ¿Dígame licenciado? – Este yo no creo que los oyentes de Radio Nuevo Día quieran – ¿Papá? ¿Papá? – Parece que la llamada se cortó amigos pero mientras tanto aquí va uno de mis clásicos favoritos – Cuando vuelva a tu lado / y esté solo contigo.

Después de finalizar la transmisión a medianoche Rolando piensa en no manejar hasta la casa de Eva mientras maneja hacia la casa de Eva – piensa en no pensar acerca de lo que le dirá – tampoco es que piense que está obligado a decirle algo especial – te extraño / como se extraña – cada mañana me despierto triste si no he soñado contigo – las noches sin estrellas – ugh – no he venido aquí a recitarte poesía Eva – cállate y maneja Rolando – la superficie de la calle camino a la casa de Eva cambia bruscamente de pavimento a grava a los cráteres que hacen traquetear el bus que lo pasa rápido con un banderín de El Loco puesto sobre su antena que suena como cuando se barajan los naipes – lo cual a Rolando no le hace acuerdo de nada – a su padre que nunca jugó cartas backgammon ajedrez – apagando los faros mientras se parquea frente a la casa de Eva – permanecer en silencio es dar la impresión de que uno no quiere nada – apagar las luces en la casa de una es dar la impresión de que una quiere – ¿una sorpresa? – cállate – que una está dormida – que una está abrazando a alguien que no es Rolando Albán Cienfuegos carajo – ya párala – que una ha cerrado los ojos al mundo – déjate de pendejadas Rolando – ganando el campeonato de ajedrez en el San Javier tres años seguidos pero sus compañeros convirtiéndolo todo en broma – aguas con el Gremlin traga Reina ja ja – cruzando la calle y parándose junto a la puerta de Eva y escuchando sin esperar que pase nada – esperando irracionalmente que Eva se aparezca justo cuando él ponga el pie en su porche delantero – de niño viste muchas telenovelas ¿eh? – a mi hermana Alma le encantaban esas horribles telenovelas venezolanas o mexicanas con música de Timbiriche – corro / vuelo / me acelero – un megáfono a la distancia da inicio a una fiesta bailable de viernes noche en el parque cercano – a ritmo de cumbia damas y caballeros – ya enfócate Rolando – ya voy – improvisando un toc toc simpático en la puerta de Eva – fuego del amor – nada – deja de tocar a la puerta como si fueras un niñito arrepentido no hiciste nada malo – un toc toc machote en la ventana – nada – párala ahí no toques cuando la cumbia del parque se acabe o alertarás a los vecinos – ¡Gremlins! ¡Agh! – la ventana de atrás de la casa de Eva no está asegurada de modo que la abre y espera a que algo suceda – tampoco esperes tanto bobazo – trepándose por la ventana y aterrizando en su cocina donde un patito de hule flota de lado en el fregadero con su oreja en el agua atascada – ahí está tu maldito lago – ya cállate que me desesperas – nadie en la sala – bien – ningún sonido de jadeos entre sabanas procedente del cuarto – bien – nadie en el cuarto – ¿mal? – no he venido para darte serenata Eva – ¿has venido hasta aquí a decirme para lo que no has venido? – no me he parado aquí a oír para lo que no has venido Rolando – buena – ni buena ni mala señor – quizás debería sentarse en la única silla rígida del comedor y esperar instrucciones – siéntate Robot – convirtiéndose en otro objeto rígido de muebles para cuando Eva regrese – si es que Eva regresa — hola soy el cojín de la silla — estás demasiado flaco para ser un cojín Rolando — hola soy un cojín monje arrepiéntanse — ¿por qué tienes una ballena de cerámica en la mesa del comedor Eva? — porque la ballena se tragó mi muñeca y estoy esperando que la escupa Rolanbobo — el retumbo de los buses afuera — de las excavadoras que avanzan sobre el granito — de las volquetas que transportan ballenas muertas a los supermercados alrededor del mundo — no te jorobes siéntate recto Rolando — es que la silla esta incómoda — cientos de carniceros cortando con sierra a las ballenas dentro de fábricas iluminadas con reflectores de estadio — la música del parque ya no se oye solo el ritmo de la cumbia como un caballo galopante — el mismo maldito caballo para las mismas estúpidas cumbias — la misma estúpida tragedia de su perfección rítmica — como si alguien hace mucho tiempo eligió un caballo de los Andes y lo llamó Cumbia y luego lo condenó a galopar sin sentido por la costa del Pacífico — no un caballo sino un burro el que fue condenado a galopar como un caballo — ya basta — la silla del comedor es tan incómoda que se va al cuarto de Eva — acostándose en su cama vacía en vez de rebuscar entre sus cosas como si eso lo absolviera de haber allanado su casa — el ladrón tomó una siesta pero ni siquiera se llevó una coliflor mi capitán — una vez que se acostumbra a la oscuridad puede ver que todas las plantas de Eva están orientadas en torno a la cama como un público — pero ¿cuál es el frente de una planta? — porque si no sabes dónde está ¿cómo sabes hacia dónde están mirando? — ¿a quién están mirando? — ¿a mí? — sáquese esas botas asquerosas señor — clorofila ¿qué es? — duérmete Gizmo — ¿qué carajos estaban haciendo la Baba y el Cabeza de Micrófono en el restaurante de su padre? — ¿y por qué su padre lo llamó a la radio en son de broma? — ¿y qué horrendas cumbias se están transmitiendo en la fiesta cercana? — ¿y por qué están esos cuadernos que nunca había visto antes apilados en la mesita de noche de Eva? — ¿y por qué tienen dibujadas figuras de palitos con tanques de oxígeno y aletas? — ¿y por qué algunos de estos cuadernos están descoloridos y como ondulados? – ¿les derramó Fanta encima y trató de secarlos con una secadora de pelo? – ¿y por qué la idea de abrirlos y leerlos le parece tan terrible si en realidad podrían contener evidencias de su – ¿de su qué? – de dónde y con quién está esta noche? – querido diario hoy conocí a alguien maravilloso distinto a ese Gremlin gruñón – cállate – está bien no los leerá – ¿recuerdas cuando leíste el ejemplar de Mujercitas de tu hermana como cuatro veces? – solo sus anotaciones en los márgenes – ¿y ahora? – duerme pero no babees en su almohada y no olvides que Eva se ha desaparecido otras veces después de discutir contigo así que no te preocupes tanto – durante días Eva sin responder sus llamadas y luego reapareciendo como si simplemente hubiera estado contemplando la vida en un iglú sin ser consciente de que él había estado desesperado por hablar con ella ¿recuerdas? – no sin ser consciente ausentándose de tener conciencia de que él estaba desesperado por verla – saliendo por una puerta lateral antes de que las noticias de su desesperación llegaran a ella – estas grietas de escape no están hechas para usted señor – no – no desesperado por hablar con ella sino desesperado por saber si esta vez su desaparición era irreversible – si sabías que te ibas a sentir de esta manera ¿por qué te fuiste de la casa de Eva luego de que discutieron? – deberías haberte amarrado a su espalda hasta que te volviera a hablar – algunos cargan heno / otros cargan a este tipo – ¿qué está haciendo ese tipo amarrado a tu espalda Eva? – por supuesto Rolando está preocupado de todos modos porque la última vez que se desapareció había sido insoportable para él hora tras horas volviendo a imaginar todos aquellos momentos que pasaron juntos y comprendiendo que el verdadero remordimiento es simplemente el incesante volver a imaginar todos aquellos días en que él podría haberla visto pero no lo hizo – todos aquellos momentos en que pudo haberle dicho este sé que sonará cursi pero quiero que sepas que te amo con locura – todos aquellos momentos convirtiéndose en momentos reimaginados en los que él sí la ve y le cuenta todo

–Rolando ¿por qué llevas un disfraz de Stevie Wonder? – I just called / to say – sácate esas gafas déjame ver tus malignos ojos – ¿mis hermosos ojos negros? – Rolando ¿por qué llevas un disfraz de césped? – para poder extenderme por debajo de tus pies – Rolando ¿por qué me miras así? – para poder hipnotizarme a mí mismo y así nunca olvidar cómo tuerces la boca cuando desapruebas de mí – ya basta duérmete Rolando – una oveja – si él hubiera tenido un agujero en su media podría haber hecho girar el dedo gordo como un títere – ¿chicos quered chupeticos? – la habitación de Eva está silenciosa y estática que es como se imagina la habitación de Eva cuando él no está – que es como se imagina a Eva cuando él no está – Eva sin cepillarse el pelo ni drenando el fregadero ni haciendo navegar su patito amarillo – no – nunca se la ha imaginado haciendo nada cuando él no está como si ella no existiera cuando él no está con ella o existiera en un estado inanimado mientras lo espera a él – un objeto inanimado es menos probable que te engañe ¿eh? – cállate – dos ovejas – en la silla rígida del comedor Eva esperando a Rolando para que la reanime – ¿no se necesita reanimación cuando te la imaginas desapareciendo de tu vida? – Rolando sentándose y prendiendo la lámpara de la mesita de noche y poniéndose los cuadernos de Eva sobre el regazo y descubriendo tras un rápido vistazo a los cuadernos que las anotaciones son de hace quince años – convenciéndose de que si no lee las anotaciones de forma cronológica se sentirá menos culpable – no solo no se llevó ni una coliflor sino que ni siquiera estuvo husmeando mi capitán – ¿tal vez las coliflores lo estriñen? – ya basta con los chistes de estreñimiento – abriendo un cuaderno gris al azar y leyendo la letra manuscrita Hola / Soy Evarista / colecciono proverbios y caracoles / Querido diario no puedo pegar las conchas a tus páginas así que dibujaré cada concha desde distintos ángulos que luego marcaré sobre las conchas con mis acuarelas / Tía Mercedes trajo hoy un candado extra para la puerta principal y dice que vendrá cada noche a cerrarlo para que nadie tenga que preocuparse de que yo vuelva a salir de casa sonámbula / Don Carlos el chófer de la línea 22 volvió a dejarnos subir gratis y mi madre le dijo no quiero su limosna ni su lástima don Carlos y don Carlos dijo esto no es por lástima ahora tome asiento y dele este manicho aquí a su hija al bajar le dije gracias con un movimiento de cabeza mi madre no lo vio pero esperé a que llegáramos a casa para desenvolver el manicho / Ayer en el bus a Quito vomité choclo / Por tus nobles y puros gestos Rosa Porteros dondequiera que estés / Halloween otra vez bah / Hoy mi mamá no se levantó de la cama pero esta vez le freí un sánduche de queso antes de irme al colegio / Querido diario prefiero verte en blanco que sembrado de palabras inútiles / O servimos a la vida o somos cómplices de la muerte la neutralidad no es posible dijo Arnulfo Romero / Querido Óscar te importa si te llamo Arnulfo ojalá mis compañeros de clase me llamaran Arnulfa la Pitufa y no Eva la Cobra / Hoy no he pensado ni siquiera una vez en ti Arsenio / Mi madre le dijo a mi tía Mercedes que si al menos le hubieran entregado su cuerpo porque mi hermano Arsenio no era un animal para ser arrojado en alguna zanja – ya basta Rolando – regresando sus cuadernos a la mesita de noche y apagando la lámpara – ¿por qué Eva nunca le contó que tenía un hermano? – ¿y por qué no siente que su omisión es una traición? – porque de todos modos ¿qué sentido tiene contarle algo a alguien? – él nunca le ha contado a Eva sobre su propia hermana cruzando la frontera de aquel maldito país – sobre su hermana finalmente llamando desde aquel maldito país después de seis meses sin saber si había logrado cruzar la frontera – sobre su padre contestando el teléfono y calmándola – Alma corazón – sobre Rolando oyendo el sonido de los sollozos de su hermana desde la cocina – sobre su padre con el teléfono pegado a la oreja sentándose cuidadosamente – como si tratando de no perturbar el equilibrio del – no hay ningún equilibrio en el universo no – simplemente no quería que sus movimientos alteraran la señal telefónica así que volvió a ponerse de pie lentamente – mi hermana llorando de emoción por haber conseguido por fin ponerse en contacto con mi papá me dije pero no era eso − pude sentir que no era eso − o quizás no pude sentir nada y ahora me he convertido en alguien capaz de sentir el dolor de una hermana a miles de kilómetros − mi hermana llorando en el teléfono − Alma corazón − y yo de pie apartado de mi padre y aun así tratando de escuchar lo que él estaba escuchando − no le di gran importancia a aquel momento en el momento o quizás sí ¿cómo podría saberlo? − a veces me siento como incrustado con momentos que se repiten con o sin mi conocimiento − y yo de pie apartado de mí mismo y aun así tratando de escuchar lo que estaba escuchando − prendiendo la lámpara de la mesita de Eva recogiendo los cuadernos de Eva ordenándolos cronológicamente leyéndolos en orden y luego de unas horas entendiendo que dos días antes de Halloween cuando Eva tenía ocho años su hermano de quince había pedido prestada la camioneta del vecino para comprar talco para sus disfraces de fantasma y nunca más lo volvieron a ver − que por años su madre lo había buscado en vano − que la policía había advertido a su madre que dejara de hacer tantas preguntas o le va a ir mal − que lo más probable era que su hermano hubiera sido detenido por los escuadrones antiterroristas ambulantes que habían sido entrenados en secreto por un experto antiterrorista israelí que había sido contratado en secreto por ese maldito oligarca conocido como León Martín Cordero − que al igual que los hermanos Restrepo y otros cientos que habían sido detenidos sin motivo durante la presidencia de León Martín Cordero su hermano probablemente había sido torturado y asesinado y arrojado a la laguna de Yambo con el resto de ellos − Rolando apagando la lámpara de la mesita y cerrando los ojos − el carrusel mamá − cuatro años sin ti Arsenio − sardinas aleteando en una playa gris donde las piernas de Rolando están hundidas en el lodo mientras sigue a su padre hasta el barco de pesca − hoy tampoco he vuelto a pensar en ti Arsenio − qué delicado que es su hijo don Albán ni siquiera mi perro se marea así en el agua − lo lamento tanto Eva − hoy he contado cuántas veces en el último año escribí que no había pensado en ti lo compensaré pensando hoy en ti la misma cantidad de veces Arsenio.

Eva no vuelve el viernes ni a la mañana siguiente y al caer la noche Rolando desiste de esperarla pero en vez de marcharse sin dejar una nota o sin hacer su cama le deja una nota conmovedora y arregla su cama – no lo hice – no quiero seguir sin ti Eva – bueno sí lo hice ¿y qué? – tus expectativas sobre mí cansan déjame en paz – a veces siento que no quiero nada más que a ti Eva – llegando a la casa donde le sorprende ver a su padre porque había esperado estar solo como había estado solo las últimas veinticuatro horas – ¿Qué te pasa Rolando? – Nada – ¿No hay radio esta noche? – No – Deberías dejar que Eva conduzca el programa de vez en cuando para que puedas descansar – No necesito descansar – Yo tampoco por eso tengo hemorroides ja ja – Ya papá – ¿Qué? – Deja de decir hemorroides odio esa palabra – Está bien pero no te sientes en mi cojín para las hemorroides – ¡Papá! – Eva tiene la mejor voz radial ¿no? – Una voz que podría vender huevos a las gallinas sí – ¿Qué quiere decir eso? – ¿qué quiere decir qué? – Olvídalo – Eva suena como Eydie Gormé – No suena como Mercedes Sosa – Solo cuando está enfadada contigo porque cuando hablé con ella ayer sonaba como – ¿Hablaste con ella ayer? – Anoche sí dijo que estaba ganando dinero extra para tu radio pegando afiches para una discoteca – ¿Y? – Y que hoy tenía que levantarse temprano para ayudar a alguien a instalar una cabina telefónica ¿qué pasa Rolando? – Ella no fue a casa anoche – ¿Cómo lo sabes? – No quiero entrar en detalles ahora – Yo le cuento a mi hijo lo que su mujer me cuenta pero él no puede contarle a su padre lo que su – Párala papá – ¿Crees que me gusta que no cuentes nada? – a lo que Rolando no responde – muy gracioso imbécil – ¿Quieres que la llame? – Yo mismo puedo llamarla papá pero ya que eres tan bueno marcando ese teléfono – Este teléfono se marca solo ja ja – ¿Por qué llamaste a la radio papá? – No quiero entrar en detalles ahora – Ya entonces – su padre está marcando el número de Eva y compartiendo el auricular con Rolando para que ambos puedan oír que el teléfono timbra – ¿No contesta? – Qué raro la contestadora automática no contesta – ¿Rolando apagó la contestadora por error cuando estaba escuchando los mensajes de Eva? – Tiene que haber pasado algo – Nada papá quizás ella – Algo ha pasado – No seas melodramático papá – Tú no sabes lo que es ser padre Rolando – ¿Intuición de padre? – Eso mismo – a lo que Rolando no responde diciendo Eva no es tu hija papá tu hija está en un lugar horrible muy lejos de aquí – ¿Qué propones que hagamos? – Buscarla ¿qué más? – Puede estar en cualquier lugar – La cabina telefónica que iba a ayudar a alguien a – Sé quién es – Vamos.

Su padre maneja la camioneta a una velocidad que incluso es más temeraria que la velocidad habitual de su padre – una velocidad que siempre ha dejado perplejo a Rolando porque en todo lo demás su padre es tan prudente – tan deferente es decir tan lameculos con todos – de nuevo con la cantaleta esa – cállate – y sin embargo Rolando no dice ve más despacio papá – deja de pitar a los buses papá – no le grites a ese taxi que se te cruzó – anda que te parió un burro – permanecer en silencio es dar la impresión de que uno no tiene opiniones – Rolando no tiene opiniones solo quiere descansar la cabeza contra la ventanilla y dormir y en su sueño no soñar nada – los carros chocones mamá – ¿y si algo le pasó a Eva? – bajando el vidrio y dejando entrar el viento y las multitudes de gente que aún están celebrando la victoria de El Loco pese a que las noticias informan que su suntuosa gala de inauguración en el palacio presidencial fue un desastre miles de personas sin invitación tratando de entrar – ¿Qué te he hecho Rolando? – ¿Qué? – ¿Qué te he hecho? – Nada papá – ¿Te di palo alguna vez? – No papá – ¿Alguna vez te? eh quédate en tu carril camarón ¿viste a ese chófer de bus? míralo tiene cara de camarón te lo juro ¿qué estaba diciendo? – Nada papá – Ah ¿te di palo alguna vez? – Eso ya me lo preguntaste – ¿Alguna vez te alcé la voz? – Sí – Bueno pero no muy a menudo ¿verdad? − No muy a menudo baje la velocidad papá − No muy a menudo está bien ¿verdad? − ¿Por qué estás? − ¿por qué su padre le está preguntando todo eso? − ¿puede su padre intuir lo que Rolando le respondería? − ¿siente su padre la necesidad de castigarse escuchando a su hijo decirle deberías haber alzado la voz para prohibir a mi hermana que se fuera? − ¿deberías haberle puesto seguro a la puerta para que ella no pudiera salir? − deberías haber alzado la voz cuando doña Esteros se cagó en nosotros por un pendiente que sé que su hijo le robó y que luego usó para hacer trueque con su prostituta favorita porque en nuestro último retiro espiritual antes de graduarnos del San Javier − en nuestra última semana de silencio forzado en aquella casa de retiro en Ambato − en el último día del retiro donde había una mesa redonda y todos compartieron lo que habían descubierto dentro de sí mismos durante su semana de silencio absoluto − Julio Esteros confesó que una vez cuando tenía quince años su padre le cortó la mensualidad así que robó el pendiente de su madre y a la empleada − así llamó a Alma − la empleada − la habían culpado por el colgante desaparecido pero él no había dicho nada sobre ello y el pobre Julio lloró frente a nosotros − sin saber que la empleada era mi hermana − sin saber que yo sabía que él había olvidado mencionar que además había tratado de violar a esa misma empleada − y sin embargo hizo bien en no mencionarlo ¿no? − porque si lo hubiera mencionado ¿quién se hubiera sentido mal por ello? − ¿quién entre todos esos idiotas se habría sentido mal por mi hermana? − ¿y sabes lo que dije cuando fue mi turno en la mesa redonda espiritual? − nada padre − nada de nada − dios no me habló esa semana − el espíritu santo no pasó a través de mí esa semana ni la semana después − y desgraciadamente puede que los mocos y las lágrimas corrieran por la cara de Julio en su día del recuento espiritual pero como Julio era el doble de mi tamaño y era cinturón rojo en taekwondo encontré una forma de fingir que no había dicho lo que dijo de modo que no tendría que reconocer que no podía derribarlo a puñetes −

¿crees que los actos de vandalismo que estás planeando van a ayudar a alguien aquí? – mi escaso saboteo eléctrico de la mansión de Julio me ayudó a sentirme mejor durante unos cinco minutos – Siempre has votado por León Martín Cordero – Nunca votaría por un prepotente como ese Rolando – He escuchado que les cuentas a los jesuitas del San Javier que tú siempre has – Lo que los jesuitas quieren escuchar es lo que les cuento – Vira a la izquierda por donde la vulcanizadora papá – Yo también extraño a Alma Rolando – La segunda a la derecha en la plaza Roldós – Yo también la extraño todos los días.

Buenas noches usted – Hola y bienvenidos a las Cabinas Telefónicas de Rosie donde cada – ¿Se acuerda de mí? – No pero la próxima vez ah sí usted es el gruñón de Eva – ¿Eso es lo que ella? – No ella me dijo que usted estaba estreñido y – Lleva estreñido desde que tenía – Párala papá – Perdónelo es que está – Estamos buscando a Eva y pensamos que usted – Me dijo que vendría a ayudarme pero no lo hizo y yo – ¿No vino esta mañana? – No en todo el día no – Anoche no vino a casa y – ¿Ustedes dos viven juntos? – No – No quiere entrar en detalles – Ajá – Yo soy su padre por cierto – Lo imaginé – Me imaginé que se imaginó pero quería una excusa para tomarle la mano – ¡Papá! – Su hijo es beato ¿eh? – Verá Eva se ha desaparecido y – Creemos que Eva se ha desaparecido y pensamos que quizás usted – Me dijo que anoche iba a repartir volantes en la Víctor Emilio Estrada – Eran afiches lo que iba a – Sí afiches ¿quieren llamar a alguien? – ¿A quién? – ¿A alguien que tenga palanca con alguien? – El padre Ignacio conoce a mucha gente ¿no? – Leopoldo de la oficina del alcalde quizás podría – Busquémosla antes de andar llamando a la gente – Por la Víctor Emilio vamos.

Su padre maneja cerro abajo obviamente tratando de calmar a Rolando preguntándole cómo se conocieron los dos – a lo que Rolando no responde – ¿Tú y Eva estaban en la universidad? – ¿En una protesta? – ¿Le pateaste las canillas en un partido de fútbol? – a lo que Rolando responde diciendo Eva no usa canilleras papá – ¿Se sube las medias hasta arriba o se las amontona en el fondo? – Se las amontona – ajá – Dice que quiere que el otro equipo le vea sus moretones para que sepan que a ella no le preocupa hacerles o que le hagan moretones – Tiene sentido – Es redundante porque siempre le está gritando al otro equipo para que sepan que no tienen que meterse con ella – ¿Sus gritos te impidieron meterte con ella? – Claro que no – ¿Le sacan tarjeta roja a menudo? – No pero cuando juega mejor es cuando a alguien de nuestro equipo le han sacado la roja y somos solo diez – El otro día Eva me dijo – ¿Hablan los dos muy a menudo? – Todos los días creo – Increíble – ¿Qué es tan increíble crees que tu padre no tiene buen oído? – ¿Qué? – ¿Crees que tu padre no tiene buen oído? – ¿Qué? – Estas muy chistosito hoy – Perdón – El otro día ella me llamó y me dijo que estaba escribiendo una carta de amor al único novio que había roto con ella – ¿Qué? – De cuando tenía catorce años tranquilo – Ah – No iba a enviarla solo quería escribirle una carta de amor ¿no es increíble? – Supongo – Él rompió con ella por teléfono me dijo y estaba tan nerviosa mientras él rompía con ella que se puso a jugar con el chicle que se había sacado de la boca y el envoltorio que se había sacado del bolsillo – ¿Y? – Y cuando terminó ella colocó el chicle verde dentro del envoltorio y lo guardó en una caja de zapatos como recuerdo – Eso no tiene ningún sentido – Claro que sí – Yo habría botado ese chicle a la basura – Oh – Lo habría arrojado muy lejos de aquí para que nadie volviera a verlo nunca – ¿Estás bien Rolando? – Sí estoy bien solo que – Agarra mi pañuelo – abriendo el pañuelo de su padre e inhalando la colonia que su padre le echó en la mañana como ha hecho todas las mañanas desde que tiene memoria presionando el pañuelo de su padre sobre lo que sea que le está pasando a su – nada déjame en paz.

TERCERA PARTE

DESINTEGRACIÓN

X ANTONIO Y LOS MANIFESTANTES

Qué habrá sido de Bastidas el Chinchulín, piensa Antonio, Bastidas el industrioso quien en el San Javier, junto con Rafael, había sido el amigo más cercano de Antonio y Leopoldo, estudiando juntos para el programa académico colegial Quien Sabe Sabe, catequizando en Mapasingue, sentándose al fondo del aula durante seis años como una mafia de nerdos que intercambiaban o vendían las respuestas de los exámenes – ¿recuerdas aquella prueba de matemáticas donde nadie sabía la respuesta a la última pregunta y Bastidas se alteró tanto que empezó a gritar por el amor de dios que alguien me pase la respuesta? – sí ¿y aquella vez que lo agarraron con una polla pegada a la pierna? – ¿o aquella vez que la Pepa le preguntó quién escribió El Velo de la Reina Mab y se puso de pie y dijo que eso no lo habían mandado de tarea, no sé de qué diablos está hablando? – por años nosotros preguntándole a Bastidas oye ¿dónde está El Velo de la Reina Mab? – no sé de qué diablos están hablando – jugando bolos juntos durante el verano porque no podían jugar fútbol a causa de los mosquitos y la lluvia, sobornando juntos a sus profesores (aunque sin Rafael ya que Rafael no lo aprobaba), bebiendo en el parque de la Kennedy donde de algún modo una joda terminó con un clavo oxidado en la pierna de Bastidas, que la desinfectaron con Patito, y aunque Bastidas no era muy aficionado a las prácticas de pirotecnia verbal durante ¿Quién Es Más Pedante?, él siempre había estado allí, su público sardónico, el hermano mayor que se divertía con ellos pero que ya sospechaba que ni Antonio ni Leopoldo llegarían a nada, aunque al mismo tiempo deseaba que llegaran a algo, sí, Antonio debería haberle preguntado a Leopoldo por Bastidas, qué habrá sido de su pana Bastidas.

—

Después de reunirse con Leopoldo en el restaurante de don Albán, Antonio no llama al Taxi Amigo privado que su madre le recomendó por razones de seguridad sino que decide darse una vuelta por el centro de Guayaquil, pensando en Julio, en Bastidas, en Rafael, incluso en Esteban, todos sus compañeros a quienes no ha visto desde que se graduó del San Javier. Una protesta en la esquina de Rumichaca y Sucre lo interrumpe. El pueblo, unido, cantan los manifestantes, jamás será vencido. Antonio creció con esa canción. En el Edge Fest en Berkeley, también había escuchado las treinta y seis variaciones de Rzewski de esa misma canción. La protesta parece interminable, al menos alcanza a diez cuadras, aunque no puede ver tan lejos. Han paralizado todo el tráfico a su alrededor. Nubes de humo sobrevuelan sobre los manifestantes. Algo le había faltado a la ejecución de las variaciones de piano de Rzewski, aunque él no sabía qué había sido. La protesta avanza en medio de un tumulto de estudiantes, plomeros, empleadas domésticas, transportistas de frutas, vendedores callejeros. Y mientras marchan aplauden, gritan, soplan sus silbatos. Agitando sus carteles como si estuvieran advirtiendo de un cataclismo o de una liquidación de colchones o de la segunda venida de cristo, y al gritar sus bocas se ensanchan de tal forma que parece que fueran a tragarse la parte de atrás de sus cabezas, aunque por supuesto eso solo es posible en películas como The Wall de Pink Floyd. Y hacia delante marchan. Unidos gritan. Jamás volverán a vencerlos. Mientras vivió en Guayaquil había sido testigo de muchas protestas, pero solo de lejos, la mayoría por televisión, donde al frente de la pantalla un comentarista interpretaba el significado de la protesta. Nunca había presenciado una protesta tan de cerca. A menos que cuente las protestas en San Francisco, donde a menudo había visto a las multitudes estadounidenses agitando sus banderas vanagloriosas y atiborrándose de pepinos orgánicos antes de regresar a sus plácidos hogares, diluyendo en su memoria las protestas de sus compatriotas, que en las calles se ven visiblemente agobiados. Protestando para existir. ¿Y qué es la poesía si no salva a naciones o personas? Una canción de borrachos, dijo Miłosz. Lectura para colegialas. Pese al virtuosismo de las variaciones de piano de Rzewski, pese a las transposiciones, las inversiones, las complejas paráfrasis, los gritos del pianista, la canción suena más poderosa cuando la cantan estos manifestantes. Las variaciones de Rzewski son divertimentos redundantes. Aceitunas sobre un aullido. Tres niños betuneros cerca de Antonio saltan de sus banquitos. Hacen repiquetear la parte de madera de sus cepillos contra sus cajas de implementos, parodiando el cántico de los manifestantes. El niño betunero que ha camuflado su rostro con abrillantador crema se sube a su inestable banquito y simula que es una marioneta. Los otros dos, rodeándolo, aplauden y cantan el pueblo, vencido, jamás será unido. Antonio vio The Wall de Pink Floyd en el cine del Policentro el día en que un grupo de paramilitares secuestró al presidente León Martín Cordero. La mujer de la boletería y los acomodadores, pegados a los apocalípticos flashes informativos de sus radios portátiles, no se dieron cuenta de que él era menor de edad, aunque quizás sí se dieron cuenta pero no les importó. El programa de mano sobre la interpretación de Rzewski menciona que la canción de protesta completa había sido compuesta después de que un compositor chileno escuchara a un cantante callejero afuera del Palacio de La Moneda cantando a gritos el coro principal. Tres meses después, el 11 de septiembre de 1973, las fuerzas de Pinochet, financiadas por Kissinger, bombardearon La Moneda. Un reinado de terror se extendió por toda Latinoamérica. Aquella derrota parece no haber sido registrada por estos manifestantes, aunque quizás la letra sea lo de menos y el cántico es lo que cuenta, el henchirse de sus pulmones, la euforia del estadio, el sentido como grito colectivo. Al principio los manifestantes que pasan junto a los betuneros sonríen y los aplauden. Luego algunos se percatan de que se están burlando de ellos. ¿No saben por qué marchamos? El empuje hacia delante de la muchedumbre disuade a los manifestantes de correr hacia la vereda y darles un sopapo a esos conchadesumadres. En vez de eso vuelven a entonar los alentadores sonidos de su viejo himno. El pueblo, unido, jamás será vencido.

—

Qué habrá sido de Rafael el Mazinger, piensa Antonio, Rafael el Robot quien se había programado a sí mismo para ser el mejor en todas las pruebas, para lanzarse como cohete hacia cualquiera que lo llamara Mazinger, sin granos en sus placas metálicas, mala conducta en modalidad neutral, a menos que presiones el botón de Llámalo Mazinger, devoción a dios en modalidad superior, por eso enseñó catequesis en Mapasingue con Antonio y Leopoldo y había seguido la misma lógica que llevó a Antonio a concluir que debía hacerse cura – ¿recuerdas todas aquellas horas durante el recreo en el San Javier rezando en la capilla a nuestra Madre Dolorosa? – ¿quién eres? – y sin embargo el Robot se había sentido atraído hacia Antonio la Baba, Antonio el buscapleitos, como si el Robot hubiera querido computar cómo era estrellar una calculadora contra la pared, como había hecho Antonio, cómo era liarse a puñetes con el Cerdo Albino después de clases, anunciar su rezo del rosario de clase en clase sin sentirse avergonzado por las burlas y los gritos de lambón, lameculos, pero por supuesto los mejores momentos con el Robot se produjeron accidentalmente, por ejemplo cuando Rafael lanzaba el balón al espacio exterior durante las olimpiadas de fútbol – baja mono – o cuando Rafael ingirió por primera vez vodka Popov y no pudo contener su torrente de amor fraternal hacia Antonio y Leopoldo en el parque de la Kennedy, o cuando Antonio le presentó a Jennifer, una chica del

Liceo Panamericano que se rio a carcajadas de la formalidad del Robot y lo jaló para que bailara corro / vuelo / me acelero con ella, y tal vez cuando Antonio se marchó de Guayaquil debió de decidir que Rafael ya había servido a sus propósitos porque nunca se le ocurrió escribirle a Rafael, llamarlo para agradecerle por aquellos años en el San Javier cuando, desbordado de impulsos incontrolables – cuidado, la Baba regó gasolina en nuestros pupitres – quememos el colegio, por qué no hacerlo ya – la presencia de Rafael lo calmaba, como todavía lo hace ahora, aun cuando Antonio no haya hablado con él ni lo haya visto en doce años.

—

Algunos de los manifestantes parecen tenerle asco a una camioneta que está cerca de Antonio, pintada con el amarillo flamante del partido de León Martín Cordero. Dentro de la camioneta el chófer está leyendo indiferente el periódico, como si estuviera acostumbrado a estos manifestantes, al igual que los choferes experimentados se acostumbran a las ovejas en las carreteras rurales. Su pasajero no parece tan contento con la faena. No para de tocar la bocina y de gritar muévanse, cucarachas. Apártense, chucha. Detrás de ellos, en el balde de la camioneta, un viejo está parado con dos carteles que anuncian la candidatura presidencial de Cristian Cordero (oye, ¿ese no es el Cerdo Albino, su compañero del San Javier?). El obvio intento de Cristian por parecer torturado ante el sufrimiento de su pueblo no logra ocultar su sonrisa atorrante, y sin duda eso es lo que algunos de los manifestantes se quedan mirando, esos carteles, y sin duda eso es lo que les causa náusea, la misma maldita sonrisa atorrante de los mismos malditos oligarcas. Por otro lado Antonio no puede evitar imaginarse él mismo en esos carteles: Antonio José para Presidente. Retornando sobre un caballo blanco para resolver los problemas de transportación, alimentación, falta de sustentación. Pero ¿qué has hecho por tu país hasta ahora, Antonio? Incluso algunos de tus compañeros estadounidenses de Stanford ya han hecho más por Latinoamérica que tú. El viejo en el balde de la camioneta parece estar examinando el terno negro de Antonio. El viejo enciende el megáfono que está encima de la cabina, dando golpes en la ventanilla del pasajero para que deje ya de pitar. El viejo amplifica su voz a través del megáfono y proclama pan, techo y empleo, con Cristian Cordero sí se puede. Cristian Cordero para presidente, voten por Cristian Cordero para presidente.

Un manifestante raquítico (oye ¡ese es el Gremlin!) sale de la marcha y se planta junto a la camioneta. Abajo con la oligarquía, grita. Dos veces. Y aun entre el ruido del canto, el megáfono y los cacerolazos, algunos manifestantes detrás de él alcanzan a escucharlo. Y se unen a él junto a la camioneta y gritan abajo con la oligarquía, abajo con la oligarquía. Animados por ese cambio de cántico los que ya habían pasado junto a la camioneta dan vuelta abruptamente, yendo a contracorriente del avance de la marcha y exacerbando la ira de todos, los carteles y los cuerpos sudorosos chocando, formándose una turba alrededor de la camioneta.

—

Cada fin de semana o casi todos los fines de semana de su último año en el San Javier Antonio la Baba, Facundo el Mataperol, DeTomaso el Norro, Bastidas el Chinchulín, Leopoldo el Cabeza de Micrófono, López el Monstruo y Rafael el Mazinger se reunían en el parque de la Kennedy para chupar vodka Popov barato y canturrear cualquiera de las canciones que Facundo sabía tocar con su guitarra, y a veces aullaban canciones populares como es más fácil llegar al sol / que a tu corazón, y a veces susurraban baladas de rock como quiero que me trates / suavemente, y siempre hacia el final de la noche sollozaban con mi unicornio azul / ayer se me perdió de Silvio Rodríguez, y mientras Antonio pasea por el centro de Guayaquil se pregunta si todos sabían que, de no haber sido por sus seis años en el San Javier, la madre de Antonio probablemente habría menospreciado la amistad de Antonio con Facundo, quien tenia la piel demasiado oscura y vivía en La Atarazana, y la madre de Rafael probablemente se habría opuesto a la amistad de Rafael con López, quien no tenía piel oscura pero vivía en La Floresta, y la madre de Julio probablemente habría, ah, no, pese a compartir la misma aula durante seis años en el San Javier, la madre de Julio se opuso a la amistad de Julio con todos ellos, oscuros y claros por igual (la familia de Julio vivía en un complejo privado rodeado por altos muros blancos que no se podían saltar, salvo quizás con una escalera de bomberos – ¿habría permitido doña Tanya Esteros que los bomberos entraran en su mansión? – probablemente no – este lugar arderá en llamas antes de que yo deje entrar aquí a esa gentuza –), no es que tampoco lo vieran tanto a Julio ya que Julio siempre salía por su cuenta, levantando mujeres fáciles en discotecas dudosas o en las calles principales de los barrios marginales de Guayaquil, y conforme se acercaba la graduación, la frecuencia de sus reuniones en el parque de la Kennedy aumentó y la intensidad de su canto se volvió más febril, porque ya sabían que la Baba se iría a los Estados Unidos, que Mazinger estudiaría ciencias políticas en España, que el Cabeza de Micrófono iba a estar demasiado ocupado trabajando en dos empleos para poder pagarse la Politécnica, que el resto de ellos no tenían ni las calificaciones ni la plata para ir a ninguna parte salvo a la universidad estatal en Guayaquil, y aunque ellos sabían o al menos sospechaban que sus diferencias al final los distanciarían – ¿recuerdas la primera vez que Mazinger se emborrachó? ¿cómo se abrazó a aquel maltrecho tronco de árbol? – el Robot enamorado ja ja – se habían permitido creer que esas diferencias no importaban porque habían pasado seis años juntos en la misma aula y habían llegado a quererse, sí, no había otra manera de decirlo, habían llegado a quererse aunque Antonio no se lo haya dicho así a nadie en los Estados Unidos – ¿te acuerdas todavía del parque de la Kennedy, Leopoldo? – pues claro nos gustaba llamarnos Los Chop ¿te acuerdas por qué? – ¿cuántos años tienen que pasar antes de que el recuerdo de quienes éramos juntos se disipe, Leopoldo? – demasiados – ni tampoco les contó Antonio a sus conocidos en Stanford que alguna vez tuvo a todos esos grandes amigos en Guayaquil a quienes echó de menos hasta que un día por necesidad o insensibilidad o porque eso es lo que todos hacen después de la secundaria – deja de armar tanto revuelo con la época del colegio, Baba – ya no los echó de menos, y una o dos semanas después de graduarse del San Javier todos se reunieron por última vez en la casa de Antonio, cantando hasta el amanecer y quedándose dormidos por todas partes, como si una gran ola hubiera barrido la sala, miren, ahí está el Mataperol con la guitarra, ahí está Leopoldo con las maracas, López con los teclados, cantando canciones en el aeropuerto de Guayaquil a la mañana siguiente hasta que Antonio tomó el vuelo a Florida y no volvió a verlos más.

–

Preferiría estar en casa ahorita, piensa Ernesto Carrión, sin ser molestado en su portal, escuchando a su nieto Manolito cantar canciones de Eydie Gormé y Los Panchos dentro de casa en lugar de estar escuchando a esos manifestantes desde la parte de atrás de una camioneta amarilla, y qué hiciste del amor que me juraste / y qué has hecho de los besos que te di, esos viejos boleros que Manolito encaja en la casetera porque sabe que su abuela aún suspira por ellos, cantando canciones de Eydie Gormé y Los Panchos mientras machaca los plátanos verdes con el rodillo de la abuela, y para él de algún modo la abuela y el nieto se sienten más reales así, sin verlos, como voces desde la cocina cual fantasmas del más allá, aunque por supuesto menos espeluznantes. Alguien le había dicho que allá por los años mil ochocientos la catedral de la Inmaculada Concepción había sido planificada para convertirse en la catedral más grande de Sudamérica hasta que los constructores descubrieron que habían tomado mal las medidas de modo que, al final, tuvieron que reducirla o si no toda la estructura se derrumbaría, y por eso, compatriotas, decía a menudo Ernesto, es por lo que muy rara vez me aventuro a entrar en ese inmaculado disorganismo, todavía podría derrumbarse cualquier día. Incluso desde el patio de afuera de la Inmaculada, solía contarle a Manolito, mientras vendía guachitos de lotería, podía oír los tristes cánticos de amor a la Dolorosa. Manolito quería una guitarra para Navidad. El próximo año, Manolito, el próximo año. Más manifestantes están fulminando con la mirada a Ernesto, seguramente por la persona para quien trabaja, como sus vecinos le han advertido, como si sus vecinos tuvieran derecho a advertirle contra nada, especialmente sobre conseguir un trabajo, tan escasos en estos días, el país está demasiado inestable como para rechazar un trabajo, incluso si es trabajando para el único descendiente varón del más grande oligarca de todos, León Martín Cordero. Un joven en la vereda también lo está mirando, aunque no está fulminando a Ernesto con la mirada sino que más bien parece estar ¿estudiándolo? El joven lleva un terno negro, vestido como para un empleo bancario o para un funeral en casa de playa, con mocasines tremendamente puntiagudos, muy prácticos para patear poodles. El chófer de la camioneta le contó que Cristian Cordero acababa de contratar un equipo de asesores extranjeros. Que ya están diseminados por toda la ciudad, buscando pistas entre los nativos. No es improbable que el joven del terno negro sea uno de esos asesores extranjeros y que se esté preguntando por qué Ernesto está simplemente allí parado en lugar de estar difundiendo la candidatura de Cristian Cordero. Mira al abuelo, ruco frente al micrófono. Ernesto enciende el megáfono que está encima de la cabina, dando golpes en la ventanilla del pasajero para que deje ya de pitar. Ernesto amplifica su voz a través del megáfono y proclama pan, techo y empleo, con Cristian Cordero sí se puede. Cristian Cordero para presidente, voten por Cristian Cordero para presidente.

—

Ya mismo te recojo, decía Julio, y cuando no se aparecía en el departamento de Antonio en la calle Bálsamos, lo cual sucedía con frecuencia, Antonio lo llamaba de nuevo y a veces una de las empleadas domésticas de la cocina en la planta baja respondía y se pasaba diez, quince minutos tratando de localizar a Julio en aquel inmenso recinto, llamándolo niño Julio, teléfono, niño Julio, preguntando a las otras empleadas si habían visto al niño Julio en algún sitio, y a veces durante la búsqueda de Julio la empleada doméstica dejaba el teléfono inalámbrico sin colgar, y ya fuera porque se olvidaba de ello, o porque le encomendaban otra tarea en un ala lejana, o porque se figuraba que las probabilidades de que Julio contestara el teléfono eran las mismas tanto si lograba localizarlo como si dejaba el teléfono en una mesita auxiliar, se limitaba a dejar el teléfono sin colgar y se marchaba, y a veces Antonio aguardaba y escuchaba los sonidos de la residencia de Julio, esperando obtener alguna prueba de que Julio aún estaba ahí, imaginándose al doble invertebrado de Julio flotando por encima del piano blanco de la sala porque según Julio él ya dominaba el arte de los sueños lúcidos, así como según Julio ya dominaba el arte de la lectura rápida, de cómo levantar mujeres, de tocar el piano después de enterarse que Antonio estaba aprendiendo a tocar piano en San Francisco, imaginándose a Julio esperando a que sus padres se queden dormidos y luego saliendo a escondidas de la casa, poniendo uno de sus carros en neutro, y deslizándose afuera del garaje en uno de sus antiguos Mercedes Benz, el tipo de carros que todavía se ven como evidencia de que el tiempo no ha pasado en La Habana y que la familia Esteros prefería usar para no alertar a los ladrones que eran unas de las familias más adineradas del Ecuador, aunque una vez Julio si se abstuvo de manejar uno de los carros de sus padres y tomó prestado el Porsche 911 Turbo de su tío, y debido a la lluvia y a la alta velocidad y a que Julio y Antonio no sabían cómo prender los limpiavidrios, se estrellaron y se dieron vueltas contra un pequeño puente en Urdesa — ¿no estamos muertos? — verga mi tío se va a cabrear — y después Julio se inventaba las historias más asombrosas de por qué no había podido recoger a Antonio, pero por supuesto por aquel entonces Antonio se creía cualquier cosa de Julio el Canguil, Julio el sobrino del padre Ignacio, el director del San Javier, que a mediados del segundo año admitió como por arte de magia a Julio en el San Javier, ja, Antonio aún recuerda a Julio en su primer día, luciendo una camiseta blanca con una araña reflectante en la espalda que era imposible que hubiera podido comprar en el Ecuador, convenciendo ya a Esteban, el más estudioso de todos ellos, a quien le decían Pipí porque resultaba que se parecía a un pene, para que le dejara copiar su tarea, y poco después Antonio llamó a Julio y lo invitó a un concierto de heavy metal en el Colegio Alemán Humboldt, y Julio dijo por qué no, y así mientras una banda llamada Mosquito Monsters o Dengue Dwarfs atronaba con su airada música, Julio gritó como un buitre o un halcón, tan fuerte que el público, estupefacto, se volvió hacia Julio, quien fingió que no había sido él, y cuando el público no lo estaba mirando les lanzó su gaseosa, no, no había sido él, porque Julio ya había perfeccionado su mirada de atónita inocencia, como si no pudiera creer que pensaras que él era capaz de hacer algo así, por ejemplo, robar tu identidad para abrir una tarjeta de crédito con tu nombre, como Julio le había hecho a Antonio mientras Julio hacía como que estudiaba en Atlanta, Georgia — mi papá me quitó la mensualidad no tuve opción iba a pagarlo todo de golpe por supuesto que te devolveré la plata, Antonio — pero eso fue muchos años después de su primer concierto de heavy metal en el Colegio Alemán Humboldt, donde Antonio, envalentonado por Julio, un reflejo suyo pero con mejor pinta y mejor vestido, también lanzó su gaseosa al público, y así Julio y Antonio se hicieron panas, y así una noche de colegio, pasada la medianoche, mientras la madre de Antonio dormía en la planta de arriba, Julio tocó la ventana de la sala en la planta de abajo y le dijo a Antonio vámonos de aquí, y se fueron al centro de Guayaquil, donde Julio empezó su búsqueda de prostitutas por la oficina de correos, recogiendo a dos de ellas aunque Antonio rechazó la suya por sus creencias religiosas así que Julio y su prostituta entraron a un motel mientras Antonio, que no sabía manejar, se marchó de allí en el antiguo Mercedes Benz de Julio pasándose varios semáforos en rojo, enojado consigo mismo por casi pecar con una prostituta que parecía una vocalista de Warrant o Mötley Crüe o Ratt, una de esas bandas de melenudos cuyas camisetas estaban prohibidas en el San Javier por satánicas, y al final lo paró una patrulla que lo estaba persiguiendo – lo siento mucho mis padres me pegaron, oficial, estoy confundido en la vida, etcétera – no me metas cuento, ¿cuánta plata llevas? – y cuando Julio salió del motel estaba lívido porque al parecer su prostituta era un hombre, ja ja ja, sí, esa noche había sido un hito en la vida adolescente de Antonio no solo porque era la primera vez que había visto de cerca a una prostituta sino también porque su madre descubrió que se había escapado con Julio y, pensando que se estaba drogando con Julio, que según ella ya tenía reputación de frecuentar discotecas en la zona roja pese a tener solo quince años, pareció dispuesta al fin a enviarlo a un colegio militar, como había estado amenazándolo por años, pero por supuesto Julio y Antonio siguieron causando líos, como por ejemplo durante su último año, cuando Rosendo, el chófer de Julio, le dijo a la madre de Julio que Antonio había hecho parar el antiguo Mercedes Benz en la subida de la loma hacia el San Javier y había convencido a Julio para que se fugara del colegio con él, y entonces la madre de Julio llamó a su hermano, también conocido como el padre Ignacio, el director del San Javier, y también llamó a la madre de Antonio y le dijo tenga la bondad de alejar a su hijo de mi familia, y entonces Antonio fue expulsado durante una semana y Julio no, y ambas madres prohibieron a sus hijos que vieran al otro, lo cual hizo todo más divertido ya que significaba que Julio tenía que meterlo a Antonio a escondidas en su mansión, escondiéndolo en el clóset en las raras ocasiones en que su madre o alguna de las empleadas domésticas tocaban a su puerta, y por supuesto cuando Antonio llamaba a Julio tenía que decir que era

Leopoldo o Esteban, y a veces uno de los hermanos menores de Julio se encontraba con el teléfono que una de las empleadas domésticas había dejado en una mesita auxiliar y decía, como desconcertado por el hallazgo y aun así enojado porque qué lata tener que hablar, quién es, o lo siento necesito el teléfono, llama más tarde.

—

Uno de los betuneros coloca su banquito al borde de la vereda, se sube a él, se pone las manos en la boca como bocina y dirige su grito a la multitud que está alrededor de la camioneta. ¡Ahuevados! De una vez lávenle el carro al patrón. El niño recoge su banquito y se va como si nada. El manifestante raquítico agarra una pancarta de protesta y la alza por encima de su cabeza como un mazo. Luego carga contra la camioneta, saltando sobre el capó y destrozando la pancarta contra el parabrisas. El golpe daña la cartulina de la pancarta. El parabrisas no se agrieta. Ni siquiera un poquito. El palo astillado de la pancarta es muy ligero así que golpea con rapidez contra el parabrisas, como un adolescente rompiendo la alcancía de su abuelita. Los otros manifestantes no se unen a él. Parecen estar disfrutando de su papel como espectadores. Que no dura mucho. Cuando los hombres del interior de la camioneta abren las puertas, la multitud arremete. El chófer y el pasajero logran escaparse. Los manifestantes se suben al balde. Esta súbita invasión asusta a Ernesto pero cuando intenta escapar ya es demasiado tarde, están por todas partes, rodeando la camioneta y gritando mátalo a ese hijueputa, agárralo a ese cara de verga, bájalo a ese viejo desgraciado. Zarandeando la camioneta. La inesperada inestabilidad hace que la presión con que agarran a Ernesto se afloje. Trata de empujar con los codos para liberarse pero el hombre que tiene detrás aprieta los brazos con más fuerza. Otros se trepan al balde de la camioneta. Le rasgan la camiseta a Ernesto como si estuvieran a punto de inspeccionar ganado. Alguien lo golpea en el estómago. Una mujer lo jala del pelo. Están introduciendo los palos de los carteles de Cristian Cordero por el parabrisas. Rolando arranca el megáfono de encima de la cabina. Lo levanta hasta la cara de Ernesto, como si fuera a transmitir un anuncio de servicio público. Decrépito de mierda, intenta anunciar. En vez de eso el megáfono emite un sonido de alarma. Intenta disimular su error alzando los brazos en señal de victoria, haciendo girar la sirena por encima de su cabeza, el epicentro de un derrocamiento. Las manchas negras de los sobacos de los manifestantes entristecen a Ernesto. Alguien ha estado mascando eucalipto. Ernesto se desmaya. Ya se les pasó la mano. Rolando intenta contener a la multitud pero ya hay demasiados agarrando al viejo de los tobillos y los brazos, poniéndolo de pie, una efigie de mentiras. Caridad para el año viejo, canturrean algunos, pasándose al viejo unos a otros hasta que se cansan de él. Vuelcan la camioneta. Comienzan a dispersarse.

Antonio corre hacia la camioneta volcada. El viejo no se ve por ninguna parte, ahí, ahí está, junto a un bus atestado de gente por detrás del destrozo. Antonio se abre paso entre los manifestantes en retirada, no les hace gracia su presencia, oye, grita uno de ellos, mira por dónde vas. No se metan conmigo, dice Antonio. O haré que los arresten a todos. La amenaza contiene la necesaria autoridad. Los manifestantes se encogen de hombros y continúan su retirada. Una mujer canosa está arrodillada junto al viejo. Le limpia la barbilla ensangrentada con una bufanda de algodón que parece atada a su bolso. Cabezas curiosas asoman por las ventanas del bus. El cobrador impide a la gente salir del vehículo. El viejo abre los ojos. En cuanto ve a Antonio trata de ponerse de pie.

Lo siento mucho, abogado. Estaba haciendo mi trabajo pero...

El intento del viejo de levantarse le duele visiblemente.

Mejor váyase, dice la mujer a Antonio.

Déjeme ayudarla. No va a poder levantarlo sola.

Lárguese de aquí.

Los curiosos del bus parecen creer que todo fue culpa de Antonio. Ya la oíste, grita uno de ellos. Lárgate. Antonio retrocede, lentamente, sin darles la espalda, escuchando que el viejo dice ya voy a limpiar este relajo, abogado, ahorita recojo los carteles.

XI FACUNDO EN EL SAN JAVIER

Dos revoleras se infiltran en el San Javier, buscando a su Julito. Dos revoleras que tuvieron que tomar diecisiete buses interplanetarios atestados de batracios para poder aterrizar aquí en el San Javier y entregarle una carta de amor a su Julito. ¿Cómo lo sé? ¿Alguien más aparte de la Baba y el Micrófono vio a esas dos? A juzgar por sus pobres uniformes escolares arrugados es probable que empezaran su travesía en Zamora Chinchipe, donde los mosquitos no pican para no pillar triquinosis y donde los buses tampoco se arriesgan a bajar la velocidad, peor aún para recoger a una colegiala que se parece a la Chilindrina, oigan, ¿y si quizás uno de esos buses sí bajó la velocidad por la otra, la trigueña muslona que acortó la falda de su uniforme para que sin necesidad de largavistas pudiéramos contemplarle la araña? ¿Que pare qué, Esteban? No te hagas el santurrón, Pipí. Aquí a todos nos encanta la contemplación arácnida menos a ti. Deja de interrumpirme con tus legumbrosidades. ¿Eh? Usaré la palabra legumbrosidad como me dé la regalada gana, Cabeza de Micrófono. Por qué mejor no remojas tu plática gramática en vinagre y te la metes por el, bueno, cierren los ojos e imagínense a la Chilindrina y a nuestra Mujer Araña agitando los brazos y gritando y saltando como adolescentes en un show de Menudo para que algún bus pare a recogerlas y, aguanten, un segundo, interludismo: ¿sabían que la Baba y Julio se acaban de alisar el pelo en el Salón de los Mecos? Por eso es que el pelo se les ve como hojas flácidas. Está bien, me callaré, Baba, pero

¿quién va a contar ahora la historia del triqueo que tú y tu marido Julio les hicieron a tus revoleos? ¿Por dónde iba? Ah, sí, nuestras revoleras enaltecidas saltando por el voulez vous de Menudo pero en vez de subirse a la moto de Ricky Martin agitaban los brazos a los buses que no les paraban bola. Al final un bus sí paró más adelante y ellas corrieron tras él, haciendo que sus faldas se alzaran como en ese segmento de Haga Negocio Conmigo donde una máquina de viento levanta billetes y faldas y luego, esperen tantito, apuesto a que cada domingo después de confesarse Cazares se esconde con un televisor portátil y encubre sus pecados semanales mientras ve ese segmento de Haga Negocio Conmigo. Si algo te debo / con mi paloma te pago. ¿Sabían que aparte de vender whisky cohete la familia de Cazares también cría palomas en su casa? Mejor ni mencionemos lo que seguramente hace con las pobres palomas mientras su madre está en la otra habitación metiendo el embudo en el cuello de las botellas del caminante Johnnie. Bestialismo aaaaaaviatorio / aaaaamén. Y entonces sus faldas se están alzando como en ese segmento que Cazares mira a escondidas con la paloma en la mano y todos en el bus viran la cabeza y gritan corra mamacita, súbase que aquí le tengo la sorpresota, y justo cuando están por llegar a la puerta del bus donde el cobrador las apura para que ya suban, el bus acelera, el cobrador sonriendo y moviendo la cabeza como decepcionado, pero al mismo tiempo como saciado, por su ingenuidad, a no, eso sí que no, nuestras heroínas no van a consentir ese tipo de desprecio, les van a mostrar a esos conchadesumadres lo marimachas que sí tambien son, corriendo detrás del bus, alcanzándolo y saltando dentro, el cobrador diciendo te la ganaste mamacita, la Chilindrina mandándolos al carajo a todos mientras la gente aplaude y el cobrador, que probablemente se llame Joni o Wasinton o Eusebio, les repite la eterna letanía de siga que al fondo hay puesto. ¿Qué? ¿Qué anda encamando ahora el Pipí? ¿En serio? ¿O sea que aquí La Verga no sabe que el hijo de ese chófer de bus la manosea a la mamá de Pipí todas las semanas y luego le hace pagar el triple cuando se baja? Pipíííííí. ¿Quién quiere apostar una empanada a que nuestras dos revoleras venían chismeando sobre la carta de amor para su Julito durante su viaje intergaláctico? ¿Sabían que la Empanada casi le destroza los lentes a Pipí por haberlo llamado Empanada? Estate quedito, Pipí. No seas tan hecho verga. Así que nuestras palomitas sin maíz están en el bus y la Chilindrina dice déjame ver tus páginas rosa, ñequita, y nuestra Mujer Araña dice negativo, y la Chilindrina le dice amar es compartir, coliflor, y nuestra Mujer Araña dice pues fíjate que no te quiero, pecasbill, y la Chilindrina le insiste hasta que nuestra Mujer Araña cede y se saca el sobre rosa con la carta de su largo calcetín de fútbol y deja que la Chilindrina lea sus hojas perfumadas y la Chilindrina dice ¿su qué?, y la Mujer Araña dice shhh, y la Chilindrina dice gimiendo ¿como una qué?, y Pipí dice dejad las perversidades por amor al señor, y alguien en el bus dice ven a maullar acá, gatita, y la Chilindrina y nuestra Mujer Araña le dicen cierra el hocico, cara de bache. No, Baba. No hablaba ni de ti ni de tu venerable padre. Quizás yo sea un Panza de Chófer pero al menos mi papá no es el líder de los pobres. ¿Va a volver para desfalcarnos de nuevo? Tú empezaste, Baba. ¿Qué dijo Esteban? Claro. Cómprenme nomás un sánduche donde don Albán y volveré a contarles la historia de nuestras dos revoleras empezando por donde quieran. ¿Quién quiere que empiece desde el momento en que nació la Chilindrina? ¿Nadie? Pues bien, nuestras dos sodomitas llegan al San Javier y están afuera del portón de nuestro venerable colegio y lo que tuvieron que haberle hecho al chupete salado del guardia para que las dejara entrar ahora no tengo tiempo para contarlo. A menos que Pipí quiera que lo cuente. ¿No? Ya pues. Así que la Chilindrina y nuestra Mujer Araña están, sí, Cabeza de Micrófono, la Mujer Maravilla es la superheroína con la falda supercorta pero la Mujer Araña es la que tiene la araña. Así que la Chilindrina y nuestra Mujer Maravilla Araña están, ¿así está mejor, Micrófono? ¿Te suena bien? Cuando el Micrófono nació lo primero que hizo el vaginacólogo fue darle toquecitos en la cabeza y decir probando, aló, probando, ¿esta prendido el negrito? Así que nuestras dos revoleras están afuera de la entrada de nuestro muy noble colegio, justo al lado de nuestras aulas donde están las inspiradoras palabras de nuestro patrono san Francisco Javier, ¿qué? No, no me acuerdo lo que dice la inscripción. Yo no me ando memorizando mierdas de santos patronos como tú, san Micrófono. Así que nuestras revoleras del Guasmo están paradas afuera como esperando a que las dejen pasar por alguna puerta trasera, o sea, somos ochocientos lerdos en este colegio, ¿cómo pensaban nuestras trogloditas que iban a encontrar a Julio? ¿Les habrá dejado algún rastro? ¿Qué creen ustedes que les dejó Julio como rastro? Migajas de pan seguro que no. Eso. Un revolero bien entrenado no deja rastro. Buena, Baba. Julito / Julito / ¿por qué tus labios son bonitos? Pa' revolearte mejor. Suena el timbre del recreo y ahí es cuando do todo el mundo sale como loco y nuestras dos palomitas los están mirando a ustedes, sarta de pervertidos, congregados a cierta distancia de ellas como si fueran hembras marcianas que hubieran aterrizado con una nota excusando a todos de la abstinencia antes del matrimonio. ¿Se acuerdan cuando el Micrófono le preguntó al padre Francisco si hacerle la paja rusa con las tetas a la esposa de uno era pecado? El sexo solo es para la procreación incluso con tu esposa, qué cabreada que se pego el Micrófono. Chaaaambas. ¿Y qué estaban haciendo nuestras dos cholitas aquí en el San Javier? Por supuesto el Micrófono se prestó para ser nuestro emisario y averiguarlo, acercándose y dándoles la bienvenida a nuestra orden onanística. Buenas tardes, señoritas, ¿puedo ayudarlas? ¡Buena, Micrófono! Estamos buscando a Julio, dijeron. ¿Julio qué? Por supuesto nuestras dos revoleras no sabían su apellido pero el Micrófono es pilas. ¿Es de este alto, dijo, con lindas pestañitas? ¿Con una naricita como la de Luis Miguel? ¿Quién de ustedes sabía que al Micrófono se le amplifica el huevo por Julito? ¿Les dijiste que antes de la cirugía plástica la naricita de Julio era como un tubérculo? He ahí a nuestro segundo Nariz de

Chepa en menos de dos años, compatriotas. Cuánto vamos a que la Baba es el siguiente. Arréglate ese horror de nariz, Baba. Puta que eres feo. Este es Aladino, dice la Chilindrina. ¿Cómo supiste? Conocemos a nuestro Julio, dice Leopoldo, pasando por alto la pregunta sobre el apellido de Julio y presentándose con un nombre falso: Antonio José para servirlas. El Micrófono ve la carta en la mano de la Mujer Araña, deduciendo inmediatamente de qué va esto. Alguien detrás de él se tapa la boca y grita revolero. Todos lo imitan y gritan revolero / revolero. No les hagan caso a esos adefesios, dice nuestro emisario de quinta categoría, es que no han visto chicas tan lindas en años. ¿Lindas? ¿Cómo era el dicho de Leopoldo? Si no es verde, y no se arrastra. Soy superamigo de Julio, dice el Micrófono. Yo puedo darle la carta a, oh, ja, y ahí es cuando nuestro coro de vírgenes acnerífados cambia el cántico de revolero por el de chuta ahora si se armó con los curas. El Micrófono se vira y ve al padre Ignacio encaminado hacia donde hay pecado y ya se pueden imaginar al Micrófono maquinando excusas, soliloquios, lo que sea. Son voluntarias, informa Leopoldo al padre Ignacio, pero el Micrófono sabe que el padre Ignacio es el único cura del San Javier que no se deja enredar por sus silogismos y por eso el Micrófono no le ofrece un entramado convincente sobre el tipo de voluntariado a que se dedican las dos jóvenes del suburbio. ¿Qué dijiste? ¿Voluntarias del chupete? Quizás eso tenga gracia en Perú, Pipí. ¿Tienen una entrega?, pregunta el padre Ignacio. Nuestra Mujer Araña mira a Leopoldo en busca de respuestas y el padre Ignacio mira a Leopoldo para chequear sus respuestas y Leopoldo opta por callarse dando un paso atrás e inclinándose ante el padre Ignacio. El padre Ignacio pide la carta y la chica se la entrega y dice es para, para Ju / Ju / Julio. Me aseguraré de que llegue a su apropiado destinatario, dice el padre Ignacio. Nuestras mosquitas hacen la venia, no pican, y se van. De ley que el padre Ignacio sabe qué Julio es, ¿no? ¿No es su sobrino? Y de ley que el padre Ignacio sabía por qué las revo estaban allí. ¿Para qué mas iban a andar buscando a Julio esas dos cholazas? ¿Qué? ¿Expulsado? No seas pipí, Pipí. Todos saben que a Julio no lo expulsan ni aunque se cague en la puta madre del abogado. ¿Se acuerdan cuando se apareció en la clase del abogado al medio día luego de salir de la discoteca Infinity? Bueno, el timbre va a sonar y tengo que ir a mear. Eso es todo amigos. ¿Mande? ¿Así que quieren saber lo que Julio y la Baba les hicieron a esas dos cholazas? ¿Por qué no lo dijeron antes? ¿Por qué no les cuentas tú mismo lo que me contaste, Baba? ¿No? Se lo contaré si dejan que me siente detrás de ustedes en el examen final de mañana. Pipí ya alquiló el lugar atrás de él. Volvamos pues con nuestras dos palomitas. Érase una vez un José Eduardo, el primo más pervertido de Julio que resulta que es igualito a un bulldog en celo, el cual se compró una destartalada furgoneta escarabajo de los setenta especialmente para atrapar revoleras, encargándole a Julio que hiciera todos los levantes porque ni siquiera las revoleras del Guasmo se treparían a una furgo hecha polvo si Julio no fuera el que les entrara con la labia desde la ventana del pasajero. Apuesto a que al aguado de José Eduardo le goteaba pensando que era primo de alguien capaz de convencer a las cholitas más ricas de la Garzota para treparse a su furgoneta destartalada. ¿Qué clase de perro enfermo siente más satisfacción de que se trepen en su mugrosa furgoneta usando a Julio de que le acepten un culeo? Así que el muerto de hambre de José Eduardo, Julio y la Baba van en esa furgoneta de mierda por esa zona peligrosa por donde vive el Gremlin y Julio por supuesto no tiene problemas en convencer a tres revoleras que paseaban por la calle principal para treparlas y llevarlas hasta un parquecito escuálido donde, luego de darles vino de manzana barato Boone's, empieza la diversión, y José Eduardo desviste a su chica y nuestra chica grita no, no, por favor, déjenme salir, y José Eduardo le dice bien que quieres, conchadetumadre, cacheteándola y montándola y desbalanceando la furgoneta. Mientras tanto Julio no ha tenido problemas en desvestir a la suya, lamiéndole el cuello y haciéndola gemir ay papacito, ay mi amorcito, y Julio aullando y embistiendo como si intentara volcar la furgoneta y tiene los pantalones bajados como si quisiera mear a un lado de la calle y acabara de encontrar un buen hueco calentito para hacerlo. Las inyecciones de penicilina vienen después. Y adivinen lo que estaba haciendo la Baba. ¿Alguien sabe? Eso mismo. Nada. Absolutamente nada. Mientras el primo de Julio forzaba a su revolera para que comprobara la potencia abrumadora de su pichita que ni con lupa la encuentra míster Magoo, y mientras Julio le metía el chuzo a la suya a una velocidad digna de Mazinger, Antonio estaba hablando con la suya sobre, ¿sobre qué, compañeros? ¿Alguien? Así es, Pipí. Sobre la Virgen María.

XII LA ABUELA DE LEOPOLDO DA CONSEJOS

Jaime Roldós Aguilera, escribió la abuela de Leopoldo. En los televisores y en los postes dizque de luz vía a la Costa y en las paredes de ladrillo en esos pueblitos de carretera donde a veces parábamos a comer choclo y ciruelas, ¿te acuerdas? Ahí estaba la imagen de Jaime Roldós Aguilera. Una vez paramos la camioneta en esa carretera vía a la Costa porque te urgía hacer pis y corriste al monte y yo te dije cuidado con las cigarras, mijo. Jaime Roldós Aguilera en los balcones en el centro de Cuenca donde vivía la tía Auria y el confeti que lanzaban cuando Roldós ganó la presidencia y tú ahí, recogiendo la lluvia de confeti en esas calles coloniales estrechas, guardándote el confeti en los bolsillos de tu terno como si temieras que te lo fueran a arrancar los otros niños que estaban girando en la calle bajo la nieve de confeti. A veces me da pena pensar que un día ya no recordaré nada de esto y a veces ya no me da pena porque para qué tanto recordadero, ¿Leo? Nos acurruca la supuesta alma encontrarnos en esos recuerdos, miren ahí está mi nieto Leo, el más pilas de todos, pero a veces ya nos toca soltar la paloma para poder continuar. No plantes parques de diversiones sobre tu inacción, Leo. Despabílate, como dicen los argentinos. ¿Te acuerdas del chiste de Mafalda donde Mafalda grita Burocracia y Mafalda espera y espera hasta que finalmente aparece una tortuga? Su lechuguita, Burocracia. Qué maravilla es recibir consejos abuelísticos. Solías seguir mis consejos solo si yo encontraba una manera de pretender que no te estaba dando consejos.

Seguís siendo así de mal llevado, ¿che? Espero que sí. ¿Te acuerdas de la canción de la Cigarra de Mercedes Sosa? Tantas veces me borraron / tantas desaparecí / a mi propio entierro fui / sola y llorando. Yo también aquí igual, la misma payasada pero demasiado al norte, lanzándote consejitos estoicos por carta y luego esta vieja hipócrita encerrándose en su dormitorio para irrigar en paz las memorias de nuestros tiempos juntos. Verlas florecer de nuevo y ahí apareces tú, bajo los balcones en el centro de Cuenca, regañándolo al confeti por haber salido de tus entrañas sin tu permiso, aunque esto de estar regañando al confeti suena a invento de vieja cursi, quizás da igual, así mismo eras. Caminábamos por esas calles de piedra tan estrechas que durante carnaval nadie se escapaba de los globos de agua o de los nubarrones de harina o de los huevos rellenos de manteca y harina. Me acuerdo del prac metódico de tu dedito índice ahuecando los huevos sin romperlos para poder llenarlos de lo que encontrabas en la cocina de la tía Auria y ahí aparezco yo, sacudiéndote la harina de tu terno, mi mano como raqueta, tenías cuatro o cinco añitos y apretabas los puños para apaciguar los nervios cuando te ladraban los perros. ¿Te acuerdas cuando le puse ojos a una de tus medias sport blancas? Puñetito. La voz de Roldós en la tele y tú corriendo por los pisos entablonados de la tía Auria para poder verlo, encantado por esa figura seria con lentes de búho ciego anunciando el fin del mal. El fin de la dictadura. Tus pasitos rosa en los pisos entablonados de la tía Auria no me hacen pensar en nada y esa es la maravilla de esa memoria, Leo, hasta ahora tus pasitos rosa en los pisos entablonados no me hacen pensar en nada excepto en ti. ¿Te acuerdas de esa canción de Luis Miguel? ¿Tengo todo / excepto a ti? ¿No era esa la canción con la que bailaste tu primer bolero? Corrías para verlo a Roldós y recuerdo la mirada resentida tuya ¿y es que porque no te había avisado que Roldós estaba zafando verdades en la televisión? Es verdad que todos lo queríamos a Roldós. Era tan joven y siempre tan agitado por todos los males cometidos contra los más desafortunados. ¿Sabías que en su escuelita Roldós ganó todos los premios como lo harías tú en el Javier años después? Este joven abogado con esos lentes de búho ciego que dijo yo no voy a la inauguración presidencial de ese criminal norteamericano al que todos aquí en los Estados Unidos todavía veneran. A tarúpidos que veneran a Reagan se les debería prohibir viajar por nuestros pueblos. Esta patria es una patria donde impera la injusticia, Roldós decía. ¿Sabed qué es lo que reclaman en el Ecuador los moradores de la mayor parte de los pueblos? Agua. Este es un país que tiene sed de agua y sed de justicia. Eso fue hace tantos años. ¿Ha cambiado algo? ¿Te acuerdas de nuestro cuento de la nada? Nada sale de nada porque nada es nada y nada tiene que ver con algo porque la nada no es algo es nada y así seguía ese cuento nuestro de la nada sin fin. Solías pasar horas imitándolo a Roldós, sus discursos, la gravedad en su voz. Uno se hacía la idea de que a Roldós le habían dicho de chico que no se debía subir la voz porque durante sus discursos su voz llegaba a la frontera entre la calma y la desaforez y ahí se quedaba esperando que alguien o algo dentro de sí lo empuje. Pasabas horas imitándolo en mi balcón donde la veranda todavía te llegaba solo hasta el mentón. Los vendedores ambulantes del barrio te adoraban. Me acuerdo que le tenías miedo a don Ramiro, el que vendía los chanchitos, las alcancías, porque se aparecía con esos sacos a cuestas como en los cuentos de ogros donde se llevan a los niños. Un día él te estaba aplaudiendo tu rendición de Roldós en mi balcón y cuando acabaste abrió su saco y te enseñó adentro y dijo mire, niño Leo, aquí no hay chiquillos, solo mis chanchillos. Solo los más tricolores y más lindos para usted. ¿Crees que le hacían ruidos sus chanchillos cuando los cargaba al hombro dentro del saco? ¿Quizás don Ramiro les preguntaba si estaban bien? ¿Si él estaba ambulando demasiado rápido? ¿Si debería aliviarles las colisiones dentro del saco con bolitas de algodón? Solías acorralar a las visitas para lanzarles tu versión de Jaime Roldós y claro que te aplaudían porque sonabas igualito. Sabed qué es lo que reclaman en el Ecuador.

Y luego un día la avioneta oficial de Roldós se estrelló misteriosamente contra las montañas y se nos murió. Y yo no podía creer que se nos murió. Todavía no lo creo, Leo. Si alguien debía haber sido protegido de la muerte era Roldós. Y yo no tuve las agallas de decirte que había muerto. Esa semana y la siguiente desenchufé la televisión y te mentí y te dije que estaba dañada y lo encontré a don Ramiro llorando bajo mi balcón y le dije no le diga al niño que se nos murió Roldós y yo también lloraba. Esperé a que me preguntaras sobre Roldós. No lo hiciste. ¿Adivinaste por nuestro luto que Roldós había muerto? Tus apariciones en mi balcón continuaron. Tus discursos en la casa también. ¿Cómo se sabe lo que le afecta a uno cuando se está chiquito? Un día Roldós estaba ahí contigo, un día ya no.

XIII LEOPOLDO Y ANTONIO
EN LA FIESTA DE JULIO

El largo pasillo donde los ancianos y los enfermos esperaban al grupo apostólico, piensa Leopoldo, el largo pasillo como un pasadizo dentro de claustros o conventos donde los ancianos y los enfermos esperaban al grupo apostólico todos los sábados de 3.00 a 6.00, el largo pasillo con sus bancos carcomidos a lo largo de las paredes donde los ancianos y los enfermos esperaban que el grupo apostólico les entregaran pan de dulce y leche caliente, donde el grupo apostólico montaba espectáculos de jovialidad y pláticas demasiado risueñas para los ancianos y los enfermos, el largo pasillo que probablemente esté vacío por las noches como lo está para Leopoldo esta noche a pesar de todos aquellos sábados que pasó allí cuando tenía quince o dieciséis años, todos aquellos sábados que pasó en aquel largo pasillo del asilo Luis Plaza Dañín tratando de animar a los ancianos y los enfermos que habían sido abandonados por sus familias o que no tenían familia o ningún lugar adonde ir, que habían trabajado duro toda su vida en empleos miserables al igual que las multitudes de gente que Leopoldo se encontrará esta noche en el bus de camino a la fiesta de Julio – ¿alguna vez les preguntaste a los ancianos y los enfermos sobre sus trabajos, Leopoldo?, ¿qué podrías haberles preguntado para levantarles el ánimo?, ¿en verdad los animaste o simplemente fuiste un recordatorio para ellos de que las bendiciones de dios estaban en otro lugar como siempre ha sido? – cuyos últimos días transcurrieron en un pasillo sin sol que olía a los ungüentos de eucalipto y mentol que les frotaban en el pecho, los cuales debían de recordarles al Merthiolate que sus madres les untaban en los codos y rodillas raspados, cuyas últimas noches transcurrieron en camas de hospital donadas dentro de habitaciones de techos irracionalmente altos (¿por qué construyeron los jesuitas esas habitaciones con techos tan altos?, ¿para que cuando a los ancianos y los enfermos les llegara la hora de morir los curas pudieran guiarlos hacia el vasto sinsentido del espíritu de dios allá arriba?), dentro de habitaciones donde Leopoldo y Antonio paseaban entre las camas de hospital donadas con sus canastas de pan por si se habían olvidado de alguien en el pasillo, por si alguno de ellos no había podido levantarse de su cama pero aun así quería un pan de dulce (¿qué pensaban los jesuitas que les haría a una banda de adolescentes al exponerlos al sufrimiento de los ancianos y los enfermos?, ¿pensaban los jesuitas que aquello les cambiaría la vida?, ¿qué crecerían para convertirse en paladines contra el sufrimiento y la injusticia en lugar de crecer para ser como todos los demás solo que de vez en cuando se sentirían culpables por el sufrimiento de los ancianos y los enfermos pero al mismo tiempo se sentirían superiores a los demás porque fueron tan buenos samaritanos en aquel entonces?), el largo pasillo donde las caras y nombres de los ancianos y los enfermos continúan escapándosele, año tras año una nueva plática, gesto o emoción desvaneciéndose de aquel largo pasillo como un castigo, aunque si le preguntas al respecto Leopoldo te dirá que ya no tiene quince años y que ya no cree en castigos impartidos por un dios que en cualquier caso está demasiado ocupado no existiendo del mismo modo en que Leopoldo está demasiado ocupado no existiendo o apenas existiendo en aquel largo pasillo del asilo Luis Plaza Dañín.

—

¿Nombre?

Sí, dos. Aunque el economista aquí tiene por lo menos tres. Sin contar varios apelativos.

Tu nombre ya está tachado y Hurtado no sale en la lista.

Busca bajo Arístides.

No hay nadie con ese nombre.

Chequea otra vez.

Tu identificación. Enséñala.

Aquí el único que necesita identificación eres tú. ¿Dónde está Rosendo? ¿Aún trabaja aquí?

—¿Quién está cacareando mi nombre en vano?

¡Rosendo!

—¡Niño Baba! ¿Usted aquí? ¿No andaba hueveando con los mecos en el norte?

¿Eso es lo que te dijo Julio?

—Dijo que San Francisco está lleno de badeas.

Claro. Pero solo cuando él va de visita.

—Y que eras el terror de las mujeres casadas.

¿Tanto así?

—Porque siempre les robas a los maridos.

Buena, Rosen. Oye aquí tu pana el gruñón no quiere dejarnos entrar a la fiesta de Julio.

—¿El profesor también está aquí? ¿Por qué tan sombrío, profesor? Deje pasar al dúo, don Pancho. Son compañeros de clase del niño Julio desde el jardín de infantes.

Échale un ojo a esos dos allá dentro entonces.

—Échaselo tú, yo me llevo los míos a seguir durmiendo.

—

Si alguien le preguntara a Leopoldo sobre lo que le pasó la mañana en que se graduó del San Javier, en aquella desdichada ceremonia de graduación en el coliseo del San Javier en la que él dio el discurso de su promoción, Leopoldo primero pondría un semblante resignado que te permitiría deducir que, claro, él es consciente de la corrupción generalizada que hay en su país, pero en verdad no se resigna a ello, aunque por supuesto que sí se resigna a ello, y después de su pantomima de resignación sacudiría la cabeza como si fuera a relatar un desafortunado incidente que no le ocurrió a él sino a otro

estudioso del San Javier, y como nadie le ha preguntado sobre
lo que le pasó la mañana en que se graduó en el San Javier –
¿quién anda por ahí preguntando a la gente cosas del colegio,
Micrófono? – los recuerdos del día de su graduación ya no
están circunscritos por sus relatos superficiales del mismo, en
otras palabras por los contornos verosímiles que se le exigi-
rían si tuviera que volver a contárselo a otra persona, liberán-
dolo para revisitar el día de su graduación desde cualquier
perspectiva que elija, aun las más inverosímiles – nada es inverosímil si no tienes que volver a contárselo a otra persona,
Baba – volando con los pájaros, por ejemplo, que habían en-
trado al coliseo el día de su graduación a través de una aber-
tura en el ala oeste, volando sobre la cancha de básquet y las
gradas de cemento codificadas con números y colores (un
código de asientos sin sentido, podrían agregar algunos, puesto que esta mañana de sábado no hay partidos de básquet, solo
una ceremonia para los ciento doce estudiantes del San Javier
que van a graduarse, aunque incluso si hubiera un partido el
código de asientos no tendría sentido ya que los partidos de
básquet aquí son estrictamente para las olimpiadas internas,
solo entre estudiantes del San Javier y por tanto sin ninguna
cantidad considerable de público, a excepción de la única vez
en que los curas cedieron el coliseo para el torneo intercolegial de básquet, una decisión que llevó a protestar a algunos
padres de familia del San Javier poco después del partido entre el Colegio Fiscal #22 Rumiñahui y el Colegio Fiscal
#145 Tupac Yupanqui porque quién sabe qué clase de gente
acude a esos eventos (en su mayoría, los familiares de los ju-
gadores), quién sabe qué clase de gente podría merodear los
pasillos del San Javier luego de un partido (tres estudiantes del
Tupac Yupanqui, buscando un baño), y como nadie sabía qué
clase de gente, algunos padres de familia del San Javier pro-
testaron y finalmente lograron revocar la decisión de los curas
de ceder su flamante coliseo a colegios de las áreas marginales de Guayaquil y eso fue todo, ya no más gentuza aquí),
volando sobre el coliseo del San Javier y sobre Guayaquil y

sobre su jodido continente, desde donde se verá a sí mismo en la fiesta de Julio, chupando Chivas y hablando de inconsecuencias con Antonio, inconsecuencias que continuarán visitándolos por años – solo quiero una oportunidad en otro país distinto a este por favor déjeme en paz, padre Villalba – lo único que contará es si aceptaste o rechazaste a los – volando sobre las sillas plegables en la cancha de básquet, donde los niños están señalando a los pájaros y donde León Martín Cordero está amenazando a las pájaros con el puño y donde Leopoldo levanta la vista hacia los pájaros mientras ensaya en su mente su discurso de graduación, y aunque los pájaros se van volando cuando se inicia la ceremonia, Leopoldo sigue allí, mirando al padre Ignacio, el director del colegio conocido por su capacidad de aburrir hasta las más vívidas parábolas, subiendo pesadamente al podio y dando la bienvenida a nuestros distinguidos invitados, enumerando a nuestros distinguidos invitados, compartiendo alguna anécdota de graduación inspiradora de su juventud que concluye con Ignacio sollozando junto a un retrato de nuestra Madre Dolorosa, recordándoles a todos en el coliseo que, como es tradición del colegio, las cartas que nuestros estudiantes escribieron a nuestra Madre Dolorosa hace seis años les serán devueltas hoy, exhortando a los graduados a meditar sobre lo que le escribieron, presentando a quien dará el discurso de graduación, Leopoldo Arístides Hurtado, agradeciendo efusivamente a Leopoldo Arístides Hurtado por haber liderado el equipo que ganó este año el certamen televisivo académico intercolegial, Quien Sabe Sabe, y mientras Leopoldo se dirige al escenario sus compañeros le dicen buen cabezón, el Micrófono al micrófono, hazla corta loco que tengo que mear, y luego Leopoldo está detrás del podio dando su discurso de graduación – ¿qué mismo fue lo que dijiste en ese discurso, Leo?, ¿te acuerdas siquiera?, ¿a quién pensabas que ibas a impresionar?, ¿estabas tratando de inspirarte para ser alguien distinto a quien terminaste siendo?, ¿creíste que ibas a impresionar a León y que te ungiría como su sucesor?, ¿por qué no pensaste en tu abuela que estaba entre el público?, ¿y qué demonios era ese blazer verde que llevabas puesto? — carajo, dice León, ese moreno suena igual que yo, que dios nos libre, el abuelo de Antonio dice, otro demagogo, y entonces el padre Ignacio anuncia la premiación de los mejores alumnos en teología, en matemáticas, y el gran premio, para el máximo logro académico en los últimos seis años, el primer premio va para Jacinto Cazares, oye, esperen, ¿no es el mejor graduado quien da el discurso y quien debe llevarse el primer premio?, no, debe de haber un error, algo que parece que el padre Ignacio va a corregir porque mira más de cerca con sus lentes la lista de los ganadores, y lo que es desalentador es que Leopoldo puede adivinar fácilmente los cálculos del padre Ignacio: por un lado, cuando hace cuatro o cinco semanas el padre Ignacio revisó la lista para elegir al orador del discurso de graduación, el puntaje de Leopoldo obviamente era más alto que el de Jacinto, por el otro lado el vicepresidente está aquí, el ministro de Agricultura, el expresidente y nuestro actual gobernador, León Martín Cordero, carajo, el ministro de Finanzas, ocho diputados, todos ellos exalumnos a quienes no les haría mucha gracia escuchar sobre manipulación de puntajes en su colegio, y parte de los cálculos del padre Ignacio debieron de incluir un replanteamiento que consistía en permitirse recordar todas aquellas veces en que la memoria le había fallado antes, sí, claro, le ha fallado muchas veces, hay pasajes de las cartas a los Romanos que ya no puede recitar de memoria, además su visión ya no es la de antes, eso es, pudo haberse equivocado fácilmente cuando leyó los puntajes de Leopoldo hace cuatro o cinco semanas así que el padre Ignacio da unos golpecitos en el micrófono y dice primer premio, Jacinto Cazares, segundo premio, Leopoldo Hurtado, tercer premio, Antonio José Olmedo, y mientras Leopoldo recuerda la contundencia en la voz del padre Ignacio le sorprende pensar que nunca antes ha revisitado ese día desde la perspectiva de Antonio, así que en el bus camino a la fiesta de Julio Leopoldo trata de revisitar el día de la graduación como si fuera Antonio, bueno, aquí vamos, Leopoldo es Antonio y corre hacia Jacinto sentado en la primera fila de los graduados y le grita tramposo de mierda, ¿a quién sobornaste esta vez?, ¿a Elsa? (por años habían circulado rumores sobre Elsa Ramírez, la secretaria del padre Ignacio, manipulando resultados de pruebas de admisión por medio de coimas), gritando y mirándolo como si estuviera a punto de llorar de rabia, y ni el exabrupto de Antonio ni la posibilidad de que llorara en frente a todos sorprende a ninguno de sus compañeros porque después de seis años de compartir clase con él ya se han acostumbrado a verlo llorar por todo, y mientras Leopoldo mira hacia el escenario no le sorprende ver al padre Ignacio fingiendo que no hay ninguna conmoción allá abajo, que no hay ningún padre Francisco dirigiéndose enfurecido hacia Antonio y gritándole siéntate ahora mismo, que no hay ningún padre Francisco agarrando del brazo a Antonio y escoltándolo afuera, ninguna abuela de Leopoldo poniéndose de pie y exigiendo una explicación, vamos, señora, no haga un espectáculo, dice alguien, ya lo arreglaremos luego de la ceremonia, dios mío, dice la madre de Julio Esteros, esta gente sí que no tiene modales.

—

¿Crees que todavía tenemos que escondernos de la mamá de Julio?

Cuando la Tanya te vea con esa camisa ajustada creerá que has venido a mariconear con su hijo. Así que sí, lo más probable.

Mi papel marcando tendencias de moda...

¿Ha terminado?

No tendrá final.

O son nuestros dobles los que le están gritando al guardia conchadesumadre ese o más lacras están intentando colarse.

Julio se tiene que haber olvidado de ponerte en la lista, Leo. Ya sabes cómo...

¿Y Julio? ¿Por dónde anda?

Debe de andar escondido con unas hembras por ahí.

¿Para dónde?

¿Lejos de la puerta?

¿Tome pin / haga pun?

—Comenzó la fiesta, hijueputas.

Ese es el hijo mayor de El Loco. Con guardaespaldas.

¿Ese es Jacobito? ¿Qué carajo está haciendo aquí? ¿Cuánto crees que le habrá pagado a esa pelada para que sea su novia por la noche?

¿Cómo habrán hecho con el guardia?

¿Billete?

No sonrías tanto que la gente va a pensar que no te importaría ver a la gente de El Loco destrozando la casa de Julio.

¿Unos shots de tequila?

Después de usted.

—

Ni Leopoldo ni Antonio se habían sentido incómodos en la casa de Julio cuando aún eran alumnos del San Javier, al contrario, ambos se habían sentido tan cómodos en la casa de Julio que ninguno de los dos se había visto inclinado a expresar asombro ante el tamaño de la casa, que era tan enorme que Julio podía esconder a sus revoleras en la sala de billar al otro lado de la piscina sin que su madre se enterara, tan enorme que podía esconder a sus revoleras en la lancha mediana que probablemente seguía aún parqueado en la planta baja junto a la cancha de tenis donde después del colegio Julio y Antonio jugaban tenis mientras por los inmensos parlantes de Julio, que habían instalado junto a la piscina, sonaban los himnos del Anticristo de Iron Maiden, o al menos eso es lo que Antonio les contó a todos que hacía con Julio después del colegio, y ninguno de ellos se había visto inclinado a expresar asombro ante el tamaño de la casa de Julio porque por un lado expresar asombro implicaba servilismo y falta de familiaridad con el lujo e incluso envidia, y por el otro ambos habían sentido que ese era el lugar al que pertenecían, que eso era lo que les esperaba: desde un lugar como la casa de Julio ellos promulgarían sus reformas históricas porque habían sido elegidos para cambiar al Ecuador, carajo, y era precisamente esa idea de haber sido elegidos para cambiar al Ecuador la que les había permitido elevarse por encima de sus circunstancias cuando todavía eran alumnos del San Javier: ninguno de sus padres tenía suficiente plata para alquilar una casa igual de grande a la sala de computación de Julio, o más bien ambos tenían padres que de la noche a la mañana parecieron tener suficiente plata para todo, creando para sus hijos la ilusión de que amasar una fortuna era fácil, un día no tenían un centavo, al otro día tenían harta plata – y al otro día nuestros padres tuvieron que huir porque todo les había sido tan fácil, ¿no es increíble, Antonio? – un día ya no tuvimos más plata, y a pesar del origen dudoso de esos fondos, la aparición repentina de esos fondos se había sentido como lo correcto que debía pasarles a sus familias (otro de esos temas del que Antonio nunca hablaría, por supuesto – tú tampoco lo harías, Micrófono – eso es correcto, Baba –), y un día entre semana en su último año en el San Javier, Antonio y Julio y Leopoldo se quedaron despiertos toda la noche en casa de Julio trabajando en un proyecto de clase que Leopoldo ya no recuerda, y al amanecer Antonio se había quedado dormido abajo en el sofá de la sala de computación de Julio y Julio estaba jugando videojuegos en su computadora, y Leopoldo se paseaba por la casa pensando este es el sitio donde debemos estar, carajo, y entonces la madre de Julio apareció en lo alto de las escaleras y Leopoldo subió las escaleras para presentarse igual que un corredor de maratón a punto de recoger sus medallas y sería vergonzoso decirte cómo me miró, Antonio, así como sería vergonzoso confesar cuánta satisfacción sentimos los dos por haber sido vistos junto a uno de los tipos más adinerados del Ecuador (así como sería vergonzoso confesar que ninguno de los dos se había sentido cómodo en la única fiesta a la que los invitó Julio), y mientras Leopoldo espera que Antonio regrese con sus shots de tequila recuerda que una semana después de aquella noche del proyecto de clase la madre de Julio llamó a sus madres y en los términos más condescendientes posibles les exigió que mantuvieran a sus hijos alejados del suyo, en otras palabras les exigió que se sumaran a su creencia de que sus familias no eran lo suficientemente respetables para estar cerca de la suya, una llamada sobre la que sus madres nunca dejaron de hablar pero que Julio desestimó como la típica tontería de su madre, aunque a partir de entonces Julio tuvo que esconderlos de su madre cada vez que lograba convencer a Antonio y a Leopoldo para que se pasaran de nuevo por su casa.

—

El Cerdo Albino está aquí.

¿Cristian? Estamos en la fiesta correcta entonces.

Fiesta correcta para derechistas.

¿Y aquí quién no?

¿Jacobito?

Derechista de corazón, rechazado en la entrada y el salón.

Ya logró entrar.

Nosotros también.

Si Jacobito fuera presidente vendería el país para que lo dejen entrar a este tipo de fiestas.

Tal como lo haría su padre.

¿Crees que Jacobito se vaya de puñete con el Albino esta noche?

Al menos lo va a merodear.

¿Por qué tu abuelo anda diciendo que solo las putas y los marihuaneros votaron por mi papá?

¿Porque solo las putas y los marihuaneros votaron por tu papá?

Veamos tu imitación de El Loco, Micrófono.

Aquí no hay blancos, ni rubios, ni ojos azules. Aquí están mis negros, mis cholos, mis indios, los pobres de mi patria.

Me había olvidado de cuántas rubias vienen a estas fiestas.

Eso es porque ninguna te hablaban cuando vivías acá.

Las rubias me adoran en San Francisco.

Yo estaba hablando de mujeres.

Las mujeres son como las cucarachas, dijo una vez Julio.

Hablando de seductores…

—Miren quién está aquí. El dúo dinámico del San Javier.

El placer no es mío.

Qué bueno verte, Cristian. Ayer tu abuelo y yo…

—No sabía que estabas de vuelta, Baba. La última vez que te vi creo que estabas bailando en Miami Beach.

¿En Liquid? No recuerdo haberte visto.

—Tu pana aquí llevaba puesto unos pantalones anaranjados tránfugos y un…

Antonio siempre ha sido excesiva.

—Estaba él solo en la pista, convulsionándose como loco. Le pregunté a Julio qué le pasa a ese man. Éxtasis, me dijo.

Nunca he probado drogas. No necesito volverme estúpido. A menos que esté obligado a hablar con gente como tú.

—La Baba se ha vuelto alevosa. Ya les voy a decir a todos que te eviten para que no se te entumezca el mate. Oye, Pili, mira, nos cayó la peste. ¿Qué? No hablo de Jacobito, bobaza, eso es demasiado obvio. Me refiero a este par de lerdos de aquí. ¿Qué? Esperen que ya…

Me encantan los reencuentros colegiales.

¿A quién no?

¿Chivas?

Nadie en San Francisco toma Chivas.

¿Kahlúa?

Una ronda de Chivas mejor.

¿Doble?

Triple.

—

Por otro lado si alguien le preguntara a Leopoldo sobre su peregrinaje a El Cajas, donde según todos la Virgen María se le había aparecido a una chica cuencana de dieciséis años, Leopoldo no adoptaría un semblante de resignación ni movería la cabeza como si estuviera a punto de relatar un desafortunado incidente que le ocurrió a otro adolescente estudioso del San Javier sino que más bien afirmaría, con un tono de voz categórico, o quizás con un tono que le permitiera conceder lo absurdamente increíble de aquello que estaba a punto de afirmar pero sin dejar de subrayar que fenómenos comúnmente aceptados como la gravedad o la fotosíntesis también fueron en su momento de algún modo increíbles, que no le importaba si lo que presenció en El Cajas había sido real o no, no le importaba si era un delirio colectivo, como algunos lo denominaron después, él había estado allí y había visto que el sol se movía, miles de creyentes que habían peregrinado desde Guayaquil, Quito, Cuenca, Machala para lo que se anunció como la última aparición de la Virgen de El Cajas se congregaron en un frío altiplano de la cordillera y vieron que el sol se movía (¿cuántas veces necesita aparecerse la Virgen María para recordarnos lo que ya sabemos?, ¿cuántas veces necesitamos inducirnos a creer que ha venido para alertarnos de nuevo que seguimos por el mal camino?, ¿en cuántos lugares del mundo necesita aparecerse para que deje ya de haber incrédulos?, ¿o son sus apariciones recurrentes las que perpetúan la incredulidad?), y como han pasado muchos años desde que Leopoldo y miles de creyentes vieron que el sol se movía, ha tenido mucho tiempo para reflexionar sobre cómo describir la experiencia a aquellos que tuvieron la suerte de no estar allí (porque es muy probable que su primera pregunta sea ¿a qué te refieres exactamente con eso de que el sol se movía?), buscando las descripciones más precisas asociando los movimientos del sol con todo en el mundo, no, no es cierto, él no ha sido capaz de asociarlo con nada, o quizás no lo ha asociado con nada porque no quiere alejarlo del mundo de los fenómenos y entrar en el de las metáforas, o quizás no necesita asociarlo con nada porque solo con dibujar en el aire patrones estocásticos con su dedo índice bastaría para describir a los demás cómo el sol se movía, y en el bus de camino a la fiesta de Julio todavía no siente la necesidad de asociarlo con nada, el sol se movió y eso fue todo, el sol tan inquieto como una luciérnaga, no, no como una luciérnaga, ni siquiera ha visto una luciérnaga de cerca, como si el sol estuviera enfadado, como si el sol se hubiera quemado en una estufa, como si el sol quisiera recordarnos a todos los de aquí abajo que el señor estuvo entre nosotros y que el señor puede manipular su creación como le plazca para beneficio de aquellos que habían ido a venerar a la madre de su único hijo (¿qué habrá sido de las miles de personas que llegaron hasta El Cajas después de la interminable procesión cuesta arriba en aquella montaña fría, aquellas miles de personas que estuvieron esperando que ocurriera algo celestial y que vieron cómo el sol se movía y que lloraron como él imagina que las madres deben de llorar ante la muerte irreversible de sus hijos? – bendígame, padre, suplicó ella, padre, nos estamos muriendo – ¿qué habrán hecho aquellas miles de personas con sus vidas?, ¿difundieron el mensaje de la Virgen a través de buenas obras o hicieron simplemente – ¿simplemente qué?, ¿qué has hecho con la memoria de lo que se te entregó, Leopoldo? – ¿olvidarla?), y sin embargo como es probable que las personas que podrían preguntarle por su peregrinaje a El Cajas sean o hayan sido católicos devotos, no lo han de descreer demasiado o cuestionarlo sobre el concepto de delirio colectivo, un concepto que, sorprendentemente, nunca ha investigado, aunque quizás no sea sorprendente que no lo haya investigado porque qué cambiaría el descubrir que de hecho los científicos han llegado a la conclusión de que cuando miles de creyentes se reúnen en un lugar esperando que ocurra el mismo acontecimiento inverosímil, ese acontecimiento inverosímil tiende a suceder, el mismo sol moviéndose en la mente de todos al mismo tiempo, el mismo proceso dentro de la mente de todos desenterrando imágenes devocionales de documentales sobre la Virgen de Lourdes o Fátima o Guadalupe o Medjugorje o de las miles de horas rezando el rosario en voz alta, cuando estabas seguro de que podías percibir su presencia cerca de ti, el mismo proceso tan abrumador que en aquel altiplano frío desencadenó el mismo proceso alucinatorio en una persona, y en la siguiente, y luego en Leopoldo, y luego en Antonio, que también había estado allí, que estaba llorando y había abrazado a Leopoldo después de que el sol se moviera y más tarde diría debemos hacer algo para cambiar estas situaciones de dramática pobreza, Leopoldo, todos llorando mientras el sol se movía (¿por qué estaban llorando?, ¿porque dios finalmente se había aparecido o porque todas esas horas de imaginarse una relación personal con dios no habían sido en vano?), no, él no sabía por qué y tampoco le importaba saber por qué estaba llorando también y abrazando a todo el que tuviera cerca, buscando a su padre que había insistido en aquel peregrinaje pero en su lugar encontrando a Antonio y abrazándolo, miles de personas en el altiplano frío andino llorando al mismo tiempo, abrazándose al mismo tiempo, claro, él sabía que era posible que unos cuantos histéricos hubieran sido los primeros en llorar, haciendo que los demás lloraran también, y asimismo era posible que unos cuantos católicos lunáticos hubieran gritado y dicho miren el sol se está moviendo, haciendo que todos creyeran que el sol en verdad se estaba moviendo, y aunque no se acuerda de muchos detalles de su peregrinaje a El Cajas, por ejemplo de cómo llegó allí o de cómo descendió de allí o de en qué estaba pensando su padre durante todo el viaje o de si el sol se movió antes o después de que no pasara nada durante la hora señalada en la que se suponía que la Virgen se aparecería por última vez a la joven Patricia Talbot de Cuenca (esa hora silenciosa en la que se suponía que la Virgen se aparecería y en la que no vio ni sintió nada en especial y aun así vio y escuchó a personas a su alrededor convulsionándose como si María las hubiera tocado y se preguntó si eran los típicos católicos lunáticos para los que cualquier cosa es una señal de dios o si es que María simplemente no lo quería a él), sí recuerda lo que ocurrió la semana siguiente, cuando regresó al San Javier, la intensidad con la que Leopoldo y Antonio difundieron el mensaje de la Virgen, por ejemplo, un mensaje del que ya no recuerda nada pero que ya no recuerde su mensaje no disminuye la memoria de la intensidad con la que Leopoldo y Antonio difundieron su mensaje, organizando rezos diarios del rosario durante los recreos, proclamando a sus compañeros que era imperativo unirse al grupo apostólico no solo por su propia salvación sino por la salvación del mundo entero, cómo hemos de ser cristianos en medio de un mundo de miseria e injusticia, catequizando en Mapasingue, debatiendo con Antonio los pormenores de sus deberes para con María y dios y el futuro de la patria, y luego un día se acabó, un día como cualquier otro esa intensidad, que se había expandido en sus interiores como para dar cabida a todo lo que dios quería de ellos, desapareció, dejando tras de sí tanto espacio vacío que ni siquiera en sueños pudieron escapar de aquello que el padre Lucio les contó más tarde que se llamaba desolación, la cual es una forma en que dios nos pone a prueba, dijo el padre Lucio, sin mencionar que esa prueba podría no tener fin, como de hecho no lo tiene, una prueba para la que aún eran muy jóvenes o quizás ninguna edad es buena para padecer desolación, y sin embargo no era cierto que Leopoldo la hubiera olvidado: un día estás construyendo una pirámide con arena y piedrecitas dentro de una cueva en Punta Barandúa, un día trepas una montaña y ves que el sol se mueve, un día estás en un bus atestado de camino a la fiesta de Julio para encontrarte con tu querido amigo Antonio, quien no te preguntará si recuerdas lo que les ocurrió por lo de El Cajas, aunque si ambos fueran mujeres se les permitiría rememorar el momento y llorar por el amor que sintieron y el amor que perdieron, y sin embargo no la he olvidado, diría Leopoldo, tan solo no sabía qué hacer con ella luego de que me gradué del San Javier de modo que la relegué al rincón más lejano posible, donde quizás esté aún brillando su Llama de Amor, que es como los católicos lunáticos llaman a la intensidad que sintieron, aunque esto no es del todo correcto, diría Leopoldo, no la relegué a ninguna parte, no fui partícipe de su destierro o al menos no fui consciente de haber participado en ello, así fue como ocurrió y aún está ocurriendo, y si pudiera hablar con Antonio al respecto estoy seguro de que entendería por qué no cambia nada saber lo que los científicos han descubierto sobre los delirios colectivos, sientes lo que sientes y eso es todo, diría Antonio, miles de personas viendo que se mueve el sol y después bajando de esa montaña y regocijándose ante el barro imposible de sacar de la suela de sus zapatos y luego un año más tarde postrándose en completa desolación, pero no exageres, diría Antonio, no hagas que parezca como si de repente nos hubiéramos encontrado dentro de un lugar oscuro lamentándonos y desesperándonos, tampoco es para tanto, realmente no pasamos semanas postrados en cama, o sí pero ya no, diría Antonio, nosotros, como no teníamos otra opción, continuamos, mitigando lo que nos ocurrió dentro del flujo cotidiano de nuestras vidas, y aun así ¿qué sentido tendría preguntarle a Antonio sobre lo de El Cajas salvo para traer todo aquello de vuelta de modo que una vez más se vean obligados a suprimir lo que es probable que surja en su pecho y su rostro y sus ojos? (sé que se supone que no puedes mirar directo al sol pero así fue como pasó, diría Leopoldo, por supuesto que tampoco lo creería y de hecho me alegraría admitir que fue un delirio colectivo pero ¿qué bien me haría si aún conservo esos sentimientos con los que no sé qué hacer o sí sé qué hacer, que es nada?).

—

No lo veo a Julio.

Por cierto, ¿qué es de la vida de Bastidas?

Negocio de computación. Está hecho todo un empresario. Apenas lo vemos. También es rector en la Politécnica.

Estuve con él cuando estudiaba en París hace años. Fue un experiencia extraña porque…

Se ganó una de esas poquísimas becas del gobierno para estudiar en París, simón.

¿Por qué regresó?

Las cláusulas de la beca lo obligaban a regresar y a…

Estoy seguro que podría haberse buscado alguna forma para quedarse.

No todo el mundo es como nosotros.

A Bastidas nunca le gustó ser parte del clan de ¿Quién Es Más Pedante?

Pero se la ganó en Quien Sabe Sabe.

¿Con o sin las respuestas?

Mira, ahí está Jennifer.

¿Dónde? ¿Con Rafael?

Ya no sale con él.

No lo sabía.

Yo ya sabía que el sabiondo ya no sabe.

Eran el uno para el otro…

Ella quería casarse con él pero él no, luego él quiso casarse con ella y ella no, luego ella lo dejó y él no pudo…

—Antonio, ¿eres tú?

¡Jennifer!

¿Te acuerdas del Micrófono?

Leopoldo Hurtado a sus…

—Claro. Rafael siempre me habló de ustedes dos. ¿Ya vieron a Rafael?

¿Está aquí? Pensé que odiaba este tipo de fiestas.

Mazinger inspecciona territorio enemigo antes de…

—Debe de saber que venías, Antonio. Te extrañaba, ¿sabes?

Lo llamé apenas llegué pero no me ha devuelto la…

La Baba cree que puede llamar así nomás a la gente con la que no ha hablado en años y que mágicamente le van a…

Eso no fue lo que…

—Rafael está afuera. Me vio en la sala y se…

Se va a Zumbahua por un año para enseñar…

¿En serio? ¿Y sabrá quichua?

—Ve a hablar con él, Antonio. Le hará bien verte antes de que se vaya.

—

La chica del vestido con incrustaciones de oro, piensa Leopoldo, la supuesta novia de Jacobito, que está sentada pacientemente frente al piano blanco de Julio, como si estuviera esperando que alguien escuche su triste historia de cómo cuando era pequeña su madre no tenía para pagarle clases de piano, aunque por supuesto nadie en la sala de Julio se acercará a esa chica morena con el vestido chillón de lentejuelas, excepto los de la banda de Jacobito o el mismo Jacobito, cuyo padre una vez o más de una vez contó ante una impresionante multitud de seguidores miren a mi hijo, este niño triste con tanto sobrepeso porque cuando tenía siete años León lo pateó en Panamá, le aplastó la cabeza cuando me esposaron, acusándome de tráfico internacional de drogas, Jacobito, mi hijo, he retornado, y de hecho si a su padre se le hubiera permitido retornar Jacobito no estaría relegándose a sí mismo al lado del gran piano para discutir con su tracalada de colados sobre si deberían quitar los arreglos florales de encima del piano para que puedan levantar la tapa y escuchar a su novia tocar, no estaría riéndose incomodo mientras su guardaespaldas o sus secuaces levantan el arreglo de orquídeas negras y fingen como si se lo fueran a llevar, o al menos no es lo que Leopoldo cree que haría Jacobito, y mientras por los parlantes de la sala de Julio suena un remix de Who Killed JFK y Antonio le da un codazo a Leopoldo para que escuche ese viejo clásico del tecno, Leopoldo se pregunta qué es lo que habría hecho diferente Jacobito si su padre ya hubiera retornado y ganado las elecciones, porque parece inverosímil que Jacobito, por ejemplo, arroje esas orquídeas negras a los hijos e hijas de nuestros dignatarios que están al otro lado de la sala (el ruido del jarrón de cerámica estrellándose en el piso sería majestuoso), inverosímil que se pasee por la sala fastidiando a los hijos e hijas de nuestros dignatarios que abiertamente han llamado ladrón vulgar inculto a su padre (en otras palabras Jacobito habría tenido que fastidiar a todos en la sala, lo cual le tomaría mucho tiempo, a menos que hubiera traído un bastón bien largo), no, lo que parece más verosímil es que, por un lado, Jacobito siguiera enfrentándose sumisamente a los hijos e hijas de nuestros dignatarios actuando según su idea de cómo el hijo de un contrabandista del Medio Oriente se comportaría en una fiesta a la que no fue invitado, o más bien que Jacobito siguiera sin hacer nada en lo absoluto y los hijos e hijas de nuestros dignatarios siguieran pensando ese se está comportando como un animal, y por otro lado parece más que verosímil que los hijos e hijas de nuestros dignatarios, algunos a los que no les importaría hacer negocios con Jacobito si el padre de Jacobito fuera presidente (en otras palabras todos en la sala), se acerquen al gran piano donde está Jacobito para felicitarlo e invitarlo a una ronda de Chivas al otro lado de la sala, excepto tal vez el Cerdo Albino, quien, como su abuelo León, no ha tenido reparos en tranzar con El Loco o la gente de El Loco siempre y cuando nadie se entere (en otras palabras lo que haría el Cerdo Albino es enviar a uno de sus compinches para invitar en secreto a Jacobito a su casa, algo que el Cerdo Albino nunca ha hecho y nunca hará con Leopoldo), y aunque antes, al ver al Cerdo Albino, Leopoldo se había preocupado de que Antonio revelara la noticia de su lanzamiento a la presidencia, una noticia que haría que León despidiera a Leopoldo y le impidiera conseguir cualquier futuro empleo en el gobierno, Leopoldo, al ver de nuevo al Cerdo Albino, se dijo a sí mismo no importa si el Cerdo Albino se entera, como tampoco le importa la chica del vestido con incrustaciones de oro, la supuesta novia de Jacobito, que estaba sentada pacientemente frente al piano blanco, que se ha levantado para ir al baño, ha sonreído a Antonio (quien está tratando de hacer reír a Leopoldo bailando como robot el remix de Who Killed JFK) y ha cruzado rápidamente la sala de Julio, donde la gente se burla con disimulo ante el rastro de lentejuelas que ha dejado a su paso.

—

¿Qué está haciendo Rafael allá fuera?
¿Quejándose al DJ por poner poco tecno?
No le digas Mazinger porque él ya no…

¡Mazinger!

Te oyó.

—¿No estás muy viejo como para andar gritando apodos a la gente, Antonio?

Yo no fui.

Qué bueno verte, Rafael.

Muy viejo para apodos pero no para abrazos, ¿verdad?

Rafael le da la espalda a Antonio para preguntarle al DJ sobre cables o voltaje. Típico de Mazinger.

¿Cuándo es que te vas a Zumbahua? ¿Dónde queda eso? Facundo se volvería loco con esa palabra.

La Baba se ha olvidado de dónde está todo.

—Pensé que Antonio se había muerto.

¿Dónde queda Zumbahua?

Cotopaxi.

Chanfle.

—¿Por qué regresaste, Antonio? ¿Para qué? ¿Para transmitir apodos a los que fueron tus amigos?

Antonio le explica el plan de Leopoldo para lanzarse a la presidencia.

Si ganamos por supuesto te invitaríamos a ser ministro de Robótica o…

—Esa no es la manera de cambiar nada.

¿Y enclaustrándote en Zumbahua lo es?

Mis sinceras disculpas de parte de la Baba que llora.

—Para que te apoyen aquellos a quienes quieres ayudar primero debes purgarte de ti mismo.

Pero El Loco no se ha purgado…

Él ya es la cloaca así que no necesita…

—¿Qué te hace distinto de El Loco o de León, Antonio? Siempre te has comportado como si…

No tengo cráteres en la cara, ni ojos de vidrio, ni potros sin domar, ni plata.

—No eres una alternativa, Antonio. Incluso si te hubieras quedado aquí nunca habrías sido una alternativa. Ningún cambio vendrá de ninguno de nosotros.

¿Por qué te pones así, Rafael? Te llamé apenas llegué y…

–Si se lanzan a la presidencia yo los denuncio. A los dos.

—

No valíamos nada para él, piensa Rafael. Antonio tomó un avión a la Florida y ya no fuimos nada para él. Todos esos cientos de horas que los dos pasaron juntos, yendo en sus bicicletas montañeras al San Javier atravesando la Víctor Emilio Estrada y los pasos elevados de Miraflores y la carretera a Salinas, sus audífonos amarillos transmitiendo las mismas canciones de Depeche Mode que habían grabado en el estéreo de su padre, yendo en sus bicicletas montañeras para recorrer lo que ahora parece una distancia inverosímil entre la casa de Rafael en la Víctor Emilio Estrada y el San Javier, sin importarles los buses interprovinciales, las camionetas desbocadas, los cráteres lunares inundados por la lluvia, Antonio tocando el timbre de la casa de Rafael y su madre diciendo Rafi, por favor, ten cuidado con ese buscapleitos, aunque su madre nunca le prohibió pasar tiempo con Antonio porque era el único que venía a visitarlo y su madre lo sabía, esa es la verdad, yendo en sus bicicletas montañeras para meterse en el San Javier cuando estaba cerrado por el verano y Leopoldo estaba allí, Facundo, Bastidas, todos listos para jugar cientos de horas de fútbol en la cancha de cemento de arriba porque las canchas de fútbol de abajo eran un vertedero de mosquitos y lodo. Después de dos o tres vueltas Facundo tenía que pararse quieto para recuperar el aliento así que la banda sonora de sus partidos eran a menudo las puteadas de Facundo a los mosquitos imitando las voces quejumbrosas de sus compañeros. ¿Qué importa si Antonio se acuerda de algo de esto? ¿Y qué podría decir Antonio si Rafael se lo preguntara? ¿Me acuerdo del tiempo que pasamos juntos pero no lo suficiente como para escribirte, Mazinger? ¿Los recuerdos que tengo de ti pueden coexistir con mi indiferencia hacia ti en esos mismos recuerdos? De modo que Antonio no se vio obligado a llamarlo y preguntarle ¿por qué todavía estás tan enfadado con la vida, Mazinger? Si Antonio estaba tan decidido a salvar a los pobres, ¿por qué no volvía periódicamente para chequear cómo estaban? A Rafael le avergüenza conocer a muchos de estos autodenominados aniñados presumidos en la fiesta de Julio. ¿Y de qué presumen? ¿De que sus padres estafaban al país para que sus hijos puedan algún día socializar en mansiones protegidas por tres capas de altos muros? Antonio solía sermonear sobre nuestra responsabilidad para con los pobres pero se pasó más tiempo aquí, tratando de hacerse amigo de esta gente, que en Mapasingue, catequizando a los pobres. ¿Quién votaría por alguien tan fácilmente tentado por la riqueza? ¿Y por qué está Jennifer aquí? ¿Para recordarle que sus cientos de horas juntos tampoco valieron nada? En su último año de colegio en el San Javier, por insistencia del mismo Antonio, este le presentó a Rafael una chica del Liceo Panamericano, Jennifer. ¿Cómo le está yendo a Antonio en los Estados Unidos?, preguntaba Jennifer. ¿Has sabido algo de Antonio? Jennifer, ¿nunca me preguntaste por qué me decían Mazinger el Robot porque, tal vez, era obvio? No te me acerques, Jennifer, no sabría qué decirte ahora. Mis recuerdos de ti han coexistido tanto tiempo con tantos diálogos entre nosotros que nunca ocurrieron que no quiero añadir más intercambios a este entrevero. Ya se me ha acabado la capacidad de discernir entre lo real y lo imaginario. ¿Qué es lo que Antonio le decía a Rosita en el asilo Luis Plaza Dañín? No sabía qué decirles a los ancianos, le había dicho Rafael a Jennifer, años antes de que ella lo dejara. ¿Cómo responder a sus parcas letanías de dolor? Observaba a Antonio y Rosita en el extremo más alejado del pasillo y me preguntaba por qué estaban tan animados. Incluso en aquel entonces no creía que nuestras visitas al asilo fueran útiles para nadie salvo quizás para nosotros mismos. Para inventar propósitos de vida. Me enteré por la mamá de Melissa que Antonio fue aceptado en Stanford, ¿es verdad, Rafi? Jennifer no estaba muy habituada al tacto y nunca dejó de preguntarme por ti, Antonio. Muchas de las canciones de la fiesta de Julio son las mismas que solían escuchar en el San Javier pero con un nuevo ritmo de baile. Nadie está bailando porque eso arruinaría la ropa absurdamente cara que sus padres les compraron con los ingresos de su corrupción. ¿Se acuerda Antonio de las canciones melancólicas que solían cantar en el parque de la Kennedy? Reglas del parque, Mazinger, tienes que chupar. Mi unicornio azul ayer se me perdió / pastando lo dejé y desapareció / las flores que dejó no me han querido hablar. ¿Qué era lo que el unicornio azul se suponía que representaba? Se la pasaron en conjeturas sin fin y bromearon sobre el significado del unicornio de Silvio Rodríguez. Después de haber estado en la misma clase con la misma gente durante seis años la mayor parte de nuestras interacciones se convirtieron en comedias, Jennifer. Primero Facundo me veía desde el otro lado del colegio, segundo Facundo me gritaba Mazinger, tercero Facundo fingía que escapaba de mí, cuarto yo corría a toda velocidad hacia Facundo y lo atrapaba casi al instante, a una velocidad robótica que deleitaba a mis compañeros que vagaban a la sombra de la cafetería de don Albán. Antonio tomó un avión a la Florida y nunca volví a oír de él. Y ahora Antonio quiere hablar, escucharme revivir lo que no quiero volver a revivir, o al menos, ¿no con él? Una noche en el parque de la Kennedy, después de haber ganado nuestra semifinal del programa académico colegial del Canal Diez, finalmente cedí y bebí de su botella de Popov. Uno se olvida de la falta de cartas y llamadas telefónicas, doce años sin una palabra tuya, Antonio, no, uno no se olvida. Según Antonio bebí demasiado Popov aquella primera vez y abracé a todo el mundo, el Robot enamorado, dijeron todos, el Robot rebootiado. No puedo ir a casa así, le dije a Antonio, mis padres no pueden verme así, nunca he dejado que mis padres vean mis imperfecciones. Tambaleándome hasta la casa de Antonio, donde vomité en el fregadero de su cocina. Jamás le había contado a nadie que nunca he dejado que mis padres vean mis imperfecciones y él no reveló esa confesión a los demás como sí hizo con el resto: el vomitar en el fregadero de su cocina, el pedirle su colonia para tapar el olor, la excesiva cantidad que me eché encima. Ustedes saben que no puedo oler nada pero si pude oler la mezcolanza de colonia y vómito, les contó Antonio a todos. Ya no puedo ponerme más esa colonia. Antonio no reveló mi confesión sobre mis padres pero me preguntó sobre ello en privado, como un médico preocupado por su paciente más sano. Yo no le escuché como él tampoco me escuchó cuando le advertí sobre su ¿Quién Es Más Pedante? ¿No es precisamente el tipo de demagogia que debíamos evitar? No seas tan robot, Robot. Antonio y Leopoldo a menudo me evitaban porque sabían que yo no aprobaba sus planes. Igual que ellos lo están evitando esta noche. Todos aquí saben que se va a Zumbahua y él sabe que se burlan de él, miren a ese robot, otro fanático del grupo apostólico. Solo un fanático escapará de este reino de negociados y cambiará este país, Antonio. Después de que Jennifer me dejó, hacia el final de mis años fugitivos en Lima, Bogotá, Madrid, se me ocurrió pensar que Jennifer era similar a ti, Antonio, la misma predisposición animada, los mismos impulsos irracionales, el llorar y el arrojar con fuerza lo que sea que tuviera a la mano, pero como ella se fue y tú te fuiste y yo me fui, este descubrimiento, si es que en verdad era un descubrimiento en lugar de un pensamiento que había logrado eludir durante años, no existía en mí como algo ante lo que tuviera que reaccionar. No. A Rafael no le importa que Antonio haya vuelto. ¿De qué podrían hablar ahora? ¿Qué podría decir Antonio para enmendarlo todo?

—

—Aquí están. Los distinguidos bachilleres del San Javier. Otra vez.

No tan distinguidos como tú. Aunque sin buenas calificaciones.

—¿Y de qué te sirvieron tus calificaciones?

¿Has oído hablar de Stanford? Por supuesto que no.

Todos han oído hablar de Harvard, sin embargo…

—Tu madre nunca dejó de recordárselo a la mía. Felicitaciones. No esperaba menos de ti, Baba.

Cristian se vuelve hacia Leopoldo y le sonríe con aire benévolo, como si las afrentas que ha preparado para Leopoldo no fueran lo suficientemente graciosas para despacharlas aquí.

—Justo estábamos hablando de Harvard, Maraco. Ven acá. Estos dos fueron compañeros míos en el San Javier. Maraco fue compañero mío en La Moderna y va a ser mi asesor económico. Estuvo un verano haciendo de secretaria en el Fondo Monetario Internacional.

¿Así que te vas a lanzar a la presidencia?

Los estudios han demostrado que a los países que hicieron lo que les dijo el FMI les ha ido peor que a aquellos que…

—Los norteamericanos y los europeos saben lo que hacen. Nuestros economistas deberían aprender de ellos. Maraco ha aprendido bien de ellos.

Muchos de los economistas del FMI son de Stanford, Harvard y…

Leí en algún lado que cuando los bolivianos dijeron no pagaremos la deuda externa porque necesitamos el dinero para dar de comer a nuestro pueblo el director del FMI llamó al director del Bank of America para quejarse. Conoces al director del Bank of America, ¿cierto?

—La madre de esta Baba le hacía las uñas a mi madre. Linda tu camisa, por cierto. Versace, ¿no?

Leopoldo y yo nos estamos lanzando a la presidencia también. Estamos hartos de ver a este país manejado por los mismos ladrones de siempre. ¿Cómo está tu abuelo, por cierto? ¿Su pana aún está dirigiendo Babson? ¿Cómo estuvo Babson, por cierto? Me enteré que al final lograste graduarte de ahí.

Maraco lo contiene a Cristian.

—Voy a cancelar mi manicure con la puta de tu madre.

Leopoldo lo contiene a Antonio. Una pelea en casa de Julio sería un espectáculo bochornoso así que Cristian y Antonio deciden irse cada uno por su lado.

Cerdo de mierda.

Ven. Vamos a buscar a Julio.

Oligarca conchadesumadre.

—

Yo te voy a contar sobre esos dos embaucadores, dice Cristian. Espera, sostén mi Chivas. Imbécil. ¿Por qué sostienes mi Chivas? Nunca le sostengas el vaso a nadie, Maraco. Al menos esa es la regla si quieres trabajar para mí. Yo te voy a contar sobre el Cabeza de Micrófono y la Cara de Bache — ja — así es como los llamábamos a ese par de nerdos. Tenías que haber visto la cabeza zamba de Leopoldo y la cara agujereada de Antonio. Tenías que haber visto a esos dos repugnantes en nuestra ceremonia de graduación, pavoneándose por el escenario del coliseo con las medallas que se ganaron haciendo trampa en un concurso académico colegial en la televisión. No, no estoy bromeando, Maraco. ¿Por qué voy a estar bromeando contigo? Todos los del San Javier te repetirán las típicas estupideces sobre sus dizque logros académicos y dizque gran victoria en ese concurso del que ya nadie se acuerda pero yo te voy a contar sobre el fraude que hicieron para ganar. Yo te voy a contar la clase de hipócrita que es en realidad ese Micrófono Moreno, que nos sermoneó en nuestra ceremonia de graduación acerca del futuro de nuestro país, como si él fuera a tener un futuro en este país, mucho menos un puesto de secretaria de mi abuelo, sin mi recomendación. Tu sabes que esa es la plena. Durante seis años ese ingrato se puso en cuatro para mí, pasándome su tarea de física la noche antes de entregarla, y cada vez que esos adefesios argentinos seudojesuitas decían que iban a suspenderme por escupirle a Esteban o algún otro engendro, el Cabeza de Africano les lamía el culo a los curas a escondidas en mi nombre, como si yo necesitara a ese Africano para otra cosa aparte de la tarea, que por supuesto yo podría haberla completado fácilmente por mi cuenta pero para qué molestarme si yo sabía que ya me la tendría lista, durante seis años ese Africano me hacía la reverencia por donde yo pasaba porque al menos ese cholo era lo suficientemente pilas para darse cuenta de que no importaba lo estelares que fueran sus puntajes de teología, no importaba todo el voluntariado que supuestamente hiciera en los mugrientos barrios marginales de Guayaquil – ese Africano debía de saber que enseñar a esos pobres hijueputas acerca de jesús no tenía sentido así que ¿para qué pegarse semejante excursión hasta allá sino para congraciarse con los curas? – sí, es lo que digo a menudo, Maraco, enseñad a esos pobres bastardos a pescar en vez de enseñarles sobre el hijo de un pescador que dejó que lo crucificaran – eso dije, Maraco, el hijo de un carpintero – ese cholo nunca llegará a ninguna parte en este país sin una recomendación mía. Me sorprende incluso que lo hayan dejado entrar. Doña Esteros lo detesta. Te la presentaré si tenemos la desgracia de toparnos con ella. Que no se te ocurra sostenerle el vaso. Deberías escuchar lo que cuentan de ella. Que era una lavandera analfabeta que embrujó al heredero imbécil del imperio más grande del atún en Sudamérica. Eso explica por qué es una arpía tan ostentosa. Y por qué se ha hecho todas esas cirugías plásticas. Aunque nada puede hacer con el color de su piel. Mi madre no la soporta. La Sardina Plástica, la llaman las amigas de mi madre. Cuando estábamos en segundo año Julio se apareció en el colegio con una nueva nariz, cortesía del bagre de su madre. Todos en la familia Esteros menos el heredero atunero se han operado la ñata. Quien Sabe Sabe: ese era el nombre del show que embaucaron. Lo pasaban los domingos en el canal que era de los Bucaram o los Adum o alguno de esos turcos que eran parte del clan de los contrabandistas de El Loco que luego fundaron el Partido Roldosista Ecuatoriano, un dizque partido populista que prometía vivienda gratuita para los pobres pero que en vez de eso contrabandeaban millones fuera del país en sacos de café. Todos aquí recuerdan la historia de los sacos de café porque poco después de que huyeron la Pili contó que lo había visto en la tienda Versace en Miami Beach. Aparentemente estaban apiñándose de esas camisas turquesas de seda

bordadas con gardenias o hienas o soles mitológicos o lo que
sea, ese tipo de camisas que solo los turcos y los narcos mexi-
canos se ponen, y lo que la Pili nos contó es que después de
desembutirse de esas camisas estrafalarias de seda bordada, y
después de acercarse a la caja registradora como solo esa gente puede hacer, chasqueando los dedos para que los atiendan
y haciendo alarde de sus pechos peludos como hacían en las
propagandas que prometían vivienda gratuita para los pobres,
la vendedora italiana les puso cara de cómo se atreven, como
si se hubieran cagado en la alfombra de piel de oveja y se
rehusó a tocar sus fajos de billetes sudorosos que apestaban a
café rancio. Café cholazo ecuatoriano. Al parecer la mujer
llamó al guardia de seguridad y le pidió al guardia de la bodega que contara el efectivo de esos dizque populistas que
solían emitir sus dizque shows populistas en el Canal Diez
para las empleadas y los choferes de bus que terminaron vo-
tando por esa tracalada de turcos que luego saquearon cualquier estúpida esperanza que esos pobres diablos hubieran
tenido de obtener vivienda gratuita o leche gratuita o lo que
fuera que esos corruptos les prometieron. Haga Negocio
Conmigo era el nombre del show más vulgar de todos. ¿Alguna vez viste esa mierda? ¿Con Polo Baquerizo? ¿Recuerdas
la canción? Si algo te debo / con esto te pago. Luego este clan
de ladrones intentó aparentar algo de cultura auspiciando el
programa académico intercolegial Quien Sabe Sabe. Imagínate. Cuando recién salió al aire, tres o cuatro años antes que
el dúo Afro / Baba hiciera fraude – La Baba es el Cara de
Bache, sí – al equipo del San Javier le había ido tan mal en la
primera ronda que los curas homosexuales del niño jesús no
permitieron a nadie más entrar a concursar porque el mejor,
el más prestigioso, el más igualitario colegio de la nación – ja
– el único en el que los padres registran a sus bebés para el
examen de admisión desde el momento en que nacen, un
examen de ingreso imposible que por supuesto es más fácil
de pasar si tus tutores de matemáticas e historia son los mismos profesores de matemáticas e historia encargados de re-

dactar el examen de ingreso imposible – por supuesto que esos profesores fueron mis tutores, Maraco, ¿cómo no lo iban a ser? – y ya sean ricos o pobres, los trogloditas jesuitas solían repetir y probablemente siguen repitiendo a la nueva remesa de padres esperanzados, si consiguen aprobar nuestro examen de ingreso imposible, también pueden ser alumnos del San Javier – imagínate esa huevada – aunque en nuestra clase teníamos al hijo del conserje de la escuela y al hijo de un mecánico de autobuses que solía jactarse de violar a su criada en la ducha. Facundo Cedeño. Ese era su nombre. Deberías haber oído su voz de cobrador de peaje. Facundo fue quien me contó cómo el dúo Afro / Baba defraudo a ese programa de televisión y sobornó a nuestro profesor de física. Al parecer se reunieron con él en uno de esas pequeñas salas construidas para las conferencias de padres / maestros junto al despacho del director. Esas salas tienen paredes de vidrio por una razón, tú sabes, para minimizar el riesgo de compra de calificaciones ahí mismo, pero nuestros nerdos caraetucos se sentaron a la vista de todo el mundo con nuestro profesor de física y su largo y aburrido discurso, tal como lo contaba Facundo, a ver si puedo imitar su voz de gallina panza de chófer, fue algo así como, hemos arribado, pronunciando «arribado» como arri / baaaado, como quizás ya lo sepa, a la semifinal de Quien Sabe Sabe, y de aquí nos toca competir contra el Rocafuerte, uno de los rivales más fuertes de este año, y por supuesto nos hemos estado preparando porque no podemos permitir que el colegio quede mal, nos hemos comprometido y por eso es que estamos aquí para pedirle su ayuda para ganar el concurso porque, verá, lamentablemente no tenemos tiempo de estudiar para el examen final de física, aunque, bueno, hablemos con toda franqueza, sin cuentos, aquí entre nos, usted nos conoce lo suficiente para saber que si tuviéramos que estudiar para el examen final lo haríamos y sacaríamos 20 sobre 20 como siempre así que también sabe que no le estamos pidiendo demasiado, el resto de profesores ya ha aceptado ayudarnos para que lleguemos hasta el final con esto y por eso le trajimos una cosita, no es un obsequio, no, le tenemos demasiado respeto como para ofenderlo de esa manera, es más bien una muestra de nuestro más profundo agradecimiento por ayudarnos a llegar hasta el final con esto, pronunciando «profundo» como pro / juuundo. Por supuesto el Cabeza de Agro estaba a cargo de la labia. ¿Y qué le llevaron a nuestro profesor? Esos repugnantes dicen tener imaginación pero no la tienen o para lo único que la tienen es para la masturbación y el desfalco porque le llevaron una botella de Johnnie Walker, que es lo que todos los demás le llevaban siempre. Un Johnnie cohete, estoy seguro. Ahora nuestro profesor de física, Emilio Mierdecox, un malviviente que solía llevar una fotocopia laminada de su diploma dentro de la billetera, ya era infame por consentir estafas. Un año nos dijo ¿creen que soy un borracho? Párenla con las botellas. Necesito una bicicleta. ¡Ja! ¡Una bicicleta! Nunca le pregunté a Facundo el Mata Perol si lo estaba jodiendo a Cox, pero un año, el día del examen final, le trajo a Cox un pavo vivo. Mierdecox no podía llevarse al pavo a casa así nomás, y tampoco lo podía dejar en la sala de profesores, así que no le quedó otra que llevarlo a nuestra aula y amarrar una de sus patas al escritorio. ¡Buena, panza de chófer! Qué pinta más triste tenía ese pavo. Me pregunto si en realidad era un buitre. Y por supuesto el dúo Afro / Baba no se presentó al examen final de física. Estaban muy ocupados celebrando en algún parque su dizque astucia. Así fue como el Mata Perol se enteró de todo. Un grupito de ellos solía plantarse por los parques de la ciudad para beber y cantar las canciones que el Mata Perol tocaba con su guitarra. En una de esas salidas estaban tan borrachos que empezaron a alardear de su flatulencia y de su fraudulencia y de ser los más sabidos. Lo que el Mata Perol me dijo es que ellos le contaron que después de que el Cabeza de Afro convenció a los curas para que les permitieran participar en el concurso televisivo, y luego de ganar fácilmente las primeras rondas contra colegios de pacotilla, casi perdieron contra unos colegios rurales municipales de Manta o Tungurahua o cómo se llamen y por eso se preocuparon, probablemente nunca contemplaron la posibilidad de perder. Además el Cabeza de Afro había convencido a los jesuitas para que les permitieran volver a participar en el concurso asegurándoles que tenía un equipo ganador. Su siguiente rival era uno de esos colegios de monjas de la caridad de algún sitio por, no sé, digamos Esmeraldas. Facundo me contó que estuvo charlando con una de esas cholitas puritanas antes del programa, tratando de alzarle la falda pero no pudo, esas chicas eran demasiado serias y estudiosas. Al parecer esas chicas eran las proverbiales huérfanas pobres y sucias con una determinación de seriedad y coraje que tan a menudo se ve en los corredores de maratón. Se habían preparado a fondo memorizando cuanto libro tuvieron a la mano. Ellas sí se habían ido a una biblioteca. De modo que luego de un viaje de tres días cruzando Manabí, nuestras huérfanas llegaron al Canal Diez y allí, en el patio que daba al aeropuerto de Guayaquil, Facundo y el resto de mis dizque compañeros de clase las vieron haciendo gimnasia y cantando sus canciones de batalla y recitando pasajes de nuestros poetas famosos. Nuestro equipo ni siquiera sabía que teníamos poetas famosos. Para entonces ya no había marcha atrás y el Micrófono y la Baba debían de sentirse como los repugnantes que eran. Estaban a punto de hacerles fraude a aquellas pobres chicas en la única cosa que probablemente podrían ganar en toda su vida. O quizás no se sintieron repugnantes. Negocios son negocios, ¿sabías? Ese man al que le decíamos Mazinger, otro de esos nerdos del equipo Afro / Baba, exigió que hicieran trizas las respuestas que habían robado. Pero ya era tarde. Ya las habían memorizado. La semana anterior se habían ido a la oficina del programa y le metieron labia a la secretaria del presentador. Tenía un hijo pequeño y les dijo que su sueño había sido siempre matricularlo en el San Javier. ¿Y adivina qué hicieron? Le dijeron que tenían muy buenos contactos en el San Javier. Y que podrían ayudar a su hijo a entrar sin ningún problema. Ya te puedes imaginar la emoción de esa pobre mujer. ¡Su hijo! ¡En el San Javier!

Imagínate esa huevada. Para cuando llegaron las huérfanas, la secretaria ilusionada ya les había ayudado a consolidar dos de las tres victorias consecutivas. ¿Y sabes qué fue lo peor? Que las huérfanas casi ganaron. En el turno de la Baba, la huérfana era tan veloz con el botón zumbador que él tuvo que presionarlo antes de que la pregunta misma fuera formulada y por supuesto se hizo evidente que algo olía muy mal en el equipo del San Javier. El presentador podría haber detenido el show. Podría haber elegido nuevas preguntas y simplemente volver a grabar el segmento. Pero no lo hizo. Después de aquello, el Cabeza de Afro, la Baba, Mata Perol y el resto de ellos vieron a las huérfanas llorando de rabia en el patio. Algunos de mis excompañeros del San Javier no estarán de acuerdo con mi candidatura, seguro, pero al menos yo no les robé a los pobres. Entre esos dos estafadores y yo, ¿a quién elegirías? No seas lameculos, Maraco. Ven. Volvamos a mi club. Tomémonos otra de Chivas y larguémonos de aquí.

—

¿Qué fue lo que Julio dijo exactamente?

Le conté sobre nuestro plan y…

¿Por teléfono?

Sí y quedamos en…

¿Cuándo fue la última vez que hablaste con él en persona?

… el mismo plan que ya…

El año pasado en Miami Julio y yo…

¿Cuándo se suponía que debía recogerte en el aeropuerto y no lo hizo?

Sí pero él…

¿Qué excusa puso?

Las mujeres son como las cucarachas.

El día después del apocalipsis solo Julio quedará y le dirá al gris y frío viento las mujeres son como…

Ven a la fiesta, dijo. Sus fiestas solían ser en la cancha de tenis. Una larga fila de mujeres, una larga fila de hombres.

¿Bailaban?

Al ritmo de Nitzer Ebb, sí. Julio escondió una vez a una revo en ese barco cerca de tres días.

¿Le dio de comer el atún de su padre?

Probablemente se olvidó de que la había dejado allí.

¿Estamos lo suficientemente borrachos?

¿Estás intentando emplutarme de Chivas para poder...?

Me despidieron del Banco Central, Antonio.

No puede ser usted siempre ha sido...

Para que el ministro de Finanzas pudiera reemplazarme con Alfonso Morales, su yerno.

¿Alfo Sonso Morales? ¿El del San Javier? Era incluso más sonso que...

Lo hicieron un viernes, antes del largo feriado de carnaval. Los guardias del Banco Central aún estaban almorzando así que le pidieron al conserje que me escoltara afuera y de camino a la puerta las secretarias y empleados que volvían de sus almuerzos me miraron como si ya se hubieran esperado eso de mí. Como si todo el tiempo se hubieran preguntado qué estaba haciendo yo allí. Fue culpa mía, por supuesto. Debí haberme hecho amigo de alguien a quien poder llamar para mantener al ministro lejos de mi puesto.

Me despidieron de mi primer trabajo en una firma de consultoría económica porque falsifiqué algunos recibos por comidas en horarios extraordinarios que comí y no comí. Tampoco es que me importara mucho porque...

Recuerdo haber pensado tal vez podría llamar a la Baba en San Francisco y preguntarle si podría encontrarme un trabajo por allá aunque sé que estás lleno de buenas intenciones pero falto de...

Por supuesto que lo habría intentado...

¿Te acuerdas de todos aquellos sábados en el asilo Luis Plaza Dañín?

¿Qué clase de pregunta es esa, Leo?

¿Te acuerdas de Mapasingue?

Enseñando las parábolas junto a las escaleras que conducían a...

¿Te acuerdas de Cajas?

¿Cómo podría olvidarlo si todavía…?

La desolación es una prueba de dios, decía el padre Lucio.

Ya no creo en nada de eso y sin embargo…

¿Cómo seríamos si alguien expurgara de nosotros esos recuerdos?

No le conté a nadie en los Estados Unidos sobre Mapasingue, Cajas o el asilo Luis Plaza Dañín.

¿Y eso qué tiene que ver, Antonio? ¿A quién le importa si…?

Lo siento, Leo. No siempre sé qué decir.

Más bien nunca sabes qué decir.

Todos estos años pensé que tú y yo acabaríamos siendo, mínimo, ministros de algo juntos. Incluso si me convirtiera en un agricultor en Islandia seguiría pensando que en cualquier minuto ahora Leopoldo y yo vamos a ser ministros de…

Estoy atascado aquí, Antonio. He estado varado aquí desde antes de que te fuiste. Nunca esperé ninguna llamada tuya.

Es el Cuarteto Para El Fin de Los Tiempos de…

Para eso estamos.

Estaba tan contento de que fueras tú en el teléfono y yo…

No has cambiado, Antonio. Salvo por ese hábito lacrimógeno tuyo. No recuerdo que lloraras en las fiestas de Julio por entonces.

Acuérdate cuando lancé la calculadora contra la…

El Llorón está aquí, vigilen sus calculadoras, compañeros. Puedes tomar prestado mi pañuelo pero no lo babees.

Lo siento. Los vuelos largos me cansan demasiado y…

La lancha de Julio se está balanceando.

Vamos a tocar la puerta.

Canguil. ¿Oye, Canguil?

—No había oído ese apodo en años. ¿Quién anda ahí?

Tu vieja.

—Has cambiado, mamá. ¿Por qué estás babeando, mamá?

Leo, me alegra que pudiste venir.

Leo es mi cita así que creo que eso significa que al fin Leo ha logrado salir con tu mamá, Canguil.

¿Quién es?

—¿A ella le gusta repetir todo lo que digo?

¿A ella le gusta repetir todo lo que digo?

—Estaba a punto de salir a buscarlos, panas. Me alegra que pudieran venir.

A punto de. Siempre.

Escucha, Julio, tenemos que…

¿Qué pasa, quién es esa gente, Antonio?

¿Le dijiste a tu revolera que mi nombre es el tuyo?

¿Por qué alguien iba a querer tu nombre, Baba?

—Shhh. Otro Antonio, Antonio.

Una Baba, muchas babas.

—He estado pensando en lo que me dijiste, Leo. Tu plan. Esta chévere.

Por fin Julio hizo la tarea.

—Mi papá de ley puede financiar nuestra campaña. Lo hará. ¿Cuándo empezamos?

No tenemos mucho tiempo.

¿Quién es esa gente, Antonio?

Ingenieros navales, señorita.

La lancha tiene goteras.

Tendremos que pedirle que se baje, señorita.

Regulaciones de ingeniería naval, usted entiende.

—Estos ingenieros también bailan. Muéstrenla, caballeros.

Lidero yo.

Estás loco.

Deja que Leo vaya primero, Baba.

Qué estupidez.

Tu cabeza / en mi hombro…

Después.

El mundo puede acabarse mañana, mijita, y…

Oye, esa es la línea de Julio.

¿Quién es Julio? Si alguna vez me das esa línea, Antonio, yo…

Y sin embargo el mundo puede acabarse mañana, Thalía.

¿No será que ya acabó?

Al menos tenemos lancha.

Más la posibilidad de procrear.

—Vuelve, Thalía. No te resientas.

¿Ese es su nombre real?

¿Se acuerdan de Kalinka la rusa?

—Esperen. Déjenme hablar con ella, amigos.

No te tardes.

¿Volverá?

Parece que no.

¿Qué es ese ruido?

La lancha se está moviendo otra vez.

¿Cuánto esperamos para volver a tocar?

¿Y ahora qué hacemos?

¿Qué paso con las luces? ¿Momento de cantar el Happy Birthday?

Parece que la cuadra entera se quedó sin luz.

La cuadra entera es la casa de Julio.

¿Están cantando ahí dentro la canción de El Loco?

¿La Fuerza de los Pobres?

A eso suena.

El hombre de la vela se acerca a nosotros para informarnos…

—Se acabó.

¿Te refieres a las luces? Sí, también nos dimos cuenta pero…

Bienvenido de nuevo, Rafael.

—El Loco acaba de aterrizar en el Guasmo.

¿Otra vez?

Pero él no puede entrar al Ecuador.

¿Otra vez?

—Lo van a dejar lanzarse a la presidencia. El presidente interino anunciará mañana que por el bien de la nación se adelantarán las elecciones.

¿En seis meses?

–Tres semanas.

Que se apure Julio entonces pues.

Si Julio es Julio no sale de ahí.

¿Qué hacemos ahora?

¿Chivas?

XIV EVA POR LA VÍCTOR EMILIO ESTRADA

Rolando ha de creer que yo soy su − ¿qué? − ¿mascota? − qué importa piensa Eva mientras clava pósteres a lo largo de la Víctor Emilio Estrada − igual nos cae la muerte y se acaba ya está pendejada − aquí mi mascota cree que transformaremos nuestra sociedad a través de una radio balbuceante − ugh − a través de un teatro comunitario que encubre sus sermones con pintura facial − ¡por fin soy blanca! − ya cállate que me desesperas − a través de advertencias como las advertencias apocalípticas de un joven estudiante desaforado que en la esquina afuera de la Universidad Estatal irrumpía contra los tentáculos del

ceviche de pulpo / aquí su ceviche de pulpo

un joven estudiante desaforado que no sublevaba a nadie con sus panfletos anacrónicos y sus desvaríos gastroenterológicos sobre ¿por cuánto tiempo creeremos que sus migajas descenderán por sus gargantas hasta que algún día

los excusados al fondo a la izquierda señor

nos alcancen?

hoy no me des panfletos le decía Eva a ese joven estudiante desaforado que usaba mocasines sin medias y al que no le importaba mostrar sus tobillos huesudos y que evitaba la salida principal de la Universidad Estatal y se plantaba en la esquina más desolada de la zona como si tratara de realzar su rol como predicador marginado del cambio − nosotros somos más ellos son menos − si no es hoy mañana − ¿un panfleto Eva? − ¿cómo supiste mi nombre? − el tío Karl lo sabe todo

– ugh – sus intercambios cotidianos evolucionando con el tiempo desde lo cortés hasta lo teatral con él actuando como si estuviera estudiando sus expresiones faciales en busca de pistas después de que ella tomara uno de sus panfletos y le siguiera la corriente poniendo su cara más seria – ¿cómo se veía esa cara entonces? – ¿igual que hoy? – ella nunca ha soñado con esculturas de piedra o examinado expresiones en el espejo que siempre han estado ahí – no siempre – igual nos cae la muerte y se – no te melodramatices Eva – su hermano Arsenio burlándose de ella por su cara seria – cara de Medusa – cállate Arsno – los mocasines del joven estudiante desaforado maltrechos tal vez de tanto perder jugando índor – déjame adivinar hoy no quiere panfletos ¿cierto? – si no es mañana pasado mañana – y un día el joven estudiante desaforado anudó sus panfletos con un lazo y se los ofreció como un pastel y ella dijo hoy no gracias – y un día en Halloween se vistió de Testigo de Jehová y ella siguió diciendo no gracias – y un día él dijo traje refuerzos te presento a Rolando Albán Cienfuegos y ella dijo hoy no gracias – que payaso – Rolando corriendo tras ella y abriéndole el cierre de su mochila y metiéndole los panfletos – un payaso no Rolando ni siquiera se rio – voy a tirarlos todos apenas te pierda de vista Cienfuegos – ¿por qué no los tiras ahorita? – no ahorita mismo yo no – yo te ayudo – no yo – Rolando lanzando los panfletos rojos a la calle los panfletos voladores no sobresaltando al público aburrido dentro de un bus atestado mirándolos como si esperaran que estallaran como petardos con confeti color kétchup – Rolando cogiéndole el resto de los panfletos de la mochila y esparciéndolos al paso de ella como migajas de pan – un payaso no Rolando ni siquiera sonrió – hay un salmón en su cartera señorita – arrojando los panfletos rojos como si fueran otros inútiles cócteles Molotov – ni bueno ni malo señor – corriendo de regreso al desolado puesto del joven estudiante desaforado antes de que ella pudiera darle un puñetazo en el hombro – Rolando nos contó que te quedaste recontra cautivada por él cuando los dos recién se conocieron

– eso no es cierto Rolando se quedó aterrorizado de mi – oh ¿es eso cierto Rolando? – no es solo otro cuento de la Macha Camacha – ya dice, monaguillo – ugh – oh ¿fuiste monaguillo Rolando? – lo que impresionó a Eva fue que a pesar de quedarse aterrorizado por ella Rolando se mantuvo serio y asumió el rol de radical indignado – ¿y dónde está Rolando esta noche? – ¿dónde estaba Rolando anoche? – probablemente no en la Víctor Emilio Estrada donde la gente está siendo llevada por su chófer de club en club como simulando ser los hijos y las hijas de norteamericanos que les ha tocado vivir en esta miserable ciudad – tan pronto como haya terminado de clavar estos carteles dejará esta maldita parte de la ciudad – esta parte vacua de la ciudad donde hace mucho tiempo Juan Pablo II fue probablemente recibido con los brazos abiertos – ¿gastroentero qué? – lógico – chanfle – donde en uno de cada dos postes telefónicos se está martilleando el pulgar derecho cada vez más – ¿te estás golpeando adrede Eva? – fíjate que no te cuento – su uña pulgar se le salió mientras martilleaba los clavos señor juez – ¿no es incómodo llevar ese martillo en el bolsillo de atrás? – no puedo llevarlo en la mano si no esta gente se asustaría – interrumpimos este programa para – alerta una carpintera perturbada anda suelta – donde las células del Opus Dei están probablemente repartiendo la riqueza de dios entre ellos mismos – donde hace mucho tiempo las madres del Opus Dei probablemente hallaron la forma de defraudar el concurso infantil para dar la bienvenida a Juan Pablo II – mi profesora dice que yo debería participar en el concurso para recibir a Juan Pablo II en su primera visita al Ecuador – mi chiquitolina – ¿da más asco un sermón en el púlpito de una catedral o en una esquina? – la primera vez que un papa pondrá el pie en el Ecuador mamá – el papa besará nuestra tierra y yo le daré unas orquídeas de nuestro jardín – breaking up is never easy / I know – no vas a participar en ningún concurso para ver a ese bueno para nada – no diga eso no – no vuelvas a mencionar a ese lastre en esta casa – su madre dando portazos arreglando los girasoles como si se viera obligada a ordenar la casa para un invitado no deseado su madre arrojando platos dentro del charco viscoso que era su fregadero de cocina

mi madre llenando el fregadero de la cocina hasta el borde poniéndose guantes de goma amarillos introduciendo las manos en el fregadero como si fuera a realizar una cirugía exploratoria

¿quién quiere un riñón para cenar?

guacala

y la noche en que Eva sacó el tema de aquel concurso del maldito Juan Pablo II su madre le leyó el habitual cuento para dormir de Marranito Poco Rabo que buscaba ravioles y nabo – ¡así no va el cuento! – érase una vez en las plantaciones de cacao en Los Ríos unos hombres uniformados que le contaron a tu abuela que el señor había creado a los ricos de la costilla de Adán para que aquella miserable gente como ella no se muriera de hambre – para que aquella gente miserable como ella fuera menos miserable y que ella era miserable porque el señor así lo había determinado igual que había determinado que el hermano de tu abuela muriera de disentería – que el padre de tu abuela trabajara de sol a sol hasta que su espalda ya no diera más y entonces lo echaron sin ni siquiera un apretón de manos o una pensión – ¿qué es una pensión mamá? – y luego un día un grupo distinto de hombres uniformados llegaron a las plantaciones de cacao en Los Ríos y con una ira nunca antes vista en aquella región les dijeron a tu abuela y a los demás campesinos que nada de eso era verdad – que los ricos no eran un regalo de dios – que dios no había determinado que nadie fuera miserable – que no era normal que sus hijos murieran de hambre y que había un grupo distinto de hombres en todo el continente construyendo escuelas y clínicas así como ellos iban a construir escuelas y clínicas en Los Ríos – y entonces un día un hombre horroroso arremetió contra aquellos grupos de hombres buenos y dijo que lo que la gente como tu abuela necesitaba era guía sobre cómo entrar al cielo y no guía sobre cómo buscar una mejor vida en la tierra – y entonces un día ese hombre horroroso al que todos llaman Juan Pablo II envió a un sombrío emisario alemán para sabotear el trabajo de aquellos grupos de hombres buenos – cerrando sus escuelas y cerrando sus clínicas y reemplazándolos con hombres uniformados horrorosos y sombríos que se pusieron a predicar cosas horrorosas y sombrías – ¿y dónde están ahora los buenos madre? – ¿todos muertos? – ¿y dónde está usted esta noche madre? – ¿en constelaciones con nombres que no conocíamos? – ¿pudriéndose bajo tierra? – Piscis madre – ¿y dónde está Rolando esta noche? – Corona Boreal – ¿y dónde estuvo Rolando anoche? – ¿supone que porque estoy enfadada con él ya no quiero verlo más? – ¿alguna vez le contó a Rolando sobre su abuela de Los Ríos? – háblame de ti / cuéntame – no tú cuéntame de tu vida – no – ella nunca le contó sobre su abuela de Los Ríos o sobre lo que le pasó a su hermano Arsenio – ¿con qué fin? les pregunto – ¿con qué propósito? – ya cállate que me – además – para ella el sentido de hablar no es simplemente para compartir asteroides inflados de vida – los Dumbos Voladores mamá – cayendo sobre una saca de café luego de que su hermano la empujara desde lo que ellos llamaban el balcón – ¡Mamá mi ñaño me empujó! – cara de alfalfa – mi madre me contaba historias de cuando Arsenio era pequeño antes de que desapareciera – me pasé todo un domingo cortando y arreglando mis nuevas cortinas blancas y cuando ya estaban subidas tu hermano se metió en mi cuarto y se limpió el trasero con ellas ¿puedes creerlo? – para ella el sentido de hablar es simplemente para pasar el tiempo hasta que nos toque pudrirnos bajo tierra – para pasar por alto lo apartada que se siente su voz del resto de su cuerpo – mi voz me nace del estómago por eso se transforma según el tipo de comida – dame tu voz de sopa de cabra – behhh – dame tu voz de chuleta de cordero – Oye – Oye muñeca súbete que te llevamos – y Eva sin pararle bola a la voz que sale del Trooper azul que ha reducido la velocidad junto a ella por la Víctor Emilio Estrada – Podríamos parar en una licorería por una de Boone's – Maneja al infierno y emplútate solito allá – Ajá conque muy alevosa esta – Eva sin apretar ni aminorar el paso ni virarse para mirarlos las luces traseras de los carros de delante parpadeando mientras los hombres de adentro asoman la cabeza para chequear si se va a subir – ni que estuviera loca – sacando el martillo del bolsillo trasero de sus jeans y agarrándolo con ambas manos como una demente a la que podría o no apetecerle caerle encima a lo que fuera – los hombres lascivos del carro son adolescentes – chicos de colegio con fierros en los dientes – el chofer parece ser el único que se toma en serio lo del martillo porque empieza a acelerar pero los chicos le gritan para el carro chófer – Nos llevamos a la perol con nosotros chófer – Chola hijueputa – Revolera conchadetumadre – como sea – ella no cruzará la calle ni esperará en el puesto de shawarmas hasta que los haya perdido de vista y no se imaginará a Rolando quitándole el martillo de la mano y machacándoles las morcillas – Rolando Bobbit – buena – ni buena ni mala señor – que importa igual nos cae la – ya párala con tu caída mortífera Evatrónica – ella no necesita imaginarse a Rolando machacando nada porque puede imaginarse a sí misma machacando todo – no es tan difícil de imaginar Rolando – no eres el único que quiere que todo esto termine – ella nunca ha soñado con sacar su martillo del bolsillo trasero de sus jeans para destruir la escenografía – las casas y los ríos – ¿rasgando las cortinas eso es suficiente Rolando? – claro que no – cómo vamos a ser cristianos en un mundo de miseria y – escuchando las historias de Rolando sobre el padre Villalba en las que nunca describe cómo es el padre Villalba así que ella ha llegado a imaginarse al padre Villalba como Óscar Romero con esos lentes de oficinista que parecen un segundo par de cejas – el padre Villalba rehusó ser consejero espiritual de nadie Eva – y un sábado el padre Villalba me preguntó si podría ayudarlo a cargar las cajas que estaba llevando a los niños que rebuscan entre la basura del botadero en La Libertad y ese sábado y el sábado siguiente fuimos a La Libertad manejando en silencio − pensando que podía sentir lo que Villalba quería decirme − ¿qué era lo que sentiste? − esas son cosas personales señorita − cara de alfalfa − cajas llenas de lechugas y antibióticos − ¿sabes lo que te hace el mal de Chagas? − di chinchorro − ¿chinchulín? − ¿churi churín fun flais? − deseando poder escuchar a Rolando en la radio planteándoles a sus oyentes las preguntas que habían elaborado juntos la semana anterior − ¿quién asesinó a Jaime Roldós Aguilera? − esa pregunta es demasiada seria Rolancho − ¿cómo es que tenemos todo este petróleo pero ni siquiera podemos rescatar a la gente sepultada bajo el lodo por los deslizamientos de tierra? − no sabía que te gustara tanto el lodo − es bueno para la piel bobito − ¿quién es su presidente favorito desde que se restauró la democracia en 1979? − ninguno de ellos señor − ¿y qué está diciendo Rolando esta noche? − ¿acerca de qué se indignará esta noche? − su señal radial no llega aquí y las radios aquí no preguntan nada salvo cuál es tu canción favorita

dele nomás / con el garrote que le va a gustar

las radios aquí son las canciones de fondo que salen de la parte de atrás de los restaurantes de la Víctor Emilio Estrada − de los puestos de hot dogs de las esquinas − de los niños de la calle que han dejado sus intersecciones habituales y ahora hacen sus números de circo en medio del tráfico − ella no tiene claro si la gente que está dentro de los carros se ha acostumbrado a ignorarlos o si están preocupados por que los niños de la calle les rompan las ventanillas mientras se asoman al interior de sus carros como para comprobar por qué nadie les da ni un centavo − ¿aló? − quizás Rolando se esté haciendo pasar por un oyente con mal de amores que llama para dedicarle una canción a Eva Calderón de Los Ríos − una canción de amor diferente de las canciones de las radios a lo largo de la Víctor Emilio Estrada y que Eva oye y no oye

(más tarde ella olvidará que realmente no podía oír ninguna de las radios a lo largo de la Víctor Emilio Estrada así que las radios que está oyendo ahora son las radios que ella imaginará más tarde)

imaginando lo que imaginará

durante años ahora habitando en el presente lo que sabe que imaginará en el futuro

quizás esta noche la voz de Rolando vive dentro de la radio portátil de la anciana indígena que está sentada junto a un poste de luz que se apaga y se prende al azar — ¿cómo sabes que es al azar tal vez haya un algoritmo omnipresente controlando su intermitencia? — la radio o bien está a bajo volumen o sintonizada a una emisora a la que Eva no encuentra sentido

siéntese cruce las piernas anote las canciones queme las canciones finja que nunca las anotó

y Eva esperando lo que siempre espera cuando ve a una mujer desamparada en la calle — por favor que no se parezca a mi madre porque ¿qué haría entonces? — por favor llévese todo lo que tengo madre — lo que tengo y lo que no tengo — las casas y los ríos — ¿te gusta la magia? — sabiendo que más tarde se imaginará que la anciana indígena se parecía a su madre de modo que se avergonzará de todo lo que no hizo por esta pobre mujer que le está agradeciendo a Eva por transferirle las monedas de sus bolsillos a la lata de sopa vacía — ¿Me hace un favorcito? — Claro — ¿Me presta un lápiz labial? — No tengo lo siento yo — Mi Urpi cumple hoy diecinueve años me envía una carta desde El Paso Texas ñuñu estoy bien no he practicado la flauta en el departamento todos trabajan en diferentes turnos siempre hay alguien durmiendo en el piso y me da miedo practicar en el parque — ¿Usted también toca? — Cuando nació mi Urpi le tallé una flauta bien pequeñita como un ciempiés — Mi hermano buscaba ciempiés en los jardines de afuera para poder ponérmelos en el antebrazo mientras yo dormía — tu hermano está muerto — no dice la anciana — adiós madre — no dice Eva — Por favor tenga cuidado – sí dice la anciana – sosteniendo la mano de Eva y señalando hacia el callejón que lleva a otro callejón que es ideal para escapar de este maldito lugar – despidiéndose de la anciana y preguntándose ¿no sería mejor acabar con estas limosnas que engañan a nuestro pueblo haciéndole creer que tal vez las cosas no son tan malas? – ¿que impiden que nuestro pueblo se levante? – sí Eva tienes razón mejor acabemos con las limosnas y esperemos que se mueran de hambre y entonces por fin los muertos se levantarán contra los

ya cállate que me

érase una vez un Marranito Poco Rabo que se fue rebotando hasta el registro civil para cambiar su Poco y su Rabo – ¡así no va el cuento! – érase una vez un Loco que se lanzó a la presidencia otra vez – y otra vez – y cada vez – ganara o perdiera – su partido político crecía mientras sus hermanos hermanas primos tías panas de los panas saqueaban el país más o menos de la misma manera en que lo hacen los hijos e hijas de los hijos e hijas de nuestros dignatarios que están discotequiando en esta parte de la ciudad y que como El Loco no han proporcionado vivienda a los pobres – ni sanidad pública para los pobres – sí Rolando ya sabemos eso – no somos estúpidos – nunca hemos creído que El Loco sea nuestro líder o que haya chance de que no moriremos en la miseria tal como nacimos en la miseria – entretanto Rolando – mientras pasamos el tiempo antes de que nos piquen los chinchorros – preferimos ver el show de El Loco que ver a esta gente aculturarse con el dinero que siguen saqueándonos – estás mintiendo – ¿en qué parte? – en todo – pues fíjate que sí – no contándole a Rolando cuando bailaba las canciones de ABBA con su madre – sí se lo contaste – contándole a Rolando que la madre de ella murió de pena sin contarle el verdadero motivo de su pena – pena socioeconómica Rolando – mi madre murió en un accidente de tránsito aún me la puedo imaginar agradeciéndole al señor por dejarla irse por fin mientras el bus se estrellaba contra un tanquero de agua – no contándole sobre su hermano Arsenio – ¿con qué fin?

les pregunto – no contándole que mientras buscaba a su hermano Arsenio su madre descuidó un absceso en uno de sus molares que luego terminó paralizándole la mitad de su cuerpo – érase una vez un

etcétera

ya déjenme en paz

(un domingo por la noche cuando ella tiene ocho años su hermano toma prestada la)

no los estoy escuchando

dos días antes de Halloween su hermano

if you change your mind / I'm the first in line

tomando prestada la camioneta del vecino para

(en recientes declaraciones el presidente León Martín Cordero ha explicado que su administración eliminará el terrorismo como sistema y a los terroristas como escoria de la tierra – tomaré prestada la camioneta del vecino y compraré harina para nuestros disfraces Evarista – no me digas Evarista Arsonso – esta noche en el Canal Dos investigaremos los escuadrones de la muerte durante la presidencia de León Martín Cordero – ¿de qué te quieres disfrazar para Halloween Evarista? – interrumpimos este programa para informarles que el grupo terrorista Alfaro Vive Carajo ha secuestrado al banquero Nahim Isaías – el tubo de escape del carro del vecino raspándose contra los cráteres en la calle cerca de nuestra casa – en últimas noticias el presidente León Martín Cordero parece haber tomado el mando de la operación militar para rescatar a Nahim Isaías – se ha dicho que nuestra Organización quiere sembrar el caos y la anarquía esa es otra alucinación de nuestros acusadores – o me dejas ir contigo o te delato Arsénico – ¿cómo me llamaste? – el caos y la anarquía ya han sido sembrados por aquellos que se han beneficiado por generaciones de la subyugación de nuestro pueblo – no Evarista eres muy pequeña para estar afuera por la noche – no seas un Arsno – la principal subversión que existe en nuestro país es la pobreza y la injusticia – te he preguntado ¿dónde está tu hermano Eva? – es la miseria en la que vive nuestro pueblo

– su hermano poniendo seguro a las puertas de la camioneta del vecino para que ella no pueda venir con él burlándose de ella acariciando la cabecita del seguro como si le sacara brillo al casco de un soldado de juguete – la Organización cree que las políticas neoliberales son contrarias a los objetivos de pan techo y empleo especificados por esta administración – mamá mi ñaña se ha vuelto a poner mis calzoncillos de Han Solo – eliminaremos a estos terroristas por todos los medios necesarios – Eva trepándose al balde de la camioneta del vecino saltando diciendo ahora ya no te puedes ir sin mí – nuestra máxima aspiración es acabar con el caos y la anarquía – yo no juego con muñecas Evatrónica – sin saber si delatar a su hermano porque todavía era posible que regresara ¿no? – el balde de la camioneta como un trampolín – buenas tardes en las noticias de hoy Efraín Torres exagente del SIC 10 va a publicar un testimonio detallando los crímenes cometidos por la administración de León Martín Cordero – escuchen yo sé que León no negociará con su Organización – su hermano trepándose al balde de la camioneta – ya démonos por muertos – agarrándola en su salto arriba o abajo – no somos terroristas porque no somos responsables del terror que ha vivido nuestro país – chuzos / aquí los chuzos – su hermano saltando en el balde de la camioneta cargándola sobre sus hombros como un cavernícola – no somos responsables del asesinato de Jaime Roldós Aguilera – llevando a Eva hasta la casa corriendo de vuelta a la camioneta arrancando – ni del asesinato de obreros y líderes sindicales – quiero ser el fantasma de un pan de azúcar – ni de la persecución diaria de nuestro pueblo que lucha por conseguir un futuro mejor – ¿un pan de qué? – azúcar – chanfle – ¿dónde está tu hermano Eva? – suéltame Arsgrodita – arriba o abajo – Nahim Isaías y sus captores han sido abatidos durante una operación en La Chala – tú sí jugabas con muñecas Arsenio – ya cállate que me – jugábamos a las casitas y a los astronautas y a los cerditos en el espacio y nos sentábamos afuera de la casa para adivinar el color de los buses ¿te acuerdas? – meteoritos en el espacio – un bus color marrón cabra mira – una operación antiterrorista como esta comprenderán ustedes como comprenderán todos los ecuatorianos conlleva graves riesgos para el rehén – buseta beige – era nuestra única alternativa para que no liquidaran nuestra soberanía – ¿de qué diablos estaba hablando León? – para no permitir que pisoteen la conciencia del pueblo ecuatoriano – di alunizaje – su madre buscando a su hermano por las tiendas de las esquinas cercanas – di marrón cabra – su madre diciéndole te quedas en la casa y Eva no discutiendo con su madre ni replicándole ni diciéndole iré contigo porque sabía que su madre estaba – ¿qué? – ¿aterrada de que hubieran secuestrado a Arsenio? – oyendo a su madre corriendo por la cuadra y golpeando la puerta de todos los vecinos – los perros ladrando – las verjas abriéndose – los niños de la calle haciendo malabares con botellas de cerveza por la Víctor Emilio Estrada – apurándome para comprar el testimonio de Efraín Torres después de las clases el mismo día que se publicó – diez años después de que mi hermano desapareció Rolando – cuando yo ya había empezado el cuarto año de colegio – leyendo el testimonio en una banca en el parque de las Iguanas mientras alguien predicaba algo sobre el señor nuestro salvador – cuando ya era demasiado alta para ser cargada en hombros de nadie – mañana tienes clases Eva – duerme porfa vuelve a dormir – Eva martilleándose los dedos adrede a lo largo de la Víctor Emilio Estrada ¿por qué no? – oyendo a su madre decirles a los vecinos o a quienquiera que estuviera en la sala la noche en que su hermano desapareció que ya había preguntado a todo el mundo – que había ido a todos lados – reportando su desaparición a la jefatura de policía donde le preguntaron si su hijo había estado bebiendo – si su hijo todavía andaba de juerga con sus panas mafiosos – si su hijo se había lanzado con el carro por un precipicio luego de enterarse de que su novia le había puesto los cachos – escuchen conchadesumadres – cuidado con lo que dice señora – aquel domingo por la noche nuestros vecinos en pijama nos trajeron locro de papa y torta de camote y en la mañana temprano no estaba segura si cortar la inmaculada torta en pequeños cuadraditos que pudiera meter en una bolsa de sánduches o devorarla allí mismo con mis manos – suéltame Arsgrodita – y el señor dijo ni una hoja caerá sin mi consentimiento – repasando rápidamente el testimonio de Efraín Torres para buscar el nombre de su hermano – su madre suplicándole a don Carlos en la casa donde trabaja como empleada doméstica que por favor haga una llamada rápida a donde sea – a quien sea – mi hijo ha desaparecido don Carlos – mi hijo no puede haber desaparecido así – era un buen muchacho – un muchacho decente don Carlos – y como don Carlos había sido compañero de colegio del gobernador hizo algunas llamadas – y esperamos durante meses por la posibilidad de que don Carlos usara sus contactos para averiguar algo – leyendo párrafo por párrafo el testimonio de Efraín – mi hermano no andaba de juerga sarta de desgraciados – nadie sabe nada señora Estela – mi dedo índice rastreando como regla las páginas del testimonio de Efraín – mi contacto en la jefatura de policía me dijo que le dijeron que dejara de hacer tantas preguntas o si no le va a ir mal – escuadrones ambulantes entrenados por expertos israelíes – en las noticias de hoy dos adolescentes de catorce y diecisiete años Pedro Andrés y Carlos Santiago Restrepo han desaparecido sin dejar rastro – buscando una descripción de su hermano – durante años todos hablaban sobre los hermanos Restrepo pero nadie sobre mi hermano porque sus padres colombianos tenían dinero suficiente para organizar una rueda de prensa – porque habían presionado al gobierno ecuatoriano para permitir que expertos de la policía colombiana investigaran lo que les había ocurrido a sus hijos y lo que descubrieron fue que sus hijos de hecho habían sido detenidos por la policía – porque el padre de los Restrepo le había pedido al presidente Rodrigo Borja que formara una comisión para investigar qué les había pasado a sus hijos durante la administración de León Martín Cordero – porque cada miércoles los Restrepo se congregaban en la Plaza Grande de Quito para exigir justicia – porque un agente especial llamado Efraín Torres confesó que la noche en que la policía trajo a los hermanos Restrepo él había estado de turno – que el sargento Llerena le había pedido que se encargara del más alto de los hermanos Restrepo – que aproximadamente cuarenta y cinco minutos después Llerena regresó con el prisionero que estaba inconsciente y en tan mal estado que el sargento Llerena y el agente Chocolate tenían que sostenerlo uno a cada lado – que le dije al sargento que no podía recibir al chico en esas condiciones porque si él moría en su celda a mí me caería un proceso judicial – repasando el testimonio de Efraín Torres por segunda vez – yendo en bus a casa el día que se publicó el testimonio y pensando que quizás se le pasó por alto algún párrafo o alguna página – el presidente Borja ha emitido un decreto que elimina el SIC 10 creado durante la administración de León Martín Cordero por institucionalizar la cultura de la tortura – línea por línea – de las detenciones arbitrarias – imaginando irracionalmente mientras va en el bus a casa que más tarde podrá chismear con sus amigas del colegio sobre el testimonio de Efraín – de los tratos crueles e inhumanos – ¿leíste la dedicatoria de Efraín en la primera página por sus nobles y puros gestos Rosa Porteros dondequiera que esté? ja ja – releyendo su testimonio y reprochando a Efraín Torres por dedicar tanto tiempo a hablar de su trabajo como voluntario en el Penal García Moreno donde había estado encarcelado en lugar de mencionar los nombres de las otras personas que él asegura que no hizo desaparecer – nunca dije que fuera un santo – nadie dice que seas un santo imbécil solo dime qué le pasó a mi hermano Arsenio – el agente Chocolate ja ja – en nuestra primera misión nos subieron a una furgoneta sin ventanas y nos llevaron a donde luego nos enteramos que era Cuenca – arremetiendo contra Efraín por su tono insoportablemente inocente – entre los objetivos estaba el líder sindical Fausto Dután que fue erróneamente incluido como subversivo y que por orden directa del mayor Paco Urrutia jefe del SIC 10 en Cuenca fue asesinado junto con su esposa y sus hijas – mire aquí querido lector y juzgue usted mismo – mi madre perdió más de treinta libras Rolando

– el día en que me iban a liberar del Penal García Moreno mi hermana mayor mi querida hermana que había sufrido conmigo este periodo de injusticia llamó a la administración del penal y pidió hablar conmigo – mi madre ni siquiera recuperó diez miserables libras Rolando – y en los barrios más pobres que habían sido designados como zonas rojas nuestros escuadrones ambulantes detenían a jóvenes inocentes solo porque estaban parados afuera de sus casas – a veces mi madre prendía la radio en la sala y escuchaba canciones románticas desde la cocina – mi hermana me dijo unas pocas palabras que mientras escribo estas líneas hacen que me vuelvan a caer las lágrimas – como si esa distancia entre la sala y la cocina permitiera a mi madre imaginar que esas canciones flotaban hacia ella – por fin tu liberación es una realidad por fin esta pesadilla ha terminado dijo mi hermana – los israelíes nos entrenaron en tácticas básicas de exterminio – no sabes lo feliz que estoy dijo mi hermana – por ejemplo la triple asfixia – era la primera vez en tres años y seis meses que mi hermana se sentía feliz – por ejemplo el submarino en el que una bolsa de plástico llena de gas lacrimógeno se ataba alrededor de la cabeza del prisionero y luego se sumergía en un tanque de agua – y en el cuarto aniversario de la desaparición de Arsenio mi madre y yo nos fuimos en bus a Quito y nos unimos a los padres de los hermanos Restrepo en la Plaza Grande – yendo en el bus a casa el día en que se publicó el testimonio de Efraín y encontrando a su madre ya en casa con su propio ejemplar del testimonio de Efraín sobre la mesa de la cocina – diez años Rolando – por favor date vuelta mamá – no dijo Eva – no soporto estar aquí plantada en la cocina para siempre – no dijo Eva – su madre estaba llorando – su madre se dio vuelta y estaba llorando – como si no quisiera despertar a nadie – ¿por qué no estaba gritando Rolando? – ¿por qué no lo estaba destrozando todo? – y Eva sacando de su mochila su propio ejemplar del inútil testimonio de Efraín y ofreciéndoselo a su madre justo cuando su madre estaba levantando sus frágiles brazos y ofreciéndole a Eva lo que era visible – esto

es lo que queda de mí Eva – no dijo su madre – Oye –) Oye
linda

. los Dumbos Voladores las Tazas la

mi chiquitolina

Oye ¿estás bien? – Déjenme en paz – ¿Con quién se piensa esta revolera que está hablando? – Ciérrale el paso Alfonso
– Buenas noches ¿por qué llevas un martillo a estas horas de
la noche? – Yo también lo veo sospechoso – Para clavarle
estos carteles en sus caras horrendas – Ja ja esos carteles son
para el nuevo club de Cristian Cordero – No se me acerquen
– Cógele el martillo y los carteles está despedida – ¿Quién
nombró a Juan Luis como líder? – Soy yo quien les está pa-
gando los tragos pendejos – No creo que a Cristian le haga
gracia que andes despidiendo a sus sirvientes – Estoy seguro
de que ella se lo mama a escondidas más vale que vayas con
cuidado – No me toquen déjenme – Putadeverga ven – Oye
no le pegues tan fuerte – El Maraco que ama – Creo que ya
es suficiente Maraco – Maraco es tan Maraco que le gusta
patear a las mujeres cuando están en el suelo – ¿Y a quién no?
– ¿Está muerta? – No más Chivas para Maraco – Sigues siendo maricón Maraco – Larguémonos de aquí – No me apuren
que no quiero desperdiciar este habano de los que mi abuelo
le saca a León – ¿Supieron que una noche el primo de Julio
iba tan pedo como siempre y arrolló con su furgoneta a un
cholazo? – ¿Cómo se llamaba? – ¿A quién le importa? – El
primo de Julio estaba en la fiesta de Cristian la semana pasada
me pareció que estaba bien – Resulta que el cholazo de la
moto era hijo de un militar así que el primo de Julio se tuvo
que esconder hasta que pudieran sobornar al capitán para

(cuántas costillas el señor

el mareo en el bus hacia Quito

niños vendiendo choclos

una con pinta de alevosa mira

–¿Qué está haciendo esta gente asquerosa en la
Víctor Emilio Estrada?

el camino serpenteante mientras subíamos hacia

    —Llama al guardia del Ópera este bulto está
    bloqueando la vereda
el chofer del bus frenando debido a la niebla y
sosteniendo el encendedor enfrente del parabrisas
        Quito Luz de América
          ¿por qué escuchabas la radio desde la otra
          habitación mamá?
    niños ya no hagan tanta bulla
        tanques antidisturbios rodeando la Plaza Grande
        leyendo sobre Luz Elena la madre de los hermanos
        Restrepo y cómo en su desesperación por
        encontrar a sus hijos había recurrido a videntes
el cuarto aniversario de la desaparición de los Restrepo
    si la vela sigue encendida mañana en la mañana es
    que tus hijos aún están vivos
            no seas fastidiosa le dijo el presidente Sixto
            Durán Ballén
            a la joven hermana Restrepo luego de
            que ella le preguntara por sus hermanos
policías con escudos de plástico armando una barricada
en la Plaza Grande
el quinto aniversario de la desaparición de Arsenio
granos de choclo deslizándose arriba y abajo por el piso
del bus cada vez que el chofer acelera o
    tengo órdenes de disparar si me da la gana
        Han Solo dentro de un muro de lava
          Nosotros / que nos queremos tanto / que desde
          que nos
    policías armados con lanzagranadas de gases
    lacrimógenos
          no he venido aquí a recitarte poesía
          me gustas cuando callas / porque estás como
los niños subiéndose al bus y vendiendo choclo en el
          no he venido para darte serenata
        el agente Chocolate ja ja
dóberman entrenados

la madre de Eva enviándola a la casa de su tía
por el Estero Salado la semana después de
que su hermano
doscientos policías armando una barricada en el
desatando una canoa en el Estero Salado y
buscando a su hermano
las marcas del bus color marrón cabra en nuestro camino a
Luz Elena visitando la cabaña de un indígena
clarividente que llenó una concha de perla con
aguardiente
y le dijo que vio a los niños vivos y cruzando la
frontera
la rama de una palmera flotando en el
Estero Salado como una mano retorcida
—Háganse a un lado esta mujer necesita ayuda que
alguien
déjenme pasar vengo a traerle su medicina a la señora
Restrepo
mi tía de pie en el puerto improvisado en el
Estero Salado agitando desesperadamente
las manos no regañes a nuestra Eva por
favor
—Llamen una ambulancia pedazos de
por favor no vuelvas a enviarme lejos mamá
trucutús
mi chiquitolina
niños vendiendo ciruelas
una botella de litro hinchada con un salpicón
de arañas flotando en su
madres de la Plaza Grande
una reunión secreta entre el jefe de la
policía y el ministro del Interior para
decidir lo que harán con el hermano
Restrepo que no había muerto
—No podemos ingresar a esta mujer en el hospital no
tiene cédula

,de identidad

   mi madre había traído su propio cartel

         péguenle un tiro

   decía simplemente:

te marearás menos si sacas la cabeza por la ventanilla Eva

   Por Nuestros Niños Hasta la Vida

el viento en mi cara

   Arsenio Marcos Calderón

cascadas en cada rincón en nuestro camino hacia

   un cartel con un titular de prensa que mentía

   Hubo un Accidente de Tránsito Involucrado en

   el Caso Restrepo

—¿Qué hacen con esa mujer? Tráiganla de vuelta al

hospital

los tramos de selva en nuestro camino hacia

   el titular salpicado de pintura roja

Quito luz de

     ¿Marranito Poco Rabo? ¿Sí? Hola. Hola.

     ¿Para dónde? Enfrente de la catedral. El

     lanzallamas está debajo de la roca.

    he venido a decirte que te amo Eva

  un dibujo en un periódico sobre la laguna de Yambo

  donde los cadáveres de los hermanos Restrepo nunca

  fueron encontrados

—Lo sentimos doctor no sabíamos que la conocía nosotros

  Policías llevándose a Luz Elena a rastras

   una figura de palitos con aletas un tanque de

   oxígeno dentro del Yambo

la madre de Eva acercándose a Luz Elena en la Plaza

Grande

   colándose en la habitación de su madre y durmiendo

   al pie de

la madre de Eva compartiendo con Luz Elena una

fotografía de Arsenio

   la agente Morán la policía encargada de investigar la

   desaparición de los hermanos Restrepo inventándose

un informante que sabía dónde estaban los hermanos
Restrepo
la madre de Eva no habló
　　　　　la hija del presidente Sixto Durán Ballén
　　　　　diciéndole a Luz Elena que en vez de
　　　　　protestar en la Plaza Grande deberían
　　　　　escuchar la música clásica que le gusta a su
　　　　　padre
Luz Elena no habló
–Llamen al doctor Rodríguez el anestesiólogo no el
cirujano cardiaco
　　　Luz Elena sosteniendo la mano de mi madre
　　　　　la agente Morán pidiéndole dinero a la familia
　　　　　Restrepo haciendo más de sesenta viajes por todo
　　　　　el país para seguir pistas inventadas
　　　Luz Elena y mi madre abrazándose
–Se está despertando eso es bueno déjenla descansar un
rato)
Rolando ha de creer que soy su
golpeando los postes telefónicos metálicos de la Víctor
Emilio Estrada
con su martillo y escuchando
　　　¿qué estabas escuchando?
los submarinos mamá – carteles emplastados unos encima
de otros – las grapas oxidadas como hormigas robot prolife-
rando por la superficie de los postes telefónicos a lo largo de
la Víctor Emilio Estrada – mi tía Felicia tenía un poodle llamado Felicia que la seguía a todas partes – Jaime Roldós
Aguilera emplastado encima de Jaime Nebot Saadi – no
como submarinos como sonares en las películas sobre submarinos atómicos – las mantarrayas en el Yambo – Radio Río y
Mar – los buzos deslizándose entre peces gigantes con nombres que ella no conoce – hay un salmón en su laguna señora
– y siempre que Felicia estaba calmada se dormía a sus pies –
siempre que me tiro harina en la cara me acuerdo de ti Arsenio – El Loco Bucaram emplastado encima de El Loco Bu-

caram – si no hubiera llevado aquellos carteles en la mano habría sido vergonzoso que me hubieran visto mirando los carteles de los postes telefónicos a lo largo de la Víctor Emilio Estrada Rolando – mira ese espantapájaros no tiene nada mejor que hacer que quedarse mirando los postes telefónicos – La Sonora Dinamita emplastada encima de Assad Bucaram – echando sacos de harina y cemento en el Yambo para que nadie más sea arrojado allí – el mango de madera del martillo favorito de mi hermano desgastado por los millones de veces que ha sido agarrado – ¿cómo se veían entonces esas manos? – cuidado con las astillas Arsno – no le estoy construyendo a tu ratón ninguna casa ni rueda ni nada parecido Evarista – ¿un trampolín? – y siempre que Felicia no estaba calmada Felicia le ladraba a todo – Radio Romance – no ladres a las sillas Felicia – sillas gigantes inclinándose sobre Felicia – no he venido aquí a maquillarte las cejas Eva – paredes blancas techos blancos vistas blancas de nada – trepando las paredes de una torre que también es un rascacielos que se eleva hasta las nubes – todos hablando en lenguas porque sin lengua quién podría hablar ¿eh? – ugh – inflemos tus panfletos con kétchup y lancémoslos a la – ¿qué lleva dentro de su cartera tía Felicia? – ¿quién quiere kétchup para la cena? – guacala – perdónenme tomates – no me coman por favor cómanse mejor a los aguacates – perdónenme aguacates – siempre que estaba oscuro Felicia encendía la linternita de su frente – mi perra tiene experiencia en la minería ¿y la tuya? – qué es esto amigos tenemos una llamada – ¿aló? – aló si me gustaría dedicar una canción a – ¿cómo te llamas hijo? – me llamo Rolando y me gustaría dedicar Contigo en la Distancia para Eva Calderón – ¿Eva es tu novia? – yo no la llamaría así sí ella es mi ¿estamos al aire? – siempre estamos al aire pero nadie escucha – ¿doña Leonor? – llámame Aurorora – Leonor está tratando de hacerse la graciosa aquí te va una risa grabada – no escucho nada – Aurora la Sorda – ¿crees que tu Eva esté escuchando? – eso espero – aun si no está escuchando está escuchando ¿entiendes? – ya nada me consuela / si no estás tú también – en las noticias de hoy un grupo de científicos se ha reunido alrededor de un poste de luz en la Víctor Emilio Estrada – Radio Nada de Nada – ¿Qué canción? – la canción sobre los pájaros carpinteros que cantan sobre los pájaros carpinteros que – tantas canciones aquí ¿puedes escuchar todas las radios a lo largo de la Víctor Emilio Estrada? – en recientes declaraciones los científicos han concluido que el poste de luz de la Víctor Emilio Estrada no se prende y apaga al azar sí gracias por la oportunidad al principio pensamos que se trataba de código Morse lo cual no tenía ningún sentido así que luego pensamos que se trataba de alguna clase de señal de los indios lo cual tampoco tenía ningún sentido así que luego conectamos electrodos a la base del farol y llegamos a la conclusión que el farol no estaba pidiendo ayuda porque de qué sirve pedir ayuda ¿no? – Me encontraste – Manejamos por toda la ciudad y nosotros – Sabía que me encontrarías y luego pensé qué pensamientos tan melodramáticos – No te melodramatices Auroris – No me hagas reír que al exhalar me duele – Rolando hablando con Eva y Eva tratando de tranquilizarlo tanto como él intenta tranquilizarla a ella conectando electrodos a la cabeza de Eva Calderón y – ¿Eva se ha dormido? – ¿mamá? – ¿sí? – pensé que eras tú ¿qué estás haciendo en la Víctor Emilio Estrada? – siento no haber podido darte más monedas por favor perdóname te daré todo lo que tengo – las casas y los ríos – cómo vamos a ser algo en un mundo de – Radio Los Peces – constelaciones con nombres que no – y un día los muertos se levantarán contra el

XV ROLANDO ENCUENTRA A EVA

¿Te conté que leo chistoso? – ¿chistoso como Tico Tico o chistoso como Polo Baquerizo? – ¿crees que Polo Baquerizo es chistoso? – no Eva es una parodia de lo que él cree que la gente cree que es chistoso – deberíamos hacer una encuesta y preguntarle qué es chistoso – El Loco es definitivamente chistoso – quien no diga la palabra chistoso pierde ¿okey? – la fuerza de los pobres / Abdalá / el grito de mi gente / chistoso – los hongos son chistosos – ¿para quién? – ¡perdiste! – tú también – eso es chistoso – ¿cómo es eso que crees que lees chistoso? – ¿podemos dejar de hablar de El Loco? – te acabo de preguntar qué tienen tus hábitos de lectura que – tú crees que El Loco es chistoso porque él es también una parodia de lo que él cree que la gente quiere y sin embargo lo que es chistoso no es eso para nada sino que la gente sabe que está interpretando lo que él cree que la gente quiere y eso es lo que les parece entrañable de él – conozco a una chica llamada Eva que no quiere que hable de El Loco así que yo – la actuación de El Loco está coreografiada para ellos a diferencia de la actuación de alguien como Nebot que les promete las mismas cosas gratuitas pero la gente se da cuenta de que no está actuando para ellos sino para sus secuaces del Banco del Progreso – ni me acuerdo de haber visto al payaso Tico Tico cuando era niño – Nebot se pone ternos italianos y promete imitar a los gringos mientras que El Loco se echa cerveza en la cabeza y dice esta tierra es nuestra carajo – Jaime Roldós Aguilera se ponía ternos fabulosos – eso es distinto Jaime Roldós era distinto – ¿estás pensando en Eva? – no pregunta su padre mientras manejan camino al hospital Luis Vernaza para buscar a Eva – no estoy pensando en Eva – no responde Rolando – Alma corazón – no estoy pensando en mi hermana Alma – no responde Rolando – en la única carta que recibió de su hermana – hola te acuerdas de mí Rolandis soy yo / he hecho una amiga aquí en San Francisco se llama Estela / tengo miedo de olvidarme de todo de cómo sería si me olvidara de todo / Estela es de Guatemala el otro día encontró una novela romántica en la calle y me la leyó exagerando su acento a propósito / a ti te gustaría ella tú no le gustarías a ella aquí todo está bien tú siempre te acuerdas de todo Rolandis – no es cierto yo – ¿recuerdas la princesa y el gato tú y yo obligándole a papá que fuera la princesa? – como no me voy a acordar de la princesa y el – demuéstralo – me acuerdo que papá cogía una naranja y tú decías no una ovoide una redonda regrésate papá – tú ya no me quieres – claro que te quiero chiquita – no me lo demuestras – ¿realmente necesito demostrártelo cuando te he querido tanto desde hace tanto tiempo? – lo cual Rolando está seguro que podría decirle a su hermana si es que alguna vez regresa – y mientras Rolando y su padre manejan hacia el hospital Luis Vernaza está seguro de que se van a encontrar con su hermana en el camino – qué haces ahí parada Alma sube al carro rápido papá ha estado esperándote – lo cual es absurdo pero no menos absurdo que todo en el mundo – el rebelde metafísico declara el fin de la metafísica – ya cállate que me – por favor guarda recuerdos de mí de nosotros por si me olvido de todo / si esta es la única carta que recibes de mí puedes quedarte con mi dinosaurio de peluche – lo que al final hizo porque fue la única carta que recibió de ella – probablemente ella no sabía que sería la última carta que le escribiría – su padre no recibió ninguna carta de ella o al menos Rolando no pudo encontrar ninguna bajo su almohada o en sus cajones – ella no sabía que él la había escuchado cuando llamó a casa la primera vez y la segunda vez y luego llamándolos cada vez menos como si cada día se olvidara un poco más de ellos al contrario de Rolando que no la olvida porque a veces luego de que su padre se haya ido a dormir él se pone a transcribir a mano su última transcripción de la carta de Alma – sin pensar en su contenido sino para pasar el tiempo aunque al día siguiente le gusta pensar en sí mismo transcribiendo su carta y desea que alguien pudiera filmarlo (1) transcribiendo su carta (2) transcribiendo su transcripción de la carta (∞) transcribiendo su transcripción de su transcripción de su transcripción de su transcripción – mirando hacia la videocámara para dirigirse a su hermana y preguntarle (1) (2) (∞) ¿puedes oír los ronquidos de papá desde allá? – enviándole la cinta como prueba de que aunque ambos dejaron de ser inseparables poco después de que él empezara el colegio en el San Javier – por la época en que esa engendro de la Esteros acusó a su hermana de estar poseída por el demonio – cuando evitó a su hermana en vez de consolarla como si tuviera miedo de que le contagiara su desgracia ¿qué clase de hermano hace eso? – lo siento tanto Alma – que alguien me tome una foto por favor necesito una prueba de que esa persona transcribiendo la carta en verdad soy yo – ¿cuántas veces has transcrito en realidad esta carta? – solo una pero – ¿crees que con imaginar ese asunto de la transcripción ya es suficiente? – tampoco es nada – lo es para tu hermana – ¿alguien tiene una videocámara que me preste? – los infortunios de Alma atados a él en contra de su voluntad aléjate de mí por favor no quiero pensar en ti – aquella playa remota en Salinas tú y yo entrando al mar por kilómetros con el agua apenas llegándonos a las rodillas las olas persiguiéndose unas a otras y tú escogiendo entre aquel firmamento de conchas ¿te acuerdas? – sí y papá persiguiéndonos y salpicando agua por todas partes y diciendo ya es hora del ceviche de concha mijitos – y tú organizando tus conchas en un círculo colocando la mejor en el medio aquella mujer extraña en el restaurante que se robó la mejor y se regresó a su mesa como si acabara de cogerla de un bufet – oye ya casi estamos en el hospital Rolando – no dice su padre porque todavía están muy lejos del hospital o no tan lejos del hospital cómo lo iba a saber mira por la ventanilla Rolando mira los muros oscuros olvida los muros oscuros su padre prendiendo las luces en su sueño – ¿y tú papá en qué estás pensando? – no dice Rolando – el padre Villalba diciéndole a Rolando ¿qué nos queda por decir? – ¿que perdimos? – ¿que ojalá hubiera tenido el valor para eliminar a nuestros enemigos? – los mandamientos de dios etcétera – no esperes que te inspire Rolando – ¿cómo vamos a ser cristianos en un mundo de miseria e injusticia? – los largos y silenciosos trayectos con el padre Villalba hasta que un día el padre Villalba habló – en Guatemala nuestros enemigos recibieron un suministro ilimitado de armas estadounidenses que arrasaron pueblos montañas niños – en Chile nuestros enemigos recibieron suficientes fondos estadounidenses para sabotear la economía y bombardear La Moneda – si empiezas a creer que no son el enemigo ya estás muerto – en El Salvador escondimos el equipo de Radio Venceremos en una cueva donde un embrollo de murciélagos electrificaron la transmisión de los partes informativos a nuestra guerrilla – ¿cuántas veces transcribiste las palabras del padre Villalba? – era muy joven lo siento no sabía que las terminaría olvidando casi todas – la semana después de que Alma se fuera el padre Villalba no le preguntó a Rolando si le pasaba algo durante su largo trayecto hacia el botadero de basura llamado La Libertad y Rolando no le dijo padre he pecado o padre quiero prenderle fuego a la casa de Julio o padre cómo explica usted la coexistencia de cristo y Chagas – los terrenos baldíos en su camino hacia La Libertad – los muros de ladrillo oscuro con afiches de El Loco en su camino al hospital Luis Vernaza – el grito de mi gente / Abdalá – todavía no me has contado por qué hablas chistoso – dije leer chistoso Rolanbobo – si te olvidas de todo yo sería una cobija y me extendería por estas planicies vacías – diosito santo etcétera – los cerros de basura en los terrenos baldíos camino a La Libertad – el padre Villalba había rehusado ser consejero espiritual de nadie Eva – el padre de Rolando postrado en el despacho del padre Villalba una semana después de que Alma los dejó – un perro aullando sobre un cerro de aserrín y basura en un terreno baldío en su camino hacia La Libertad – Cerbero tiene mal de Chagas mira – clavando picahielos sobre la luna el planeta Marte satélites abandonados – su padre llevándolos hacia el hospital Luis Vernaza y Rolando preguntándole a su padre si alguna vez le pidió al padre Villalba que fuera su consejero espiritual – ¿Cuándo? – su padre postrado en el despacho del padre Villalba y el padre Villalba encorvado junto a él como si lo estuviera confesando – las gotas de lluvia se filtraban dentro de nuestra cueva así que tuvimos que cubrir el equipo de radio con un techo improvisado de bambú – Sí le pedí al padre Villalba que fuera tu consejero espiritual Rolando – su padre postrado en el despacho del padre Villalba y el padre Villalba poniendo sus manos en las manos de su padre como para rezar juntos – Estaba preocupado por ti Rolando – sí dice su padre – ¿qué podría haber dicho el padre Villalba para intentar siquiera consolar a su padre? – el espíritu santo etcétera – murciélagos en el techo de una choza en lo alto de una loma de aserrín y basura en un terreno baldío en su camino hacia La Libertad – en Argentina un guardia trajo a su hija a uno de los campos de concentración de Videla para poder presentársela a sus prisioneros favoritos – y luego aquel recuerdo de su padre en el despacho del padre Villalba empieza de nuevo y en vez de huir de aquel momento vergonzoso Rolando se une al padre Villalba en consolar a su padre – el largo trayecto silencioso con su padre hasta el hospital Luis Vernaza y Rolando preocupándose de que el brazo de su padre empiece de nuevo a golpetear involuntariamente el apoyabrazos – los murciélagos mordisqueando el bambú – el mate dentro de la camioneta del padre Villalba oliendo como a menta rancia – ¿y si me olvido de todo y todo permanece intacto dentro de mi mitocondria por ejemplo? – la semana después de que su hermana los dejó el brazo de su padre golpeteando involuntariamente el apoyabrazos como si quisiera salirse – no pienses en una cola de iguana – y luego aquel recuerdo de su padre en el despacho del padre Villalba empieza de nuevo y Rolando reposa la oreja sobre la espalda de su padre mientras el padre Villalba no dice ojalá pudiera decirte que dios proveerá por tu hija – sana sana culito de rana – el brazo de su padre golpeteando el apoyabrazos de la puerta como si el brazo quisiera captar la atención de Rolando – ayúdame por favor mi dueño ya no quiere vivir – leo chistoso porque mis ojos se mueven rápidamente por toda la página no sé explicar por qué – los largos y silenciosos trayectos hacia La Libertad y el padre Villalba no preguntándole qué te pasa Rolando sino hablándole como si por fin el padre Villalba estuviera listo para contestar preguntas o no listo para contestar preguntas pero bien podría contestar aquellas preguntas que le hicieron poco después de que Pinochet lanzara el Plan Cóndor por ejemplo – no le pregunté nada al padre Villalba solo empezó a hablarme escúchame Rolando hasta el último instante posible creemos que el señor cambiará las cosas para bien o sea que nadie dará vuelco a nada a menos que alguien provoque una disrupción tal en la vida de todos que ya no puedan creer que el señor cambiará algo ¿entiendes? – después de que mi hermana nos dejó mi padre no hablaba con nadie o hablaba con alguien que no estaba allí me decía no te preocupes dicen que tu hermana está bien nunca le pregunté quiénes eran los que lo decían mi padre riéndose solo como si escuchara chistes de ultratumba – el brazo de su padre no golpeteando el apoyabrazos mientras se dirigen al hospital Luis Vernaza ¿cuándo empezarán los brazos de Rolando a sufrir convulsiones involuntarias? – ¿cuánto de sí mismo ya se ha desgastado fingiendo que no pasa nada? – lo siento tanto Alma – por favor ayuda a mi dueño – al llegar al hospital Luis Vernaza preguntando por su hermana nadie tiene registros de entradas y salidas a esas horas de la noche – ¿Puedo ayudarles? – Sí mi padre y yo estamos buscando a – Vayan al otro mostrador al fondo del pasillo acá ya está cerrado – ¿Por qué pregunta si puede ayudarnos si va a? – Déjalo Rolando vámonos – apresurándose por los pasillos oscuros de la primera planta – a continuación segunda planta más agonías silenciosas – ya cállate que – por las salas de emergencias donde al final encuentran a Eva – Me encontraste – Manejamos por toda la ciudad y – Sabía que me encontrarías y luego pensé qué pensamientos tan melodramáticos – No te melodramatices Auroris – No me hagas reír que el exhalar me duele – No hables por favor solo me sentaré aquí y aplastaré estas mosquillas con mi mazo de Chapulín – No estoy muerta – Seguro que son mosquillas que vinieron en busca de sobras ya te abro la ventana – Sé que quieres saber qué pasó para poder enfurecerte y cometer más actos fútiles de – Si prefieres descansar quizás mejor más tarde hablamos de eso yo me sentaré aquí y leeré tu mente no se alarme por mi zumbido mental – ¿En qué estoy pensando? – Tenga la bondad de esperar – Mi dinero de vuelta si te tardas demasiado – Estás pensando en mí en un estadio bateando estas mosquillas hasta el espacio exterior – Cuéntame del espacio exterior – Los expertos coinciden en que está ahí afuera – Mi dinero de vuelta si no inventas mundos intergalácticos para mí – Un compañero del San Javier al que llamábamos Mazinger el Robot era capaz de patear el balón hasta el – ¿Qué pasa Rolando? – Lo siento nada estoy bien no pasa nada si me ves llorar ¿no? – No pasa nada Rolandis – Bueno entonces el llamado Mazinger era capaz de patear el balón hasta el espacio exterior – ¿Quizás sabía que es ahí donde está realmente el arco? – No te metaforices Auroris – ¿Metafo qué? – Rices – Chanfle – Me acuerdo de La Araña Lunar un cuento para dormir que mi hermana Alma le pedía a mi padre que nos leyera – ¿De qué iba? – La Araña Lunar llega a la Tierra en busca de niñas pequeñas para comérselas – ¿Te acuerdas de aquella película sobre caníbales en la Amazonía llamada Caníbal no sé qué? – Una noche en que mi padre estaba leyendo La Araña Lunar se oía en la radio del vecino una canción del Grupo Niche sobre la lluvia tus manos frías como la lluvia y mi padre permitió que el Grupo Niche alterara el curso del cuento porque de repente las frías patas de la Araña Lunar chorreaban gotas de lluvia sobre la tierra – ¿Un diluvio? – Exacto lo cual llevó el cuento hasta Noé y su arca – Y la Araña Lunar ordenó a Noé que recogiera un macho y una hembra de cada especie – Y luego el vecino cambia de emisora y La Sonora Dinamita canta sobre el fuego de tus lindos ojos negros y de repente La Araña Lunar trata de parar el diluvio con los rayos de fuego que lanzan sus lindos ojos negros – Julio Jaramillo cantó la versión aguardentosa de esa misma canción estoy muy cansada Rolando – Por favor no hables más Eva yo me encargaré de la plática haré como que yo soy tú y yo ¿okey? – Okey pero ¿cómo hizo Noé para distinguir a la mosca macho de la? – Guacala – Okey bien me haré la muerta dale – Rolando haciendo de Eva dice ¿y qué pasa al final Rolando? – La Araña Lunar persigue a Alma y justo antes de que la Araña Lunar la envuelva en su telaraña comprende que es mejor hacerse amigo de ella – Rolando haciendo de Eva dice Rolando cuéntame sobre las improvisaciones que hacía tu padre – Sí bueno mi hermana le pedía a mi padre que volviera a hacerlo al día siguiente y al día siguiente mi padre está captando los sonidos a nuestro alrededor allí inmóvil y escucha atentamente la sirena de una ambulancia y lo convierte en que la Araña Lunar tiene dolor de estómago de comer tantos meteoritos – ¿Qué es ese ruido? – Es mi padre hoy está un poco sensible se ha quedado afuera hasta que se calme un poco y deje de llorar – ¿Por qué quiere hacer eso? – ¿Por qué quiere calmarse? – O dejar de llorar – Es lo que hacen los hombres Eva – Dile que entre por favor no lo hagas esperar afuera – Rolando pidiéndole a su padre que entre por favor y su padre entrando en la sala frotándose los ojos enrojecidos con su camiseta de Emelec – Alfredito su hijo me dice que usted es un gran contador de historias – Rolando exagera yo – su padre tratando de no mirar los moretones en el rostro de Eva ni los vendajes alrededor de su cabeza ni las heridas en sus hombros – Cuéntame la historia de la Araña Lunar – lo cual hace llorar a su padre – No estoy muerta Alfredito – Está bromeando papá solo quiere – Por qué te hicieron esto yo – No estoy muerta pensé ¿me siento aliviada? – Nos sentimos aliviados no digas eso – knowing me / knowing you – Al principio me resistí luego pensé que de todas formas a

todos nos cae la muerte ¿verdad? – recemos por ella – no dice
su padre – Pensé Radio Nuevo Día / la radio al día – contem-
plemos los misterios de dios – no dice el padre Villalba – ¿Eva
se ha dormido? – Su rostro está caliente sus manos no lo están
creo que está durmiendo sí – el polvo en el parabrisas en el
camino hacia La Libertad – los limpiavidrios apartando franjas
de suciedad – léeme algo muéstrame cómo lees chistoso –
nada de chistoso hoy tenemos que reescribir Copos de Nieve
en Mapasingue – ¿por qué lo mencionaste entonces? – ¡perdiste! ¡chistoso! – y luego aquel recuerdo de su padre en el
despacho del padre Villalba empieza de nuevo y Rolando le
dice a Rolando pedazo de rama tú no consolaste a nadie solo
te quedaste afuera del despacho del padre Villalba y huiste de
ellos – encuentras consuelo en este flagelarte interminable
tuyo ¿verdad? – ¿te hace sentir más vivo prenderte fuego una
y otra vez? – Rolando de Arco ja ja – ugh – (1) Juan Pablo II
señala que no apoya a los sacerdotes de la teología de la liberación (2) Reagan inunda con armas El Salvador (3) las balas
llueven sobre el corazón de Óscar Romero – los niños escuálidos en La Libertad no amontonándose en torno al padre
Villalba como en aquellas películas sobre sacerdotes beatíficos
el padre Villalba preguntándoles sus nombres los niños formando una fila inventándose nombres chistosos para sí mismos – querido Rolando los estadounidenses aquí en San Francisco no están acostumbrados al sol todos salen a pasear por el
parque cuando hace sol / a veces pienso que algún día cuando
seamos viejos nos tiraremos al piso y jugaremos otra vez a los
topos no importa que no nos hayamos hablado en todos estos
años – Clodomiro para servirlo – las ratas hociqueando a los
niños escuálidos mientras duermen – a mí me dicen Treme-
bundo – los niños pidiéndole a Rolando que se una a su juego
de apuestas sobre quién de ellos será el siguiente en morir –
dos tapitas a Dientefrío miren sus ojos amarillentos – el padre
Villalba anotando sus nombres en una tablilla memorizando
sus nombres tachando los nombres de aquellos que no pudimos encontrar después de tres o cuatro semanas ¿por qué haría

eso? – un recordatorio de la futilidad de su tarea ¿es eso? – ¿cuánta futilidad puede aguantar uno Eva? – toda o ninguna depende – abriré Rayuela al azar para que me muestres cómo lees chistoso ¿okey? – muy bien te señalaré hacia dónde se mueven rápidamente mis ojos y tú podrás ir numerando los puntos (1) aquí (2) aquí (3) aquí – Rosamundo para servirlo – ¿cómo vamos a ser cristianos en un mundo de miseria e injusticia? dejémonos engañar miren como nuestra caridad no perpetúa la miseria y la injusticia – (1) un proceso de despoja-miento enriquecedor le puede ocurrir sentado en el WC – ¿qué significa eso? – ¿Morelli patrono de los retretes cómodos? – (2) guijarro y estrella imágenes absurdas – el rebelde metafí-sico declara que los guijarros son iguales a las estrellas ¿estamos patas arriba? – (3) incapaz de liquidar las circunstancias trata de darle la espalda – ¿te conté la del líquido corrector y el cala-mar? – la larga y silenciosa espera en la sala del hospital después de que Eva se queda dormida – la larga ausencia del padre Villalba después de su primer ataque cardiaco – el olor a men-ta rancia dentro de la camioneta del padre Villalba junto con el ridículo olor a Old Spice – el olor a ungüento de corazón que imaginó que exudaría el padre Villalba luego de salir de su cirugía cardiaca – la camioneta del padre Villalba no tenía aire acondicionado así que podía detectar aquellos olores en los segundos entre que entraba en la camioneta y bajaba el vidrio de las ventanillas – los murciélagos mordisqueando a los niños escuálidos mientras dormían – nuestro padre era la prin-cesa tú eres la princesa papá yo soy el miau dormido en el bosque escóndanse rápido en la cocina – ¿qué hace uno con todos estos recuerdos incompartibles Rolando? – Vámonos juntos Evarista – Arsénico – Eva está hablando en sueños ¿lo hace a menudo Rolando? – Arsenio es su hermano – soste-niendo la mano de Eva ¿qué más puede hacer Rolando? – se ha dicho que nuestra Organización quiere sembrar el caos y la anarquía – recojamos estos guijarros y lancémoslos a sus por-tones ¿basta con eso? – padre me quema – esa es otra alucina-ción de nuestros acusadores – olas persiguiéndose unas a otras

– ovoide como tu cabezoide ja ja – la mujer extraña en aquel restaurante de la playa no tan extraña una jubilada su esposo vistiendo un terno gris y un chaleco gris a juego no vimos que se llevara tu concha papá enfrentándose a ella debería darle vergüenza – vamos a pasear más allá por esta playa hasta llegar al espacio exterior – Alma repitiendo la historia de la concha una y otra vez no como si volviera a contarse alguna profunda injusticia sino como regocijada de que algo así le hubiera sucedido cuando tenía cuatro años – ¿Son familiares de Eva Calderón? – Sí hola doctor vamos para afuera por favor ¿cuál es el diagnóstico? – Conmoción cerebral cinco costillas rotas nos preocupa que una costilla pueda haberle perforado el pulmón – ¿Eso qué significa? – Está en condición crítica – Hasta hace un momento nos estaba hablando como si no le pasara nada – ¿Qué más puede hacer un paciente salvo fingir que no le pasa nada? – No nos hable así doctor – ¿Así cómo? – Como si nada doctor nosotros – Escúchenme ahí afuera hay una fila de gente tratando de sobornarme para que le demos una sala las enfermeras se negaban incluso a que Eva entrara al hospital si no hubiera sido porque yo pasaba por ahí – ¿Por qué intervino? – Es una tontería se reirán no es que me importe que se rían por cierto no es buena idea reírse de su doctor – Todo en esta vida es más o menos risible doctor – Eva es casi idéntica a una prima mía – ¿Una prima? – Mi prima Marta jugábamos juntos fútbol ahora vive en Madrid – Mi hermana también está lejos en San Francisco – Estaba caminando ahí afuera de emergencias pensando en esos miles de personas haciendo fila y sosteniendo su alcancía de chanchito tratando de sobornar a quien sea con tal de que sus hijos puedan ser atendidos por un médico entonces el director del hospital me llama oye Alberto el asistente del ministro de tal y cual acaba de llamar su hijo necesita un yeso por favor encárgate bien de él y yo teniendo que decir sí por supuesto no hay problema si hay problema a quién le importa si hay problema si no lo hago yo alguien más lo hará ¿quién sabe lo que está haciendo mi prima en Madrid para subsistir? – Alma corazón – la larga espera después de que el doctor se va – los largos días después de discutir con su padre sobre faltar al funeral del padre Villalba para qué ir al funeral del padre Villalba ya está muerto y seguirá muerto él no habría querido un funeral arrojen mis huesos inútiles en una zanja habría dicho – Rolancerdo para servirlo – Dientefrío murió gané gané – soy cómplice de toda esta injusticia – dijo el padre Villalba – y tú también – y tú – y tú – este es un país sediento de agua y de injusticia – al menos usted está muerto padre Villalba ¿se siente aliviado? – ¿cómo puedo estar muerto si todavía puedes oírme? – estoy cansado y todo esto duele demasiado padre – un lugar más pequeño un préstamo de los curas haré cualquier cosa Alma – después de todo lo que he hecho por su familia don Albán – está despertando mira – Me encontraste – Agradécele a mi zumbido mental – ¿Por qué tan frío zum zum mental? – De hecho una indigente de la Víctor Emilio nos dijo que viniéramos aquí – ¿Necesita guantes zum zum mental? – También nos contó lo que te había pasado dijo que te encontró en la vereda – Su hijo no toca flauta folclórica en Texas – Ese cura argentino del San Javier una vez le pegó a Facundo con su propia flauta ¿te acuerdas de Facundo? – ¿Dónde está tu padre? – Fue a comprarte chocolate de almendras – Al fin estamos solos puedo contártelo todo – Necesitaré una silla más cómoda tenga la bondad de esperar por favor – No salgas de aquí aguerrido pensando que esto lo cambia todo mejor aprende a hacer peces de oro – Estoy cansado solo quiero acostarme a tu lado por un rato – Lástima que la cama sea tan estrecha estoy de acuerdo contigo en que nuestras obras de teatro no logran nada – No hablemos de eso ahora – Que nuestra radio logra muy poco – ¿Publicidad gratuita para la gente? – Somos como un dúo silbando en una sala de velatorios – Una vez vi una funeraria en Cuenca con un letrero en la ventana que decía – Podríamos lanzarnos a la presidencia – Que chistosa – Chistoso es El Loco – Un letrero en la ventana de la funeraria que decía Rentamos Sillas – ¿Ya volvió El Loco? – Sí – Eso sí que es chistoso.

CUARTA PARTE

FACUNDO DICE ADIÓS

XVI FACUNDO DICE ADIÓS

El Loco, le dice Facundo a su grabadora, bah, Macundo, sue-
nas a presentadora de circo, piensa Facundo, rebobina y reempieza, El Loco, le dice Facundo a su grabadora, y no solo él
está cansado de repetir su rutina de presentadora de circo,
piensa Facundo, su público en La Ratonera probablemente
esté cansado de esta rutina berreada de circos a los que ya
nadie acude, oye gordinflón, le había gritado una vez alguien
del público, te estás convirtiendo en La Gorda, a lo que Facundo replicó cantando a la Gorda la queremos todos / porque todos vamos a ganar, una conocida canción publicitaria
de una vieja rifa llamada La Gorda, la cual, según un matemático que más tarde se convertiría en jefe de estadística del
Ministerio de Información, estaba trucada de antemano, rebobina y reempieza, El Loco, le dice Facundo a su grabadora,
una grabadora a la que podría haber enchufado un micrófono
pero no lo había hecho porque no tiene micrófono y, además,
un micrófono solo habría incrementado la probabilidad de
sonar más como presentadora de circo, mujeres barbudas y
caballeros obesos y niños deformes y esa clase de sandeces
circenses de bienvenida, pero omitamos cualquier mención al
micrófono de La Ratonera, el cual no le quisieron prestar
para que pudiera ensayar sus sketches cómicos en la cocina de
su madre tal como está haciendo esta noche, como si le importara que no le hubieran prestado un micrófono bulboso
que huele a algas empapadas en Patito, siendo la palabra bulboso, dicho sea de paso, el tipo de palabra que el Cabeza de

Micrófono habría elegido para rayar a sus colegas microfoce-fálicos, en cualquier caso él puede ensayar sin ese micrófono priápico, piensa Facundo, oye gordinflón, le había gritado una vez alguien del público, déjate de tus intros cómicas y cántate esa del conejo en el espejo, un tema popular de una banda de españoles aberrados que cantaban sobre la destrucción desa-forada, la disfunción sexual, mujeres saltando por las ventanas, y sobre un tipo dentro del espejo / que me mira con cara de conejo / oye tú / tú qué me miras / ¿es que quieres servirme de comida? / buenas noches damas y caballeros, le dice Fa-cundo a su grabadora, ¿han oído el de las casas gratuitas que El Loco prometió en campaña?, sí, ahora que por fin ya es presidente, nuestras casas están en camino desde Paraguay, sí, la plena, pero podrían desaparecer en aduanas a menos que El Loco le afloje enormes sumas a Jacobito, nuestro flamante director de aduanas, también conocido como el hijo de El Loco.

—

¿Cree que los ecuatorianos valoran todo lo que ha hecho por ellos?, escribe Jacinto Manuel Cazares en su cuaderno, prepa-rándose para su entrevista con León Martín Cordero. ¿Le agradecen lo suficiente? ¿Le molesta que la juventud no re-cuerde sus obras públicas? ¿Todos aquellos carteles amarillos que decían Otra Obra de León? ~~¿Incluso aunque decían que estaba construyendo todos aquellos pasos a desnivel para va-ciar las arcas del Estado y así dificultar la gestión de su ene-migo, Rodrigo Borja, cuando asumiera la presidencia después de usted?~~ ¿Recuerda cuando juró, ante dios y ante la patria, que jamás nos traicionaría? ~~¿Nos traicionó?~~ ¿Qué le dijo a Juan Pablo II cuando lo confesó durante su visita al Ecuador? ~~¿Compartieron sus estrategias para aplastar a la disidencia?~~ ¿De qué hablaron usted y Fidel Castro? ¿Le resulta irónico que pese a todas sus dolencias físicas la gente siga admirando su fortaleza? ¿Es cierto que cuando se le salió la retina usted continuó trabajando por el bien de la nación? ¿Qué hay detrás de ese apoyo incondicional que la gente le tiene? ¿Es usted un oligarca? ¿Es usted el dueño del país o los ecuatorianos ocultan su propio deseo de desfalcar el país llamándolo a usted el dueño del país? ¿León no se ahueva? ~~¿Fabricó usted las acusaciones de tráfico de drogas en contra de El Loco? ¿Es verdad que prefiere que el país esté inestable porque de esa forma puede dirigirlo sin tener que poner un candidato presidencial? ¿Por eso es que permitió que El Loco ganara?~~ ¿Cree que se ha sacrificado? ¿Cree que la historia del Guayaquil moderno se dividirá en dos, Antes de León y Después de León? ~~Después del éxito de su presidencia, ¿por qué su partido político no ganó ninguna de las elecciones presidenciales cuando fue usted quien puso a los candidatos?~~ ¿Qué le motivó a asumir la abrumadora responsabilidad de servirnos? ¿Cree que ha dejado huella? ~~¿Le molestaría saber que su familia me pagó para que escribiera su biografía?~~ ¿Qué constituye, para usted, un crimen de Estado? ¿Cree en el reposo del guerrero? ¿Qué le debe el Ecuador? Todos reconocen que su lucha contra el terrorismo liberó al Ecuador de la plaga del terrorismo; sin embargo, ¿por qué algunas personas siguen batallando contra usted porque supuestamente violó los derechos humanos? ~~¿Ve terroristas muertos?~~ ¿Sigue llevando la calibre 38 que le regaló Reagan? ¿Su mano dura sigue siendo dura? ~~¿Le molestaría saber que su familia financiará la publicación de esta biografía?~~ ¿Le gusta mi corbata? ~~¿Alguna vez se ha apuntado a la boca con la calibre 38 que le regaló Reagan y ha dicho León no se ahueva?~~ ¿Valió la pena el sacrificio? ~~¿Ve terroristas no muertos? ¿Por qué no se ha muerto ya?~~ ¿Cree, como yo, como muchos de nosotros, que sus pensamientos y los principios que han guiado su vida serían de valor para nuestra juventud?

—

Jacobito, le dice Facundo a su grabadora, o más bien Jacoboto, porque la envergadura de Jacobito es tal que el presidente del Ecuador, también conocido como el padre de Jacobito, tuvo que enviarlo, en el avión presidencial, a un centro de ventripotencia en Miami, un centro donde recortarle la guata para luego reguatarse en case, tome pin / haga pun, un centro del que no ha aparecido una sola foto en nuestros periódicos aunque solo porque nuestros periódicos se están quedando sin espacio para cubrir todos y cada uno de los desmadres de esos conchadesumadres, Jacobito, le dice Facundo a su grabadora, pero cuando el hijo de El Loco sufre, dijo El Loco, la nación sufre, así como la nación sufre cuando Jacobito no invita a nadie a celebrar su primer millón, sí, sé que han oído que en menos de cuatro meses Jacobito ha acumulado un millón gracias a su cargo en aduanas, aunque ni siquiera tiene un cargo oficial en aduanas, y sí, han leído los periódicos sobre la fiesta de Jacobito para celebrar su primer millón, pero nadie ha contado la triste noticia de que Jacobito no invitó a nadie, este niño triste con demasiado sobrepeso porque cuando tenía siete años León lo pateó, dijo El Loco, Jacobito, mi hijo, he regresado, Jacobito no invitando a nadie porque para qué compartir su caldo de bolas, su guata de cerdo, además todos esos arrimados conocidos como sus panas estaban demasiado ocupados choreándose cuanto podían de los seis contenedores llenos de equipos de sonido que habían sido sacados de aduanas por orden de Jacobito, oh, y especialmente no compartiendo nada con el embajador estadounidense, quien en la televisión nacional declaró que bajo el mandato de El Loco los niveles de extorsión habían excedido con creces los niveles usuales de corrupción en las aduanas del Ecuador, pero al parecer Jacobito no tiene problema en compartir sus prostitutas argentinas con nuestro prócer peluminoso también conocido como su padre, o al menos eso es lo que los periódicos argentinos dijeron luego de que El Loco y su escrofulosa pandilla de pajeros visitaron Buenos Aires para embarrarse de los milagros económicos excrementicios de Menem y Cavallo, no Macundo, piensa Facundo, tu olla esta hierve demasiada negatividad, nadie va a tragarse tu recopilación de achaques, dale a tu público un meollo de carcajeos no de congoja, avíspate, Macundo, cágalos de la risa, Fecundo, rebobina y reempieza, Jacobito, le dice Facundo a su grabadora.

Profesor Hurtado.

Economista Bastidas.

Hace años.

Te extrañamos en las parrilladas de exalumnos.

¿Todavía las hacen? Siéntate, Leo.

Me había imaginado muy diferente tu despacho. Sin helechos ni acuarelas, todo muy profesional.

Mi asistente insistió en estas cursilerías y yo no…

Tu asistente tiene un buen…

Puede oírnos.

Debería colgar aquí tus citas favoritas de Rubén Darío.

¿El Velo de la Reina Mab?

¿Te acuerdas, en la clase de Berta?

Claro y Facundo cantándole el feliz cumpleaños en Halloween.

Y Berta llorando y huyendo de clase.

O aquella vez en el parque de la Kennedy cuando tú y Facundo trataron de levantarme con un tablón de madera que resultó que tenía un clavo oxidado.

Te curamos la herida con Patito.

Y seguimos cantando.

Qué días aquellos.

Los recuerdo con cariño pero… no los echo de menos.

Al San Javier se entra pero sí se sale.

¿Te saliste ya tú?

La Baba regreso, ¿sabías?

Me llamó ayer, dijo que quería verme, despedirse.

¿Ya se va?

¿Tu marido no te informó?

Rompimos hace años.

¿Cómo está? ¿Sigue estrellando su calculadora contra la pared?

¿Eso fue después de nuestro examen de matemáticas o de física?

Física.

El problema es que la Baba ya no tiene más exámenes de física. ¿Te dijo por qué volvió?

¿Para verte?

Se suponía que íbamos a lanzarnos a la presidencia con Julio pero…

¿Julio no se apareció?

Está en Miami abriendo un nuevo club con Cristian.

Ministro de Finanzas.

¿Qué?

Antes te imaginaba como ministro de Finanzas.

¿Antes?

No te he visto en mucho tiempo, Leo. No quiero entrar en eso.

Nunca hablaste mucho de…

Empezaste a pasar demasiado tiempo con Antonio y Julio, siempre compitiendo a ver quién era el más sabido. Aún recuerdo lo orgulloso que estabas cuando nos contaste que tú y Antonio habían conseguido las respuestas de Quien Sabe Sabe. Rafael y yo quedamos consternados. Si mi padre se hubiera enterado me habría sacado del concurso.

Ganamos.

Lo siento, Leo. ¿Y quién va a las parrilladas de exalumnos por cierto? ¿Facundo todavía…?

Tú celebraste con nosotros.

Nunca fui bueno para decirles que no. Disfrutaba estando con ustedes a pesar de todo… Desearía haber tenido tu labia. ¿Sabías que Antonio vino a verme a París hace unos años? O más bien no vino a verme sino que necesitaba un lugar donde quedarse. A mi esposa no le hizo gracia la idea de que un compañero del colegio se quedara con nosotros por una semana. Por entonces vivíamos en un cuarto universitario pequeño, y luego de discutir con mi esposa me di cuenta de que en realidad no me importaba tanto como creía si se quedaba o no con nosotros. Ya era muy tarde para hacérselo saber así que esperé a que me llamara.

¿No lo recogiste en el aeropuerto?

¿Te contó eso?

No lo mencionó, no.

La cabina de información del aeropuerto le buscó un hotel. Se pasó casi todo el tiempo en París comprando suéteres caros y chaquetas de cuero. Se había comprado una chaqueta larga de cuero púrpura con cuello de piel en una de esas tiendas de diseñadores de lujo y se veía tan orgulloso de ella, como si por fin pudiera exhibirse en cualquier lado. Y nos arrastró a mi esposa y a mí a uno de esos ridículos clubs que tienen delante esas sogas de terciopelo. Incluso tuvo que hacer una llamada de larga distancia a su banco para que le aprobaran la compra de aquella ostentosa chaqueta de cuero.

—¿Café, Economista?

Y unas galletitas danesas para Leopoldo también, sí, gracias.

Unos cubos de azúcar también estarían…

—Eso no se le hace a un amigo, Giovanni.

Marta, por favor.

Deberías conocer a ese Antonio, Marta, es un lamparozo.

—¿Antonio fue el que te convenció de unirte al grupo apostólico?

¿Y eso qué tiene que…?

Él también me convenció a mí y mírame ahora, Marta.

—Los dos deberían estar avergonzados. Hablar así de un amigo. Ya no les traigo nada.

Bueno, solo era…

¿Cierra la puerta?

Intentemos hablar bajito, ¿okey?

—¡Aún los oigo!

¿Cómo sabe ella del grupo apostólico?

Una noche nos pegamos demasiados tequilas y…

Le contaste lo buenos que éramos para poder…

Oí que Mazinger aún va a… ¿ella aún puede…?

Ni siquiera yo nos oigo. Habla un poquito más alto.

¿Alguna vez piensas en Mapasingue?

Acércate más, ¿qué?

¿Alguna vez piensas en el asilo Luis Plaza Dañín?

Me gustaría poder decirte que no.

¿Recuerdas a la anciana del maquillaje de colores eléctricos?

A veces me gustaría que pudiéramos…

Rojo brillante en las mejillas y…

¿Perlas anaranjadas de concha alrededor del cuello?

Esa misma. Siempre lista para una cumbia.

La que estaba loca por la Baba.

Rosita Torres. Escucha. Cuando Antonio… ¿todavía puede oírnos?

Creo que se fue.

Cuando Antonio llegó a París me llamó como unas diez o quince veces al menos. No sé cuánto tiempo me esperaría en el aeropuerto pero con cada llamada podía sentir cómo crecía su incredulidad. Yo tampoco lo habría creído. Contesta el teléfono, dijo mi esposa, y dile a ese man que es un parásito desconsiderado por querer quedarse toda una semana a costa nuestra. No sabía cómo explicarle a ella que aunque no había hablado con la Baba en años él aún… tú conoces a Antonio… es impulsivo y… seguramente pensó lo que tú o yo hubiéramos pensado: mi pana del San Javier está en París así que de ley me quedo con él. No contesté el teléfono y él dejó de llamar y salí de nuestro dormitorio sin… no le avisé a mi esposa. No quería castigarla ni nada parecido… simplemente no sabía qué decirle. Y una vez fuera de ese edificio de dormitorios universitarios gris pensé en ti y en Mazinger y en la Baba y en Facundo cantando el unicornio azul.

Silvio Rodríguez.

Aquel partido de fútbol cuando Antonio recibió otra tarjeta amarilla y se la tiró al árbitro a la cara…

Y acto seguido le mostró la roja.

Lo saqué de la cancha y traté de calmarlo. Lloraba como siempre lo hacía cuando estábamos perdiendo y le dije que pusiera la cabeza debajo de los grifos. Ahí me quedé viendo cómo el agua se derramaba sobre su cabeza y, sabes, creo que mi esposa debió de entender algo o quizás no quería ningún problema en casa porque ella... por qué no invitas a tu amigo a quedarse con nosotros dos o tres días, dijo. Llamé de inmediato a Antonio. Ya sabes cómo es. Se puso a bromear como si nada hubiera pasado.

¿Por qué me lo cuentas?

No quiero que pienses que yo no... No me habría importado que me hubieras pedido que formara parte de tu equipo de gobierno aunque sé que habríamos fracasado o alguno de ustedes habría sucumbido a hacer tratos por debajo de la mesa con El Loco o con León. Nadie de los que conocemos ha hecho nada por cambiar algo. ¿Podemos seguir llamando a Antonio el hijo de El Loco?

Su acné monstruoso ya desapareció.

Qué inoportuno ahora que finalmente El Loco es nuestro...

¿El Loco te está jodiendo en la Politécnica?

Andemos con cuidado. Creo que Marta votó por El Loco. No creo que me vaya a joder. El Loco ahora anda ocupado grabando su disco de rock y saqueando el país.

El Loco que Ama.

Me pregunto si Facundo hizo el casting para ser su corista.

Te apuesto a que hasta para ese puesto tienes que sobornar a alguien. Oye, Bastidas, quería preguntarte...

Lo que quiera, profesor.

¿Sabes sobre esas becas en...?

¿Indiana University?

El doctorado en economía, sí.

Por supuesto.

¿Crees que haya chance de...?

Sé que la cantidad de aplicantes es abrumadora y el proceso de selección problemático.

Me preguntaba si tú...

—¡Esas becas son para alumnos sin recursos!

Ya regresó.

No le digas que trabajas para León.

Ya no trabajo para León. Me despidió después de que se enteró que estaba pensando en lanzarme de candidato. Tú sabes que estoy calificado para ese tipo de becas, tampoco te estoy pidiendo…

Por supuesto, Leo.

Pensé que quizás conocías a alguien que podría…

Seguro. De una. Déjame hacer unas llamaditas.

—

El Loco, le dice Facundo a su grabadora, ajá, veo que mis fans han decidido evitar que sus ánimos abollados recaigan más en el pantano movedizo de los roldosistas y han venido aquí hoy, déjenme adivinar, compañeros, temprano en la mañana, antes o después de que los gallos que no tienen les engatusaran con sus cacareos, antes o después de que soñaran con coronas de cebolla y licántropos, rodaron a duras penas afuera de sus colchones endurecidos, doblando sus mosquiteros por la parte de en medio, sin limpiarlos de bichos, porque sus mallas se sienten más vivas con esos insectos sibilantes enredados en ellos, y después de prepararles a sus hijas las mochilas escolares gratuitas que nunca recibieron, cortesía de El Loco, mochilas escolares gratuitas que contenían, como anunciaba la propaganda, una toalla nueva, una barra de jabón, un recipiente translúcido de jabón, una peinilla de bolsillo, un cepillo de dientes, un tubo de pasta dentífrica mentolada, una caja de crayones, una pluma, un lápiz, un borrador, un sacapuntas, una regla, cinco cuadernos de cincuenta hojas cada uno, oigan, quien me traiga una de esas barras de jabón coleccionables con las iniciales de El Loco se gana otra ronda de canciones como la de la / mochila azul / la de ojitos dormilones, y luego de que sus hijas se acabaran sus tazas de leche gratuita no apta para el consumo humano, cortesía de El Loco, y luego de que salieron orgullosas de las viviendas gratuitas que nunca recibieron y cogieron el bus que sus hijas no podían tomar porque el último Paquetazo quintuplicó el pasaje y cuadruplicó el precio de las lentejas, cortesía de El Loco, se toparon con una protesta nacional masiva en contra del líder de los pobres, y aunque no tenían nada contra lo que protestar, especialmente luego de la cantidad de juguetes que sus hijas nunca recibieron durante la Teletón navideña de El Loco, se unieron de todos modos a la protesta, porque a quién no le hace falta cantar de vez en cuando Abajo con El Loco, o más bien, Que se Vayan Todos, golpeando las cacerolas que no llevaban, miles de ollas y sartenes entonando Abajo con Todo, y después de que todos silenciaran su fárrago de cánticos cataclísmicos para enterarse de la noticia de que el congreso había destituido a El Loco por su excesiva heteroclitud, sin asociaciones lascivas, amigos, respeten al orate, por favor, y después de que oyeron que, al fin, habíamos conseguido un lujo, el lujo de poder elegir entre tres presidentes, y por elegir por supuesto digo no poder elegir entre la vicepresidenta, una elegante dama de Cuenca que no le gusta sorber té de las bolsitas de té, el presidente del congreso, un acomedido inculturado de Quito, y El Loco, nuestro flamante líder de los pobres, y después de que escucharon que sus opciones se redujeron a una porque a la dama la hicieron a un lado y El Loco había huido del palacio presidencial escapando por la ventana de la cocina presidencial, cargando un saco con todos los fondos discrecionales presidenciales, piensan para sus adentros, oye, pasemos por La Ratonera y pidamos al gordo que nos cante una canción feliz para variar, exijámosle que nos cante una canción feliz para variar y saben qué, compatriotas, pese a que el letrero de aquí dice hoy no acepto peticiones pero mañana sí, hoy sí lo haré y, para ustedes, esta noche, en nuestra primera Noche Sin El Loco, antes de que el presidente interino nos bombardee con más paquetazos de economía inculturada, les voy a cantar una canción feliz para variar.

XVII ANTONIO CORRIGE SUS RECUERDOS
SOBRE EL NIÑO DIOS

> Y si todos nuestros actos, desde la respiración
> hasta la fundación de imperios o de siste-
> mas metafísicos, derivan de una ilusión sobre
> nuestra importancia, lo mismo es verdad con
> mayor razón del instinto profético. ¿Quién,
> con la exacta visión de su nulidad, intentaría
> ser eficaz y erigirse como salvador?

> CIORAN

El niño dios lloró poco después de que llegamos a la casa de
mi tío Fernando. Nunca antes había visto su casa, pero había
abogado por ella como lugar de encuentro navideño porque
sabía que la habían construido en la ciudadela más nueva y
exclusiva de Guayaquil, L'Hermitage, que no estaba lejos del
San Javier y la ciudadela Los Ceibos. Como nadie vino a abrir
las verjas de inmediato, mi abuela manifestó su frustración por
lo difícil que resulta encontrar buen servicio. Desde una estrecha cabina de cemento el guardia salió corriendo, tratando
desesperadamente de meterse bien la camisa de su uniforme
y parecer menos dormido. Saludó a mi tío, repitiendo reve-
rencias, luego abrió las verjas. Mi abuela se hizo la trastornada,
tal como había hecho antes con María. Después de limpiar la
cocina, María informó que ya había acabado y había pedido

permiso para irse. Mi abuela se lo había negado, explicándole con minuciosidad clínica que todavía quedaban pisos por limpiar, baños por desinfectar y más basura por sacar. Pero, señora, había rogado María, es Nochebuena.

—

Qué importa si sus memorias sobre la noche en que el niño dios lloró carecen de un estilo singular, piensa Antonio (y aquí Antonio busca en internet la noción de estilo de Proust como calidad de visión – la revelación del universo particular que cada uno de nosotros ve, escribió Proust, y que los demás no ven –), o mejor qué importa si está tan desanimado por su falta de un estilo singular en el único relato que es en realidad autobiografía que le parecía salvable de toda aquella maraña de sarcasmo exagerado que había escrito antes de regresar al Ecuador para fracasar en su intento de salvar a los nativos o, como se está volviendo aparente para él, no tan salvable porque si lo que queda de la noche que lloró el niño dios es sobre todo un impulso de revivir aquella noche, entonces lo que no debería quedar por escrito de aquella noche son estos párrafos monótonos y esta caterva de embustes, porque dentro de unos años se habrá olvidado aún más de aquella noche así que es probable que regrese a este texto sobre aquella noche y lo que le quedará serán estos párrafos monótonos, y así pues quizás todo este texto sobre el niño dios debería ser tachado y él debería empezar de nuevo, o no debería empezar de nuevo hasta que resuelva cómo representar con palabras su impulso de revivir lo que en gran parte ha olvidado en vez de tratar de rellenar con patrañas narrativas lo que ha olvidado (¿una representación de un impulso que signifique un agotamiento de un impulso como manera de dramatizar ese impulso?), en cualquier caso qué importa si se siente obligado a revivir la noche en que el niño dios lloró si en el patio del café belga en el distrito Hayes Valley de San Francisco, donde está corrigiendo estos recuerdos sobre el niño dios, tres mujeres altas con vestidos veraniegos le preguntan de dónde es, sobre qué está escribiendo, cómo se llama, y quizás está escribiendo sobre efigies que lloran para poder impresionar a mujeres altas y sexys con vestidos veraniegos como estas – escribo para poder impresionar a jóvenes bellos, dijo Foucault – pero su lado menos cínico, el que no ha sido capaz de representar aún con palabras, sabe que está reviviendo lo que está reviviendo porque ahí es donde todavía existe, donde encuentra consuelo pese al contenido desalentador, aunque un día habrá vivido el tiempo suficiente entre vestidos veraniegos que quizás también encontrará consuelo en revivir su vida entre vestidos veraniegos (y aquí Antonio busca un pasaje de Faulkner que contradice lo que ha estado pensando – el pasado no es un camino que disminuye, escribió Faulkner, sino una inmensa pradera que el invierno nunca toca, dividido para los viejos por el estrecho cuello de botella de la década más reciente –), pero antes de revivir su vida entre vestidos veraniegos es probable que reviva el breve lapso de su intento fallido por lanzarse a la presidencia con Leopoldo, el cual le permitirá sentirse útil sin haber hecho nada para ser útil, o quizás el acto de revivir el breve lapso de su intento fallido por lanzarse a la presidencia con Leopoldo será su sangre de cordero, obligándolo a afrontar diariamente su inutilidad y a preguntarse cómo vamos a ser humanos en un mundo de miseria e injusticia, y sin embargo si sus dieciocho años en el Ecuador son una inmensa pradera que el invierno nunca podrá tocar, piensa Antonio, si el San Javier y Leopoldo y el niño dios y Cajas y el asilo Luis Plaza Dañín nunca desaparecerán de él por completo, al menos puede intentar reinterpretar aquellos años para que no sea tan susceptible de irse con cualquier caravana de cambio que le recuerde la intensidad que sintió en aquellos años, no, olvídate de reinterpretaciones, Baba, cúbrete de comodidades y nunca tendrás que volver a marcharte de San Francisco.

–

L'Hermitage es una de las muchas urbanizaciones amuralladas en el Ecuador, igual a aquellas que volvería a ver muchos años después en las zonas adineradas de Venezuela, Colombia y Bolivia. El barrio era tan nuevo que los postes de luz aún estaban desfocados, iluminando nada. Las casas en esta loma debían de ser tan largas y anchas como sus piscinas y canchas de tenis, pero como estaba oscuro y estas casas eran probablemente fortalezas rodeadas por muros de hormigón blanco resultaba difícil saber lo grandes que eran en realidad. No debía de haber más de veinte casas en total. Algunas de ellas, las más oscuras sin luces parpadeantes de Navidad, estaban obviamente vacías. Otras, rodeadas de estructuras de caña y cuerdas, todavía estaban en construcción. Tres años más tarde, Stephan Bohórquez, un compañero del San Javier, iba a trasladarse desde el otro lado de la ciudad a una de esas casas poco después de que su padre hubiese sido nombrado para ocupar un cargo importante en el gobierno, y cuando sus padres estaban fuera por asuntos oficiales, Stephan derrochaba su mensualidad en prostitutas y en whisky y armaba fiestas para nosotros y al final, cuando le quitaron la mensualidad, robaba los vestidos de su madre y los usaba para hacer trueque con sus prostitutas favoritas. Ninguno de nosotros sacó a relucir la obvia pregunta de dónde venía la plata. La piscina de Stephan era refrescante y el Chivas era gratis y era obvio para nosotros de dónde venía la plata.

—

Rastrear la fuente de su impulso de regresar al Ecuador reviviendo la noche en que el niño dios lloró no tenía sentido, piensa Antonio, como tampoco tiene sentido para él enseñar inglés a las mujeres inmigrantes en El Centro Legal durante una miserable hora a la semana, fotocopiando páginas de un libro de Inglés como Segunda Lengua en el último minuto y esperando que le sonrieran en señal de gratitud, sabiendo que estaba engañándose a sí mismo creyendo que estaba siendo útil — si todas las ONG y organizaciones sin ánimo de lucro del mundo cesaran sus actividades, había preguntado Antonio a una crítica de arte británica durante su primera cita, ¿alguien lo notaría? – del mismo modo que no tenía sentido y resultaba pueril por su parte imaginar la posibilidad de deformar el inglés americano como una venganza hacia los estadounidenses por haber deformado Latinoamérica con sus políticas intervencionistas, y si continuaba en esta línea no quedaría nada, nada tendría sentido, felicidades, Antonio, ¿y ahora?

—

Apenas entramos a su casa, mi tío Fernando se disculpó. Debería haberlo mencionado antes. Casi todos nuestros muebles aún están en camino, en algún barco por el Atlántico, supongo. Mis más sinceras disculpas. Sin embargo nos ofreció orgulloso un tour por su casa, que parecía un museo de arte moderno vacío. Nos reunimos en su sala. Mi abuela colocó al niño dios en la chimenea de cemento. Antes de Navidad, ella siempre nos organizaba una escena navideña en su casa. Encima de cajas de madera para frutas, ponía una cobija de verde césped, reservando el sitio más preeminente para el niño dios, que no ocuparía su lugar hasta después de la misa de Nochebuena, y luego poblaba el resto de su valle con María, José, los tres reyes magos, y por debajo de ellos arbustos y árboles y el burro sin orejas con el que yo jugaba cuando tenía cinco años. Pero mi abuela no trajo nada de eso a la casa de mi tío, así que el niño dios se veía fuera de lugar en medio de esa chimenea falsa. Mi tío Fernando trajo dos bolsas de basura repletas de regalos envueltos en cascabeles. No recuerdo lo que pasó después, o cuánto tiempo pasó entre el momento en que mi abuelo trajo las sillas de la cocina para que pudiéramos sentarnos en la sala y luego cuando alguien gritó ¡el niño dios! El grito tenía la autoridad del pánico. Todos se congregaron alrededor del niño dios, a varios pasos de distancia. Unas lágrimas se estaban materializando bajo ambos ojos, cayendo en urgente sucesión, como si una criatura real estuviera intentando escapar de la inmovilidad a la que había sido condenada. Sus ojos nos miraron, o nos traspasaron, y la urgencia de sus lágrimas, combinada con la indiferencia de la arcilla, le confirieron una tristeza espectral.

Mi abuelo dio un paso adelante. Parecía tan natural para él estar allí, a solas con su niño dios, que ninguno de nosotros lo siguió. Todavía puedo ver la parte de atrás del amplio saco de su terno, marrón claro y a cuadros, mientras él se inclinaba un poco. Para mí, en ese momento, o quizás más tarde, mi abuelo me pareció un apóstol aceptando humildemente su regalo, el regalo de la revelación.

Mi abuela gritó y sollozó. Está llorando porque mi Antonio regresó a la iglesia, dijo. Aquella iba a convertirse en la versión oficial de los hechos.

Mi abuelo volteó y miró a mi abuela con un desdén del que nunca creí que sería capaz. Maruja, gritó, y al darse cuenta de que su desdén se había apoderado de sus palabras se detuvo y se calmó levantando su mano izquierda como si estuviera imponiéndose silencio a sí mismo. Luego suavizó su voz y le dijo ven. Vamos a arrodillarnos. Guio a mi abuela al frente poniendo los brazos a su alrededor, y mientras ellos se arrodillaban mis tías también lo hicieron.

Mi tío Fernando no parecía sorprendido por lo que el niño dios estaba haciendo. Debía de sentirse con derecho a presenciar ese tipo de cosas. Pronto él también tendría que huir del país.

Esperé a que mi padre se arrodillara, pero como no lo hizo al final me terminé arrodillando y me uní a los demás en los himnos y rezos. Me di vuelta y lo miré de nuevo, aunque a veces creo que no lo hice en ese momento sino más adelante, en mi memoria, tratando de recordar cómo se veía dándome la vuelta y mirándolo a través de los años. Todavía estaba de pie, con los ojos enrojecidos y rígido, con una mezcla de terror y vergüenza en el semblante. Quería hacer que se arrodillara con la misma fuerza con que me plantó su whisky en el verano. Si me vio mirándolo fijamente, no dio muestra de ello. Apretaba y aflojaba las manos como si intentara desprenderlas de sus brazos. Luego se marchó.

—

Las dobles funciones de los domingos en el cine Maya, piensa Antonio, viendo Rambo I y II, o Rambo III y Conan el Bárbaro, un macho contra el mundo, carajo, su padre recogiéndolo en el departamento de la calle Bálsamos y llevándolo al cine Maya todos los domingos para la función doble, Antonio visitando el cine Maya cerca de su casa antes de regresar a San Francisco y descubriendo que lo cerraron, anhelando sentir emociones fuertes como la nostalgia en lugar del simple y llano paso del tiempo, las casas de su antiguo barrio envueltas con cercas de alto voltaje y letreros de peligro con calaveras airadas: y esta nada, escribe Cioran, este todo, no puede darle sentido a la vida, pero no obstante hace que la vida persevere en lo que es: un estado de no suicidio, sí, Cioran, no discrepo contigo, sin embargo demasiadas cosas tendrían que ser borradas de mi vida en el Ecuador para que yo considere siquiera salir de este estado de no suicidio, todos estos impulsos por volver una y otra vez, por cambiar algo para alguien, por convertirme en el que pudo haber cambiado al Ecuador.

—

Después de una o dos horas solemnes, las lágrimas no dejaron de caer. Debíamos de estar esperando que el final de nuestros rezos coincidiera con el final de las lágrimas del niño dios, así que el torrente continuado empezó a hacernos sentir incómodos. Finalmente mi abuela anunció que tenía que ir al baño, y entonces todos se levantaron y se dispersaron.

A solas con el niño dios, no hice ninguna promesa de fe, de amor ni de nada. No era Lucía ni Francisco, prometiéndole a la Virgen de Fátima soportar todo sufrimiento como un acto de reparación por los pecados del mundo. Quizás me sentí paralizado porque sabía que, una vez acabado ese momento, su veracidad también se acabaría. O quizás ya empezaba a invadirme la desolación, del tipo que dejan los milagros que no logran cambiar nada. Aun así, cuando me veo a mí mismo allí, todavía flaco a los trece años y bastante sudoroso, siempre me sorprende mi frialdad. En busca de explicaciones, examiné al niño dios como si fuera un juguete que estaba funcionando mal. Cogí la canasta de mimbre y miré debajo. Levanté su chal púrpura y dorado, y examiné el techo blanco por si había alguna gotera. Con la punta de mis dedos presioné las mejillas de la efigie, tratando de descubrir el mecanismo oculto. No encontré ninguno.

A veces, cuando revivo aquella noche de Navidad, deseo que todo aquello fuera cierto. Deseo que el niño dios no hubiera estado llorando por la corrupción que se perpetuaba en aquel entonces – la misma corrupción que sigue hundiendo a mi país – sino que en realidad estuviera llorando por mi padre. Me gusta pensar que, mientras vivió, alguien fue capaz de llorar por él.

XVIII LA NOCHE ANTES DE LA PRIMERA
ENTREVISTA DE ALMA PARA VOICE OF WITNESS

O mi hermano Rolando devolviendo la naranja que se suponía que era / que es lo que se suponía que era / nuestro padre era la princesa tú eres la princesa papá yo soy el gato dormido en el bosque escóndase rápido en la cocina / la princesa se esconde en la cocina / la princesa entra en el bosque con una naranja en su mano / de puntillas papá regrese / la princesa vuelve a entrar de puntillas / uff / despertándome dándome dos golpecitos en el hombro el mismo patrón adrede quizás para que lo recuerde mi padre me contó una vez que si pones la misma canción para que se repita sin fin antes de acostarte cuando despiertes te sentirás como si el tiempo no hubiera pasado toc / toc como dando vida a una puerta / reloj no marques las horas / no / nuestro profe no querrá saber de toc / tocs en mi hombro o una naranja que se suponía que era que es lo que se suponía que era nuestro profe dijo que se había ofrecido de voluntario para un libro de entrevistas sobre inmigrantes indocumentados por favor compartan sus terribles experiencias conmigo él no dijo terribles experiencias solo dijo historias / experiencias / vidas / por supuesto que se refería a terribles experiencias nadie quiere leer un libro de experiencias maravillosas de inmigrantes no le dije sí cuando lo pidió ni siquiera estaba en su clase / sí estaba en su clase / no estaba allí para aprender / mi amiga Estela estaba allí para aprender frases básicas en inglés todos los miércoles antes de la reunión del colectivo de mujeres en El Centro Legal un día llegué temprano no había llegado ninguna de las mujeres por lo general Estela ya estaba allí para charlar / ¿cómo se conocieron tú y Estela? / nos habían asignado a la misma dirección se necesitaban dos empleadas para limpiar una casa cuando terminamos Estela dijo vamos a cenar unas pupusas Estela contándome anécdotas casuales sobre su vida en Guatemala como si en casa hubiera practicado cómo ser compañía agradable mira estoy bien / quiúbole buenos días / un tanquero de agua en el pueblo de Estela tenía una bocina que aullaba como elefante Estela interrumpiéndose a sí misma o algo dentro / fuera de ella interrumpiéndola cómo puede un ser humano hacerle eso a otro ser humano a niños el chófer del tanquero un tipo ocurrido que instaló unos colmillos de elefante de plástico encima de su tanquero los elefantes no aúllan qué es lo que hacen / Estela interrumpiéndose a sí misma y yo sosteniendo la mano de Estela qué otra cosa podía hacer estaba llorando / no llorando / quiúbole buenos días / se habría confortado Estela si le hubiera contado que en las montañas en un campamento en Guatemala / no / ella no se habría confortado cómo se conforta a una madre dígamelo profe por favor en las montañas en un campamento en Guatemala yo había estado esperando para cruzar la frontera de los Estados Unidos hombres armados irrumpiendo y secuestrando a algunos de los hombres de nuestro grupo que dormían en el suelo a mi alrededor yo estaba dormida / no estaba dormida / asustada / no recuerdo ningún ruido cómo es posible irrumpiendo con metralletas botas de combate máscaras de lucha libre los hombres en el suelo que se llevaron no gritaron / yo si grité / no grité / hazte la dormida Alma / los hombres en el suelo resignados a cualquier cosa que les pasara yo no estaba resignada cómo no puedes estar resignada a cualquier cosa que te pase cuando ni siquiera has podido bañarte en una semana / veinte días una peste espantosa que resulta que eres tú es eso lo que quiere escuchar mañana en nuestra entrevista profe todas las cosas terribles que recordaré esta noche usted las grabará mañana / no todo Alma / nunca encontraré consuelo en esta cama este cuarto lejos de ti y papá Rolando / eso no es cierto Alma / ya lo sé Rolandish / nuestra primera entrevista mañana qué compartiré / no compartiré con usted profe el moho bajo mis uñas luego de una semana sin bañarme / veinte días en las montañas de Guatemala cuánto frío sentí el peor frío que he sentido en mi vida como estar sumergida en hielo / no / como un viento de la Antártida enviado tras de ti / donde sea que esté encuéntrala / no sabía dónde estaba habíamos estado escondidos dentro de un bus Líneas Los Pájaros no pude ver a los patrulleros que nos estaban buscando / un viento frío descendiendo sobre tu piel quedándose ahí y piensas podría acostumbrarme a esto luego otro viento atravesando la tierra te encuentra ola tras / ola una playa remota en Salinas donde mi hermano Rolando y yo estamos entrando al mar el agua apenas llegándonos a las rodillas las olas persiguiéndose unas a otras / no le cuentes sobre nuestra playa Alma / escóndete rápido en la cocina papá / por qué no puedo contarle de nuestra playa Rolando crees que hablar de nuestra playa invalida de algún modo nuestro recuerdo eso es una tontería y si un día me olvido de nuestra playa quizás necesitemos una grabación / una estrella de mar mira / mejor busca una grabadora y grábate tú misma Alma / Estela llorando / no llorando mientras cenábamos pupusas nadie en las mesas cercanas de aquel restaurante salvadoreño escondido detrás de un escaparate en la Mission Street pensó que era extraño que estuviera llorando un viejo con terno de gabardina a cuadros acercándose a nosotras parecía uno de esos cantantes de Los Panchos con voz rasposa por el tabaco mi padre le decía a nuestro vecino don Pascacio que fumaba como chimenea hasta la baba en tu almohada ha de oler a humo / a qué huele tu baba papá / fuchila / un viejo con terno de gabardina a cuadros acercándose a nosotras con gran solemnidad probablemente ha estado almidonando su saco a cuadros todas las mañanas desde antes de que yo naciera sosteniendo su plato de sopa colocándolo enfrente de Estela como un pastel de cumpleaños diciendo aquí tiene querida aquí estamos / eso fue todo / ¿y Estela se tomó la sopa del abuelo? / sí profe toda / el mesero que no había almidonado su guayabera disculpándose no le haga caso es un veterano del derrocamiento de Somoza / aquí tiene querida aquí estamos / en las montañas en un campamento en Guatemala evitando a los hombres de nuestro grupo algunos de ellos habían tratado de abusar de las mujeres más bien sentí alivio cuando algunos de los hombres del suelo fueron secuestrados / trataban de cruzar la frontera como tú Alma / lo siento / tú no sabes si eran los que trataban de abusar de las mujeres probablemente eran los que estaban al mando del grupo no crees que aquellos hombres amontonados en el suelo estaban tan asustados como tú / lo siento / llegando temprano para la reunión del colectivo de mujeres en El Centro Legal no había llegado ninguna de las mujeres por lo general Estela ya estaba allí para charlar / Estela es de Guatemala profe no quiso contarme lo que le había sucedido en Guatemala el bibliotecario de la Biblioteca de San Francisco que hablaba español me pasó cuatro volúmenes de un informe llamado Guatemala Nunca Más no quise abrir el Volumen I / El Impacto de la Violencia / el Volumen II / El Mecanismo del Horror / tal vez tuviste razón al no contarme nada Estela qué sentido tiene contarle nada a nadie profe / vengan a escuchar la extraordinaria historia de Alma Albán Cienfuegos que finge resistir hasta el fin / The End / uff tu historia nos hizo sentir mejor muchas gracias por fingir que estás bien para nosotros ahí nos vemos Alma / aquí tiene querida aquí estamos / por favor cuídate Alma / el bibliotecario que hablaba español sonriéndome empujando un carrito de libros con ruedas chuecas no podía irme sin al menos abrir Guatemala Nunca Más el bibliotecario había parecido tan orgulloso de mí cuando le pregunté sobre Guatemala encontrando el nombre del pueblo de Estela en el Volumen I qué sentido tiene repetir aquellas atrocidades aquí profe cómo puede un ser humano hacerle eso a otro ser humano a niños llegando temprano a la reunión del colectivo de mu-

jeres en El Centro Legal todas las mujeres estaban allí veinte
/ veinticinco en la sala de conferencias un joven con camisa
de vestir a rayas sin almidonar hablándoles en español él es
nuestro nuevo profesor de inglés se llama Antonio José un
voluntario está chulo verdad dijo Estela llegando a la clase en
los últimos cinco minutos no hay sitio donde sentarse él quitó de su silla el casco de moto me ofreció la silla sosteniendo
una fotocopia de una página de un libro con dibujos de gente trabajando las mujeres repitiendo con él broom / bucket /
chair yo sabía que algunas de las mujeres ya conocían esas
palabras qué estaban haciendo allí él dijo bueno ahora cada
una a repetir alrededor de la mesa Estela al menos veinte años
mayor que yo cincuenta / sesenta años quizás avergonzada de
su inglés había sido maestra en Guatemala había llegado sola
a los Estados Unidos no parecía tan avergonzada ante usted
profe / broom / bucket / chair y usted corrigiéndole en español su pronunciación un crucigrama que podían resolver
juntos muy bien Estela ves bucket es difícil para nosotros los
latinos esa u suena como mu déjeme escribirle en el pizarrón
cómo suena en español boquet ves / bo en vez de bu / boquet / remangándose su camisa de vestir a rayas por encima
de los codos avergonzado de que su camisa le quedaba demasiado apretada en el pecho de que su camisa probablemente
costara más que las sillas / enciclopedias legales en aquella sala
de conferencias él tendría mi edad más joven quizás porfa no
le digas que soy de Guayaquil Estela y si conoce a Julio Esteros Guayaquil es muy pequeño durante meses no pensé en él
estaba muy ocupada cuidando de una anciana que no se parecía a mi abuela yo no le caía bien afirmaba que sus hijos
iban a cuidarla me reprendió porque no la entendía cuando
murmuraba sobre un camarero desvergonzado que había olis-
queado un cóctel antes de servírselo a la pareja que estaba en
la mesa de al lado en un asadero argentino al llegar a El Centro Legal las mujeres mayores que nuestro profe por veinte /
treinta años lo sorprendieron al final de la clase con regalos
Estela también estaba allí no me había dicho nada sobre rega-

los no la había visto esa semana tratábamos de vernos al menos una vez a la semana / Almita quedemos para comer humitas / Estelita tengo algo que confesarte no soporto esas pupusas de tu país / no me culpes no soy salvadoreña / oh ja ja / mi hermano Rolando y yo viendo una miniserie sobre extraterrestres mientras mi padre transportaba cajas a la isla Santay pasada la medianoche / mi padre acostándonos en la cama lanzando una moneda cara o sello quien gane elige el cuento antes de dormir / yo / yo / yo / mi hermano Rolando exigiendo que usáramos siempre la misma moneda / ¿eso por qué? / no podría decirle profe oye Rolando eso por qué / te dije que eso nomás es entre nosotros Alma / si no me lo cuentas me inventaré algo / no te creo / mi hermano Rolando exigiendo que usáramos siempre la misma moneda porque le encantaba concebir inútiles amuletos de la suerte / no era por eso Alma / porque se la ponía bajo el sobaco cuando no estábamos mirando para de algún modo inclinar el resultado a su favor / ugh / ya no recuerdo ni uno solo de los cuentos que nos contaba mi padre antes de dormir profe cómo es eso posible / luego de oír que mi padre roncaba Rolando y yo entrando a escondidas en la sala con una linterna para buscar platillos voladores por la ventana / lo siento mucho Estela pensaba que las pupusas eran de Guatemala cada vez que me quejaba de algo Estela decía no me culpes no soy salvadoreña / aquí tiene querida aquí estamos / las mujeres de El Centro Legal sorprendiéndolo a usted con regalos Estela también estaba allí no me dijo nada sobre regalos ella estaba cuidando a un niño pequeño que arrastraba su paraguas rosado por todas partes la punta dejando un rastro de garabatos en la tierra nuestro profe abriendo sus regalos un diminuto traje de bebe con tulipán / guantecitos con arcoíris / un gorrito con cuernos / baberos blancos con lechuzas / su novia polaca iba a tener un bebé cómo supieron las mujeres sobre el bebé les agradeció asombrado uno se daba cuenta que apenas podía decía nada sabía que se echaría a llorar si decía algo Estela le preguntó si había elegido nombre / Lilia Klara dijo / piensa en nosotras Lilia Klara / gracias por tener tanta paciencia con nosotras profe dijeron las mujeres mañana es nuestra primera entrevista qué quiere escuchar de mí profe dígamelo por favor / aquí tiene querida aquí estamos / toc / toc / el gato se despierta en el bosque / de puntillas papá / mis dedos no pueden aguantar mi peso / shhh no hables papá / la princesa sosteniendo la naranja en su mano escrutando el horizonte la naranja a propósito descuidada detrás de su espalda el gato quitándole la naranja a la princesa de la mano la princesa llorando / como un mimo papá sin ruido regrésese / la princesa llorando sin ruido / rápido salga del escenario papá / The End / otra vez / tú eres el público Rolando / otra vez / mi hermano Rolando debía de tener dos años muy chiquito no hablaba ya no me acuerdo de casi nada profe y si omito lo terrible eso aumentará las posibilidades de olvidar año / tras año esos recuerdos desvaneciéndose de mí así no es como funciona Alma / y cómo es que funciona Rolando dime cómo funciona o mañana contaré más aparte de lo de nuestra playa / lo siento tanto Alma / descendiendo de un campamento en las montañas de Guatemala patrulleros capturándonos interrogándonos uno de ellos derramando su vaso sobre mi cabeza no quedaba mucho ron hielo derretido un cubito de hielo no se había derretido todavía rebotó sobre mi cabeza como un coco qué gracioso verdad el aserrín en el suelo marcas de cortes en mis muñecas la soga con olor a estiércol el policía diciendo no podemos malgastar nuestros recursos enviándola de vuelta al Ecuador Luis Alberto arroja a esta asquerosa en Gracias a Dios con todos los demás un lugar abandonado por dios vagabundos refugiados gente en tránsito como yo no quería sentir los residuos de ron en mi pelo cajas de cartón para televisores Hitachi aplanadas sobre aquella vereda con manchas de sangre / manchas de comida no tenía plata para comida con miedo de todo el mundo filas de indigentes refugiados durmiendo en cada esquina reclinados contra muros de ladrillo / cercas como telarañas de esas películas futuristas que mi hermano Rolando y yo veíamos pa-

sada la medianoche las gruesas capas de polvo en mi cara ha-
ciéndome sentir más segura / qué tontería Alma / soy invisible
mira / alguien rodando desde la vereda hasta la calzada como
una oruga dormido inmóvil allí embalsamado allí no podía
saber si estaba vivo / cúbrete la cara Alma / dormí arrimada
contra un muro / no / lo siento pregúnteme sobre otra cosa
profe / ¿llamas a tu padre a menudo? / otra cosa profe porfa
yo / la noche antes de dejar Guayaquil mi padre en el piso de
cemento de nuestra habitación suplicando / un lugar más
pequeño / un préstamo de los curas / haré cualquier cosa por
favor no te vayas Alma / Rolando no se movió podías darle
un cucharazo a un platillo junto a su oreja y no se movería mi
padre encogido sobre el piso de cemento llorando apenas
podía oírlo cómo es eso posible / por favor Alma / como un
caparazón de tortuga mi padre allí / Alma corazón / Rolando devolviendo la naranja no hablaba tan chiquito sin pelo en
la cabeza un ricito en la frente mi padre en nuestra habitación
con unas tijeras shhh cortando un pedazo del ricito de Rolando metiéndolo en una bolsa de plástico / gruñendo como
oso / zzz / rápido cambiemos yo seré el público tú serás el
gato Rolando / un grupo de militares en Gracias a Dios bebiendo de la misma botella de dos litros vendándole los ojos
al más bajito con lo que parecía una sábana blanca demasiado
larga los extremos colgando por detrás de su cabeza Rapunzel
ja ja los hombres haciéndolo girar una vez / dos veces en la
vereda un juego en el que quien lleva los ojos vendados patea
a quien se encuentra en su camino golazo Trujillo los militares deambulando y pateando a los vagabundos refugiados
gente en tránsito como yo y yo pensando en todo lo bueno
/ malo que había hecho en mi vida será mi turno miren a ese
engendro dijeron levantándome gritándome burlándose unos
de otros de sus acentos en inglés dándome cachetadas para
despertarme yo estaba despierta / resignada / lo siento / abre
los ojos perra callejera / otra cosa profe / Alma corazón /
mira a este enano de aquí es un graduado de la Escuela de las
Américas qué feo es / eso no es lo que dijo tu vieja / mi

vieja es católica no saldría con un asesino de sacerdotes / mira quién habla machete boy / mi vieja no saldría con su propio hijo pedazo de imbécil / viva la puta de tu madre / el de los ojos vendados quitándose la venda examinándome asqueado / recuerden compañeros si no es verde y no se arrastra éntrele nomás / poniéndose la venda otra vez su aliento el aliento de los otros a cangrejo cebolla ron escupiéndome / fallando / frío frío / golpeándome en el estómago buena chino de verga ja ja / ríete adefesio / Bruce Lee ja ja / desinféctala primero ahí abajo Trujillo / no desperdicies el ron y la Coca-Cola después voy yo / aliento de esófago ja ja / aquí tienes querida aquí estamos / Rolando contestando el teléfono de nuestra casa en Guayaquil no supo qué decirme su voz demasiado formal cómo estás / dónde estás / apenas te oigo / regrésate si no logras adaptarte a ese maldito país papá no está aquí le diré que llamaste aquella no era la primera vez que llamaba a casa luego de irme de Guayaquil profe la primera vez que llamé no me pude contener de qué sirve preocupar a mi padre me dije antes de llamarlo no había hablado con él en seis / siete meses Alma no le digas que te dolían las costillas cada vez que te bajabas del bus Líneas Pajorreal mi padre contestando el teléfono hola soy yo papá / Alma dijo / Alma / Alma dijo / Alma corazón / Alma / ya corazón / Alma / Alma dijo / Alma corazón / Alma dijo y yo llorando y escuchándole dentro de una cabina telefónica en aquel lugar de llamadas de larga distancia en la Mission Street con las paredes de cenizas decoradas con banderas de Panamá / Honduras / Chile / la dueña colombiana no me hizo preguntas no me cobró por aquella primera llamada tenía cajas de pañuelos desechables en sus cabinas para nosotras puede imaginarlo profe un día después de la reunión del colectivo de mujeres Estela y yo paseando por la Valencia Street gente congregada en la esquina de la dieciséis un accidente pensé / no / un acordeón Alma / una tuba / un tambor / una canción de danza del Medio Oriente quizás / un clarinete mira / un joven con una trompeta muy guapo Estela diciendo quiere pa-

recerse a un gitano mírale el chaleco arrugado estoy segura
que se pasó la tarde entera arrugándolo a mano el otro gitano
junto a él listo para desfilar con su tambor portátil una chica
rubia entre la multitud arreglándose la falda de lunares encima de sus anchos pantalones de flores sentándose en la vereda cruzando las piernas cerrando los ojos descansando los
brazos en las rodillas tocándose los índices con los pulgares
qué está haciendo dije se veía tan serena allí recibiendo la
música como si fuera una serenata galáctica creada solo para
ella está tratando de impresionar al trompetista qué más va a
ser cómo se me ve voy a enseñarle a ese trompetista un par de
movidas dijo Estela rápido cambiemos yo seré el público tú
serás el gato Rolando / otra vez / aquí tiene querida aquí
estamos / la multitud cada vez mayor alrededor de los gitanos
que no eran gitanos el percusionista golpeando muy rápido
el borde de madera del tambor mi padre preparando el desayuno y yo junto a él de dieciséis / diecisiete años repiqueteando una canción de Guns N' Roses en la mesa de la cocina mi uniforme del colegio rasgado luego de un partido de
fútbol / ganamos metí dos goles papá / mi padre remendando mi uniforme haciendo como que no sabía remendar ropa
este alfiler me pincha el pulgar Alma el trompetista cantando
sin palabras alguien en la multitud tocando sus platillos fuera
de compás Estela diciendo creo que ese policía de ahí está
vigilándonos / cuál dije / no lo mires vámonos dijo ella / no
quería irme no veía a ningún policía las luces de la ciudad
parpadeando y cobrando vida la gente bailando en las veredas
sus uñas en mi antebrazo agarrándome demasiado fuerte bueno está bien vámonos Estela apretando el paso por la Valencia
Street gente esperando afuera de los restaurantes fumando
riéndose de nosotras / no riéndose de nosotras nos está siguiendo no mires dijo Estela y yo pensando en lo bueno /
malo que habíamos hecho en nuestras vidas ahora nos tocaba
a nosotras / así no es cómo funcionan las matemáticas Alma
/ dime cómo funcionan Rolando o les contaré a todos cómo
jugabas con mis muñecas / nadie nos seguía profe / por favor

quédate esta noche dijo Estela claro dije acostándome junto a ella en su estrecha cama no podía dormir su cobija no tenía lechuzas / pingüinos / devolviendo la naranja que se suponía que era que es lo que se suponía que era el cuarto de Estela tan grande como un clóset Estela hablando mientras dormía en una lengua que no entendí por la Valencia Street antes de la reunión del colectivo de mujeres dije Estelita vas a apuntarte para una entrevista con nuestro profe / sí dijo / para qué dije / no lo sé porque la señora de El Centro dijo que sería terapéutico / tera qué / péutico / chanfle / no creo que sea tera nada dijo nuestro profe necesita ayuda pues yo lo ayudo / qué le vas a contar / lo mucho que te encantan las pupusas / habla serio dime / nací demasiado pronto junto a un río de peces cara de gato / está bien no me digas / no me culpes no soy salvadoreña / pupusas / pulpos / medusas / otra vez / despertando al gato dándole golpecitos a Rolando en el hombro dos veces el mismo énfasis cada vez / otra vez / escrutando el horizonte la naranja a propósito descuidada detrás de su espalda / otra vez / el gato quitándole la naranja a la princesa de la mano / otra vez / la princesa está llorando mira / Rolando devolviendo la naranja a la princesa / una estrella de mar mira / así no es como va / Rolando alzando la mano ofreciéndole la naranja a la princesa no dijo por favor tome de nuevo la naranja princesa aún no hablaba mucho tan chiquito al devolver la naranja a la princesa mi hermanito se veía tan triste profe pensó que la princesa en verdad estaba llorando porque él le había quitado la naranja entiende profe no sentí celos / sí sentí celos de no haber pensado en devolverle a mi padre la naranja mi padre arrodillándose para abrazar a mi hermanito gracias Rolando / otra vez / ojalá hubiera sido yo quien le devolvió la naranja a mi padre vagabundos gente en tránsito como yo nuestro profe a solas en una banca en el Dolores Park mirándose las manos como si se las estuviera leyendo / no se las estaba leyendo / buenas tardes profe qué coincidencia verlo aquí justo iba camino de clase / hoy no hay clase Alma / todo bien pasó algo dije él no quería decir nada sabía que se echaría a llorar si decía algo no quiso mirarme hubo una redada Alma dijo / dónde dije / un solar en construcción en Reno / Carmen / Anita / no es posible yo / Elena / Renata / Estela / el abogado de El Centro Legal dijo que ya estaba viendo qué hacer poco se podía hacer no le caigo bien Alma lo siento / el abogado de Oaxaca con cola de caballo gris no estaba ese día en El Centro Legal yo le caía bien nadie pudo decirme nada de Estela dónde estaba qué podemos hacer llamando al abogado otra vez ese día / al día siguiente el abogado contestó el teléfono no sabemos dónde está dijo / debe de haber algo que podamos hacer dije / no sabemos dónde está no van a decirnos dónde está por favor cuídate Alma nuestro profe a solas en una banca en el Dolores Park no leyéndose las manos diciéndome por favor no pienses que pienso que soy una buena persona solo porque estoy preocupado así / enfadado así es tan inútil indignarse aquí a nadie le importa / Estela es de Guatemala dije / su inglés había mejorado mucho dijo / sí dije dejándolo allí sentado en aquella banca sin despedirme no me aparecí por El Centro Legal semana / tras semana evitándole / dejándolo allí sentado sin gritarle / sin protestar no quería que pensara que yo era una de esas mujeres histéricas que fingen que no son histéricas hasta que un timbre en la puerta / un flash informativo arruinan su actuación de serenidad gritando a los transeúntes no se queden ahí parados monstruos mi mejor amiga ha sido deportada / mi vida aquí no incluirá / sí incluirá a mí gritándole a usted en el Dolores Park profe pues claro que esa ecuatoriana está histérica no ha escuchado usted las cosas terribles que les hacen a esas pobres mujeres que tratan de cruzar la frontera / anda a tenerle lástima a tu madre / por qué contarle esas cosas terribles profe usted ya no me verá como su alegre estudiante de El Centro Legal que se le carga por no llevar esas chaquetas de cuero acolchonadas cuando anda en su moto cuídese profe / es que no me gusta cómo me quedan esas chaquetas abultadas Alma / usted pensará que no fui lo bastante fuerte como para evitar el infortu-

nio oigan Alma es como todas las demás mujeres desafortu-
nadas que cruzan la frontera de los Estados Unidos año / tras
año me sentía tan orgullosa cuando decidí dejar Guayaquil
profe / no quería dejar Guayaquil tenía veinte años decidiendo mi vida por primera vez / haré cualquier cosa Alma / aún
me gusta pensar con orgullo en mí decidiendo dejar Guayaquil como si aquel momento no me hubiera llevado a dejar
Guayaquil / Guatemala / México / El Paso / Estela en un
centro de detención no podía dejar de pensar en lo que Estela debía de estar sintiendo se sentiría aliviada de regresar
por fin a su pueblo / aterrorizada de regresar a su pueblo
donde los paramilitares la estaban esperando para tenderle una
emboscada avergonzada de regresar donde su familia con las
manos vacías por favor perdóname papá te he causado todo
este dolor y encima he regresado sin nada / has vuelto Alma
es lo único que importa / Estela en un centro de detención
pensando en todo lo bueno / malo que había hecho en su
vida gritando / protestando querido dios que no existes mi
aritmética no tiene sentido rehaciendo su aritmética para que
sus infortunios no parezcan tan arbitrarios un viento frío
arrastrándome hasta la celda de detención de Estela aquí estoy
cuéntame todo Estelita / por favor déjame morir en paz / no
no digas eso / por qué es que esto no ha acabado ya Alma /
cuéntame del tanquero que quería ser un elefante / corriendo tras el tanquero cayendo sobre la tierra raspándome las
rodillas el chófer conectando una manguera negra a su camión una trompa de elefante soplando agua en mis piernas /
brazos / pelo el sol secando el agua fría de mi piel no voy a
contarle nada profe todos esos ejemplares de ese libro de entrevistas con fragmentos terribles de mi vida que no es mi
vida en librerías por todo Estados Unidos difuminándome
quizás no sea tan malo / hemos entregado todo de ti ya no
queda nada más Alma / muchas gracias / el pueblo de Estela
ya no existe Alma / a veces me despierto mi cuerpo tan ten-
so como la noche en que los hombres armados irrumpieron
en nuestro campamento en las montañas de Guatemala / haz-

te la dormida Alma / no podía ver si llevaban máscaras de lucha libre tan oscuro sus botas pisando arremetiendo los tablones del piso / mi cuerpo tensándose sin ninguna razón una vez / dos veces al mes no se necesitaba timbre no puedo comer sólidos Almita vamos por humitas / otra vez / Bruce Lee ja ja / Estela pensando / no pensando semana / tras semana el no pensar sumándose para que yo ya no exista para Estela / para papá / todo el mundo no existiendo para mí / para ellos / omitiendo todo en el mundo / evitándolo profe hasta que me lo encontré en El Centro Legal usted estaba sacando fotocopias de un manual de inglés buenas tardes dije / hola Alma necesitas la copiadora / no dije / por qué estaba tratando de hablar con usted / quiúbole buenos días / hoy es mi último día de clases dijo avergonzado de sí mismo no necesité preguntarle por qué lo estaba dejando parecía dispuesto a justificarse / una hora a la semana de clases de inglés no ayuda a nadie excepto a mí que me hace sentir mejor mírenme estoy ayudando a mis compañeras inmigrantes dijo / así que dejarlo o fingir ayudar son las dos únicas opciones dije / qué más podía decir salvo ustedes no me importan lo suficiente como para dedicar más de una hora cada semana de mi vida a enseñarles inglés / cómo va su libro de entrevistas dije / no es mío dijo solo estaba ayudándoles / todavía busca gente para entrevistar dije / ya no creo que haga más de esas entrevistas quieres participar te pondré en contacto con ellos / por qué ya no va a hacerlas dije / no le veo el sentido Alma / no dije nada él pensó que estaba esperando una explicación por su parte / esperaba / no esperaba / no tiene ningún sentido Alma para qué nada cambiará a causa de estas entrevistas / debería haberle pateado / debería haberle gritado hasta que mis intestinos lo estrangularan / si alcé mi voz / si dije usted sí que es imbécil por supuesto que nada de esto tiene sentido todos vamos a morir no importa aún estamos aquí / aún estoy aquí / por qué le grité a usted si estaba de acuerdo en que todo más o menos no tiene sentido no quiero hablar de Gracias a Dios profe usted no sabía qué decir entristecido preocupado de que alguien en El Centro Legal me hubiera escuchado el abogado de Oaxaca se apareció todo bien Alma / sí dije solo le estaba contando sobre sabe usted la telenovela / cuál / María Mercedes / en la que sale Thalía / esa misma / avisa si me necesitas cuidado con ese / no sé por qué no le caigo bien Alma / quiero apuntarme para una entrevista dije / te pondré en contacto dijo / no quiero hablar con cualquiera / personas muy preparadas están recopilando todo esto te caerán bien / no usted escuche lo que tengo que decir / él no respondió esperando quizás que me fuera / usted es nuestro profe dije / Alma / Alma corazón / fingiendo que estaba a punto de volver a gritarle riéndome de él / está bien dijo / siento haberle gritado profe / no tienes que disculparte por nada Alma / estaba desesperada en Gracias a Dios profe tuve que prometerle a un coyote plata de un tío mío en Nueva Jersey por favor ayúdeme a salir de aquí el coyote con un ojo de vidrio y el otro moviéndose de lado a lado escondiéndonos en la parte de atrás de un camión lleno de lechugas dejándonos de noche junto a un río negro dándonos instrucciones de quitarnos la ropa yo no quería quitarme la ropa qué hay dentro de un río negro profe dígamelo por favor / ¿llamas a tu padre a menudo? / duérmete Alma / una cosa terrible querer hablar con mi padre / no querer hablar con mi padre profe / no / no terrible eso es lo que es terrible no te das cuenta que día / tras día alguien borra a tus seres queridos mientras duermes llamando a mi padre y después alguien / algo dentro de mí quejándose hemos borrado a tu padre para nada Alma por qué lo pediste / yo no lo pedí aléjense de mí por favor / mi padre cortando una rebanada de pan en pequeños triángulos para el desayuno un río negro qué hay dentro de un río negro ola / tras ola el cuarto de Estela como un clóset recogiendo las cosas de Estela la semana después de que se la llevaran una cobija sin lechuzas / pingüinos / una fotografía enmarcada de Estela y dos chiquillas saltando en su regazo jalando su pelo rizado Estela diez / quince años más joven el pelo de las niñas rizado como el pelo de Estela lindas niñas no sabía que tenía hijas profe no me quería ni imaginar lo que les había pasado en Guatemala a veces quisiera que todos los ríos fueran un río negro entonces estaremos todos solos Estela y sus dos hijas junto a mi cama no pude conservar su foto allí despertándome por la noche no podía dormir / Alma corazón / aquí tiene querida aquí estamos / otra vez / por favor cuídate Alma / por la Valencia Street gente esperando afuera de los restaurantes todo tan silencioso la gente riéndose / no riéndose de nosotras un refugio en El Paso las puertas cerradas las mujeres esperando su dinero igual que yo no tenía un centavo no podía contactarlo a mi tío no tenía papeles los hombres a cargo obligándonos a ser sus sirvientas encadenándonos por las noches cosas horribles profe no me culpes no soy salvadoreña y Estela interrumpiéndose a sí misma o algo dentro / fuera de ella interrumpiéndola cómo puede un ser humano hacerle eso a otro ser humano a niños el presidente interino del Ecuador apareciendo en televisión informando a la nación que se había reunido con las agencias internacionales de crédito y había acordado que era necesario otro paquete de medidas de austeridad el precio de todo se disparó apenas teníamos para comer profe mi padre cortando una rebanada de pan en diminutos triángulos mermelada azul encima preparándonos el desayuno cómo se consuela a un padre dígamelo profe por favor mi padre encogido sobre el piso llorando ya verás como lo arreglaremos Alma por favor no te vayas mi padre remendando las mangas de mi uniforme mi padre por teléfono diciendo por favor deja de enviarnos dinero estamos bien aquí por favor cuídate Alma despertándome en la noche pensando que el dinero de mi tío de Nueva Jersey no había llegado Almita vamos por unas humitas el dinero llegó por fin saldré de aquí duérmete Alma guardando la foto de Estela y sus hijas no podía seguir despertándome cada noche junto a ellas flotando en un río negro sujetándome a un tubo mi ropa dentro de una bolsa de plástico atada alrededor de mi cintura noche negra río negro alguien detrás de mí gritando papá me estoy ahogando por favor cuídate

Alma cómo puede un ser humano hacerle eso a otro ser humano a niños dígamelo profe por favor qué quiere escuchar de mí quizás entrevistó a Estela antes de que se la llevaran escuchémosla antes de nuestra entrevista de mañana profe yo nací junto a un río de peces cara de gato quiúbole buenos días quizás un día su hija nos escuchará profe hablará en español con usted pensará en mí le preguntará sobre la naranja que se suponía que era que es lo que se suponía que era no importa piensa en nosotras Lilia Klara / Carmen / Anita / Elena / Renata / Alma corazón / Mercedes / María / Cecilia / Estela / por favor cuídate Alma / piensa en nosotras Lilia Klara / cuídate.